भारतीय दर्शनों में क्या है?

✓ दर्शन का उद्देश्य जीवन की व्याख्या करना नहीं, उसे बदलना है।

—डॉ. राधाकृष्णन

✓ दर्शन जगत को समझने और उसको उन्नत बनाने का श्रेष्ठतम साधन है।

—सम्पूर्णानन्द

✓ दर्शन सर्वश्रेष्ठ जीवन-संगीत है।

—प्लेटो

✓ दर्शन और धर्म एक हैं।

—एम. हिरियन्ना

✓ सबको देखना ही दर्शन है।

—डॉ. विद्यानिवास मिश्र

✓ दर्शन हमारा जीवन है।

—डॉ. बलदेव उपाध्याय

✓ कहां से? किधर? क्यों? सारा दर्शनशास्त्र इन्हीं प्रश्नों की व्याख्या है।

—शूबर्ट

✓ आश्चर्य सारे दर्शनशास्त्र की आधारशिला है। अनुसंधान उसका विकास एवं अज्ञानता उसकी समाप्ति है।

—मॉन्टेन

भारतीय दर्शनों में क्या है?

INDIAN PHILOSPHY

डॉ० प्रवेश सक्सेना

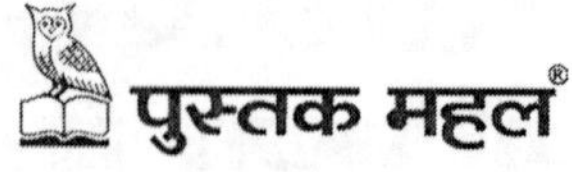

प्रशासनिक कार्यालय एवं विक्रय केन्द्र

J-3/16, दरियागंज, नई दिल्ली-110002

☎ 011-23276539, 23272783, 23272784, 23260518

E-mail: info@pustakmahal.com

Website: www.pustakmahal.com

शाखा

बंगलुरू: ☎ 080-22234025, 40912845

E-mail: pustakmahalblr@gmail.com

ISBN 978-81-223-0832-7

संस्करण: 2025

मुद्रक : शर्मा प्रिंटर्स, दिल्ली

स्वकथन

मैं कौन हूं? मेरा जगत् से क्या संबंध है? मेरे जीवन का उद्‌देश्य क्या है? इस सृष्टि का कर्ता कौन है? अर्थात ईश्वर क्या है? ईश्वर से मेरा संबंध क्या है? प्रश्नों की ऐसी अनेक शृंखलाएं हैं, जो हर चिंतनशील मनुष्य के मन को मथती रहती हैं। यही मंथन दर्शन का आधार है और इन पहेलियों को सुलझाने की कोशिश दर्शन का उद्‌देश्य। सृष्टि के आदि से ही मनुष्य इस प्रयास में जुटा है। अतः दर्शन का इतिहास उतना ही पुराना है, जितना कि मनुष्य का स्वयं का अस्तित्व।

हर सामान्य व्यक्ति के मन में भी कभी-न-कभी ऊपर दिए गए प्रश्न उठते हैं और उन प्रश्नों के उत्तर भी वह किसी-न-किसी माध्यम से पाने का प्रयत्न करता है। ये माध्यम ग्रंथ विशेष हो सकते हैं, कोई गुरु हो सकता है या उसकी अपनी अनुभूति या अंतर्दृष्टि हो सकती है। इसलिए हर व्यक्ति का अपना दर्शन होता है, पर जब हम दर्शनशास्त्र की बात करते हैं, तो हमारा अभिप्राय उन विशिष्ट विचारधाराओं से होता है, जो भारत में समय-समय पर उभरीं तथा शास्त्रों के रूप में विकसित हुईं।

विश्व के अनेक सभ्य एवं शिक्षित देशों के चिंतनशील विद्वानों ने दर्शन पर विचार किया है। भारत के तत्त्ववेत्ताओं ने भी अपनी प्रतिभा तथा अंतर्दृष्टि से जिन सूक्ष्म तत्त्वों का साक्षात्कार किया तथा जिन सिद्धांतों का विश्लेषण किया, वे सभी अत्यंत महत्त्वपूर्ण हैं।

जीवन के बाहर से भीतर लौटने के किसी-न-किसी क्षण में सृष्टि और व्यक्ति के अस्तित्व की चिरंतन जिज्ञासाएं उसके मन में जाग ही जाती हैं। तब वह उन जिज्ञासाओं के समाधान के लिए वैचारिक परंपरा को खंगालता है। प्राचीन ऋषियों की साधना से निसृत साहित्य का अध्ययन करता है, परंतु यहां प्राचीन चिंतकों की भाषा आड़े आती है। सामान्य जन संस्कृत से अपरिचित होने के कारण भारतीय दर्शन को जानने से वंचित रह जाते हैं। ऐसे में दर्शन ग्रंथों के हिंदी अनुवाद उपयोगी सिद्ध हुए हैं, किंतु इससे दर्शन की दुरूहता को समाप्त नहीं किया जा सकता। अतः सामान्यजन की आवश्यकता को ध्यान में रखते हुए ऐसी पुस्तक प्रस्तुत करने का प्रयास किया जा रहा है, जो उन्हें दर्शन तथा उसके विभिन्न सिद्धांतों, वादों का संक्षेप में परिचय दे सके।

प्रस्तुत पुस्तक में दर्शनों के अध्ययन में थोड़ा अलग चलने की कोशिश की गई है। सामान्य पाठकों की दृष्टि से सैद्धांतिक परिचय को संक्षेप में देते हुए व्यावहारिक पक्ष पर अधिक विचार किया गया है।

पुस्तक के प्रारंभिक अध्याय में दर्शन की पूर्व-पीठिका के रूप में वैदिक दर्शन, जिसमें वेद तथा उपनिषद् का दर्शन सम्मिलित है, परिचय भी दिया गया है, क्योंकि हमारे संपूर्ण दर्शन का मूलाधार यही ग्रंथ हैं। गीता में क्योंकि संपूर्ण वेदोपनिषदों का सार तथा दर्शन मिलता है तथा वही एक ऐसा ग्रंथ है, जो अत्यंत सरल भाषा में दर्शन के कठिन-से-कठिन तत्त्वों को समझाते हुए मानव जीवन के लिए व्यावहारिक संदेश देता है। अतः उसके दर्शन पर भी चर्चा की गई है।

पुस्तक की रचना में भारतीय दर्शन पर उपलब्ध सभी पुस्तकों से सहायता तो ली ही गई है, कुछ मूल ग्रंथ जैसे 'सर्वदर्शन संग्रह' आदि को भी आधार बनाया गया है। इन सभी के प्रति आभार।

शालीमार बाग, नयी दिल्ली-110052 **–डॉ. प्रवेश सक्सेना**

अंदर के पृष्ठों में

निर्द्वन्द्व

सुख-दुःख, पाप-पुण्य
रोग-शोक, शीत-ताप
सबसे परे
तन-मन के संपूर्ण बंधनों से
विलग
एक भारहीनता की
अनुपम, अभूतपूर्व अनुभूति
दूर कहीं शून्य में
मुझे उड़ाती हुई
ले जा रही है
काल का यह विशिष्ट पल
केवल एक ही क्यों न हो
कितना भी छोटा हो
अथवा
पर है संपूर्ण
सत् है, चित् है वह
और है आनंदमय।

—डॉ. प्रवेश सक्सेना

□ परिचय संदर्भ

भारतीय दर्शन

'दर्शन' का अर्थ

दर्शन शब्द की शास्त्रकारों ने अनेक प्रकार से व्याख्या की है। विभिन्न दर्शनों के प्रणेताओं और अन्य विचारकों ने भी दर्शन शब्द को अपने-अपने ढंग से अर्थ देने के प्रयास किए हैं। कुछ प्रचलित अर्थ निम्नवत हैं–

दृश्यते अनेन इति दर्शनम् : दर्शन शब्द संस्कृत की दृश् धातु में ल्युट् प्रत्यय लगने से निष्पन्न होता है। कोशों में जानना, समझना, प्रत्यक्ष जानना, निरीक्षण करना, सम्मान सहित देखना आदि इसके अर्थ हैं। ***'दृश्यते अनेन इति दर्शनम्'*** अर्थात् *जिसके द्वारा देखा जाए,* वह दर्शन है। यह देखना सामान्यरूप से स्थूल नेत्रों से देखना होता है, तो विशेष रूप से सूक्ष्म नेत्रों से। सूक्ष्म नेत्रों को दिव्यचक्षु, ज्ञानचक्षु या प्रज्ञाचक्षु भी कहते हैं। स्थूल और सूक्ष्म दोनों ही प्रकार के पदार्थ 'दर्शन' में अध्ययन का विषय बनते हैं। इस अध्ययन का मूल जिज्ञासा है। जैसे यह दृश्यमान जगत् क्या है? इसे किसने बनाया? इसका सच्चा स्वरूप क्या है? कब, कैसे और कहां से इसकी उत्पत्ति हुई? मैं कौन हूं? कहां से आया हूं? कहां जाना है? किस पदार्थ को देखा जाए? वस्तु का तात्त्विक रूप देखने-समझने की चीज़ है, किंतु वह है क्या? जीवन का उद्देश्य क्या है? हमारा कर्तव्य क्या है? जीवन को सुचारु रूप से चलाने के लिए कौन-सा सुंदर साधन या मार्ग है? इन सब प्रश्नों के समुचित उत्तर खोजने, देखने, निरीक्षण करने का नाम 'दर्शन' है। आत्म-दर्शन, सम्यक् दर्शन जैसे शब्द 'दर्शन' के इसी अभिप्राय को बताते हैं।

'दर्शन' की एक संज्ञा 'शास्त्र' भी है–'चारों वेद-छहों शास्त्र' उक्ति में छहों शास्त्र का अर्थ है–छह आस्तिक दर्शन। 'शास्त्र' शब्द की व्युत्पत्ति दो धातुओं से है–***शास्***–आज्ञा करना तथा ***शंस्***–वर्णन करना।

शासनात् शंसनात् शास्त्रं शास्त्रमित्यभिधीयते
शासनं द्विविध प्रोक्तं शास्त्रलक्षणवेदिभिः
शसंनं भूत वस्त्केविषयं न क्रियापरम्।।

धर्म और कर्तव्य का निर्देश करने और अधर्म तथा अकर्तव्य का निषेध करने के कारण वेद से स्मृतियों तक सभी धर्मशास्त्र ***शास्*** अर्थ में आते हैं। ***'शस्'*** धातु से बना 'शास्त्र' शब्द ही 'दर्शन' का बोधक है। जिसके द्वारा वस्तु के सच्चे स्वरूप का वर्णन किया जाता है। 'दर्शन' के अंतर्गत स्थूल-सूक्ष्म सभी तत्त्वों का स्वरूप जानने का प्रयास किया जाता है। अतः 'दर्शन' शब्द का प्रयोग स्थूल और सूक्ष्म, भौतिक और आध्यात्मिक दोनों ही अर्थों में किया जाता है। व्यावहारिक दृष्टि से इन तत्त्वों को सिद्ध करने वाले तर्क और विपक्ष का खंडन करने वाली ***युक्तियां*** भी 'दर्शन' के अंतर्गत आ जाती हैं।

फ लॉसफी–'दर्शन के लिए अंग्रेजी शब्द 'फ लासफी' (Philosophy) है। यह शब्द दो ग्रीक शब्दों के मेल से बना है–***फ लॉस***–प्रेम या अनुराग तथा ***सोफि या***–विद्या। अतः इस शब्द का अर्थ है–विद्या का प्रेम या विद्यानुराग। आरंभ में इस शब्द में 'विज्ञान' भी समाहित था। इसीलिए ग्रीस के प्राचीन फ लॉसफर अरस्तू, पाइथागोरस आदि दार्शनिक और वैज्ञानिक दोनों ही थे। परंतु बाद में पाश्चात्य देशों में 'दर्शन' तथा 'विज्ञान' का पार्थक्य स्पष्ट कर दिया गया। इस प्रकार से 'फ लासफी' का अर्थ सीमित हो गया।

'दर्शन' अर्थात् अध्यात्म–दर्शन के लिए आजकल एक और शब्द अधिकांशतः प्रयुक्त होता है, वह है ***'अध्यात्म'***। इसके अंतर्गत आत्मा, परमात्मा, ब्रह्म, जीवन-मृत्यु, कर्म-सिद्धांत, नैतिकता, आचारादि का वर्णन किया जाता है।

इस पुस्तक में 'दर्शन' के लिए 'अध्यात्म' या आध्यात्मिक-ज्ञान शब्द भी प्रयुक्त हैं।

'दर्शन' की परिभाषाएं

दर्शन का क्षेत्र बहुत व्यापक है, अतः इसकी एक सर्वमान्य परिभाषा करना कठिन है। भारतीय तथा पाश्चात्य चिंतकों ने समय-समय पर 'दर्शन' की परिभाषाएं देने का प्रयास किया है। इनमें से कुछ का उल्लेख यहां किया जा रहा है–

1. मनु-स्मृति (6.74) में मनु ने 'दर्शन' को सम्यक् दर्शन मानते हुए उसे आत्म-साक्षात्कार से समीकृत किया है–

सम्यक्-दर्शन सम्पन्नः कर्मभि र्न निबद्धयते।
दर्शनेन विहीनस्तु संसारं प्रतिपद्यते।।

अर्थात् 'सम्यक् दर्शन' से युक्त होने पर कर्म मनुष्य को बंधन में नहीं डालते; जिनको यह सम्यक् दृष्टि नहीं है, वे ही संसार के जाल में फंस जाते हैं।

2. विद्यानिवास मिश्र ने ***'भारतीय चिंतनधारा'*** (पृ. 13) में लिखा है 'सबको देखना ही देखना है अर्थात् 'दर्शन' का अर्थ है 'हरेक भूत, हरेक प्राणी में एक न चुकने वाला भाव देखना'।

3. विपत्तियों का मधुर दुग्ध है, दर्शनशास्त्र। शेक्सपियर (रोमियो एंड जूलियट, 3/3)

4. दर्शनशास्त्र आश्चर्य की उपज है। ह्वाइटहेड (नेचर एंड लाइफ, अध्याय 1)

5. 'दर्शन मनुष्य का एक निष्पक्ष बौद्धिक प्रयत्न है, जिसके द्वारा यह विश्व को उसकी संपूर्णता से समझाने की चेष्टा करता है।' वस्तुतः दर्शनशास्त्र वह विज्ञान है, जो सत्य पर विचार करता है। *–अरस्तू*

पाश्चात्य और भारतीय दृष्टिकोण

उपरोक्त परिभाषाएं दर्शन के विभिन्न पक्षों को व्याख्यायित करती हैं और जीवन के विभिन्न पक्षों में दर्शन की उपयोगिता को सिद्ध करती हैं। इनसे स्पष्ट है कि दर्शन के संबंध में पाश्चात्य और भारतीय विचारकों के मतों में पर्याप्त अंतर है। जैसे पाश्चात्य-दृष्टि जगत् को उसकी संपूर्णता में निष्पक्ष होकर देखने के लिए तर्क और बुद्धि को आवश्यक मानती है, जबकि भारतीय विचारकों का स्पष्ट मानना है कि दर्शन का सत्यज्ञान बुद्धि की सीमा के परे आध्यात्मिक जगत् में पहुंचकर ही हो सकता है। हां, उस ज्ञान को बुद्धि अभिव्यक्त करने में सहायता अवश्य करती है और दूसरा महत्त्वपूर्ण अंतर यह है कि पाश्चात्य विद्वान दर्शन के क्षेत्र में प्रवेश के लिए जिज्ञासा को मुख्य मानते हैं, जबकि भारतीय विचार जगत् की निस्सारता, दुःख से निवृत्ति और मोक्ष को।

दार्शनिक विचारधाराओं के मूलस्रोत

अखिल ब्रह्मांड की उत्पत्ति, स्थिति और लय संबंधी ज्ञान के आधारभूत कोश हैं– वेद। वेद चार हैं–ऋग्वेद, यजुर्वेद, सामवेद और अथर्ववेद। प्रत्येक वेद के तीन भाग हैं–मंत्र संहिता, ब्राह्मण और उपनिषद्। उपनिषदों में वर्णित वेद की व्याख्याओं को ही आधार मानकर दर्शनों का प्रादुर्भाव हुआ। परवर्ती काल के ग्रंथ ब्रह्मसूत्र और गीता इसी शृंखला की कड़ियां हैं। अतः यह तो सुनिश्चित है कि दर्शन ने जिस सामग्री को विवेचना का आधार बनाया, वे मूलतः वेद के विषय हैं। हां, अपनी-अपनी दृष्टि से उन तथ्यों की विवेचना के आधार पर ही दार्शनिकों में मत-मतान्तर हुए। यूं भी महर्षि गौतम का न्याय, कणाद का वैशेषिक, कपिल का सांख्य, पतंजलि का योग, जैमिनि का पूर्व मीमांसा और बादरायण का उत्तर मीमांसा सभी छः दर्शन वेद के प्रति विशिष्ट आस्था रखने के कारण ही वैदिकदर्शन माने जाते हैं।

वैदिक ऋषि ने पंचकोशमय देह के पार सृष्टि के विलास को देखा। सृष्टि विलास की इस क्रीड़ा में भाग लेती शक्तियों का साक्षात्कार किया और इस विलास से उत्पन्न नाद का श्रवण किया। इन्हीं अरूप शक्तियों की क्रीड़ा पर मुग्ध होकर जब ऋषियों ने उनका वर्णन किया, तो यह स्तुति स्वतः ही मानवीकृत होती गई। परिणामस्वरूप परवर्ती अध्येताओं ने इन्हें सगुण अर्चना मान लिया और इस प्रकार वैदिक ऋषि का निर्मल तथा शाश्वत ज्ञान इंद्रियों के धरातल पर आकर विश्व-वेत्ताओं के लिए मतान्तर का कारण बना।

वस्तुतः वैदिक ऋषि ने सृष्टि विलास में भाग लेती शक्तियों को उनके गुणों के आधार पर बड़े सूक्ष्म किंतु सार्थक नाम दिए और उन्हें देवता कहकर पुकारा। देवताओं की तीन श्रेणियां बनाईं। पृथ्वीस्थानीय देवताओं में धन, अन्न, संतान, स्वास्थ्य और वैभव देने वाला अग्नि देवता। अंतरिक्ष में शत्रुओं के पुरों को नष्ट करने वाला तथा देवताओं को संग्राम में विजय दिलाने वाला पुरंदर या इंद्र[1] जो वृष्टि का भी देवता है और द्यौ लोक में सतत क्रियाशील सूर्य के प्रतीक विष्णु, जो तीन डगों में विश्व को मापने के कारण उरुगाय या उरुक्रम भी कहे जाते हैं। इनके साथ ही संपूर्ण संसार को देखने वाला, नियमों को धारण करने वाला, शोभन कर्मों का निष्पादक, प्रकाशित और शासक तथा शुभाशुभ कर्मों का फल देने वाला वरुण[2], सुप्त प्राणियों में जीवन का संचार करने वाला सवितु[3], मार्ग निर्देशक पूषा आदि देवताओं तथा द्यौ की पुत्री उषा[4], अदिति[5], श्रद्धा आदि देवियों की भी बड़ी ही सुंदर अभिव्यक्ति की गई है।

इन अनेक देवी-देवताओं के मूल में एक शक्ति की कल्पना दार्शनिक जगत् की विशेषता है, जिसे वैदिक ऋषि खोज चुके थे। इसी एक देवता को वैदिक ऋषि ने प्रजापति, हिरण्यगर्भ, पुरुष तथा स्कंभ आदि नामों से पुकारा है। ऋग्वेद के सूक्त नितांत दार्शनिक विचारधारा से परिपूर्ण हैं। दशम मंडल का 121वां सूक्त, पुरुष सूक्त, नासदीय सूक्त (x. 129) तथा अथर्ववेद का स्कंभ सूक्त (10.7-8) आदि में सृष्टि के आधारभूत तत्त्व की बड़ी सुंदर और विशद व्याख्याएं मिलती हैं। इसके साथ हीं वेद का कर्मकांड मनुष्य को श्रेष्ठ कर्म यज्ञ करने और ज्ञानकांड आध्यात्मिक चिंतन के लिए प्रेरित करते हैं।

वेदों से आरंभ होकर ब्राह्मणग्रंथों तथा आरण्यकों से होती हुई यह दार्शनिक विचारधारा उपनिषदों में प्रौढ़ और परिपक्व रूप में व्यक्त हुई है। उपनिषदों में, ब्रह्म, आत्मा, जीव, जीवात्मा, पंचकोशमय देह, जगत्, माया, बंधन और मोक्ष जैसे गूढ़-गंभीर आध्यात्मिक विषयों पर विस्तार से गंभीर चिंतन हुआ है, इसके साथ ही आनंदपूर्ण जीवन के लिए विस्तृत नीति-नियमों की व्याख्या भी यहां मिलती है। यही विचार और व्याख्याएं दर्शन की ठोस आधारभूमि बनीं।

उपनिषदों के बाद प्रस्थानत्रयी के शेष दो ग्रंथ 'ब्रह्मसूत्र' और 'गीता' दर्शन की आधारभूमि के लिए प्रसिद्ध हैं। गीता में परमब्रह्म के सगुण स्वरूप भगवान श्रीकृष्ण ने युद्ध से पलायन को उद्धत मोहग्रस्त अर्जुन का संशय दूर करने के लिए जीवन और जगत् के सार तत्त्वों की अनुपम व्याख्या की है। यह व्याख्या इस प्रकार की गई है—यहां युद्ध, अर्जुन और

---

1. *ऋग्वेद. 2.11.17 एवं 3.53.8*
2. *ऋग्वेद. 4.55.9 एवं 3.87.6*
3. *ऋग्वेद. 1.359 एवं 4.54.2*
4. *ऋग्वेद. 1.48.1 एवं 3.61.6*
5. *ऋग्वेद. 1.89.10 एवं 1.162.22*

अन्य योद्धा सूक्ष्म और श्लेष अर्थ रखने के कारण जीवन की गहन गुत्थियों को सुलझाते प्रतीत होते हैं। विशेषकर परमसत्ता, परिवर्तनशील जगत् और जीवात्मा के बारे में श्रीकृष्ण ने आधारभूत रहस्यों को खोला है तथा ज्ञानयोग, कर्मयोग और भक्तियोग के माध्यम से आनन्दस्वरूप परमात्मा की प्राप्ति का मार्ग बताया है।

दर्शनशास्त्रों का वर्तमान स्वरूप बहुत कुछ बौद्ध मतावलंबियों के संशयवाद के विरुद्ध संगठित हुई वैदिक विचारधारा के कारण पुनर्गठित है। बुद्ध के ईश्वर, आत्मा, जीवन, मृत्यु आदि संबंधी विचारों ने समाज में भारी उद्वेलन पैदा किया और बौद्ध मतावलंबियों ने इन सब तथ्यों को लेकर वैदिक परंपराओं पर तीखे प्रहार करने शुरू कर दिए। इन्हीं आक्षेपों का उत्तर देने के लिए न्यायशास्त्र से लेकर वेदांत तक छः दर्शनों का पुनर्गठन हुआ और समाज में वैदिक मत की पुनः सतर्क स्थापना हो सकी। आगे के अध्यायों में तीन नास्तिक दर्शनों और छः आस्तिक दर्शनों के बारे में दी गई जानकारी से उक्त तथ्य प्रामाणिकता के साथ सिद्ध हो जाएगा।

भारतीय दर्शनों का काल-विभाग

भारतीय दर्शन के इतिहास को निम्न काल-खंडों में विभक्त किया जाता है–

1. वैदिककाल–इस काल में ऋग्वेद, यजुर्वेद, अथर्ववेद आदि संहिताओं में सांकेतित दार्शनिक तत्त्व ब्राह्मणग्रंथों, आरण्यकग्रंथों से होते हुए उपनिषदों में आकर पूर्ण विकसित हुए हैं। उपनिषदों में दार्शनिक-तत्त्व बहुत सुंदर रूप से विवेचित हुए हैं। गुरु-शिष्य के मध्य हुए दार्शनिक संवाद नितांत सुलझे हुए तथा हृदय को स्पर्श करने वाले हैं। आंतरिक अनुभूतियों के ये वर्णन बहुत सहज एवं रोचक हैं। चरम तत्त्व का साक्षात्कार स्वयं करके ही वे इतनी सहजता से अपनी बात कह सकते हैं।

2. उत्तर-वैदिककाल–यह काल वैदिकधर्म के विरोध का युग है। उपनिषद्काल में ही अनेक वेद-विरोधी मतों के स्वर उभरने लगे थे, जो उपनिषदों के युग की समाप्ति के बाद मुखर होकर सामने आए। इनमें 'चार्वाक' का प्रभाव कुछ काल-पर्यंत रहा, पर जैन-बौद्ध दार्शनिक वैदिक दार्शनिकों से वाद-विवाद में टक्कर लेकर धीरे-धीरे अपना प्रभाव जमाते रहे। आज भी इन मतों के अनुयायी समाज में हैं।

3. दर्शनकाल–इस काल के दो अवांतर भेद किए जाते हैं–(i) सूत्रकाल, (ii) वृत्तिकाल।

(i) सूत्रकाल–सूत्रकाल में न्याय, वैशेषिक, सांख्य, योग, मीमांसा तथा वेदांतदर्शनों के सूत्रों की रचना हुई। उपनिषदों में प्राप्त तथ्यों तथा विचारों को ग्रहण कर उनकी अपनी-अपनी तरह से व्याख्याएं करके दार्शनिकों ने विभिन्न मतों की स्थापना इस युग में की। किंतु इसका अर्थ यह नहीं कि दर्शनशास्त्र का प्रारंभ यहां से हुआ है। वास्तव में ये विभिन्न सूत्रग्रंथ शताब्दियों की आध्यात्मिक खोज के परिणाम हैं। इन सभी सूत्रों में एक-दूसरे के सिद्धांतों के उल्लेख हैं। जैसे वेदांत सूत्रों में (3.4.28) मीमांसा का उल्लेख

है, जो न्यायसूत्र (3.2) वैशेषिकसूत्र से परिचित है। सांख्यसूत्र (पंचम अध्याय) में अन्य दर्शनों के सूत्रों का निर्देश करता है। इन सूत्रों के रचनाकाल के विषय में विभिन्न प्रकार के मत प्रचलित हैं। सामान्यतः 400 विक्रम पूर्व से 200 विक्रम पूर्व तक इनका रचनाकाल स्वीकार किया जाता है।

*(ii) **वृत्तिकाल***–सूत्रों की शब्दावली इतनी गूढ़ और स्वल्प है कि वृत्ति या व्याख्या के बिना उनका अर्थ समझना संभव नहीं होता। इस काल में सूत्रों पर भाष्य, वार्त्तिक तथा टीकाएं लिखी गई हैं। भाष्यकार हों, वृत्तिकार या टीकाकार सब अपने-अपने क्षेत्र में नितांत मौलिकता से विचारों का प्रतिपादन करने में समर्थ हुए हैं। इस कारण इस युग में प्राचीन आचार्यों के मतों का रहस्योद्‌घाटन ही नहीं होता, अपितु नये-नये स्वतंत्र मतों की स्थापना भी होती रही है। इस युग का समय 300 विक्रमी से लेकर 1500 विक्रमी तक माना जा सकता है।

भारतीय दर्शन की शाखाएं

वेद के प्रति श्रद्धा की कसौटी को लेकर भारतीय दर्शन की शाखाएं दो वर्गों में विभाजित हैं–***आस्तिक व नास्तिक***। संस्कृत-साहित्य में 'आस्तिक' उसे माना जाता है, जो वेदों के प्रमाण में विश्वास करे। इस प्रकार जो दार्शनिक शाखाएं श्रुति को प्रमाण (या वेद को) मानती हैं, उन्हें 'आस्तिक' तथा अन्यों को 'नास्तिक' माना जाता है। आस्तिक शाखाओं के अंतर्गत सामान्यतः *छः* दर्शन आते हैं–

1. न्यायदर्शन, 2. वैशेषिकदर्शन, 3. सांख्यदर्शन, 4. योगदर्शन, 5. मीमांसादर्शन, 6. वेदांतदर्शन।

आस्तिक दर्शनों के इस वर्ग में भी दो भेद हैं। पहली शाखा में वे दर्शन हैं, जो वेदग्रंथों पर आधारित हैं और दूसरी शाखा में स्वतंत्र आधार वाले दर्शन हैं। नास्तिक दर्शनों के दूसरे वर्ग के अंतर्गत निम्नांकित तीन दर्शन माने जाते हैं–

1. चार्वाकदर्शन, 2. जैनदर्शन, 3. बौद्धदर्शन।

भारतीय दर्शन

आस्तिक — नास्तिक

आस्तिक: वैदिकग्रंथों पर आधारित — स्वतंत्र आधार वाले

नास्तिक: चार्वाक — जैन — बौद्ध

स्वतंत्र आधार वाले: न्याय — वैशेषिक — सांख्य — योग

वैदिकग्रंथों पर आधारित: (कर्मकांड को महत्त्व देने वाले) मीमांसा — (ज्ञानकांड को महत्त्व देने वाले) वेदांत

भारतीय दर्शन की आस्तिक तथा नास्तिक शाखाओं को पूर्व तालिका से समझा जा सकता है–

दर्शन का क्षेत्र

दर्शन का क्षेत्र बहुत विस्तृत है। अध्ययन की सुविधा के लिए विद्वान इसे अपनी-अपनी दृष्टि से खंडों में विभाजित कर अध्ययन करते हैं। यद्यपि ये सभी विभाग एक-दूसरे से नितांत संबद्ध ही रहते हैं। कुछ सर्वमान्य विभाग निम्नांकित हैं–

1. तत्त्व-मीमांसा–इसके अंतर्गत प्रकृतिगत अर्थात् भौतिक पदार्थों और मानव के अध्यात्म एवं ईश्वर संबंधी तात्त्विक चिंतन के सत्य को जानने का प्रयास किया जाता है।

जो दार्शनिक भौतिक पदार्थ की स्वतंत्र सत्ता को मानते हैं तथा मानसिक दशाओं की सत्यता को आभासमात्र, उन्हें ***भौतिकवादी*** (Materealist) कहते हैं। इसके विपरीत जिनकी दृष्टि में सुख-दुखादि मानसिक दशाओं की या मानसमात्र की स्वतंत्र सत्ता है और भौतिक पदार्थ केवल मानस सत्ता के प्रतीतिमात्र हैं, उन्हें ***प्रत्ययवादी*** (Idealist) कहते हैं।

2. प्रमाण-मीमांसा या ज्ञानशास्त्र–इसके अंतर्गत मानवीय ज्ञान की प्रकृति क्या है? ज्ञान का विकास किस प्रकार होता है और यह यथार्थ को ग्रहण करने में कहां तक सक्षम है? आदि तथ्यों पर विचार किया जाता है।

3. तर्कशास्त्र–इसका उपयोग ज्ञान की व्यावहारिक प्रक्रिया के विवेचन में किया जाता है। तर्क को सत्य तथा प्रामाणिक सिद्ध करने के लिए आवश्यक विशिष्ट नियमों का वर्णन 'तर्कशास्त्र' में किया जाता है। तर्कशास्त्र के दो विभाग हैं–***डिडक्टिव*** (निगमन)–सामान्य से विशेष का अनुसंधान तथा ***इंडक्टिव*** (आगमन)–विशिष्ट दृष्टांतों का अध्ययन कर सामान्य सिद्धांत को खोज निकालना।

4. आचारशास्त्र–इस विभाग में आचार या कर्तव्य की मीमांसा की जाती है। मानव जीवन का क्या लक्ष्य निर्धारित करें? सुख की प्राप्ति या कल्याण की उपलब्धि कैसे हो? कर्तव्य किसे कहते हैं? वह कितने प्रकार का होता है? कर्तव्याकर्तव्य का निर्णय किस आधार पर किया जा सकता है? इन सबका विवेचन आचारशास्त्र का विषय है।

5. सौंदर्य-मीमांसा–इसके प्रधानतया दो विभाग हैं–सौंदर्य-निर्णय एवं व्यावहारिक सौंदर्य।

(i) सौंदर्य-निर्णय–किसी चीज़ को सुंदर बनाने का क्या कारण है? किसी वस्तु के अवलोकन से सुख या दुःख की उत्पत्ति कैसे होती है? 'सुंदरता' की सात्त्विक व्याख्या क्या है? ऐसे प्रश्नों का उत्तर इस विभाग में मिलता है।

(ii) व्यावहारिक सौंदर्य–सौंदर्य को कलारूप में परिवर्तित होने की व्याख्या यहां की जाती है। कला का विवेचन इसका प्रतिपाद्य विषय है। चित्रणीय वस्तु तथा चित्र में कौन-सा संबंध होता है? कलाकार में प्रकृति, कल्पना, स्मृति आदि किन गुणों की सत्ता होने से सामान्य

वस्तु कला के रूप में परिवर्तित हो जाती है? इन सबका विवेचन इस विभाग के अंतर्गत मिलता है।

*6. **मनोविज्ञान***–मन की विविध प्रवृत्तियों का शास्त्रीय विवेचन करता है। इस विभाग ने आजकल इतनी उन्नति कर ली है कि इसे अधिकांश आलोचक 'विज्ञान' के अंतर्गत मानने लगे हैं। आजकल प्रयोगशालाओं में प्रयोग द्वारा मानसिक दशाओं की शास्त्रीय तथा यथार्थ व्याख्याएं की जाती हैं। फ्रायड के मानसिक विश्लेषणवाद से इस क्षेत्र में नई क्रांति की शुरुआत हुई है।

दर्शन और विज्ञान

आधुनिक युग विज्ञान की चरमोपलब्धियों का युग है। विज्ञान व तकनीक ने मिलकर प्राचीन ज्ञान-विज्ञान तथा उसके सिद्धांतों के समीकरण बदल डाले हैं। 'क्लोंड बेबी' (Cloned baby) जन्म ले चुके हैं। इस विशिष्ट बच्चे की सेवा में ऐसे रोबोट तैयार हैं, जो शारीरिक-मानसिक रूप से हर कार्य करने में सक्षम हैं। भविष्य में शिक्षा के लिए गुरु नहीं, कंप्यूटर ही काफी होगा और कार्यालय तो कागज़-रहित होंगे। दूरसंचार साधनों की अभूतपूर्व क्रांति ने पूरे विश्व को एक ग्राम में बदल दिया है। जल्दी ही विकसित होने वाली 'नैनो टेक्नोलोजी' और 'ब्ल्यू ट्रुथ टेक्नोलोजी' न जाने क्या-क्या अद्भुत परिवर्तन करने वाली है। ऐसे युग में 'दर्शन' या 'अध्यात्म' की बात करना बहुतों को हास्यास्पद लग सकता है, परंतु मानव-जीवन के इतिहास को उसके आदि से लेकर आज तक के संदर्भ में देखें, तो पता चलता है कि विज्ञान व दर्शन दोनों ही मनुष्य के लिए अपेक्षित रहे हैं।

मानव-जीवन का इतिहास बताता है कि जब-जब विज्ञान धर्म, दर्शन, अध्यात्म या नैतिकता से दूर हुआ, तब-तब मानवता को बड़ी दर्दनाक कीमत चुकानी पड़ी है। एक भ्रूण की हत्या से लेकर परमाणु हथियारों द्वारा मानवता के समूचे विनाश तक का तांडव दुनिया ने देखा है। विज्ञान के चरम उत्कर्ष पर पहुंचे वैज्ञानिक भी इस सच्चाई को समझ रहे हैं, स्वीकार कर रहे हैं और प्रयास कर रहे हैं कि हमें दर्शन और विज्ञान में तालमेल करना होगा, आंतरिक जीवन के विकास की यात्रा शुरू करनी होगी, नैतिकता का पाठ पढ़ना होगा तभी वैज्ञानिक उपलब्धियों का समुचित प्रयोग हो सकेगा। रिचर्ड हावेल की तरह ही स्टीफन हार्डिंग अपनी पुस्तक 'ए ब्रीफ हिस्ट्री ऑफ टाइम' में यह मानते हैं कि विज्ञान के तीव्र विकास के साथ दार्शनिक नहीं चल पाए हैं, जिससे ***'विज्ञान और दर्शन का संबंध टूट गया है।'*** अधिकांश विद्वान इस सच्चाई को स्वीकार कर रहे हैं कि विज्ञान अध्यात्म तक ले जाने वाला सर्वश्रेष्ठ मार्ग है। डॉ. हर्बट डींगल ने बल देकर कहा है– *'यदि विज्ञानों के मार्ग पर ठीक-ठीक चला जाए, तो उसका अंत दर्शन में ही होगा।'* इसी आशय की बात ***सर जेम्स जोन्स, सर आर्थर एडिंगटन, बर्ट्रेन्ड रसल*** आदि विद्वानों ने भी समय-समय पर कही है।

'सापेक्ष सिद्धांत' *के जनक* ***आइंस्टीन*** अपने अंतिम दिनों में इस आध्यात्मिक सत्य को समझ गए थे कि *मनुष्य एक 'संपूर्ण' का (जिसे विश्व कहते हैं) अंश है, जो देशकाल की सीमाओं में बंधा है। वह स्वयं को अपने विचारों-भावनाओं को सबसे अलग समझता है, अनुभव करता है, जो एक प्रकार से 'दृष्टिभ्रम' है। यह 'भ्रम' एक प्रकार की 'कारा' है, जिसने हमें व्यक्तिगत इच्छाओं में बांध दिया है तथा हमारे प्रेम को भी कुछ निकट के संबंधियों तक सीमित कर दिया है। हमारा कर्तव्य स्वयं को मुक्त करना है* इस 'कारा' *से। करुणा के चक्र का विस्तार कर सभी जीवित प्राणियों तथा संपूर्ण प्रकृति को उसके सौंदर्य सहित अपने आलिंगन में समा लेना है।* **आइंस्टीन** के ये भाव किसी उपनिषद् के मंत्रों से कम नहीं लगते। सच में विज्ञान यदि करुणा की बात करे, तो बड़ा सौभाग्य है। विज्ञान आध्यात्मिक बने और अध्यात्म अंधविश्वास को छोड़ विज्ञान को अपनाए, यही मंतव्य है आइंस्टीन का।

विज्ञान अध्यात्म की कसौटी पर–अध्यात्म का सूक्ष्म साम्राज्य अब वैज्ञानिक अनुसंधानों का प्रमुख विषय बनता जा रहा है। अध्यात्म की दिव्यानुभूति में आनंद कैसे मिलता है, इसका अध्ययन भी विज्ञान आज करने का प्रयत्न कर रहा है। क्या मानव-मस्तिष्क आध्यात्मिक चिंतन के लिए एक भूमिका अदा करता है? क्या आध्यात्मिक अनुभवों में सत्यता होती है? और यदि ऐसा है, तो क्या स्नायुमंडल या नाड़ी-तंत्र में ऐसा कौन-सा क्षेत्र है, जो इन अनुभूतियों के लिए उत्तरदायी है? क्या आध्यात्मिकता और मस्तिष्क के जटिल संबंधों को समझा जा सकता है? इन सब प्रश्नों ने विज्ञान की एक नई शाखा को जन्म दिया है, जिसे ***'न्यूरोथियोलोजी'*** कहते हैं, जो धर्म-दर्शन की 'न्यूरोबायोलोजी' का अध्ययन करती है। इस अध्ययन के परिणाम बहुत रोचक रहे हैं। ***एंड्रयू न्यूबर्ग*** ने 'गहन ध्यान' के क्षणों में, प्रार्थना के क्षणों में मस्तिष्क में होने वाले परिवर्तनों को जांचा है। यह जांच एक विशेष तकनीक से होती है, जिसे कहते हैं **S P E C T** (Single Photon Emission Computed Tomography)। अनेक बौद्धों (तिब्बती लामासिद्धों) तथा ननों के ऊपर किए गए प्रयोगों से उन्होंने पाया है कि–*जैविक रूप से मानव मस्तिष्क में कोई ऐसा तार जुड़ा है, जो हमें धार्मिक विश्वास, दिव्यता तथा आध्यात्मिकता की अनुभूति करवाता है। गहन ध्यान के क्षणों में मस्तिष्क के फ्रंटल-लोब क्षेत्र में क्रियाशीलता बढ़ जाती है तथा 'ध्यान' की चरमावस्था में तो यह ज्योतित हो जाता है।* यही कारण है कि आध्यात्मिक प्रवृत्ति वाले व्यक्ति शांत, करुणावान् होते हैं तथा भावात्मक असंतुलन से मुक्त रहते हैं।

जैसे मनुष्यमात्र बुद्धिमान प्राणी है, परंतु सभी की 'बुद्धिलब्धि' (IQ) में अंतर होता है, उसी तरह सबकी 'संवेगलब्धि' (EQ) में भी अंतर होता है। आज इन दोनों के साथ-साथ एक नया शब्द प्रयोग में आने लगा है, वह है 'आध्यात्मिक लब्धि'–(SQ-Spirituality Qutent)। आश्चर्यजनक बात यह है कि नई सदी में इस 'आध्यात्मिक लब्धि' को विशेष महत्त्व दिया जा रहा है। मल्टीनेशनल कंपनियां व संस्थान अपने कर्मचारियों, प्रबंधकों आदि

के लिए योगशिक्षक, ध्यान-प्रशिक्षक भी रखने लगी हैं, क्योंकि ऐसा माना जाने लगा है कि 'कार्यक्षमता' बढ़ाने और तनावों तथा अवसाद को दूर करने का कारगर उपाय 'शामक-औषधियां' नहीं, अपितु यही प्राचीन-आध्यात्मिक मार्ग है और 'आध्यात्मिक लब्धि' (SQ) का मूल हमारी प्राचीन संस्कृति में है, ब्रह्मसूत्रों, उपनिषदों तथा गीता में है। वास्तव में 'आध्यात्मिक लब्धि' ही हमारी बुद्धि, हमारे संवेगों की आधारशिला है।[1]

अपने देश में अध्यात्म की जड़ें बहुत गहरी हैं। प्रसिद्ध वैज्ञानिक डॉ. ए.पी.जे. अब्दुल कलाम का मानना है कि अध्यात्म अंदर की खोज है और विज्ञान अंदर नहीं जा सकता, वह बाहर की खोज है। सर्वांगीण विकास के लिए दोनों की जरूरत है, परंतु वैज्ञानिक पहले बाहर की परिधि को समझ सकेंगे तभी भीतर को पहचान पाएंगे, क्योंकि अध्यात्म अधिक सूक्ष्म, अधिक कोमल है। ओशो के यह विचार बहुत उपादेय हैं। नई सदी के मानव से यह अपेक्षा है कि वह न्यूटन, एडीसन, रदरफोर्ड, आइंस्टीन आदि के विज्ञान से समृद्ध हो, तो साथ ही बुद्ध, कृष्ण, ईसा और मोहम्मद के अध्यात्म से भी। स्वामी चैतन्य कीर्ति ने उचित ही कहा है कि *सबसे बड़ा योग 'विज्ञान और अध्यात्म' का योग है।*

भारतीय दर्शनों की सामान्य विशेषताएं

भारतीय दर्शन की आस्तिक-नास्तिक धाराओं में बहुत से अंतर भी हैं, परंतु फिर भी काफी विशेषताएं सामान्य हैं, जो निम्नांकित हैं–

1. वेद-उपनिषदों का प्रभाव–समूचे भारतीय दर्शनों का मूल वैदिक-वाङ्मय है। चार्वाक, जैन और बौद्ध जैसे नास्तिक-दर्शन पर भी प्रत्यक्ष-अप्रत्यक्ष रूप में वेद का प्रभाव स्पष्ट दिखाई पड़ता है। वेद तथा उपनिषदों की प्रखर आलोचना तथा प्रतिक्रियावश ही इन नास्तिक-दर्शनशास्त्रों का जन्म हुआ है। इसके अतिरिक्त आस्तिक वर्ग के सभी छह दर्शनों पर तो यह प्रभाव है ही। इसीलिए 'शब्द' या 'आप्त वचन' का महत्त्व भारतीय दर्शन में कुछ अधिक ही है। बाद के ग्रंथ गीता-पुराणादि में भी वेदाधारित विचारधारा ही पल्लवित रही है।

2. भारतीय दर्शनों का सामान्य लक्ष्य–सभी भारतीय-दार्शनिकों का सामान्य लक्ष्य यही है कि वे जीवन व दर्शन में गहन संबंध स्थापित करते हैं। अतः 'दर्शन' जीवन के पुरुषार्थ का सहारा है। जीवन का उद्देश्य है 'सच्चिदानंद' को प्राप्त करना या 'सत्यं शिवं सुंदरम्' की प्राप्ति। यह 'दर्शन' के माध्यम से ही संभव है। दर्शन का उद्देश्य 'अंतिम सत्य' (या परम-तत्त्व) की व्याख्या करना है। जीवन में जो कुछ असुंदर और अशिव हो, उसके निराकरण का उपाय भी दर्शन बताता है। अतः कहा जा सकता है कि भारतीय दर्शन जीवन को आनंद से जीने की कला सिखाता है।

3. आध्यात्मिक संतोष–दर्शन का जन्म मात्र जिज्ञासा से नहीं, वरन् आध्यात्मिक संतोष

---

1. SQ is the foundation for IQ & EQ.

पाने की इच्छा से होता है। वास्तव में संसार की असारता, क्षणभंगुरता और दुःख उसे एक सार तत्त्व, स्थायित्व तथा आनंद की खोज की ओर ले जाते हैं। इस खोज में सभी भारतीय दर्शन 'आत्म-दर्शन' 'आत्म-साक्षात्कार' की ओर मुड़ते हैं। यह 'अध्यात्मवाद' बुद्धि को नहीं, अपितु 'अंतर्दर्शन' (Interction) को अधिक महत्त्व देता है।

4. सभी दर्शनों का लक्ष्य मोक्ष है–भारतीय दर्शन की सभी शाखाओं (चार्वाक को छोड़कर) में ज्ञान का अर्थ जीवन का दिव्य रूपांतर, आनंद की प्राप्ति और सांसारिक दुःखों से छुटकारा पाना है। भारतीय दार्शनिक मोक्ष को ही जीवन का लक्ष्य मानते हैं। इस मोक्ष का निश्चित स्वरूप सभी मतों में कुछ भिन्न-भिन्न अवश्य है, पर सभी की सहमति इसमें है कि मोक्ष से संसार के दुःखों से मुक्ति मिल जाती है। यह मोक्ष नीति और धर्म से परे एक आध्यात्मिक व्यवस्था है।

5. बंधन का कारण अज्ञान है–इस सिद्धांत पर सभी दर्शनों में एकमत है कि दुःखों और बंधनों का कारण मानव का अज्ञान है। यह अज्ञान केवल बौद्धिक ही नहीं, बल्कि आध्यात्मिक और मनोवैज्ञानिक भी है। बुद्ध के चार आर्य सत्य और शंकर का वेदांत इसी अज्ञान को दूर करने की चेष्टा करते हैं।

6. मोक्ष-प्राप्ति के लिए अभ्यास तथा योग की आवश्यकता–मनोवैज्ञानिक और आध्यात्मिक अज्ञान से छुटकारा पाने के लिए सभी भारतीय दर्शन किसी न किसी प्रकार के अभ्यास अथवा योग की आवश्यकता को मानते हैं। पतंजलि योग के यम, नियम, आसन, ध्यान आदि साधनों का अभ्यास अज्ञान को दूर करने के लिए साधन रूप में लगभग सभी दर्शनों के द्वारा स्वीकृत है। भाव यही है कि भारतीय दर्शनों में 'ज्ञान-पक्ष' के साथ-साथ साधना-पक्ष भी प्रबल है। यह साधना-पक्ष निरोधात्मक मात्र न होकर रचनात्मक भी है। ज्ञान-प्राप्ति के लक्ष्य में इसीलिए शरीर, मन व बुद्धि सभी की साधना पर जोर दिया गया है।

7. भारतीय-दर्शन मनोवैज्ञानिक सत्यों पर आधारित है–मानव-मनोविज्ञान की बड़ी सूक्ष्म और विशद व्याख्या सभी दार्शनिक ग्रंथों में मिलती है। बुद्ध से लेकर पतंजलि, शंकर और रामानुज आदि सभी दार्शनिकों ने दर्शन के मनोवैज्ञानिक पक्ष पर काफी जोर दिया है। योग की क्रियाएं शारीरिक और मानसिक व्याधियों को दूर करके चित्त को स्थिर करने में आज भी अद्वितीय हैं। वेदांत में जाग्रत, स्वप्न, सुषुप्ति तथा तुरीय अवस्थाओं तथा चैतन्य के स्वरूप का सूक्ष्म विश्लेषण हुआ है। भारतीय दर्शन जीवन के अनुभवों पर आधारित है। अतः इन अनुभवों की भी सूक्ष्म विवेचना यहां की गई है।

8. धर्म-दर्शन का समन्वय–भारतीय दर्शनों की सबसे अधिक महत्त्वपूर्ण एवं सर्वमान्य विशेषता यह है कि उनमें धर्म और दर्शन की समस्याओं में बहुत अंतर नहीं है। धर्म शब्द का प्रयोग बहुत व्यापक अर्थों में किया गया है। धर्म और दर्शन दोनों का लक्ष्य जीवन का रूपांतर तथा सांसारिक कष्टों से मोक्ष रहा है। हैवेल नामक पाश्चात्य दार्शनिक ने उचित ही कहा है कि 'भारत में धर्म रूढ़ि नहीं है, बल्कि आध्यात्मिक विकास की विभिन्न अवस्थाओं

और जीवन की भिन्न-भिन्न परिस्थितियों के अनुरूप मानव-व्यवहार का एक क्रियात्मक सिद्धांत है।' यहां मानव, प्रकृति तथा ईश्वर के बीच कोई गहरी खाईं नहीं है। दार्शनिक सिद्धांतों का मूल्यांकन जीवन की कसौटी पर किया गया है और धार्मिक सिद्धांतों को बुद्धि और आध्यात्मिक अनुभूतियों की तुला पर तोला गया है।

9. धार्मिकता का बौद्धिक आधार–धार्मिक होते हुए भी भारतीय दर्शन बौद्धिक है। संसार के दर्शन के इतिहास में जितने भी मत-मतांतर आज तक हुए हैं, वे किसी-न-किसी रूप में भारतीय दर्शनों में मिल ही जाते हैं। शास्त्रार्थ की प्रथा में प्रत्येक भारतीय दार्शनिक को अपने सिद्धांतों को सबल तर्कों द्वारा पुष्ट कर अन्य मतों का खंडन करना पड़ा। इसी कारण भारतीय दर्शनों में तर्कशास्त्र और प्रमाणशास्त्र का समुचित विकास हुआ है।

10. वैचारिक एवं व्यावहारिक समन्वयवाद–बौद्धिक होते हुए भी भारतीय दर्शन समन्वयवाद में विश्वास रखते हैं। यहां जीवन के किसी एक पक्ष पर अत्यधिक जोर नहीं दिया गया है। व्यक्तिगत साधना का विषय होने पर भी प्रत्येक दर्शन में लोककल्याण का ध्यान रखा गया है। शंकराचार्य, बुद्ध या महावीर कोई भी क्यों न हों, सभी महान् दार्शनिक होने के साथ-साथ महान् समाज सुधारक भी थे। वास्तव में भारतीय दर्शनों का ध्येय व्यक्तिगत मोक्षमात्र न होकर समाज का आध्यात्मिक रूपांतर करना भी था। इस रूपांतरण में आध्यात्मिकता के साथ-साथ शारीरिक और मानसिक पक्ष पर भी जोर दिया गया है।

11. भारतीय दर्शन प्रगतिशील है–भारत में दार्शनिक सिद्धांतों में जब कभी किसी एक सिद्धांत का अत्यधिक प्रचार हुआ, तो उसके प्रतिवादी पक्ष की भी स्थापना हुई। जड़वाद, अध्यात्मवाद, द्वैत, अद्वैत, द्वैताद्वैत, विशिष्टाद्वैतवाद आदि भिन्न-भिन्न दार्शनिक सिद्धांतों की क्रिया-प्रतिक्रिया के मध्य नए-नए दार्शनिक विचार सामने आए। प्रगतिशीलता की इसी विशेषता के कारण ही भारतीय दर्शनों का निरंतर विकास होता रहा है।

12. 'ऋत' में विश्वास–भारतीय दर्शन जिस प्रकार मानव जगत् में नैतिक व्यवस्था देखता है, उसी प्रकार भौतिक जगत् में भी शाश्वत नैतिक तथ्य में विश्वास रखता है। यह नैतिक व्यवस्था वैदिक वाङ्मय में 'ऋत' के नाम से प्रसिद्ध है। मानवीय जीवन में नैतिकता की आवश्यकता सामाजिक व्यवस्था को चलाने के लिए जरूरी है। यह नैतिकता 'कर्म' के सिद्धांत द्वारा अभिव्यक्त होती है। मीमांसा में यही कर्म की नैतिक व्यवस्था 'अपूर्व' नाम ग्रहण करती है, तो न्याय-वैशेषिक में इसी का नाम 'अदृष्ट' है।

13. कर्म-सिद्धांत–सभी भारतीय दर्शनों में 'कर्म' का सिद्धांत स्वीकृत है। कर्म के सिद्धांत के अनुसार धर्माधर्म आदि कर्मफल संस्कार के रूप में सदैव सुरक्षित रहते हैं और हमारे जीवन की घटनाओं को परिचालित करते हैं। यह संसार एक रंगमंच की तरह है, जहां पर सबको अपने-अपने कर्मानुसार निश्चित भूमिका निभानी पड़ती है। कर्म-बंधन से छूटने का नाम ही मोक्ष है और भिन्न-भिन्न दर्शनों में इस मोक्ष को पाने के तरीके बताए गए हैं।

14. पुनर्जन्म में विश्वास–चार्वाकदर्शन को छोड़कर अधिकतर भारतीय दार्शनिक पुनर्जन्म का सिद्धांत भी मानते हैं। कर्म के बंधनों के कारण ही आत्मा को जन्म-मरण के चक्र में घूमना पड़ता है। मोक्ष होने पर ही पुनर्जन्म से मुक्ति मिलती है।

उपर्युक्त सभी विशेषताएं सभी भारतीय दर्शनों में कम-ज्यादा रूप में मिलती हैं।

भारतीय दर्शनों पर मिथ्या आरोप

पाश्चात्य विद्वानों ने भारतीय दर्शन को निराशावादी बतलाया है। लॉर्ड रोनल्डशे[1] के शब्दों में 'निराशावाद समस्त भारतीय भौतिक और आध्यात्मिक जीवन में व्याप्त है।' उर्कुहर्ट[2] ने भी ऐसे ही विचार व्यक्त किए हैं। भारतीय दर्शन पर यह नितांत मिथ्या आरोप है। भारतीय दर्शन जगत् को दुःख का कारण अवश्य मानते हैं, किंतु यह कारण परम श्रेय परमात्मा या परम आनंद की प्राप्ति का आधार है। किसी भी तथ्य को प्रक्रिया के आधार पर नहीं, परिणाम के आधार पर ही सिद्धांतरूप दिया जा सकता है। अपने परिणाम में भारतीय दर्शन असत्य से सत्य, मृत्यु से अमरता और अंधेरे से प्रकाश की ओर जाने की कामना से परिपूर्ण है? दुःख और बंधन से मोक्ष तक ले जाने के प्रयास निराशावादी हो भी कैसे सकते हैं। आनंद जिसका लक्ष्य है, उस परिणाम को निराशावादी कहना इस बात का प्रमाण है कि यह निष्कर्ष अधूरे ज्ञान पर आधारित है।

दूसरा आरोप भारतीय दर्शनों पर यह लगाया जाता है कि वे परंपरावादी हैं, रूढ़िवादी हैं। वेद, उपनिषदों तथा गीता पर आस्था को रूढ़िवाद कहना पूरी तरह अनुचित होगा। जिन भारतीय दार्शनिकों ने वेद, उपनिषद और आरण्यकों की व्याख्या के बाद भी क्रमशः नौ दर्शनों को स्थापित किया, वे आखिर रूढ़िवादी हो भी कैसे सकते हैं? इससे बड़ी प्रगतिशीलता का उदाहरण विश्व में दूसरा मिलना कठिन है।

इस प्रकार से भारतीय दर्शनों पर लगाए गए आरोप निर्मूल हैं।

भारतीय दर्शन का व्यावहारिक पक्ष

भारतीय दर्शन का जन्म प्रकृति की गोद में हुआ। वैदिक ऋषियों ने कण-कण में व्याप्त प्राकृतिक सौंदर्य को देखा। प्रकृति की नाना शक्तियों के रूप से प्रभावित होकर उनकी 'देवरूप' में कल्पना कर डाली। प्राकृतिक रहस्यों के प्रति कौतूहल से, जिज्ञासा से ही प्राचीनतम दर्शन का जन्म हुआ।

परंतु यह मानसिक कौतूहल जो अनेक वेदमंत्रों की रचना का कारण बना, उपनिषदों तक आकर 'आत्मसाक्षात्कार' के लक्ष्य में बदल गया। उपनिषदों के ऋषि का लक्ष्य था–

---

1. रोनल्डशे, इंडिया, ए बर्डस् आई व्यू (पृ. 313)

2. उर्कुहर्ट, उपनिषद्ज एंड लाइफ (पृ. 69-70)

असतो मा सद् गमय
तमसो मा ज्योतिर्गमय
मृत्योर्मामृतं गमय। (बृहदारण्यकोपनिषद् 1.3.28)

अर्थात् असत् से सत् की ओर ले चल, अंधकार से प्रकाश की ओर ले चल, मृत्यु से अमरता की ओर ले चल।

'जीवन के उस मार्ग' की खोज, जो सत्, प्रकाश और अमरत्त्व दिलवा सके– उपनिषदों का मूल उद्देश्य है। भारतीय दर्शन की प्रत्येक शाखा में भी यही खोज महत्त्वपूर्ण है। महात्मा बुद्ध के दर्शन का वास्तविक लक्ष्य निर्वाण-प्राप्ति का मार्ग खोजना था। इसीलिए उन्होंने आत्मा और पुनर्जन्म के विवाद से अधिक अष्टांग पथ पर जोर दिया। जैनदर्शन का लक्ष्य भी सब प्रकार के कर्मों का नाश करके मोक्ष प्राप्त करना है। जैनदर्शन सम्यग्-दर्शन, सम्यग्-ज्ञान तथा सम्यग्-चरित्र से मोक्ष-प्राप्ति की बात कहता है। सम्यग्-चरित्र के अंतर्गत पांच महाव्रत अहिंसा, सत्य, अस्तेय, ब्रह्मचर्य और अपरिग्रह तथा दस धर्मों के आचरण के साथ-साथ अन्य अनेक कठोर नियमों का पालन करना आता है।

न्याय, वैशेषिक, सांख्य, योग, मीमांसा और वेदांत सभी आस्तिक दर्शनों का परम लक्ष्य मोक्ष ही है। सांख्य का साधन पक्ष योग है। योग का अष्टांग साधन प्रसिद्ध है। यम, नियम, आसन, प्राणायाम, प्रत्याहार, धारणा, ध्यान तथा समाधि के द्वारा तन, मन, प्राण, इंद्रियां सभी को एकाग्र कर ऐसी शक्ति उत्पन्न की जाती थी कि योगी अत्यंत तेजस्वी तथा बलशाली होते थे। फिर भी योग का लक्ष्य विभूतियां एकत्रित करना नहीं था। उसका उद्देश्य परमतत्त्व से एकाकार होना ही है। भारत तो योगियों का देश रहा है। उपनिषदों के ऋषियों से लेकर पतंजलि और आधुनिक युग के श्री अरविन्द तक सभी दार्शनिक पहले योगी हैं, द्रष्टा हैं, बाद में तार्किक विचारक। तर्क तथा विचार की स्पष्टता में भी योग सहायक होता है। योग चरम लक्ष्य की प्राप्ति का साधन है।

शंकराचार्य जैसे बौद्धिक दार्शनिक ने भी वेदांत का अध्ययन करने से पहले उसका अधिकारी बनना आवश्यक माना है। अधिकारी बनने के लिए व्यक्ति को साधनचतुष्टय साधना पड़ता है। यह इस प्रकार है–

(1) ***नित्यानित्यवस्तु विवेक***–साधक में नित्य और अनित्य वस्तुओं में अंतर करने की योग्यता होनी चाहिए।

(2) ***इहामुत्रार्थभोगविराग***–लौकिक-पारलौकिक सभी भोगों की कामना का परित्याग करना।

(3) ***शमदमादिसाधनसम्पद्***–साधक को शम, दम, श्रद्धा, समाधान, उपरति और तितिक्षा–इन छः साधनों से संपन्न होना चाहिए।

इस साधनचतुष्टय के बाद भी उपनिषदों में वर्णित श्रवण, मनन और निदिध्यासन से ही 'वेदांत' का ज्ञान हो सकता है। इसी प्रकार विशिष्टाद्वैत के संस्थापक रामानुज तो

मुक्ति को दर्शन का प्राण मानते हैं। उनके दर्शन में मानसिक पक्ष से हृदय-पक्ष अधिक प्रबल है।

भारतीय दर्शनों का व्यावहारिक पक्ष सिद्ध करता है कि 'दर्शन' मात्र 'सत्य' के प्रति प्रेम नहीं, अपितु 'सत्य' का 'दर्शन' करना है। 'सत्य का दर्शन' या 'सत्य का साक्षात्कार' मनुष्य को उस आधार पर खड़ा कर देता है, जहां से वह संपूर्ण विश्व को अपना समझकर उससे तादात्म्य कर सकता है। यह 'तादात्म्यता' जीवन को उदात्त बनाती है, तब नकारात्मक प्रवृत्तियों (द्वेष, ईर्ष्या, क्रोधादि) का लेशमात्र भी शेष नहीं बचता।

'दर्शन' की उपयोगिता

मनुष्य का स्वभाव है कि वह अन्य जीवधारियों की तरह मात्र 'आहारनिद्राभयमैथुन' जैसी नैसर्गिक प्रवृत्तियों का समाधान करके ही संतुष्ट नहीं रहता। उसकी बड़ी विशेषता है—उसकी बुद्धि, उसका विवेक, उसका विचार। यही विचार व चिंतन उसको सृष्टि में सर्वोत्तम प्राणी होने का अधिकार दिलवाता है। जीवन संघर्ष है। अस्तित्व की रक्षा जीवन की पहली आवश्यकता है। 'अस्तित्व की रक्षा' के प्रयास अन्य जीव बिना सोच-विचार के केवल स्वाभाविक प्रवृत्तियों के वशीभूत होकर करते हैं, परंतु मनुष्य चाहे-अनचाहे जीवन के प्रत्येक अनुष्ठान, प्रत्येक संघर्ष में अपनी विचारशक्ति का प्रयोग करता है। अरस्तू ने ठीक ही मनुष्य को एक तर्कयुक्त प्राणी माना है (A Man is a rational animal)। वास्तव में देखें, तो मनुष्य मात्र हाड़-मांस का पुतला नहीं है, वह दृश्य-अदृश्य जगत्विषयक कुछ विचारों, विश्वासों तथा कल्पनाओं का एक समुदाय है (A sumtotal of a few thoughts, beliefs and imaginations)। संपूर्ण मानवीय गतिविधियों तथा कार्य-विधानों की आधारशिला मानवीय विचार ही हैं। हम जैसा सोचते हैं, हमारी जैसी श्रद्धाएं, निष्ठाएं, विश्वास होते हैं, वैसी ही हमारी 'कार्य-प्रणाली' या कार्य-पद्धति होती है तथा उसी के अनुरूप फल की उपलब्धि भी होती है।

जीवन में जैसे विविध रंग हैं, वैसे ही 'दर्शन' भी विविध आयामी है। वास्तव में प्रत्येक मनुष्य का अपना एक 'दर्शन' होता है। विभिन्न सिद्धांतों, विभिन्न वादों में से अपनी-अपनी रुचि के अनुसार कुछ-कुछ ग्रहण करके ही हम अपनी जीवन-पद्धति को निश्चित करते हैं और उसी के अनुकूल आचरण करते हैं। किंतु आचरण की शुद्धि हमारे जीवन-दर्शन की विशिष्टता को अभिव्यक्त करती है।

भारतीय दर्शन की समीक्षा

भारतीय दर्शन का शाब्दिक अर्थ बहुत व्यापक है। देश के सभी दर्शन, सभी तरह की प्राचीन-आधुनिक दार्शनिक विचारधाराएं इसमें समाहित हो जाती हैं। तभी वेद, उपनिषद्,

गीता और चार्वाक, जैन, बौद्ध, न्याय, वैशेषिक, मीमांसा, वेदांत, सांख्यादि दर्शनों को भारतीय दर्शन के नाम से ही पुकारा जाता है। यही नहीं तंत्र, शैव, वैष्णव, शाक्त दर्शनों का बोध भी भारतीय दर्शन से होता है।

मूल रूप में भारतीय दर्शन का प्रमुख सिद्धांत है कि हम 'सत्य का साक्षात्कार' कर सकते हैं। इसीलिए इसे 'दर्शन' कहा जाता है। 'सत्य-दर्शन' के द्वारा 'अज्ञान' का आवरण मिट जाता है। इसे 'सम्यक् दर्शन' भी कहा जाता है। सत्य का साक्षात्कार कर मनुष्य स्वयं ज्ञान का अंश बन जाता है अर्थात् ज्ञाताज्ञेय का भेद मिट जाता है। इसी को मोक्ष भी कहते हैं।

भारतीय दर्शन में भी दर्शन के विषय में वे ही बातें आती हैं, जो पाश्चात्य दर्शन में मिलती हैं। जैसे इस विश्व का आदि कहां है, कैसे शुरू हुआ, कैसे अंत होगा? ईश्वर क्या है? उसे जानने का उपाय क्या है? विश्व के साथ ईश्वर का क्या संबंध है? ज्ञान क्या है? उसकी प्राप्ति के साधन कितने हैं? मोक्ष का स्वरूप क्या है? इन सब समस्याओं के समाधान भारतीय दर्शन अपने तरीके से करता है। यहां भी निम्न अंगों का अध्ययन किया जाता है—तत्त्वविज्ञान, प्रमाणविज्ञान, विश्वविज्ञान, ईश्वरविज्ञान, नीतिविज्ञान, मनोविज्ञान आदि, परंतु इन अंगों का अध्ययन अलग-अलग न करके समन्वित रूप से किया गया है। यही कारण है कि भारतीय दर्शन में 'नीतिशास्त्र' या 'मनोविज्ञान' पर अलग से ग्रंथ नहीं मिलते, न ऐसे दार्शनिक ही हैं, जो किसी एक विषय के विशेषज्ञ हों। भारतीय दर्शन का विकासक्रम पाश्चात्य दर्शन की तरह नहीं हैं, जहां एक धारा के विलुप्त हो जाने पर दूसरी धारा उभरकर आती है। यहां एक साथ कई-कई विचारधाराएं पनपती रही हैं तथा एक-दूसरे को प्रभावित भी करती रही हैं। यही कारण है 'समन्वयवाद' यहां के 'दर्शन' और संस्कृति की बड़ी विशेषता रही है।

भारतीय दर्शन मात्र सिद्धांत नहीं है, उसका जीवन में भी पूर्ण उपयोग है। वह जीवन की पद्धति है, जीवन का अंग है। खाना-पीना-सोना जैसे जीवन में जरूरी होता है, वैसे ही दार्शनिक-चिंतन भी जीवन की आवश्यकता है। भारत में स्वाभाविक रूप से हर व्यक्ति दार्शनिक होता ही है।

भारतीय दर्शन की स्थापना में 'खंडन-मंडन' विधि का हाथ है, जिसे 'आलोचना-प्रत्यालोचना' भी कहा जाता है। प्राचीन समय में जबकि 'पुस्तक प्रकाशन' की व्यवस्था नहीं थी, ज्ञानार्जन का साधन शास्त्रार्थ या वाद-विवाद ही था, पक्ष और विपक्ष दोनों दल एक-दूसरे को तर्कजाल से परास्त करने का प्रयास करते थे। भारतीय दर्शन की प्रायः प्रत्येक शाखा अत्यंत समृद्ध इसीलिए है। जैसे वेदांत में चार्वाक, बौद्ध, जैन, सांख्य, न्याय-वैशेषिक सभी मतों पर विचार किया गया है। ऐसा ही अन्य दार्शनिक मतों में भी है। अतः प्रत्येक दर्शन ज्ञान का एक भंडार है। दार्शनिक मत की स्थापना 'तर्क' के बल पर ही होती थी। इसीलिए भारतीय दर्शन में 'अध्यात्म' के साथ-साथ 'बुद्धिवाद' भी है।

लगभग सभी भारतीय दर्शनों का मूल वेद एवं उपनिषद् हैं। वेद विश्व का आदि साहित्य है। वेदों में दार्शनिक समस्याओं के साथ-साथ अन्य विषय भी हैं तथा उपनिषदों में मुख्यतः दर्शन है या अध्यात्म-चर्चा है। वैदिक-साहित्य में कर्मकांड और ज्ञानकांड दोनों हैं। कुछ दर्शन 'कर्मकांड' को महत्त्व देते हैं, तो कुछ ज्ञानकांड को। इनकी विचार पद्धति का 'दर्शन' के विभिन्न सिद्धांतों में, शास्त्रों में प्रभाव स्पष्ट देखा जा सकता है, साथ ही समय के साथ नए विचार भी जुड़ते गए हैं।

भारतीय दर्शन की उदारदृष्टि ही उसकी प्राचीन समृद्धि तथा उन्नति का कारण है। आधुनिक युग के अनुरूप उसे प्राच्य तथा पाश्चात्य, नई-नई विचारधाराओं के विवेचन को महत्त्वपूर्ण स्थान देना होगा, तभी भारतीय दर्शन और अधिक समृद्ध हो सकेगा।

□ आस्तिक दर्शन

न्यायदर्शन

आस्तिक दर्शनों में न्यायदर्शन प्राचीनकाल से ही बहुत प्रतिष्ठा के साथ देखा जाता रहा है। मनु ने इसका समावेश श्रुति के अंदर किया है, याज्ञवल्क्य ने भी इसे वेद के चार अंगों में से एक माना है। हिंदुओं के पांच प्राचीन पाठ्य विषयों—काव्य (साहित्य), नाटक, अलंकार, तर्क (न्यायदर्शन) और व्याकरण में न्याय की भी गणना की गई है। न्यायदर्शन में प्रधानतः शुद्ध विचारों के नियमों तथा तत्त्वज्ञान प्राप्त करने के उपायों का वर्णन किया गया है। न्याय के अध्ययन से युक्तियुक्त विचार करने तथा आलोचना करने की शक्ति बढ़ती है, इसलिए न्यायदर्शन को न्यायविद्या, तर्कशास्त्र तथा आन्वीक्षिकी भी कहते हैं। आन्वीक्षिकी का अर्थ युक्तिपूर्वक आलोचना है।

न्याय शब्द का अर्थ

जनसामान्य में न्याय का अर्थ होता है 'नियमानुसार व्यवहार करना' ***(नियमेन ईयते)***। न्यायालय या दो पक्षों के बीच 'न्याय' का प्रयोग इसी अर्थ को अभिव्यक्त करता है। वास्तव में यहां 'न्याय' व्यावहारिकता को दर्शाता है, दार्शनिक भाव को नहीं। संस्कृत साहित्य में एक और अर्थ में भी 'न्याय' शब्द का प्रयोग होता है, वह है सिद्धांत-वाक्य या लोकरूढ़ नीति-वाक्य, जैसे बीजांकुरन्याय, वृद्धकुमारिकाक्यन्याय आदि। परंतु जब दार्शनिक संदर्भों की बात होती है, तो 'न्याय' का अर्थ बिल्कुल भिन्न हो जाता है। दर्शन के क्षेत्र में 'न्याय' शब्द की व्युत्पत्ति निम्न प्रकार से की जाती है :

नीयते प्राप्यते विवाक्षितार्थसिद्धिर्येन इति न्यायः *अर्थात् जिसके द्वारा या जिस साधन से हमें किसी विषय की प्राप्ति हो जाए अथवा जिसकी सहायता से किसी निश्चित सिद्धांत पर पहुंचा जा सके या निष्कर्ष निकाला जा सके, उसी का नाम न्याय है।*

न्यायदर्शन का अंतिम उद्देश्य शुद्ध विचार या तार्किक आलोचना के नियमों का अन्वेषण करना नहीं है। इसका उद्देश्य अन्य दर्शनों की भांति मोक्ष-प्राप्ति है। भाव यही कि जीवन के दुःखों का किस तरह अंत हो, इसका उपाय खोज निकालना। मोक्ष-प्राप्ति के इस उद्देश्य की पूर्ति के लिए तत्त्वज्ञान प्राप्त करना जरूरी है तथा यथार्थज्ञान के नियमों को समझना

भी अपेक्षित है। अतः यों तो न्यायदर्शन भी अन्य दार्शनिक पद्धतियों की तरह जीवन की समस्याओं का समाधान करता है, परंतु विशेषतः इसका संबंध तर्क-विज्ञान तथा प्रमाण-विज्ञान से है। वात्स्यायन ने कहा है—***प्रमाणैरर्थपरीक्षणं न्यायः*** अर्थात् प्रमाणों के द्वारा किसी विषय की परीक्षा करना ही न्याय है। (प्रमाणों का विवेचन आगे किया जाएगा।)

न्यायदर्शन के आचार्य

न्यायदर्शन का मूल ग्रंथ ***'न्यायसूत्र'*** है, जिसके प्रणेता गौतम ऋषि माने जाते हैं। लगभग ईसा पूर्व 600 वर्ष का समय न्यायदर्शन के प्रारंभ का माना जाता है। इसका अर्थ यह कदापि नहीं है कि गौतम के पहले तर्कशास्त्र या न्यायशास्त्र का अस्तित्व था ही नहीं। बहुत पहले वेद और उपनिषत्काल से ही वाद-विवाद के रूप में न्यायशास्त्र का रूप दिखाई पड़ता है। हां, उसे एक सुव्यवस्थित और नियमित रूप में लाने का श्रेय गौतम ऋषि को ही है।

गौतम का जीवन परिचय : गौतम के जीवन व समय को लेकर विद्वानों के कई मत हैं। बिहार के मिथिला में कमतौल के पास इनका जन्म-स्थान पाया गया है। वहीं 'गौतमकुंड' और 'अहिल्याकुंड' नामक स्थान पाए जाते हैं। इससे इस कथा की संपुष्टि की जाती है कि गौतम ऋषि ने अपनी पत्नी अहिल्या को शाप देकर पत्थर बना दिया था, जिसका उद्धार राम के चरण स्पर्श से हुआ था। रामायण में एक ऐसा प्रसंग भी है, जहां पर राम को जंगल जाने से रोकने के लिए तर्कविशारद गौतम ऋषि द्वारा समझा-बुझाकर लौटाने की बात कही गई है।

न्यायदर्शन का साहित्य

न्यायदर्शन का मूल ग्रंथ गौतम का 'न्यायसूत्र' है, जिसमें पांच अध्याय हैं। प्रत्येक अध्याय दो आह्नीकों में बंटा है। प्रथम अध्याय में न्यायदर्शन के 16 पदार्थों का वर्णन है। द्वितीय अध्याय में संशय आदि का वर्णन है। तृतीय अध्याय में आत्मा के स्वरूप, भौतिक देह, इंद्रिया व मन के विषय में विचार किया गया है। चौथे अध्याय में संकल्प शक्ति, शोक, दुःख, उससे मुक्ति की बात की गई है। अंतिम पांचवें अध्याय में जाति अर्थात् निराधार आक्षेपों के उत्तर देने का प्रयत्न है।

न्यायसूत्र की विभिन्न टीकाओं में न्यायसूत्र के रचयिता के लिए 'अक्षपाद' का नाम लिया गया है। बहुत से लोग 'गौतम' को ही 'अक्षपाद' मानते हैं। गौतम को 'अक्षपाद' मानने के संबंध में दो प्रकार की कथाएं प्रचलित हैं। पहली गौतम ऋषि चलते-फिरते भी दार्शनिक-चिंतन में डूबे रहते थे। उन्हें बाह्य संसार की कुछ ख़बर नहीं रहती थी। ऐसी ही दशा में एक कुएं में गिर पड़े। भविष्य में ऐसी दुर्घटना से बचने के लिए विधाता ने उनके पैरों में देखने की शक्ति दे दी। तभी से वे 'अक्षपाद' कहलाए। दूसरी कथा के अनुसार

वेदव्यास गौतम के चरणों को कसकर पकड़ लेते हैं और तब तक नहीं छोड़ते, जब तक वे साधारण आंखों से नहीं, पैरों की आंखों से उन पर कृपादृष्टि नहीं डालते।

'न्यायसूत्र' की प्रमुख टीकाएं

'न्यायसूत्र' की प्रमुख टीकाओं में वात्स्यायन का 'न्यायभाष्य', उद्योतकर का 'न्यायवार्तिक', वाचस्पति की 'न्यायवार्तिक-तात्पर्य टीका', उदयन की 'न्यायवार्तिक-तात्पर्य परिशुद्धि' तथा 'कुसुमांजलि' एवं जयंत की 'न्यायमंजरी' इत्यादि टीकाएं प्रसिद्ध हैं। इन ग्रंथों में 'न्यायसूत्र' के विचारों की विशद व्याख्या की गई है तथा न्यायसूत्र के विरुद्ध जो आक्षेप किए गए हैं, उनका खंडन किया गया है।

प्राचीनन्याय और नव्यन्याय

प्राचीन समय के न्याय को प्राचीनन्याय कहते हैं तथा आधुनिककाल के न्याय को नव्यन्याय कहते हैं। प्राचीन न्याय के अंतर्गत गौतम का न्यायसूत्र, उसके भाष्य, उसके विरुद्ध किए गए आक्षेपों का खंडन ये सभी हैं।

नव्यन्याय का प्रारंभ 12वीं शताब्दी के गंगेश उपाध्याय की 'तत्त्वचिंतामणि' से हुआ। इसका प्रचार प्रारंभ में मिथिला में हुआ, परंतु बाद में इसके पठन-पाठन का केंद्र नवद्वीप था। नव्यन्याय में न्यायदर्शन के तर्क-विज्ञान संबंधी विषयों का ही विशद विचार उपलब्ध होता है। नव्यन्याय के उत्थान के बाद प्राचीन-न्याय का प्रचार बहुत कम हो गया था और वह अधिक लोकप्रिय न रह सका। नव्यन्याय के उत्थान व प्रचार के बाद ही न्याय और वैशेषिकदर्शन एकसाथ सम्मिलित हो गए, जिसे न्यायवैशेषिक मत कहते हैं।

इस प्रकार से न्यायदर्शन का साहित्य बहुत विस्तृत तथा विशाल है। अन्नभट्ट का 'तर्कसंग्रह' जैसा ग्रंथ न्यायशास्त्र जैसे गूढ़ व गंभीर विषय का श्रीगणेश करने के लिए आज भी श्रेष्ठ माना जाता है।

न्यायदर्शन

प्राचीन संप्रदाय के सूत्रों में हमें अखंड विश्व का आध्यात्मिक दृष्टिकोण उसके तार्किक सिद्धांतों के साथ-साथ मिलता है। वात्स्यायन ने 'न्यायभाष्य' (1.1, 1, 1) में कहा है—'सर्वोच्च लाभ की तभी प्राप्ति होती है, जबकि मनुष्य निम्नलिखित की यथार्थ प्रकृति को ठीक-ठीक समझ लेता है—

(i) जिसे छोड़ देना ही उत्तम है अर्थात् कारणों सहित दुःख को जो अविद्या या अज्ञान के परिणामों के रूप में होता है, उसे छोड़ देना चाहिए।

(ii) जिससे दुःख का नाश होता है; दूसरे शब्दों में ज्ञान या विद्या को जानना चाहिए।

(iii) वे साधन जिनके द्वारा दुःख का नाश होता है अर्थात् दार्शनिक-ग्रंथ, न्यायशास्त्रादि का ज्ञान आवश्यक है।

(iv) प्राप्तव्य लक्ष्य या सर्वोच्च लाभ अवश्य लेना चाहिए।

अतः अज्ञान को छोड़ना, ज्ञान प्राप्ति का प्रयास करना न्यायदर्शन का उद्देश्य है। विभिन्न भारतीय दर्शनों में ज्ञान, बुद्धि तथा प्रत्यय (Concept) इत्यादि शब्दों का प्रयोग एक अर्थ या एक रूप में नहीं किया जाता, अतः इन शब्दों के एक अर्थ में प्रयोग करने के अभ्यास से एक शब्दभ्रम (Word illusion) हो जाता है। इस भ्रम-निवारण के लिए न्यायसूत्र में इन शब्दों का प्रयोग निश्चित अर्थ में होता है। अतः वहां पर कोई भ्रम की संभावना ही नहीं रहती।

ज्ञान शब्द का प्रयोग दो अर्थों में किया जाता है, व्यापक अर्थ और संकुचित अर्थ। व्यापक अर्थ में यथार्थ और अयथार्थ दोनों तरह के ज्ञान का बोध कराया जाता है। संकुचित अर्थ में ज्ञान का अर्थ केवल यथार्थज्ञान है। इस तरह न्यायशास्त्र में ज्ञान के दो विभाग किए जा सकते हैं–(1) प्रमा (यथार्थ ज्ञान), (2) अप्रमा (अयथार्थ ज्ञान)। मनुष्य का अनुभव दो प्रकार का हो सकता है–यथार्थ और अयथार्थ। यथार्थ अनुभव से जो ज्ञान होता है, वह 'प्रमा' कहलाता है, जैसे अपनी आंख से देखकर कहना कि दूध सफ़ेद है। दूसरी ओर अयथार्थ अनुभव के आधार पर जो ज्ञान प्राप्त करते हैं, उसे 'अप्रमा' कहेंगे, जैसे अंधेरी रात में रस्सी को देखकर सांप का ज्ञान होना। 'प्रमा' को प्राप्त करने के लिए जो साधन बतलाए गए हैं, उन्हें प्रमाण कहते हैं।

न्यायदर्शन में तत्त्व-विचार

न्यायदर्शन ऊपरवर्णित लक्ष्य को प्राप्त करने के लिए ***16 पदार्थों*** के तत्त्वज्ञान को साधन मानता है। यह सोलह पदार्थ ही न्यायदर्शन के आधारभूत तत्त्व हैं। इन पदार्थों को निम्न तालिका से समझा जा सकता है–

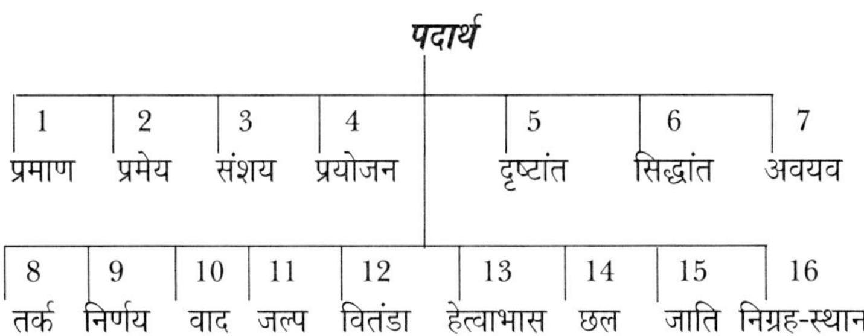

न्यायदर्शन में उपर्युक्त सभी 16 पदार्थों के बारे में विस्तार से जानकारी दी गई है और दूसरे मतानुयायियों द्वारा उठाए गए प्रश्नों के सतर्क उत्तर भी दिए गए हैं। इन पदार्थों के अंगोंपांगों का क्रमबद्ध विवरण यहां प्रस्तुत है :

न्यायदर्शन में प्रमाण-विचार

'प्रमाकरणम् प्रमाणम्' प्रमा को प्राप्त करने के जो साधन हैं, उन्हें प्रमाण कहते हैं। अतः यथार्थ ज्ञान को प्राप्त करने के सभी उपायों का वर्णन प्रमाण के अंतर्गत किया जाता है।

न्यायदर्शन का विषय न्याय का प्रतिपादन है। न्याय यथार्थ या तत्त्वज्ञान से ही संभव है। अतः विभिन्न प्रमाणों की सहायता से तत्त्वपरीक्षा 'न्यायदर्शन' में की जाती है। इन प्रमाणों के स्वरूप का वर्णन करने से तथा इस परीक्षा-प्रणाली का व्यावहारिक रूप प्रकट करने से यह दर्शन 'न्यायदर्शन' के नाम से पुकारा जाता है। 'न्याय' का पारिभाषिक अर्थ है—प्रतिज्ञा, हेतु, दृष्टांत, उपनय तथा निगमन नामक परार्थानुमान के पंच अवयव। प्रमाणों को महत्त्व देने के कारण ही यहां सर्वप्रथम 'प्रमाण-विचार' प्रस्तुत किया जा रहा है।

प्रमा और अप्रमा के भेद : प्रमा यथार्थ ज्ञान है, जिसके चार भेद हैं—प्रत्यक्ष, अनुमान, उपमान तथा शब्द। अप्रमा के अंतर्गत आते हैं—स्मृति, संशय, भ्रम व तर्क।

प्रमा और ***प्रमाण*** चार प्रकार की प्रमाओं को सिद्ध करने के लिए चार प्रमाण होते हैं—प्रत्यक्ष, अनुमान, उपमान तथा शब्द।

1. प्रत्यक्ष-प्रमाण—पाश्चात्य तर्कविज्ञान में प्रत्यक्ष-प्रमाण की समस्याओं का पूर्ण समाधान नहीं हुआ है। साधारणतः प्रत्यक्ष ज्ञान को यथार्थ समझा जाता है। इंद्रियों द्वारा प्राप्त ज्ञान को प्रायः झूठा नहीं समझा जाता। प्रत्यक्ष की प्रामाणिकता के विषय में छानबीन करना हास्यास्पद नहीं, तो कम-से-कम अनावश्यक ज़रूर माना जाता है। भारतीय दार्शनिकों ने इस संबंध में अधिक अन्वेषण किया है। इन्होंने प्रत्यक्ष संबंधी समस्याओं का उसी प्रकार अनुसंधान किया है, जिस प्रकार पाश्चात्य दार्शनिकों ने अनुमान संबंधी समस्याओं का किया है।

प्रत्यक्ष की परिभाषा—गौतम न्यायसूत्र (1.1.4) में प्रत्यक्ष की परिभाषा इस प्रकार की गई है—***इंद्रियार्थसन्निकर्षोत्पन्नं ज्ञानमव्यपदेश्यमव्यभिचारि व्यवसायात्मकं प्रत्यक्षम्***। अर्थात् *प्रत्यक्ष एक असंदिग्ध ज्ञान है, जो इंद्रिय-संयोग से उत्पन्न होता है और यथार्थ होता है।*

उदाहरण के लिए जब कोई वस्तु हमारी आंख के इतने निकट संपर्क में है कि हमें उसकी यथार्थता में संदेह नहीं है, तब वह प्रत्यक्ष ज्ञान है। किंतु रस्सी को जब सांप समझ लिया जाता है, तो भ्रमात्मक ज्ञान होता है। इसे यथार्थ प्रत्यक्ष नहीं मान सकते।

नैयायिकों ने इंद्रियसन्निकर्ष भी 6 प्रकार के माने हैं—संयोग, समवाय, संयुक्त समवाय, संयुक्तसमवेत समवाय, समवेत समवाय तथा विशेषण विशेष्यभाव। विस्तारभय से इनका वर्णन नहीं किया जा रहा है। इंद्रियसंयोग के बिना भी प्रत्यक्ष ज्ञान हो सकता है, जैसे अलौकिक या योगज ज्ञान। सुख-दुःख आदि विषयों का ज्ञान भी इंद्रियसंयोग के बिना होता है। अतः नैयायिक प्रत्यक्ष ज्ञान को 'साक्षात् प्रतीति' कहकर परिभाषित करते हैं। अर्थात् प्रत्यक्ष ज्ञान

ऐसा ज्ञान है, जो ज्ञान के प्रत्यक्ष साधनों को छोड़कर ज्ञान के किसी अन्य करण में न प्राप्त हुआ हो।

प्रत्यक्ष के भेद–सर्वप्रथम प्रत्यक्ष के दो भेद हैं–लौकिक प्रत्यक्ष और अलौकिक प्रत्यक्ष। लौकिक प्रत्यक्ष में ज्ञान इंद्रियसंयोग से तथा अलौकिक प्रत्यक्ष में बिना इंद्रियसंयोग के होता है।

लौकिक प्रत्यक्ष के दो भेद हैं–बाह्य प्रत्यक्ष तथा मानस प्रत्यक्ष।

बाह्य प्रत्यक्ष पांच भिन्न-भिन्न इंद्रियों के द्वारा होता है, इसलिए इसके पांच भेद हैं–चाक्षुष प्रत्यक्ष, रासज प्रत्यक्ष, घ्राणज प्रत्यक्ष, स्पर्शज प्रत्यक्ष और श्रावण प्रत्यक्ष।

मानस प्रत्यक्ष में मन और वस्तु के साक्षात् संबंध से सुख-दुःख, धर्म-अधर्म का ज्ञान होता है।

इसके अतिरिक्त अन्य दृष्टि से लौकिक प्रत्यक्ष के तीन भेद और हैं– निर्विकल्पक प्रत्यक्ष, सविकल्पक प्रत्यक्ष तथा प्रत्यभिज्ञान प्रत्यक्ष। इन भेदों को बौद्ध तथा अद्वैत वेदांती नहीं मानते।

(i) ***निर्विकल्पक प्रत्यक्ष***–गौतम ने अपने सूत्र में इसी को प्रत्यक्ष माना है। बाह्य इंद्रिय का विषय के साथ सन्निकर्ष होने पर सबसे पहले आत्मा में एक ज्ञान उत्पन्न होता है, जिसे न्यायदर्शन 'अव्याकृत' ज्ञान कहा जाता है। इसमें केवल वस्तु के अस्तित्व का भान होता है, उसके गुण, नाम इत्यादि किसी विशेष धर्म का ज्ञान नहीं होता। गुण आदि विकल्पों से रहित होने के कारण यह निर्विकल्पक प्रत्यक्ष कहलाता है। यह प्रत्यक्ष का प्रथम अविकसित रूप है।

(ii) ***सविकल्पक प्रत्यक्ष***–सविकल्पक प्रत्यक्ष अविकसित से विकसित की ओर जाता है, अर्थात् यहां वस्तु के नाम, जाति, आकृति, गुणों आदि का ज्ञान होता है।

(iii) ***प्रत्यभिज्ञा***–प्रत्यभिज्ञा का अर्थ 'पहचान' है। इसमें किसी वस्तु को देखने से ही यह भान होता है कि उसे पहले भी देखा था। उदाहरण के लिए यदि एक वर्ष पहले हमें कोई मिला था, उससे अब मिलने पर आभास होता है कि यह वही व्यक्ति है, जिससे हम एक वर्ष पूर्व मिले थे। यह ज्ञान प्रत्यभिज्ञा कहलाता है।

अलौकिक प्रत्यक्ष–अलौकिक प्रत्यक्ष तीन प्रकार का होता है। ये तीन प्रकार हैं–सामान्यलक्षण, ज्ञानलक्षण और योगज।

(iv) ***सामान्यलक्षण-प्रत्यक्ष***–जब हम कहते हैं कि मनुष्यमात्र मरणशील है, तो यह वाक्य सामान्यलक्षण-प्रत्यक्ष द्वारा सभी मनुष्यों के मरणशील होने के ज्ञान पर आधारित है। नैयायिक कहते हैं कि मनुष्य जाति का ज्ञान अलौकिक प्रत्यक्ष के द्वारा प्राप्त होता है। मनुष्यत्व का प्रत्यक्ष अनुभव होने का फल है मनुष्यत्व-धर्म-विशिष्ट सभी व्यक्तियों को जानना। इसे अलौकिक-प्रत्यक्ष के अंतर्गत इसलिए रखा गया है कि यह साधारण या लौकिक प्रत्यक्ष से भिन्न है।

(v) ***ज्ञानलक्षण-प्रत्यक्ष***–अलौकिक प्रत्यक्ष के दूसरे भेद को ज्ञानलक्षण-प्रत्यक्ष कहा जाता है। हम प्रायः कहते हैं कि बर्फ ठंडी दीख पड़ती है, पत्थर ठोस दिखता है, घास मुलायम दिखती है। यदि इन वाक्यों को अक्षरशः लिया जाए, तो इनसे यही अर्थ निकलेगा कि बर्फ का ठंडापन, पत्थर का ठोसपन या घास का मुलायम होना आंखों द्वारा देखा जा सकता है, परंतु यह सब तो स्पर्श के द्वारा ही अनुभव किया जा सकता है। नैयायिक कहते हैं–यह अनुभव अतीत ज्ञान के कारण होता है। पहले हमने बर्फ का ठंडापन महसूस किया हुआ है, अतः वर्तमान में मात्र देखकर ही आंखें दूसरी इंद्रिय के विषय का अनुभव कर लेती हैं।

(vi) ***योगज-प्रत्यक्ष***–तीसरे प्रकार के अलौकिक प्रत्यक्ष को योगज-प्रत्यक्ष कहते हैं। इसके द्वारा भूत तथा भविष्य, गूढ़ तथा सूक्ष्म, निकटस्थ या दूरस्थ सभी प्रकार की वस्तुओं की साक्षात् अनुभूति होती है। ऐसी अनुभूति योगीजनों को ही होती है। यह अलौकिक-शक्ति योग की सिद्धियों से स्वतः प्राप्त हो जाती है तथा इसका कभी नाश नहीं होता। योगज-प्रत्यक्ष को अन्य भारतीय दार्शनिक भी मानते हैं।

2. अनुमान-प्रमाण–अनु का अर्थ है 'पश्चात्' तथा मान का अर्थ है 'ज्ञान'। अतः अनुमान उस ज्ञान को कहते हैं, जो किसी पूर्वज्ञान के पश्चात् आता है। 'पर्वत वह्निमान् है, क्योंकि वह धूमवान् है तथा जो धूमवान् है, वह वह्निमान् है।' इस उदाहरण में पर्वत से उठते हुए धुएं को देखकर हम इस निगमन पर पहुंचते हैं कि वहां आग है, क्योंकि हमें इस बात का पहले से ही ज्ञान है कि धुआं और आग में व्याप्ति का संबंध स्थापित है। और एक स्थिति में लकड़ी गीली हो तो धुआं दिखाई पड़ता है, परंतु दहकते अंगारे में आग होती है धूम नहीं। इसलिए 'धूम' है 'व्याप्य' और 'अग्नि' है 'व्यापक'। अनुमान के लिए 'व्याप्य' (धूम) की सत्ता आवश्यक होती है अर्थात् धूम की स्थिति देखकर अग्नि का अनुमान तो ठीक होता है, परंतु इसका उलटा ठीक नहीं होता। कहने का अर्थ है कि व्यापक (अग्नि) को देखकर व्याप्य (धूम) का अनुमान नहीं होता। अग्नि का ज्ञान धूम (हेतु) के सहारे होता है। 'हेतु' को कम स्थानों में रहना अनिवार्य है और 'साध्य' को अधिक स्थानों में रहना उचित होता है। भारतीय न्यायदर्शन में भी तथा पश्चिमी लॉजिक (logic) में भी। अनुमान की प्रक्रिया के लिए यह नितांत आवश्यक है।

अनुमान के भेद–'न्यायसूत्र' (1.1.5) में अनुमान तीन प्रकार का बताया गया है–पूर्ववत्, शेषवत् तथा सामान्यतोदृष्ट। भाष्यकार के अनुसार जब कारण से कार्य का अनुमान किया जाता है, तब 'पूर्ववत्' और कार्य से कारण के अनुमान करने पर 'शेषवत्' होता है। आकाश में काले बादल देखकर वृष्टि का अनुमान करना 'पूर्ववत्' का उदाहरण है तथा नदी में होने वाली बाढ़ को देखकर वर्षा का अनुमान करना कि कहीं वृष्टि हुई है 'शेषवत्' कहलाता है। सामान्यतोदृष्ट अनुमान वहां होता है, जहां वस्तु विशेष की सत्ता का अनुभव न होकर उसके सामान्य रूप का ही हमें परिचय प्राप्त है। समय-समय पर

देखने से मालूम पड़ता है कि चंद्रमा आकाश में भिन्न-भिन्न स्थानों पर रहता है, इससे उसकी गति को प्रत्यक्ष न देखकर भी हम इस निश्चय पर पहुंचते हैं कि चंद्रमा गतिशील है। इस अनुमान का आधार यह है कि अन्यान्य वस्तुओं के परिवर्तन के साथ-साथ उनकी गति का भी प्रत्यक्ष होता है। इस प्रकार के अनुमान कार्य-कारण-संबंध के द्वारा नहीं होते, प्रत्युत सामान्य सादृश्य के अनुभवों के द्वारा ही होते हैं। अतः 'सामान्यतोदृष्ट' अनुमान उपमान से मिलता-जुलता है। गौतम ने इन तीन अनुमानों को ही माना है।

अनुमान के अन्य दो भेद भी माने जाते हैं—स्वार्थानुमान और परार्थानुमान। अपने ही लिए जब अनुमान किया जाता है, तब वह स्वार्थानुमान होता है; पर यदि उसका प्रयोजन दूसरा कोई व्यक्ति हो, तो वह होगा परार्थानुमान। स्वार्थानुमान का उदाहरण है—कोई मनुष्य पर्वत पर धुआं देखता है, तब उसे यह स्मरण होता है कि धुआं और आग में व्याप्ति-संबंध है। अंत में वह इस निर्णय पर पहुंचता है कि पर्वत पर आग है। पर जब यही बात दूसरे को समझाने के लिए कही जाती है, तब वह इस प्रकार का अनुमान करता है—पर्वत पर आग है, क्योंकि वहां धुआं है। जहां धुआं होता है वहां आग होती है, जैसे चूल्हा। उसी प्रकार पर्वत धूमवान् है। अतः वह अग्निवान् भी है।

परार्थानुमान पांच वाक्यों के द्वारा प्रकट किया जाता है, जिन्हें पंचावयव भी कहते हैं। ये पंचावयव हैं—प्रतिज्ञा, हेतु, उदाहरण, उपनय और निगमन। इनका प्रयोग इस प्रकार किया जाता है :

(i) देवदत्त मरणशील है (प्रतिज्ञा)।

(ii) क्योंकि वह मनुष्य है (हेतु)।

(iii) जितने मनुष्य हैं, वे सब मरणशील हैं, जैसे—राम, श्याम, मोहन, सोहन आदि (उदाहरण)।

(iv) देवदत्त भी ऐसा ही एक मनुष्य है (उपनय)।

(v) अतएव देवदत्त मरणशील है (निगमन)।

इस प्रकार भारतीय अनुमान का रूप पाश्चात्य (Categorical Syllogism) से बहुत मिलता है। अंतर इतना ही है कि पाश्चात्य तर्कविज्ञान के अनुसार Syllogism में तीन वाक्य होते हैं, जिन्हें Major Premise, Minor Premise तथा Conclusion कहते हैं; परंतु भारतीय नैयायिक पांच स्पष्ट वाक्यों में ही दूसरे को अनुमान द्वारा समझाना चाहते हैं।

अनुमान का एक तीसरे प्रकार से भी विभाजन किया जाता है। इसके अंतर्गत केवलान्वयी, केवलव्यतिरेकी तथा अन्वयव्यतिरेकी आते हैं। इस विभाजन को अधिक तर्कानुकूल माना जाता है, क्योंकि यह व्याप्ति को प्राप्त करने के प्रकार पर निर्भर रहता है। व्याप्ति उस साहचर्य को कहते हैं, जो हेतु और साध्य के मध्य बिना किसी उपाधि या अन्य अवस्था पर निर्भर रहता है।

(i) *केवलान्वयी अनुमान*–जहां साधन और साध्य में नित्य साहचर्य हो तथा व्यतिरेक का अभाव हो, उसे केवलान्वयी अनुमान कहते हैं। जैसे सभी प्रमेय (ज्ञेय पदार्थ) अभिधेय (नाम से पुकारे जाने योग्य) हैं।

घट प्रमेय (ज्ञेय) है।

अतः घट अभिधेय है।

यहां प्रथम वाक्य में उद्देश्य और विधेय के बीच व्याप्ति संबंध है। यहां व्यतिरेक भी नहीं है, क्योंकि ऐसा संभव नहीं है कि किसी भी ज्ञेय पदार्थ को नाम न दिया जा सके।

(ii) *केवलव्यतिरेकी अनुमान*–जहां साधन और साध्य की अन्वयमूलक व्याप्ति से नहीं, बल्कि साध्य के अभाव के साथ साधन के अभाव की व्याप्ति के ज्ञान से अनुमान होता है, उसे केवलव्यतिरेकी कहते हैं। उदाहरण है :

अन्य भूतों से जो भिन्न नहीं है, उसमें गंध नहीं है।

पृथ्वी में गंध है।

अतः पृथ्वी अन्य भूतों से भिन्न है।

साधन 'गंध' को पक्ष 'पृथ्वी' के सिवा कहीं देखना संभव नहीं है।

(iii) *अन्वयव्यतिरेकी अनुमान*–अन्वयव्यतिरेकी अनुमान उसे कहते हैं, जिसमें साधन और साध्य का संबंध अन्वय तथा व्यतिरेक दोनों के द्वारा स्थापित हो सकता है। निम्नलिखित युग्म अनुमान के द्वारा इसका उदाहरण दिया जा सकता है–

(क) सभी धूमवान् पदार्थ वह्निमान् हैं।
पर्वत धूमवान् है।

(ख) सभी वह्निमान पदार्थ धूमहीन हैं।
पर्वत धूमवान है।
अतः पर्वत वह्निमान् है।

अनुमान के संपूर्ण भेदों को निम्न तालिका से समझा जा सकता है :

अनुमान की सिद्धि हेतु के द्वारा ही होती है, अतः हेतु की निर्दोषता तथा त्रुटि पर भी न्यायग्रंथों में विस्तार से चर्चा की गई है। हेतु में त्रुटि या दोष होने पर 'हेतु' का आभासमात्र रहता है। हेत्वाभास इसी को कहते हैं। इसके भी पांच भेद बताए गए हैं। विस्तारभय से यहां उनकी चर्चा नहीं की गई है।

3. उपमान-प्रमाण–उपमान नैयायिकों का तीसरा प्रमाण है। पहले अनुभूत किसी वस्तु के साथ सादृश्य धारण करने के कारण जब किसी नई वस्तु का ज्ञान होता है, उसे 'उपमान' कहते हैं। 'गाय' के समान नीलगाय (पशु) होती है–यह वाक्य सुनने के बाद जंगल में जाने वाला पुरुष जब गो की समानता वाले पशु को देखकर उसे 'नीलगाय' समझता है, तब यह ज्ञान 'उपमान' के द्वारा होता है, चार्वाक दार्शनिक उपमान को नहीं मानते। बौद्ध

दार्शनिक दिङ्नाग उपमान को प्रत्यक्ष के अंतर्गत मानते हैं। जैनदर्शन उपमान को प्रत्यभिज्ञा मानता है। मीमांसक तथा वेदांती उपमान को स्वतंत्र प्रमाण तो मानते हैं, परंतु भिन्न अर्थ में।

*4. **शब्द-प्रमाण***—न्यायदर्शन के अनुसार शब्द आप्तवाक्य है और आप्त वह है, जो कि वस्तु को यथार्थ रूप में कहता है। वाक्य पदों का समूह है और पद वह है, जिसमें अर्थ को स्पष्ट करने की शक्ति है। जो यथार्थज्ञान को परोपकार के लिए प्रकट करता है, उसके वचन सत्य माने जाते हैं।

अर्थ के विषय की दृष्टि से शब्द के दो भेद किए गए हैं—दृष्टार्थ तथा अदृष्टार्थ। दृष्टार्थ शब्द वे हैं—जिनसे ऐसी वस्तुओं का ज्ञान होता है, जिनका प्रत्यक्ष हो सके, जैसे साधारण मनुष्यों तथा महात्माओं के विश्वसनीय वचन। अदृष्टार्थ शब्द वे हैं—जो पाप-पुण्य के संबंध में, ईश्वर-जीव की नित्यता के संबंध में धर्मग्रंथों की उक्तियों में प्रयुक्त हुए हैं।

उत्पत्ति की दृष्टि से शब्द के दो भेद किए गए हैं—वैदिक और लौकिक। नैयायिकों के अनुसार वैदिक शब्द स्वयं ईश्वर के वचन हैं और लौकिक शब्द मनुष्यों के। वैदिक शब्द पूर्णतः निर्दोष और भ्रांतिहीन हैं। लौकिक शब्द सत्य भी हो सकते हैं और मिथ्या भी हो सकते हैं। शब्द की नित्यता के संबंध में भी न्यायदर्शन में विचार किया गया है।

इन 'प्रमाणों' के संदर्भ में न्याय 'कार्यकारण' सिद्धांत की भी विस्तृत रूप में चर्चा करता है, क्योंकि प्रमा का करण अर्थात् कारण महत्त्वपूर्ण है। कार्य से पूर्व कारण विद्यमान रहता है। समवायी कारण, असमवायी कारण तथा निमित्त कारण उनके भेद भी यहां वर्णित हुए हैं। न्याय को 'परतः प्रामाण्यवादी' कहा जाता है, क्योंकि नैयायिकों के अनुसार प्रमाण स्वयं अपने प्रामाण्य का निर्णय नहीं करता, बल्कि अपने प्रामाण्य के लिए अन्य प्रमाण पर निर्भर रहता है। उदाहरणार्थ यदि हमें दूर से कहीं जलाशय दिखाई पड़ता है और हम जल लेने के लिए चल पड़ते हैं, तो यह ज्ञान प्रामाणिक तभी होगा, जब वहां पहुंचकर हमें जल मिले। न्याय के विरुद्ध मीमांसा 'स्वतः प्रामाण्यवादी' है।

प्रमेय विचार

प्रमाण के द्वारा जिन विषयों का ज्ञान प्राप्त किया जाता है, उन्हें प्रमेय कहते हैं। विषयों या तत्त्वों की संख्या अनंत हैं, अतः उनका ज्ञान कराने वाले प्रमेय भी अनंत हैं। न्यायशास्त्र के प्रणेता गौतम ने अपवर्ग या मोक्ष के लिए जिन तत्त्वों को अनिवार्य माना है, उन्हें ही प्रमेयों के रूप में दिया है। न्यायसूत्र (1.1.9) में इनकी संख्या 12 है यथा—आत्मा, शरीर, इंद्रिय, अर्थ बुद्धि, मन, प्रवृत्ति, दोष, प्रेत्यभाव अर्थात् पुनर्जन्म, फल, दुःख तथा अपवर्ग अर्थात् दुःखों से पूर्ण मुक्ति की अवस्था।

*इन द्वादश भेदों के अतिरिक्त **द्रव्य,*** गुण, कर्म, सामान्य, विशेष, समवाय और अभाव *को भी प्रमेय माना जाता है।* सभी प्रमेय जड़ जगत् में नहीं रहते हैं।

प्रमेयों का संक्षिप्त विवेचन इस प्रकार है—(i) ***आत्मा***—सब वस्तुओं को देखने वाला, भोग करने वाला या जानने वाला है। (ii) ***शरीर***—भोगों का आयतन है। (iii) ***इंद्रिय***—जिनके द्वारा आत्मा बाह्य वस्तुओं का भोग करता है। (iv) ***अर्थ***—भोग की जाने वाली वस्तुओं का समूह। (v) ***बुद्धि***—भोग-ज्ञान। (vi) ***मन***—सुख-दुःख आदि आंतरभोगों की साधनभूत इंद्रिय। (vii) ***प्रवृत्ति***—मन, वचन तथा शरीर का व्यापार। (viii) ***दोष***—जिसके कारण अच्छे या बुरे कामों में प्रवृत्ति होती है। (ix) ***प्रेत्यभाव***—पुनर्जन्म। (x) ***फल***—सुख-दुःख का संवेदन या अनुभव। (xi) ***दुःख***—इच्छाविधाताजन्य क्लेश तथा (xii) ***अपवर्ग***—दुःख से निवृत्ति। प्रमेय के रूप में इन्हीं पदार्थों का ज्ञान मुक्ति के लिए सहायक है।

न्यायदर्शन में आत्मा-विचार

इन सब प्रमेयों या तत्त्वों में से आत्मा प्रमुख है। उसका वर्णन विस्तार से न्यायदर्शन में हुआ है। आत्मा द्रव्य है। बुद्धि, संस्कार, सुख-दुःख, राग-द्वेष, संयोग-वियोग आदि गुण के रूप में उसमें रहते हैं। ये जड़ जगत् के गुणों से भिन्न हैं, क्योंकि इनका बाह्य इंद्रियों से बोध नहीं हो सकता। आत्मा नित्य है, क्योंकि न उसकी उत्पत्ति होती है और न नाश। काल और दिक् दोनों ही दृष्टियों से बिल्कुल असीम होने के कारण आत्मा विभु है। मनुष्य के कायिक, वाचिक तथा मानसिक बुरे-भले कार्यों से उत्पन्न संस्कार आत्मा में रहते हैं व मरने के समय जीवात्मा के साथ स्थूल शरीर को छोड़कर दूसरे में प्रवेश करते हैं।

नैयायिक मतानुसार चैतन्य आत्मा का स्वभाव नहीं है, बल्कि एक आगंतुक गुण है। *आत्मा में चैतन्य संचार तभी होता है, जबकि उसका मन के साथ, मन का इंद्रियों के साथ और इंद्रियों का बाह्य विषयों के साथ संपर्क होता है।* आत्मा का ज्ञान मानस-प्रत्यक्ष से होता है—कुछ नैयायिक ऐसा मानते हैं। कुछ के अनुसार आत्मा को ज्ञाता, भोक्ता अथवा कर्ता के रूप में ही जाना जाता है। गुणों का अस्तित्व ही आत्मा के अस्तित्व का प्रमाण है।

न्यायदर्शन के आधारभूत तत्त्व

न्यायदर्शन के आधारभूत 16 तत्त्वों में से दो प्रमुख तत्त्व ***प्रमाण और प्रमेय*** की यथोचित व्याख्या कर दी गई। इस दर्शन के शेष 14 तत्त्व भी अपने आप में पर्याप्त व्याख्या की अपेक्षा रखते हैं, किंतु स्थानाभाव के कारण यहां उनकी संक्षिप्त व्याख्या की जा रही है :

1. संशय—यह मन की वह अवस्था है, जिसमें मन के सामने दो या उससे अधिक विकल्प दिखाई पड़ते हैं। इस स्थिति में उस वस्तु का निश्चित ज्ञान नहीं होता। संशय न तो निश्चित ज्ञान है और न ज्ञान का पूर्ण अभाव ही। इसे हम भ्रम भी या विपर्यय भी नहीं कह सकते।

2. प्रयोजन—जिसके लिए कार्य में प्रवृत्ति होती है, उसे ही प्रयोजन कहते हैं। प्रयोजन प्राप्ति के लिए ही हम कोई कार्य करते हैं। हम या तो इष्ट वस्तु को प्राप्त करने के लिए

या अनिष्ट वस्तु का त्याग करने के लिए ही कोई कार्य करते हैं। वे दोनों ही प्रयोजन कहे जाते हैं।

3. दृष्टांत–सर्वसम्मत उदाहरण को दृष्टांत कहते हैं, जिसके द्वारा मुक्ति की पुष्टि होती है। यह किसी विवाद या तर्क का आवश्यक और उपयोगी अंग है। जैसे धुआं और आग के बीच व्याप्ति संबंध दिखाने के लिए चूल्हे या रसोईघर का दृष्टांत दिया जाता है।

4. सिद्धांत–सिद्धांत वह है, जो किसी दर्शन के अनुसार युक्तिसिद्ध सत्य माना जाता है। यदि कोई दर्शन किसी मत को प्रतिष्ठित सत्य मानता है, तो वह उस मत का सिद्धांत समझा जाता है। जैसे न्यायदर्शन का यह एक सिद्धांत है कि चैतन्य आत्मा का आगंतुक या आकस्मिक गुण है, उसी तरह भारतीय दर्शनों में यह सर्वसम्मत सिद्धांत है कि बाह्य वस्तुओं के ज्ञान के लिए इंद्रियों की आवश्यकता है।

5. अवयव–जब किसी सिद्धांत को अनुमान के द्वारा सिद्ध करने की आवश्यकता होती है, तो अनुमान पांच वाक्यों से बना होता है। इन वाक्यों को अवयव कहते हैं। इनका वर्णन प्रमाण-मीमांसा में विस्तार से किया जाएगा।

6. तर्क–यह एक प्रकार की काल्पनिक युक्ति है, जिसके द्वारा विपक्षी के कथन को दोषपूर्ण और ग़लत प्रमाणित किया जाता है या किसी सिद्धांत का प्रबल समर्थन किया जाता है। इसकी विस्तृत व्याख्या भी आगे के पृष्ठों में की जाएगी।

7. निर्णय–किसी विषय के संबंध में निश्चित ज्ञान को कहते हैं। इसकी प्राप्ति किसी प्रमाण के द्वारा होती है। संशय के निराकरण के बाद ही निर्णय की प्राप्ति होती है।

8. वाद–वाद उस विशद विचार को कहते हैं, जिसमें प्रमाण और तर्क की सहायता से विपक्षी के कथन का पूर्ण खंडन करके अपने पक्ष का समर्थन किया जाता है। वहां अंतिम निर्णय किसी स्वीकृत सिद्धांत के विरुद्ध नहीं होता।

9. जल्प–वादी-प्रतिवादी के कोरे वाद-विवाद को जिसका उद्देश्य यथार्थ ज्ञान प्राप्त करना नहीं होता, जल्प कहते हैं। इसमें सत्य की प्राप्ति की इच्छा का बिल्कुल ही अभाव रहता है। यहां दोनों पक्षों का उद्देश्य केवल विजय प्राप्त करना ही रहता है।

10. वितंडा–वितंडा वह है, जिसमें वादी अपने पक्ष का समर्थन नहीं करता, केवल प्रतिवादी के मत का खंडन करता चला जाता है।

11. हेत्वाभास–हेत्वाभास उस हेतु को कहते हैं, जो वास्तव में हेतु नहीं होता, लेकिन हेतु के जैसा प्रतीत होता है। सामान्यतः अनुमान के दोषों को हेत्वाभास कहते हैं।

12. छल–जब प्रतिवादी के शब्दों का वास्तविक अर्थ छोड़कर कोई दूसरा अर्थ ग्रहण करके दोष दिखलाया जाए, तो उसे छल कहते हैं। यह एक तरह दुष्ट या धूर्त उत्तर है, जैसे कोई वादी कहता है कि 'देवदत्त नव-कंबल वाला है' जिसका अर्थ हुआ कि देवदत्त के पास नया कंबल है। इसका खंडन कर प्रतिवादी 'नव' का अर्थ 'नौ' लगाकर कहे कि

देवदत्त के पास 'नौ कंबल' हैं, तो यह छल कहलाएगा। छल तीन प्रकार का होता है—वाक् छल, सामान्य छल तथा उपचार छल।

13. जाति—केवल समानता और असमानता के आधार पर जो दोष दिखाया जाता है, उसे 'जाति' कहते हैं। 'जाति' शब्द यहां एक विशेष अर्थ में प्रयुक्त हुआ है। यह भी दूसरे प्रकार का दुष्ट उत्तर है। जब हम वादी की दोषरहित युक्ति का खंडन करने के लिए किसी भी प्रकार के सादृश्य या वैषम्य पर अवलंबित दुष्ट अनुमान की सहायता लेते हैं, तो उसे 'जाति' कहते हैं। मान लीजिए एक अनुमान है कि 'शब्द अनित्य है, क्योंकि यह घट की भांति एक कार्य है।' अब यदि इस अनुमान का खंडन करने के लिए कोई कहे कि 'नहीं, शब्द नित्य है, क्योंकि यह काल की तरह अदृश्य है', तो यह एक 'जाति' होगी, क्योंकि नित्य और अदृश्य में कोई नियत संबंध नहीं है।

14. निग्रह-स्थान—वाद-विवाद में जहां पराजय का स्थान पहुंच जाता है, उसे निग्रह-स्थान कहते हैं। निग्रह-स्थान के दो कारण हैं—एक तो गलत ज्ञान, दूसरा अज्ञान। जब कोई वादी अपने विपक्ष की युक्तियों का अर्थ ठीक रूप से नहीं समझता है या समझ नहीं सकता, तो उसे हार माननी पड़ती है। इसी तरह वाद-विवाद में दोषपूर्ण युक्तियों की सहायता लेना भी पराजय का कारण बन जाता है।

उपरोक्त तत्त्वों के अतिरिक्त न्यायदर्शन में जगत, ईश्वर, कर्म, पाप-पुण्य, आचार-व्यवहार आदि के विषय में भी विस्तार से तर्कसंगत व्याख्याएं की गई हैं, इनमें से कुछ विषयों पर यहां संक्षेप में जानकारी प्रस्तुत है—

न्यायदर्शन में जगत्-विचार

जड़ जगत् में भूतों से निर्मित द्रव्य और उनके संबंधी विषय ही रहते हैं। आत्मा, ज्ञान और मन भौतिक नहीं हैं। काल और दिक् भी भौतिक नहीं है, किंतु सब भौतिक द्रव्य दिक् और काल में ही रहते हैं। यह जड़ जगत् क्षिति, जल, पावक और समीर से बना है। ये चारों भूत क्रमशः अपने-अपने परमाणुओं से बने हैं। आकाश एक अपरिणामी भूत है। चारों भूत कारण के रूप में नित्य और कार्य के रूप में अनित्य होते हैं। संसार की रचना के संबंध में न्यायदर्शन के विचार 'परमाणुवाद' पर आधारित हैं। परमाणु का ज्ञान प्रत्यक्ष से नहीं 'अनुमान' से होता है। 'परमाणु' एक ऐसा 'अवयव' है, जिसका आगे विभाजन संभव नहीं होता। वह बहुत सूक्ष्म कण है।

अपवर्ग—*नैयायिक मोक्ष को 'अपवर्ग' कहते हैं।* अपवर्ग का अर्थ है जीवात्मा के 21 प्रकार के दुःख और उन दुःखों के कारणों से आत्यंतिकी निवृत्ति। दुःख के पूर्ण निरोध की अवस्था है यह अपवर्ग। *अपवर्ग आत्मा की वह अवस्था है, जिसे धर्मग्रंथों में अभय, अजर तथा अमृतपद कहा गया है।* अपवर्ग प्राप्ति के लिए न्याय ने उपनिषदों के श्रवण, मनन, निदिध्यासन जैसे उपाय बताए हैं। अष्टांगयोग के अभ्यास पर भी यहां ज़ोर दिया गया है। अपरनिःश्रेयस् जीवनमुक्ति है तथा परनिःश्रेयस् विदेहमुक्ति है।

न्यायदर्शन में ईश्वर

न्यायदर्शन में 'ईश्वर' का सिद्धांत बहुत महत्त्वपूर्ण है। ईश्वर न्यायदर्शन का एक मौलिक तत्त्व है, जिसके आधार पर उसके आचार तथा धर्म का विशाल दुर्ग खड़ा है। ईश्वर के अनुग्रह के बिना जीव न तो प्रमेयों का यथार्थ ज्ञान पा सकता है और न इस जगत् के दुःखों से ही छुटकारा पाकर मोक्ष प्राप्त कर सकता है। अतएव यह जानना बहुत ही ज़रूरी है कि ईश्वर कैसा है तथा उसकी सत्ता के लिए कौन-से प्रमाण हैं।

ईश्वर का स्वरूप-विवेचन न्यायदर्शन में बड़ी सुंदरता से किया गया है। ईश्वर इस जगत् की रचना, पालन तथा संहार करने वाला है। वह असत् पदार्थों से विश्व की रचना नहीं करता प्रत्युत अणुओं से करता है, जो सूक्ष्मतम रूप में सर्वदा विद्यमान रहते हैं। जगत् में व्यवस्था का आधान करने वाला वह स्वयं है। ईश्वर विश्व का निमित्त कारण है, उपादान कारण नहीं। वेदांत इसके विपरीत विश्व का निमित्त व उपादान दोनों ही कारण ईश्वर को मानता है। विश्व-रचना करने में ईश्वर की इच्छा प्रबल है तथा एक नैतिक व आध्यात्मिक उद्देश्य है। सृष्टि में पाप का आधिक्य पुण्य के अभाव होने पर वह प्रलय कर देता है। ईश्वर प्राणिमात्र का नैतिक शासक है, हमारे कर्मों के फलों का न्यायतः प्रदाता है तथा हमारे सुखों-दुःखों का नियामक है। उसके आदेश तथा नियंत्रण में रहकर ही जीव अपने कार्यों का संपादन करता है तथा जीवन के उच्च उद्देश्यों की सिद्धि प्राप्त करता है।

ईश्वर की सत्ता के प्रमाण

ईश्वर के अस्तित्व की सिद्धि के लिए नैयायिकों ने बड़े ही प्रबल तथा गंभीर प्रमाणों को खोज निकाला है। पश्चिमी तत्त्वज्ञों ने इस विषय में जिन प्रमाणों को रखा है, वे सब न्यायग्रंथों में बहुलता से मिलते हैं। ये निम्नलिखित हैं–

1. कार्य-कारण का संबंध : विश्व के जितने पदार्थ हैं, वे सब कार्य हैं। अर्थात् उत्पन्न हुए हैं। मनुष्य-पशु, घट-पट, वनस्पति एवं पक्षी जगत् के ये समग्र पदार्थ कार्य हैं, क्योंकि वे अवयवों से युक्त हैं। *दैनंदिन अनुभव में हम देखते हैं कि घड़े का कर्ता कुम्हार है, इसी प्रकार इस विश्व के कार्यरूप पदार्थों का भी कोई कर्ता होना ही चाहिए।* वह चेतन सर्वशक्तिशाली ईश्वर ही है।

विश्व का अंतिम उपादान तो परमाणु होता है, जो स्वयं जड़ होता है। यह जड़ उपादान यदि किसी चेतन अध्यक्ष की संरक्षकता में न रहता, तो इतने सुव्यवस्थित तथा नियम से परिचालित विश्व की उत्पत्ति में कभी समर्थ न हो पाता। यह चेतन पदार्थ अणुओं की संपूर्ण जानकारी रखता है, क्योंकि इन्हीं के द्वारा उसे रचना करनी है। *ईश्वर सर्वज्ञ अवश्य होगा, क्योंकि सर्वज्ञ व्यक्ति ही परमाणु जैसे अनंत तथा सूक्ष्मतम पदार्थों के जानने योग्य होता है।* अतः विश्वरूपी कार्य से हम ईश्वर की सत्ता का अनुमान करते हैं।

2. कार्य का परिणाम : संसार के प्राणियों के भाग्य में कितना अंतर दीखता है। कोई तो राजसी ठाठ-बाट से पूरे वैभव में अपना दिन बिताता है, परंतु दूसरा दाने-दाने को मोहताज़ रहता है। इसका कारण क्या है? इसका कारण है हमारा कर्म। इसीलिए नैयायिक पाप-पुण्य की कल्पना को भी मानते हैं। यही 'अदृष्ट' है। इसी अदृष्ट के द्वारा कर्म के फल का उदय होता है। परंतु 'अदृष्ट' स्वयं जड़ पदार्थ है, उसमें फल देने की योग्यता कहां है? इसलिए 'अदृष्ट' को प्रेरित व नियमित करने के लिए परमज्ञान-संपन्न शक्ति की आवश्यकता होती है। ईश्वर ही उस अदृष्ट का नियंता है तथा उसके अनुसार वह हमारे सुख-दुःख, उन्नति-ह्रास, हर्ष-विषाद का संपादक है। यह उसकी सत्ता का दूसरा प्रमाण है।

3. वेद : हमारे यहां वेद की प्रामाणिकता सर्वतोमुखी है। वेद की प्रामाणिकता का आधार है ईश्वर। वेद का रचयिता[1] वही हो सकता है, जिसे भूत, भविष्य, वर्तमान, सूक्ष्म-स्थूल, इंद्रियगोचर तथा अतींद्रिय समस्त पदार्थों का ज्ञान हो। वह शक्ति ईश्वर है। न्यायभाष्यकर्ता यही मानते हैं।

4. आप्तवचन–ईश्वर की सत्ता का प्रमाण 'आप्तवचन' भी हैं। बड़े-बड़े संत, ऋषि और 'उपनिषद्', 'गीता' जैसे ग्रंथ भी ईश्वर का वर्णन करते हैं। यद्यपि किसी भी विषय के अस्तित्व का साक्षात् अथवा असाक्षात् ज्ञान हमारे अनुभव पर भी आधारित रहता है। अनुभव और अनुभूति का आश्रय लेकर ईश्वर को समझा जा सकता है। किंतु जिन लोगों को साक्षात् अनुभव प्राप्त करने में कोई कठिनाई हो, उन्हें बिना किसी संकोच के 'आप्तवचन' पर निर्भर रहना चाहिए। न्यायदर्शन में ऐसा कहा गया है। उक्त प्रमाणों के बारे में की गई आपत्तियों का भी न्यायदर्शन ने समुचित उत्तर दिया है।

न्यायदर्शन में नीति-विचार

न्यायदर्शन में नीति तथा आचार की मीमांसा अपनी दृष्टि से की गई है। न्याय का लक्ष्य यही है कि प्राणी इस दुःखबहुल संसार से सदा के लिए मुक्ति पा ले। यह संभव है ज्ञान के द्वारा। परंतु ज्ञान की प्राप्ति के लिए मनुष्य को उन उपायों का आश्रय लेना चाहिए, जिनका वर्णन योगसूत्रों में किया गया है। यम, नियम, ध्यान आदि का आश्रय लेना कल्याणप्रद होता है तथा इनसे ज्ञान का उदय शीघ्र हो जाता है। धर्मग्रंथों के उपदेशों का श्रवण, फिर मनन करके आत्मा को एक गहरे 'ध्यान' में लीन करना ही कर्तव्य है। इससे 'मैं शरीर हूं', 'मैं मन हूं' यह अज्ञान दूर हो जाता है। अहंभाव के मिटते ही वासनाओं तथा सांसारिक इच्छाओं का प्रभाव समाप्त होने लगता है। बुरी प्रवृत्तियों की पहुंच से हम अपने को दूर पाने लगते हैं।

प्रवृत्ति क्या है–न्यायसूत्र (1.1.17) में वचन, मन तथा शरीर की क्रिया (आरंभ) को प्रवृत्ति कहा गया है। प्रवृत्ति दो प्रकार की होती है–***पापात्मिका*** तथा ***पुण्या***। कायिक, वाचिक

---

1. यद्यपि आधुनिक विद्वान् मंत्रद्रष्टा ऋषियों को ही वेद का रचनाकार मानते हैं।

तथा मानसिक भेद से ये दोनों प्रवृत्तियां तीन-तीन भेद वाली होती हैं। वात्स्यायन ने शुभ-अशुभ प्रवृत्तियों में प्रत्येक के दस-दस भेद माने हैं।

अशुभ प्रवृत्तियों में शरीर से प्रवृत्त हिंसा, अस्तेय और प्रतिषिद्ध मैथुन; वचन से प्रवृत्त असत्य, परुष, निंदा और असंबद्ध भाषण करना; मन से प्रवृत्त परद्रोह, परधन को अपहृत करने इच्छा और नास्तिकता। यह पापात्मक प्रवृत्ति अधर्म उत्पन्न करती है।

शुभ प्रवृत्तियों में शरीर के द्वारा दान, रक्षा और सेवा, वचन से सत्य, हित, प्रिय और स्वाध्याय, मन से दया, अस्पृहा और श्रद्धा आदि प्रवृत्तियां आती हैं, जो धर्म की उत्पत्ति करती हैं।

न्यायदर्शन का नीतिशास्त्र व्यक्ति को शुभ मार्ग की ओर प्रेरित करता है। इससे व्यक्ति का कल्याण तो होता ही है, अप्रत्यक्ष रूप से समष्टि का कल्याण भी सिद्ध होता है। क्योंकि जब व्यक्ति शांत, करुणायुत, अनुचित कर्मों से विरत रहता है, तो समाज में भी शांति व्यवस्था बनी रहती है।

न्यायदर्शन में मनोविज्ञान

न्यायदर्शन में 'मनस्तत्त्व' का विश्लेषण ख़ूब हुआ है। 'मन' यहां 12 प्रमेयों में गिना गया है। सुख-दुःख के ज्ञान का साधन 'मन' है। इसी को 'अंतःकरण' अर्थात् आंतरिक भावों को जानने वाली इंद्रिय भी कहते हैं। इसका चिह्न है एक साथ कई प्रकार के ज्ञान की उत्पत्ति न होने देना। इंद्रियां ज्ञान को ग्रहण अवश्य करती हैं, किंतु विभिन्न इंद्रियों के ज्ञान में भेद करके उसे अर्थ देना मन का कार्य है। मन हर इंद्रिय की संवेदना को अलग-अलग अर्थ देता है। केवल इंद्रियार्थसन्निकर्ष से यदि ज्ञान उत्पन्न होता, तो नासिका का संबंध गंध से तथा श्रोत्रेंद्रिय का शब्द से एक साथ होकर दोनों ज्ञान (गंधज्ञान और शब्दज्ञान) साथ-साथ उत्पन्न होते, पर ऐसा नहीं होता। क्योंकि मन नियामक रूप से पृथक् करने के लिए प्रस्तुत रहता है। मन गंधज्ञान कराने पर ही शब्द का ज्ञान करा सकता है।

कामना या इच्छा के स्वरूप का मनोवैज्ञानिक विश्लेषण भी न्यायग्रंथों में किया गया है। विश्वनाथ सिद्धांत मुक्तावली (146-150) में इच्छा की अनेक प्रकार की अवस्थाओं का वर्णन करते हैं। हम असंभव पदार्थों को पाने की इच्छा नहीं करते। केवल अबोध बच्चे ही चांद को पकड़ने के लिए हाथ फैलाते हैं। फिर जिन पदार्थों को पाने की इच्छा प्रकट की जाती है, वे ऐसे ही पदार्थ होते हैं, जिन्हें वांछनीय माना गया है अर्थात् जिनसे ज्ञाता का उपकार होता है। यहां तक कि जब हम आत्महत्या भी करने का विचार करते हैं या अपने शरीर में कांटा भी चुभाते हैं, तो वह भी इस विचार से करते हैं कि ये हमारे लिए उपयोगी होंगे। किसी भी पदार्थ का मूल्य कर्ता के लिए उपयोगी होने के नाते ही आंका

जाता है। यह बात अलग है कि मनुष्य आत्महत्या इत्यादि ऐसे ही अन्य कार्यों को मस्तिष्क की असाधारण (विकृत) अवस्था के कारण ही क्यों न उपयोगी समझता हो (रोगदूषितचित्तः)। इस प्रकार न्यायदर्शन में सामान्य, असामान्य मनोवैज्ञानिक प्रवृत्तियों की चर्चा हुई है।

यही नहीं प्रत्यक्षप्रमाण का एक भेद 'मानसप्रत्यक्ष' भी है। 'मन' एक ज्ञानेंद्रिय के रूप में यहां माना गया है (अन्य कई दर्शन इस पर आपत्ति करते हैं)। 'मन' कोई बाहरी चीज़ नहीं है, जिसे हम आंख, कान आदि ज्ञानेंद्रियों की तरह देख सकें। 'मन' का अस्तित्व तो शरीर के भीतर माना गया है, जो अदृश्य है। आत्मा व ज्ञान की तरह 'मन' भी 'भौतिक' पदार्थ नहीं है। 'मन' एक ज्ञानेंद्रिय है, जो हमें ज्ञान की प्राप्ति प्रत्यक्ष रूप में करवाता है। हमें अपने जीवन में सुख-दुःख, प्रेम-घृणा आदि मनोभावों का अनुभव होता रहता है। सुख या दुःख की संवेदनाएं, उनका अनुभव, उनका ज्ञान हमें आंख, नाक, कान आदि से प्राप्त नहीं हो सकता है। इस ज्ञान की प्राप्ति 'मन' के द्वारा की जा सकती है। अतः 'मन' से प्राप्त प्रत्यक्ष को 'मानस प्रत्यक्ष' कहते हैं।

न्यायशास्त्र के विद्वानों का कहना है कि 'मन' कोई पदार्थ या द्रव्य का बना हुआ नहीं होता। अतः इसकी ज्ञानशक्ति भी विशेष प्रकार की होती है। यह सभी प्रकार के ज्ञानों के बीच एकता स्थापित करता रहता है, इसलिए इसे केंद्रीय इंद्रिय (Central Organ) कहना चाहिए। न्यायदर्शन की इस बात को वैशेषिक, सांख्यादि तो मानते हैं, पर कुछ वेदांतदार्शनिकों के अनुसार 'मन' एक आंतरिक ज्ञानेंद्रिय नहीं हो सकता।

धर्मकीर्ति नामक नैयायिक (न्यायबिंदु टीका पृ. 13) प्रत्यक्ष ज्ञान के चार भेद मानते हैं—इंद्रियजन्य ज्ञान, मानसिक ज्ञान (मनोविज्ञान), आत्मचेतना तथा यौगिक अंतर्दृष्टि। मानसिक ज्ञान इंद्रियजन्य ज्ञान के अगले क्षण में उत्पन्न होता है। एक प्रकार से यह कुछ-कुछ पश्चात् बिंब है। इस पश्चात् बिंब प्रभाव को रिचर्ड सेमन नामक मनोवैज्ञानिक मौलिक संवेदना की स्थिति की संज्ञा देता है।

इस प्रकार कामनाओं, प्रवृत्तियों, संवेदनाओं का अध्ययन तो न्यायदर्शन में हुआ ही है। इस दर्शन के सोलह पदार्थों में से एक 'संशय' भी है, जो मन की उस अवस्था को वर्णित करता है, जब मन के सामने दो या दो से अधिक विकल्प रहते हैं।

न्यायदर्शन का मानना है कि मानसप्रत्यक्ष के द्वारा आत्मा का साक्षात् ज्ञान होता है। नैयायिकों का मत है कि मन के साथ आत्मा का संयोग होने से 'मैं हूं' इस प्रकार का मानसप्रत्यक्ष होता है। इसी से आत्मा को जानना संभव है। पर कुछ नैयायिकों का मानना है कि आत्मा स्वयं प्रत्यक्ष का विषय नहीं हो सकता। इसका प्रत्यक्ष बुद्धि, सुख-दुःख या प्रयत्न आदि प्रत्यक्ष गुण विशिष्ट रूप में ही हो सकता है।

न्यायदर्शन की महत्त्वपूर्ण देन

भारतीयदर्शन-साहित्य को न्यायदर्शन की सबसे अमूल्य देन शास्त्रीय विवेचनात्मक पद्धति है। इसका तर्कशास्त्र, प्रमाणशास्त्र तथा ज्ञानशास्त्र निश्चित ही बहुत महत्वपूर्ण है।

न्यायदर्शन का प्रमाणशास्त्र केवल 'न्याय' का ही आधार नहीं है। यहां आत्मा और पारमार्थिक सत्ता संबंधी प्रश्नों का समाधान भी तर्कयुक्ति के द्वारा ही दिया गया है। तर्क प्रणाली के ऐसे विकसित रूप को देखते हुए न्यायदर्शन निश्चित ही 'भारतीय तर्कशास्त्र' (Indian Logic) का आधारभूत विज्ञान है।

वैशेषिकदर्शन

वैशेषिकदर्शन के प्रवर्तक

वैशेषिकदर्शन के प्रवर्तक हैं, महर्षि कणाद। कहा जाता है कि वे इतने बड़े संतोषी थे कि खेतों से चुने हुए अन्नकणों के सहारे ही जीवन-यापन करते थे। इसीलिए उनका उपनाम पड़ा—'कणाद'। उनका वास्तविक नाम 'उलूक' था, इसलिए 'कणाददर्शन' 'औलूक्यदर्शन' के नाम से भी प्रसिद्ध है। कुछ लोगों का विचार है कि 'कणाद' के पिता का नाम उलूक था। प्रशस्तपाद इस सूत्र के रचयिता का यथार्थ नाम काश्यप मानते हैं।

वैशेषिक का अर्थ

वैशेषिकदर्शन के नामकरण के विषय में भी विद्वानों के भिन्न-भिन्न मत हैं। डॉ. उई (Dr. Ui) ने अपने ग्रंथ 'वैशेषिक फ लासफी' में लिखा है कि चीनी दार्शनिक चिस्तान (549-623 ईसवी) तथा क्वहेइची (623-682 ईसवी) के द्वारा एकत्रित तथा कणाद द्वारा विरचित सूत्रों का नाम 'वैशेषिक' इस कारण पड़ा, क्योंकि यह अन्य भारतीय दर्शनों, विशिष्ट रूप से सांख्यदर्शन से अधिक युक्तिसंगत और तर्कपूर्ण है। एक और मत के अनुसार वैशेषिकदर्शन में 'विशेष' नामक पदार्थ की नवीन उद्भावना की गई है। अतः उसका नाम वैशेषिक पड़ा। बौद्धग्रंथों में वैशेषिकदर्शन का विशेष रूप से नामोल्लेख हुआ है। इन ग्रंथों में न्यायसिद्धांतों को भी वैशेषिक नाम से ही स्मरण किया गया है। जैनों की तत्त्व-समीक्षा भी संभवतः वैशेषिक पदार्थों की कल्पना पर आश्रित प्रतीत होती है। अतः वैशेषिकदर्शन को कुछ विद्वान् जैन तथा बौद्ध दोनों से प्राचीनतर बताते हैं।

वैशेषिकदर्शन का साहित्य

इस दर्शन पर उपलब्ध सर्वप्रथम प्रामाणिक ग्रंथ है—कणाद का ***वैशेषिक-सूत्र***। इसमें दस अध्याय हैं और प्रत्येक दो आह्निकों (भागों) में विभक्त हैं। इसके कुल सूक्तों की संख्या 370 मानी जाती है। प्रथम अध्याय के प्रथम आह्निक में द्रव्य, गुण तथा कर्म के लक्षण और

विभाग का, दूसरे आह्निक में 'सामान्य और विशेष' वर्णन है। दूसरे अध्याय में नव द्रव्यों का, जिनमें आत्मा और मन सम्मिलित नहीं है का वर्णन किया गया है, जबकि तीसरे अध्याय में आत्मा और मन के साथ-साथ इंद्रियों के विषयों और स्वरूप का भी वर्णन है, चतुर्थ अध्याय के प्रथम भाग में परमाणुवाद तथा दूसरे में अनित्य द्रव्य-विभाग का, पंचम में कर्म, षष्ठ में वेद प्रमाण्य तथा धर्माधर्म का विचार हुआ है। सातवें व आठवें अध्याय में कतिपय गुणों का, नवें अध्याय में अभाव तथा ज्ञान का और दसवें अध्याय में सुख-दुःख विभेद तथा त्रिविध कारणों का वर्णन किया गया है।

कणाद के वैशेषिकसूत्रों पर बहुत से भाष्य व टीकाएं मिलती हैं। इनमें से कुछ महत्त्वपूर्ण हैं। प्रशस्तपाद का 'पदार्थ धर्मसंग्रह' नामक प्रसिद्ध ग्रंथ, केवल कोरा भाष्य ही नहीं है, बल्कि वैशेषिकदर्शन का एक स्वतंत्र मूल-ग्रंथ सा है। शंकराचार्य के शारीरिक-भाष्य पर लिखित दो टीका-ग्रंथों से ज्ञात होता है कि सिंहल देश के रावण नामक राजा ने वैशेषिकसूत्र पर टीका की थी, पर आज वह अप्राप्य है। प्रशस्तपाद-भाष्य पर चार उत्तम टीका ग्रंथ उपलब्ध हैं—(1) उदयनाचार्य की ***'किरणावली'***, (2) श्रीधराचार्य की ***'न्यायकंदली'***, (3) व्योमशेखर कृत ***'व्योमवती'*** और (4) श्रीवत्स की ***'लीलावती'***। इसके बाद का जो वैशेषिक साहित्य है, वह न्याय और वैशेषिक का सम्मिश्रण है। ऐसे ग्रंथों में शिवादित्य की ***'सप्त पदार्थी'***, लौगाक्षि भास्कर की ***'तर्क कौमुदी'***, वल्लभाचार्य की ***'न्यायलीलावती'*** और विश्वनाथ पंचानन का ***'भाषा परिच्छेद'*** (सिद्धांत मुक्तावली नामक टीका के साथ) अग्रगण्य हैं। अन्न भट्ट का ***'तर्कसंग्रह'*** ग्रंथ भी प्रसिद्ध है, इस पर 250 व्याख्या ग्रंथ मिलते हैं।

वैशेषिक और न्यायदर्शन का संबंध

बहुत से विद्वानों ने न्यायवैशेषिक की व्याख्या एक ही साथ करना ठीक समझा है। डॉ. राधाकृष्णन द्वारा संपादित 'हिस्ट्री ऑफ फिलासफी ईस्ट एंड वैस्ट' में तथा भारतीय-दर्शन की रूपरेखा (एम. हिरियन्ना) में दोनों दर्शनों की व्याख्याएं एकसाथ मिलती हैं। न्याय और वैशेषिक समान-तंत्र हैं। दोनों का उद्देश्य एक ही है। अर्थात् दुःखों की अत्यंत निवृत्ति। उसकी प्राप्ति यथार्थ तत्त्वज्ञान से ही हो सकती है। समस्त दुःखों का मूल कारण अज्ञान ही है। इन विषयों में ये दोनों दर्शन एकमत हैं, परंतु कुछ मतभेद भी हैं। प्रथम जहां न्याय प्रत्यक्ष, अनुमान, उपमान और शब्द—ये चार प्रमाण मानता है, वहां वैशेषिक प्रत्यक्ष और अनुमान इन दो ही प्रमाणों को स्वतंत्र मानता है और शेष (उपमान और शब्द) को अनुमान के अंतर्गत ही स्वीकार कर लेता है। दूसरा अंतर यह है कि जहां नैयायिक सोलह पदार्थों के नाम गिनते हैं, वहां वैशेषिक केवल सात पदार्थ मानते हैं। इन्हीं में सभी का समावेश हो जाता है।

वैशेषिकदर्शन में तत्त्व-विचार

वैशेषिकदर्शन में जगत् की वस्तुओं के लिए 'पदार्थ' शब्द का प्रयोग किया गया है। पदार्थ शब्द की व्युत्पत्ति करने पर अर्थ निकलता है—पदस्य अर्थः = पदार्थः। यहां पर अर्थ का अभिप्राय है इंद्रियगम्य वस्तु। इस प्रकार पदार्थ का अर्थ होता है वस्तु, जिसका कोई नाम हो। पदार्थ की एक और परिभाषा है—प्रमिति (ज्ञान) का विषय है। एक अन्य लक्षण अभिधेयत्व (नाम की सामर्थ्य) रखना भी है।

जैसे न्यायदर्शन में 'प्रमाण' मुख्यतः विवेचित हुए हैं, वैसे ही वैशेषिक में 'प्रमेय' पर जोर है। प्रमेय अर्थात् ज्ञान के विषय अर्थात् पदार्थ। पदार्थ दो प्रकार के होते हैं भाव और अभाव। भाव के छह भेद—द्रव्य, गुण, कर्म, सामान्य, विशेष व समवाय हैं। इन्हें निम्न तालिका से समझा जा सकता है—

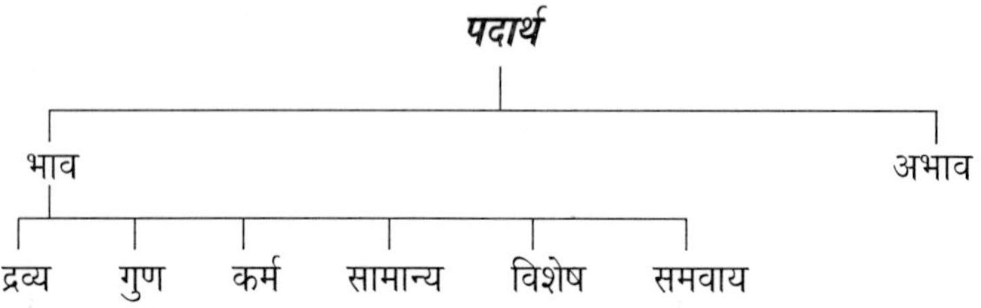

इन सातों पदार्थों में संसार की समस्त वस्तुएं आ जाती हैं, जिनका नामकरण संभव है। भाव पदार्थ वे हैं, जिनकी सत्ता है अर्थात् जो विद्यमान हैं। वैशेषिकसूत्रों में यह छह भाव पदार्थ ही उल्लिखित हैं। 'अभाव' नामक पदार्थ बाद के ग्रंथकारों ने जोड़ दिया है। क्योंकि पदार्थ-विचार वैशेषिकदर्शन में बहुत महत्त्वपूर्ण है। अतः इन पदार्थों का अध्ययन करना आवश्यक है।

I. *द्रव्य*—वैशेषिकसूत्र के अनुसार द्रव्य वह पदार्थ है, जो स्वतः गुण या कर्म से भिन्न होते हुए भी उनका आश्रय स्वरूप है। यह माना जाता है कि द्रव्य अपने आदि में गुण रहित होता है। क्योंकि गुण यदि द्रव्य के साथ पैदा होते, तो उनमें कोई भेद नहीं होता, किंतु यह भी सत्य है कि द्रव्य के बिना कोई गुण या कर्म (निराधार रूप में) नहीं रह सकता। गुण और कर्म जब रहेंगे, तब किसी-न-किसी द्रव्य ही में रहेंगे। ये गुण और कर्म जिस आधार में रहते हैं, वह 'द्रव्य' कहलाता है। द्रव्य अपने सावयव कार्यों का समवायी कारण भी होता है। जैसे किसी रंग के तंतुओं के संयोग से कार्यरूप पट (वस्त्र) का निर्माण होता है। यहां तंतु पट के समवायीकारण हैं, क्योंकि वह (पट) उन्हीं तंतुओं से बना है और उनमें समवेत (अंतर्निहित) है। समवायी कारण के अतिरिक्त एक और कारण (असमवायी) है, जो समवायी में रहता हुआ गौण रूप से कार्य के होने में सहायक होता है। सूतों का रंग, सूत का संयोग वस्त्र का असमवायी कारण है। तीसरा कारण निमित्त कारण है, जो न तो कार्य

का उपादान कारण होता है न उपादान का सहकारी, फिर भी कार्य की उत्पत्ति के कारण आवश्यक होता है। जैसे करघा वस्त्र का निमित्त कारण है। इनके अतिरिक्त कार्य के प्रयोजक तथा भोक्ता कारण भी होते हैं। जुलाहा वस्त्र का प्रयोजक कारण है और जिसके लिए वस्त्र बुना जाता है, वह उसका भोक्ता कारण है। द्रव्य ***नौ*** प्रकार के हैं–

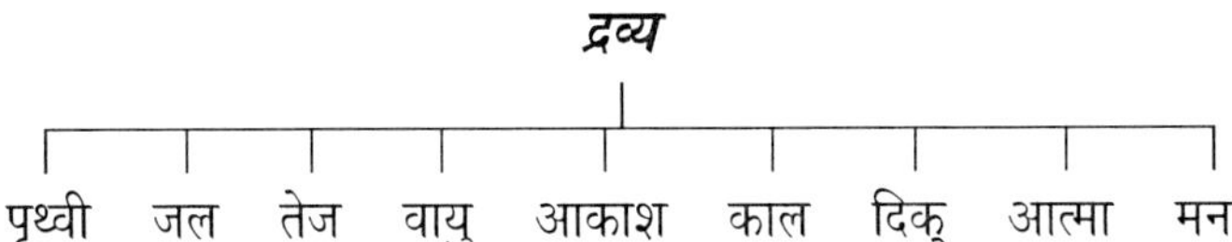

इनमें से पहले पांच 'पंच-महाभूत' कहलाते हैं। इनमें से प्रत्येक में कोई-न-कोई ऐसा विशेष गुण है, जिसका बाह्य इंद्रिय से प्रत्यक्ष होता है। पृथ्वी में गंध, जल में रस, तेज में रूप, वायु में स्पर्श और आकाश में शब्द गुण है। इनका प्रत्यक्ष क्रमशः घ्राण, रसना, चक्षु, त्वचा और कान से होता है। *आकाश को छोड़कर शेष चारों भूत द्रव्य कारण रूप में नित्य और कार्य रूप में अनित्य हैं। पृथ्वी, जल, तेज, वायु के परमाणु नित्य हैं, क्योंकि परमाणु निरवयव, अनादि और अनंत होता है। पर इनके संयोग से बने सभी कार्य द्रव्य अनित्य हैं,* क्योंकि संयोग से उत्पन्न होने के कारण वे विनाश को प्राप्त हो सकते हैं। पांचवां द्रव्य आकाश शब्द का आधार है, परंतु रूप के प्रकट न होने के कारण यह प्रत्यक्ष नहीं होता। शब्द के ज्ञान से ही उसका अनुमान लगाया जाता है। शब्द का आधार आकाश है। सर्वत्र विद्यमान होने के कारण आकाश विभु अथवा सर्वव्यापी तथा असीम है।

दिक् और काल भी आकाश की ही तरह अगोचर, एक, नित्य तथा सर्वव्यापी है। दिक् का अनुमान 'यहां', 'वहां', 'निकट', 'दूर' आदि प्रत्ययों के ज्ञान के कारण होता है। इसी प्रकार भूत, भविष्य, वर्तमान, प्राचीन और अर्वाचीन–इनके आधार पर काल का अनुमान लगाया जाता है। आकाश, दिक् तथा काल ये तीनों वास्तव में एक-एक हैं। ये उपाधिभेद से अनेक प्रतीत होते हैं तथा इनके अंश भी एक-दूसरे से भिन्न जान पड़ते हैं।

आत्मा के विषय में वैशेषिक का मत न्यायमत के ही समान है। आत्मा नित्य, सर्वव्यापी और चैतन्य का आधार है। उसका ज्ञान मानस प्रत्यक्ष से होता है। महर्षि कणाद भी 'मैं हूं' इस आत्मप्रत्यक्ष प्रत्यय के आधार पर आत्मा को प्रत्यक्ष अनुभवगम्य मानते हैं। उनका कथन है कि आत्मा न तो आगम प्रत्यक्ष पर आधारित है, न अनुमान पर, बल्कि प्रत्यक्ष पर आधारित है। भिन्न-भिन्न शरीरों में आत्मा भी भिन्न-भिन्न है। अतः आत्मा अनेक हैं। जीवात्मा के अतिरिक्त आत्मा का दूसरा प्रकार परमात्मा है। परमात्मा एक है और जगत् का कर्ता है।

मन–आत्मा को विषयों का अनुभव ग्रहण करने के लिए ज्ञान के कारणों की आवश्यकता है। आत्मा के पास ज्ञान के करण अर्थात् साधन दो हैं–एक तो पंच ज्ञानेंद्रियां और दूसरा मन। ज्ञानेंद्रियां बाह्यकरण हैं और मन अंतःकरण। मन प्रत्येक शरीर में भिन्न होने

के कारण अनेक मूर्त और अणु परिमाण है। मन के अस्तित्व का अनुमान दो बातों पर निर्भर है। जैसे बाह्य पदार्थों के प्रत्यक्षज्ञान के लिए बाह्य इंद्रियों की आवश्यकता पड़ती है, उसी प्रकार ज्ञान, इच्छा, सुख-दुःख आदि आभ्यंतरिक पदार्थों के साक्षात्कार के लिए आभ्यंतरिक इंद्रिय की आवश्यकता है। यही मन है। दूसरा इंद्रिय के बाह्य विषय से संयुक्त होने पर भी मनोयोग के बिना वस्तु का ज्ञान नहीं होता। तीसरे पांचों इंद्रियों के एकसाथ विषयों से संयुक्त होने पर भी एक विशेष क्षण में एक ही विषय की अनुभूति होती है। इस अनुभूति का आधार मन ही है। इससे सिद्ध होता है कि मन अणु और निरवयव है। यदि मन अणु न होता, तो एक क्षण में वस्तु के भिन्न-भिन्न अवयवों का विभिन्न इंद्रियों से संयोग होकर सभी इंद्रियों के विषयों का एकसाथ ज्ञान होता।

II. *गुण*–वैशेषिकदर्शन के अनुसार 'गुण' वह पदार्थ है, जो द्रव्य में ही रहता है और जिसमें अन्य कोई गुण या कर्म नहीं रहता। गुण द्रव्य के बिना नहीं रह सकते, इसीलिए ये 'गुण' परतंत्र या परनिर्भर कहलाते हैं। जैसाकि पहले बताया जा चुका है कि द्रव्य ही कार्य का उपादान या समवायी कारण होता है। अतः 'गुण' केवल असमवायी कारण ही हो सकता है। वह गौण रूप से कार्य में सहायक होता है। सभी गुणों के द्रव्य पर आश्रित होने के कारण गुण का गुण नहीं हो सकता। गुण में कर्म अथवा गति भी नहीं होती। वह द्रव्य में निष्क्रिय होकर रहता है। इस प्रकार वह द्रव्य और कर्म दोनों से भिन्न है।

गुणों की संख्या चौबीस है–(1) रूप, (2) रस, (3) गंध, (4) स्पर्श, (5) संख्या, (6) परिमाण, (7) पृथकत्व, (8) संयोग, (9) विभाग, (10) परत्व, (11) अपरत्व, (12) बुद्धि, (13) सुख, (14) दुःख, (15) इच्छा, (16) द्वेष, (17) प्रयत्न। ये 17 गुण वैशेषिकदर्शन में प्रधान माने गए हैं। इनके अतिरिक्त 7 गुण और भी हैं। जो इस प्रकार हैं–(18) गुरुत्व, (19) द्रवत्व, (20) स्नेह, (21) संस्कार, (22) शब्द, (23) धर्म, (24) अधर्म। इन गुणों के भी और भेद किए गए हैं, जैसे रूप के प्रभेद श्वेत, कृष्ण, रक्त, पीत आदि। रस के प्रभेद हैं–मधुर, अम्ल, लवण, कटु, तिक्त, कषाय। गंध–सुगंध और दुर्गंध दो प्रकार की होती है। स्पर्श के तीन भेद हैं–शीत, उष्ण तथा शीतोष्ण (न ठंडा न गर्म)। शब्द भी दो भेदों में अभिव्यक्त होता है–*ध्वन्यात्मक* जैसे घंटे की ध्वनि और *वर्णात्मक* जैसे 'क', 'ख' आदि का उच्चारण। परिमाण के प्रभेद हैं–*अणु* (सबसे छोटा), *ह्रस्व* (छोटा), *दीर्घ* (बड़ा), *महत्* (सबसे बड़ा)। *संख्या*–'एक से लेकर ऊपर की ओर अनंत संख्याएं हैं। *पृथकत्व* इसके कारण एक वस्तु दूसरी से अलग दिखाई पड़ती है।

संयोग–संयोग दो पृथक् रह सकने वाले द्रव्यों के संबंध का नाम है। जैसे हाथ और कलम का संबंध। कारण कार्य का संबंध संयोग नहीं है, क्योंकि इनका पृथक् अस्तित्व संभव नहीं है। संयोग तीन प्रकार का है–*अन्यतर कर्मज*–जहां एक द्रव्य आकर दूसरे स्थिर द्रव्य से मिलता है, जैसे पेड़ से फल का पृथ्वी पर गिरना। *उभय कर्मज*–जहां दोनों द्रव्यों की क्रिया या गति से संयोग होता है, जैसे दो पहलवान दो दिशाओं से आकर भिड़ जाते हैं।

संयोगज—वह भेद है, जहां एक संयोग से दूसरा संयोग संभव होता है। इसका उदाहरण है कलम और हाथ का संयोग, फिर इन दोनों का कागज से संयोग हो जाए, तो लिखना हो पाता है।

विभाग—यह संयोग का विपरीत है। संयोग के अंत या विच्छेद का नाम है, जैसे कलम का हाथ से छूट जाना। संयोग की तरह यह भी तीन प्रकार का होता है। अन्यतर कर्मज—दो संयुक्त द्रव्यों में से एक का अलग हो जाना। उभय कर्मज—कलम का हाथ से छूट जाना, एक पहलवान का दूसरे पहलवान से अलग हो जाना और विभागज—जिसमें एक विभाग से दूसरा विभाग हो जाता है। जैसे यदि हाथ से कलम छोड़ दी जाए, तो कागज से भी हाथ का संबंध छूट जाता है।

परत्व और अपरत्व—दो प्रकार के होते हैं—कालिक और दैशिक। काल से संबद्ध परत्व का अर्थ होता है। प्राचीनत्व तथा काल से संबद्ध अपरत्व का अर्थ होता है। नवीनत्व। इसी प्रकार ***देश*** के आधार पर परत्व का अर्थ होता है—दूरत्व तथा अपरत्व का अर्थ—निकटत्व।

बुद्धि—यह ईश्वर में नित्य तथा जीवात्माओं में अनित्य माना गया है। सुख-दुःख मन के अनुकूल और प्रतिकूल भावों को दर्शाते हैं। ये आत्मा के गुण हैं। इसी प्रकार इच्छा किसी वस्तु के प्रति अनुराग को कहते हैं। द्वेष किसी वस्तु के प्रति विरति को। प्रयत्न का अर्थ है किसी वस्तु की प्राप्ति के लिए किया गया यत्न। इसके वैशेषिक तीन भेद करते हैं—प्रवृत्ति किसी वस्तु विशेष को पाने का यत्न करना। निवृत्ति किसी वस्तु से छुटकारा पाने के लिए कोशिश। तीसरे प्रकार के प्रयत्न में प्राण-धारण करने की क्रियाएं आती हैं, जिसे जीवनयोनि-प्रयत्न कहा गया है।

गुरुत्व—पदार्थ का वह गुण, जिसके कारण वह सदैव पृथ्वी की ओर आकर्षित होकर गिरता है। यह गुण वैशेषिकदर्शन को वैज्ञानिक आधार देता है।

द्रवत्व—पदार्थों में तरलता के कारण बहने का जो गुण है, वह द्रवत्व कहलाता है। जैसे जल, दूध आदि तरल पदार्थ बहते हैं। स्नेह—वह गुण है, जो पार्थिव कणों को आपस में मिलाकर पिंडीभूत करता है। यह गुण घी में तो होता ही है, जल में भी पाया जाता है। संस्कार के तीन भेद हैं—भावना जिससे किसी विषय की स्मृति होती है। वेग जिससे किसी वस्तु में गति होती है। संस्कार का तीसरा रूप होता है—स्थिति-स्थापकत्व, जैसे 'रबर की नली' को खींचें तो खिंच जाती है, पर छोड़ देने पर पूर्व स्थिति में आ जाती है।

धर्म-अधर्म—धर्म पुण्य है और उससे विहित कर्म उत्पन्न होते हैं तथा सुख की प्राप्ति होती है। अधर्म पाप है, उससे निषिद्ध कर्म उत्पन्न होते हैं तथा दुःख मिलता है।

III. *कर्म*—द्रव्य और गुण के बाद 'कर्म' पदार्थ का वर्णन करते हैं। गुण के समान कर्म द्रव्य में आश्रित रहने वाला धर्म है। द्रव्य का निष्क्रिय स्वरूप गुण और सक्रिय कर्म है। कर्म से द्रव्यों का संयोग और विभाग होता है। कर्म का कोई गुण नहीं होता, क्योंकि गुण केवल द्रव्य ही में आश्रित रह सकता है, पर कर्म सर्वव्यापी द्रव्यों में नहीं हो सकता, क्योंकि उनमें

स्थानांतर नहीं हो सकता। अतः कर्म पृथ्वी, जल, वायु, तेज व मन में ही होता है। कर्म के पांच भेद यों गिनाए गए हैं—उत्क्षेपण, अवक्षेपण, आकुंचन, प्रसारण तथा गमन। जिस कर्म के द्वारा ऊपरी प्रदेश के साथ संयोग होता है, वह उत्क्षेपण (ऊपर फेंकना) कहलाता है, जैसे गेंद को ऊपर उछालना। जिस कर्म के द्वारा निचले प्रदेश से संयोग होता है, वह 'अवक्षेपण' कहलाता है (जैसे छत पर से नीचे पानी फेंकना)। आकुंचन (सिकोड़ना) वह कर्म है, जिसके द्वारा शरीर से और भी निकटतर प्रदेश के साथ संयोग होता है (जैसे हाथ-पैर मोड़ना)। 'प्रसारण' वह कर्म है, जिसके द्वारा शरीर से दूरवर्ती प्रदेश के साथ संयोग होता है (जैसे हाथ-पैर फैलाना)। इन चारों के अतिरिक्त और जितनी भी गत्यर्थक क्रियाएं हैं, वे 'गमन' के अंतर्गत आ जाती हैं (जैसे चलना, दौड़ना)। सभी कर्म प्रत्यक्ष नहीं हो सकते। पृथ्वी, जल, तेज आदि दृष्टिगोचर द्रव्यों की गति का ज्ञान दर्शन या स्पर्शन से हो सकता है। किंतु मन अगोचर पदार्थ है, अतः उसकी गति का प्रत्यक्ष ज्ञान नहीं हो सकता।

IV. *सामान्य*—एक ही प्रकार की वस्तुएं समानधर्म (साधर्म्य) रहने के कारण एक ही नाम से पुकारी जाती हैं। देवदत्त, ब्रह्मदत्त आदि भिन्न-भिन्न व्यक्तियों में कुछ ऐसा सामान्य गुण है, जिसके कारण वे मनुष्य कहलाते हैं। इसी तरह गाय, घोड़ा आदि सभी जातिवाचक शब्दों के विषय में समझना चाहिए। प्रश्न यह है कि वह कौन-सा पदार्थ है, जिसके कारण भिन्न-भिन्न व्यक्ति एक जाति के अंतर्गत समाविष्ट होकर कई पदार्थ एक नाम से व्यवहृत होते हैं। न्यायवैशेषिक उसी को सामान्य कहते हैं। पाश्चात्य दार्शनिक उसे 'यूनिवर्सल कहते हैं।

भारतीय-दर्शन में 'सामान्य' को लेकर तीन मत हैं। बौद्धमत व्यक्ति या वस्तु के 'नाम' और उसके विभेदक अर्थ को स्वीकार करते हैं। उनके अनुसार 'सामान्य' कोई सर्वनिष्ठ आवश्यक धर्म न होकर केवल एक नाममात्र है। जैन तथा अद्वैतवाद (वेदांतदर्शन) में सामान्य की सत्ता व्यक्तियों से पृथक् नहीं है और न वह उनमें बाहर से आकर ही समा जाता है। सामान्य और व्यक्ति अभिन्न हैं। वह व्यक्तियों का सर्वनिष्ठ आवश्यक धर्म अथवा उनका आंतरिक स्वरूप है, जिसे हमारी बुद्धि ग्रहण करती है। इसे 'सामान्य-प्रत्ययवाद' कहते हैं। न्यायवैशेषिक के अनुसार सामान्य मानसिक प्रत्यय अथवा नाममात्र न होकर अपनी स्वतंत्र सत्ता रखते हैं। सामान्य नित्य एक तथा अनेकांतुगत-समवाय संबंध से संबद्ध रहता है। सामान्य के कारण ही भिन्न व्यक्तियों में एकता रहती है। सामान्य द्रव्य, गुण व कर्म में आश्रित रहता है। व्यापकता की दृष्टि से सामान्य तीन प्रकार के होते हैं—पर, अपर और परापर। सबसे अधिक व्यापक 'सामान्य' को 'पर' कहा जाता है, जैसे सत्ता या अस्तित्व। दुनिया की सभी वस्तुओं में सत्ता है। द्रव्य, गुण, कर्म इत्यादि में भी 'सत्ता' है। जो 'सामान्य' सबसे कम व्यापक रहता है अथवा जिस सामान्य का क्षेत्र सबसे संकुचित हो, उसे 'अपर' कहते हैं, जैसे 'मनुष्यत्व' केवल मनुष्यों में सीमित है, गाय, बैलों में नहीं। 'पर' और 'अपर' की सीमा में आने वाला सामान्य 'परापर' कहलाता है, जैसे 'द्रवत्व'। यह सत्ता की अपेक्षा 'अपर' और घनत्व की अपेक्षा 'पर' है।

V. *विशेष*–विशेष सामान्य का ठीक उलटा है। निरवयव नित्य द्रव्य का विशिष्ट व्यक्तित्व ही 'विशेष' कहलाता है। विशेष द्रव्य की वह विशिष्टता है, जिसके द्वारा अन्य द्रव्यों से वह भिन्न जाना जाता है। पृथ्वी की एक वस्तु का परमाणु दूसरी वस्तु के परमाणु से भिन्न क्यों है? दिक्, काल, आत्मा, मन, पृथ्वी, वायु, जल और अग्नि के परमाणुओं की विशिष्टताओं की व्याख्या के लिए विशेष का ही सहयोग लिया जाता है। एक जल का परमाणु वायु के परमाणु से किस प्रकार भिन्न है? आत्मा मन से किस प्रकार भिन्न है? एक आत्मा दूसरी आत्मा से कैसे भिन्न है? यह विभिन्नता 'विशेष' के कारण ही होती है। कणाद ऋषि ने 'विशेष' को विचार या भाव पर उसी तरह निर्भर बताया है, जिस तरह 'सामान्य' को। प्रशस्तपाद 'विशेष' को एक स्वतंत्र पदार्थ मानकर, इसका एक अलग रूप देते हैं। प्रशस्तपाद का कहना है कि 'विशेष' का निवास नित्य द्रव्यों में होता है–जैसे दिक्, काल, आकाश, मन, आत्मा तथा पृथ्वी, जल, तेज तथा हवा के परमाणुओं के हिस्से नहीं होते, फिर भी उनके 'विशेष' का अस्तित्व रहता है। नित्य द्रव्य तथा परमाणु के टुकड़े नहीं किए जा सकते, उसी तरह से 'विशेष' के भी हिस्से नहीं हो सकते। परमाणुओं की संख्या बहुत है, इसलिए 'विशेष' भी अनंत हैं। 'विशेष' का प्रत्यक्षज्ञान नहीं हो सकता, इसलिए उसे 'अगोचर' भी कहा जाता है।

सभी नित्य द्रव्यों में 'विशेष' पाया जाता है–इस विषय में कुछ लोग संदेह प्रकट करते हैं। प्रशस्तपाद इसका समाधान करते हुए कहते हैं–'यदि हम दो वस्तुओं में भेद नहीं रख सकते, तो हमारे लिए वे दोनों एक हैं। जब हम दो वस्तुओं को भिन्न पाते हैं, तो इसका कारण 'विशेष' ही है। अगर हम ज्ञानी होते या हमें दिव्य-दृष्टि होती, तो एक पल में हम सभी नित्य पदार्थों की भिन्नता भी समझ जाते। जब हम इस अवस्था में नहीं रहते, तभी शंका उत्पन्न होती है। ज्ञान के प्रकाश में सभी शंकाएं दूर हो जाती हैं। व्यावहारिक जगत् में एक आत्मा और दूसरी आत्मा के भेद नहीं देख सकने के कारण उन्हें एक ही मान लेते हैं या भिन्न-भिन्न परमाणु को भी एक समझने लगते है। वहां पर हमें 'विशेष' का ज्ञान नहीं होता है। इसका कारण 'अज्ञानता' है। ज्ञानी या योगी व सिद्धजनों को 'विशेष' सदैव ज्ञात होता है।

'विशेष' का महत्त्व

वैशेषिकदर्शन में 'विशेष' का महत्त्व किसी दूसरे पदार्थ से कम नहीं है। यहां तक कि विद्वानों का मानना है कि 'विशेष' पदार्थ की विशेष चर्चा तथा उसे एक स्वतंत्र और पृथक् पदार्थ के रूप में करने के कारण ही इस दर्शन का 'वैशेषिकदर्शन' नाम पड़ा है। कणाद का मानना है कि 'विशेष' भी अन्य पदार्थों की तरह से वास्तविक है। इसकी वास्तविकता 'द्रव्य' या 'गुण' से कम नहीं कही जा सकती। यदि आत्मा 'वास्तविक' है, तो एक आत्मा को दूसरी आत्मा से अलग करने वाला 'विशेष' भी वास्तविक है। हां, मीमांसा और वेदांतदर्शन भी

'विशेष' के महत्त्व को नहीं स्वीकार करते हैं। कुछ नैयायिक भी 'विशेष' को अलग पदार्थ नहीं मानते।

VI. *समवाय*–समवाय वैशेषिकदर्शन का छठा पदार्थ है। कणाद के अनुसार 'समवाय' कारण और कार्य के बीच का संबंध है। प्रशस्तपाद के अनुसार समवाय उस संबंध को कहते हैं, जिसमें परस्पर आधारी और आधार का संबंध है और जो इस प्रत्यय का हेतु है कि 'यह उसमें हैं।' अयुत संबंध होता है–अवयव और अवयवी, गुण और गुणी, क्रिया और क्रियावान, व्यक्ति और जाति तथा विशेष और नित्य द्रव्य। इस प्रकार तंतु में पट, पुष्प में सुगंध, जल में गति, मनुष्य में मनुष्यत्व उनका सामान्यधर्म विशेष होता है।

वैशेषिक ने दो प्रकार के संबंध माने हैं–समवाय और संयोग। इन दोनों में निम्नलिखित भेद हैं–

(i) संयोग क्षणिक और अनित्य है। समवाय नित्य संबंध है।

(ii) संयोग युतसिद्ध अर्थात् दो द्रव्यों के युक्त होने से बनने वाला संबंध है। समवाय अयुत सिद्ध अर्थात् परस्पर नित्य संबद्ध वस्तुओं का संबंध होता है।

(iii) संयोग एक या दोनों वस्तुओं के कर्म से होता है। समवाय पदार्थों में सदैव विद्यमान रहता है। संयुक्त पदार्थों का संबंध पारस्परिक होता है।

(iv) संयोग बाह्य संबंध है, समवाय आंतरिक संबंध है। संयोग से मिले पदार्थ पृथक् भी रह सकते हैं, जैसे नौकानदी–नौका नदी में भी रह सकती है और नदी से अलग भी। परंतु समवाय से जुड़े पदार्थ पृथक् नहीं रह सकते। अवयवी और अवयव की एक-दूसरे से पृथक् सत्ता नहीं हो सकती। गुण, गुणी से पृथक् नहीं हो सकता।

VII. *अभाव*–कणाद ने उपरिवर्णित 6 पदार्थों को ही माना है। परंतु बाद के वैशेषिकों ने 'अभाव' को भी एक अलग पदार्थ मानकर उसकी व्याख्या की है। अभाव है क्या? यह एक ऐसा पदार्थ है, जिसका रूप भले ही अभावात्मक दिखलाई पड़ता है। परंतु इसके अस्तित्व पर किसी तरह का संदेह नहीं किया जा सकता है। अभाव का ज्ञान सभी लोगों को होता है। दैनिक जीवन में इस तरह के अनुभव होते ही रहते हैं, जैसे हम पढ़ने की मेज पर बैठे, तो देखा वहां हमारा पेन नहीं है। अतः मेज पर पेन न होना एक अभाव है। उसी तरह आकाश में रात को 'सूरज' का अभाव होता है, पर चांद तारों का भाव होता है। वैशेषिकदर्शन में प्रशस्तपाद का नाम 'अभाव' की व्याख्या के लिए प्रसिद्ध है। प्रशस्तपाद ने अपने भाष्य में 'अभाव' की व्याख्या संपूर्णता से की है।

अभाव को एक अलग पदार्थ मानने के निम्न कारण प्रशस्तपाद ने दिए हैं–(क) अभाव का ज्ञान बिल्कुल ही प्रत्यक्ष रूप में हो जाता है। 'रात में आकाश में सूरज नहीं रहता' यह वाक्य उसी तरह वास्तविक है, जैसे यह वाक्य कि 'आकाश में रात के समय चांद या तारे रहते हैं'। इसलिए 'अभाव' में 'भाव' से कम शक्ति नहीं है। (ख) 'अभाव' को शब्दों द्वारा सरलता से समझाया या वर्णन किया जा सकता है। (ग) अभाव के ज्ञान का आधार

प्रत्यक्ष-प्रमाण है। अभाव का प्रत्यक्ष तीन बातों पर निर्भर करता है–(1) प्रतियोगी अर्थात् वह वस्तु जिसके अभाव की बात कही जा रही हो। (2) अनुयोगी अर्थात् वह वस्तु जिसमें अभाव पाया जाता है और (3) प्रतियोगी तथा अनुयोगी के बीच का संबंध अर्थात् यह जानना भी आवश्यक है कि प्रतियोगी तथा अनुयोगी के बीच किस तरह का संबंध है। इस संबंध की महत्ता वैशेषिकदर्शन में पूरी तरह से बताई गई है।

अभाव के भेद–वैशेषिकदर्शन में 'अभाव' के भेदों को विस्तार से बताया गया है। मुख्य भेद दो हैं, जिनमें से प्रथम के फिर तीन भेद हैं–

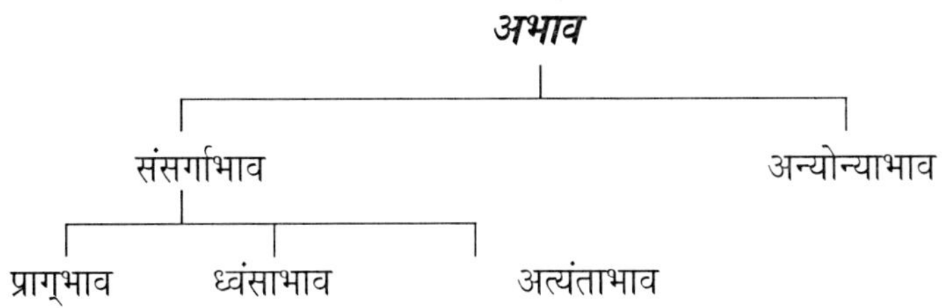

संसर्गाभाव–संसर्गाभाव दो वस्तुओं में परस्पर होने वाले संसर्ग के निषेध को दर्शाता है, जैसे चंद्रमा में उष्णता का अभाव अथवा सूर्य में शीलता का अभाव। संसर्गाभाव के तीन प्रकार हैं–

(i) ***प्रागभाव***–इससे तात्पर्य है कि कार्य द्रव्य की उत्पत्ति के पूर्व कारण द्रव्य में उसका अभाव, जैसे घड़ा बनाने से पूर्व मिट्टी में घड़े का अभाव। प्रागभाव अनादि, परंतु सांत है। भाव यह कि मिट्टी के घड़े का अभाव अनादिकाल से था, परंतु घड़ा बनने से उस अनादि 'प्रागभाव' का अंत हो जाता है।

(ii) ***ध्वंसाभाव***–अर्थात् उत्पन्न हुए कार्य द्रव्य के नष्ट हो जाने पर उसका अभाव। जैसे घड़े के टूट जाने पर उसके टुकड़ों में उसका अभाव। 'ध्वंसाभाव' सादि (जिसका आदि हो), किंतु अनंत माना जाता है। घड़ा टूटने पर ध्वंसाभाव का आदि तो होता है, परंतु वह घड़ा कभी लौटकर नहीं आ सकता। अतः 'ध्वंसाभाव' को अनंत कहा जाता है।

(iii) ***अत्यंताभाव***–अर्थात् दो वस्तुओं में त्रैकालिक (भूत, भविष्य, वर्तमान) संबंध का अभाव, जैसे अग्नि में शीतलता का अभाव। अत्यंताभाव अनादि है, अनंत है। यह सब कालों में सर्वत्र व्याप्त रहता है। उदाहरणार्थ अग्नि में शीतलता का अभाव भूत में था, वर्तमान में है और भविष्य में रहेगा। इस प्रकार अत्यंताभाव की न कभी उत्पत्ति होती है और न कभी विनाश होता है।

अन्योन्याभाव–अर्थात् एक वस्तु का दूसरी वस्तु न होना, जैसे चंद्रमा सूर्य नहीं हो सकता, न सूर्य चंद्रमा है। अन्योन्याभाव का शाब्दिक अर्थ है दो वस्तुओं की भिन्नता। जब एक वस्तु दूसरी वस्तु से भिन्न होती है, तो इसका अर्थ है कि पहली वस्तु का दूसरी वस्तु

के रूप में अभाव है और दूसरी वस्तु का पहली के रूप में। संसर्गाभाव संबंध का अभाव है, तो अन्योन्याभाव तादात्म्य का अभाव है। खरगोश के सींग नहीं होते, संसर्गाभाव के इस उदाहरण में खरगोश और सींग में संबंध का अभाव है। गधा घोड़ा नहीं है, अन्योन्याभाव के इस उदाहरण में गधे और घोड़े में तादात्म्य का अभाव है।

वैशेषिकदर्शन में जगत्-विचार

वैशेषिकदर्शन के अनुसार जगत् के सभी कार्य द्रव्य, पृथ्वी, जल, तेज और वायु इन चार प्रकार के परमाणुओं से बनते हैं। पर प्रश्न है सृष्टि क्यों? किस प्रयोजन से? केवल चार्वाकदर्शन को छोड़कर साधारणतः सभी भारतीय दर्शनों में इस संसार को एक प्रकार का लीला-स्थल या क्रीड़ा केंद्र माना गया है। ईश्वर में 'आनंद' का स्वभाव है। अतः वह इस संसार की खेल-खेल में रचना करता है। जीवों का जन्म और उनका मोक्ष सभी इस संसाररूपी लीला-स्थल में देखने को मिलता है। ईश्वर ही सृष्टि करता है, वही विनाश या प्रलय भी। वैशेषिकदर्शन के जगत् विचार में भी हमें आध्यात्मिक विचारधारा दिखाई देती है। सृष्टिवाद तथा प्रलय के सिद्धांत को यहां 'परमाणुवाद' के आधार पर वर्णित किया गया है। इस दर्शन की विशेषता है कि वह अपने विचार तार्किक ढंग से प्रस्तुत करता है। वैशेषिक विशेष है तथा अपना विशिष्ट 'परमाणुवाद' का सिद्धांत प्रस्तुत करता है।

परमाणुवाद–परमाणुवाद जगत् के अनित्य द्रव्यों से ही सृष्टि-प्रलय का क्रम बतलाता है। आकाश, दिक्, काल, मन, आत्मा और भौतिक परमाणु, जगत् के इन नित्य पदार्थों की न तो सृष्टि होती है न विनाश। पुरातन-क्रम को ध्वंस करके नवीन का निर्माण करने को सृष्टि कहते हैं। ईश्वर के सृष्टि-रचना का संकल्प करने पर जीवात्माओं के अदृष्ट के अनुसार उनके शरीर तथा बाह्य भोग के साधन बनने लगते हैं और अदृष्ट जीवात्माओं को उस दिशा में प्रवृत्त करने वाला है। यह समस्त जगत् और उसके कार्य-द्रव्य चार प्रकार के परमाणुओं के द्वयणुकों, उनके त्र्यणुकों तथा वृहत्तर संयोगों के परिणाम हैं। 'परमाणुओं के संयोग को गति जीवात्माओं का 'अदृष्ट' (भाग्य) देता है'–यह प्राचीन वैशेषिक मानते थे। परंतु कालांतर में वैशेषिक ईश्वर की इच्छा को ही इसके लिए उत्तरदायी मानने लगे। दोनों मतों को समन्वित रूप में इस प्रकार माना जाता है। परमाणुओं का संयोग उनकी गति के कारण होता है, गति अदृष्ट के कारण और अदृष्ट की गति ईश्वर की प्रेरणा से। दो परमाणुओं का प्रथम संयोग द्वयणुक कहलाता है। इसका और परमाणु का ज्ञान अनुमान से होता है। सूक्ष्म होने के कारण इनका प्रत्यक्ष नहीं हो सकता। त्र्यणुक या त्रसरेणु ही वह सूक्ष्मतम कार्य द्रव्य है, जो महत् दीर्घ और दृष्टिगोचर हो सकता है। घर में दरवाजे या खिड़की से जब सूर्य की किरणें प्रवेश करती हैं, तब उनमें नाचते हुए जो छोटे-छोटे कण नेत्रगोचर होते हैं, वे ही त्रसरेणु हैं। इनका छठा भाग 'परमाणु' कहलाता है। चार त्रसरेणुओं के योग से चतुरणुक की

उत्पत्ति होती है और तदनंतर जगत् की सृष्टि होती है। इस ब्रह्मांड को ब्रह्मा या विश्वात्मा संचालित करता है।

'परमाणुवाद' के सिद्धांत के अनुसार सृष्टि के हरेक द्रव्य के भीतर यही प्रक्रिया गुजरती है। 'परमाणु' द्रव्य का वह हिस्सा है, जिसका और विभाजन नहीं हो सकता। परमाणुओं की सृष्टि नहीं होती, इसीलिए इनका विनाश भी नहीं होता। परमाणु के आदि-अंत का पता नहीं। वह तो अनंत माना जाता है। डॉ. राधाकृष्णन ने भारतीयदर्शन (भाग-2) में वैशेषिकदर्शन की व्याख्या करते हुए परमाणु के विषय में कहा है कि– *'परमाणु गोलाकार है और बहुत सूक्ष्म है। उनके अंदर और बाहर कुछ नहीं है। वे देश रहित हैं।'*

वैशेषिकदर्शन के परमाणुवाद की तुलना प्राचीन ग्रीकदर्शन से की जाती है। कीथ का कहना है—ऐसा लगता है कि वैशेषिकदर्शन के परमाणुवाद के लिए ग्रीक विचारों से प्रेरणा मिली थी, क्योंकि उस समय में भारत का संबंध पाश्चात्य देशों से भी था। परंतु दोनों दर्शनों के परमाणुवाद में काफी अंतर है। भौतिक विज्ञानशास्त्र में भी परमाणुवाद की प्रकल्पना मिलती है। परमाणु-शक्ति के विध्वंसात्मक तथा रचनात्मक दोनों तरह के प्रयोग आधुनिक विज्ञान ने किए हैं।

सृष्टि के साथ ही प्रलय का क्रम भी चलता रहता है। अनेक योनियों में भ्रमण करने और सुख-दुःख भोगने के उपरांत प्रलय में जीवों को विश्राम करने का अवकाश मिलता है। सृष्टि-प्रलय के क्रम को 'कल्प' कहते हैं। जब समयानुसार अन्य जीवात्माओं के समान विश्वात्मा ब्रह्मा भी अपना शरीर छोड़ देता है, तब महेश्वर की प्रलय करने की इच्छा होती है। महेश्वर की इच्छा होते ही जीवों के अदृष्ट अपना कार्य छोड़कर कुछ काल के लिए लुप्त हो जाते हैं और उनके शरीर और इंद्रियों के परमाणु अलग-अलग होकर बिखर जाते हैं। इसी प्रकार क्रमशः पृथ्वी, जल, तेज और वायु के परमाणु विच्छिन्न होने से ये चारों महाभूत विलीन हो जाते हैं। अब बचते हैं चार भूतों के परमाणु, पांच नित्य द्रव्य तथा जीवात्माओं के धर्माधर्मजन्य संस्कार। इन्हीं से अगली सृष्टि बनती है।

वैशेषिकदर्शन में प्रमाण-विचार

न्याय के समान वैशेषिकदर्शन में भी 'बुद्धि', 'उपलब्धि', 'ज्ञान' तथा 'प्रत्यय' आदि समानार्थक शब्द स्वीकृत हुए हैं। बुद्धि के प्रधान रूप से दो भेद हैं—विद्या और अविद्या। विद्या चार प्रकार की है—प्रत्यक्ष, अनुमान, स्मृति तथा आर्ष। नैयायिक स्मृति तथा आर्ष बुद्धि को नहीं मानते। वैशेषिकों ने न्याय के 'शब्द' या 'आगम' को अनुमान में तथा उपमान को प्रत्यक्ष में अंतर्हित मान लिया है। जहां तक प्रत्यक्ष और अनुमान की व्याख्या की बात है, वहां न्याय तथा वैशेषिकदर्शन में मतभेद नहीं है।

आर्षज्ञान प्रातिभिज्ञान अर्थात् प्रतिभा से उत्पन्न ज्ञान है। इसे 'अंतर्ज्ञान' भी कहते हैं। इसमें इंद्रिय और अर्थ के सन्निकर्ष की आवश्यकता नहीं है। भूत-भविष्य का प्रत्यक्ष के

समान ज्ञान रखने वाले वैदिक ऋषियों का अंतःकरण आर्षज्ञान से परिपूर्ण था। आर्षज्ञान कभी-कभी विशुद्ध अंतःकरण वाले व्यक्तियों में भी हो सकता है।

'प्रत्यक्ष' की व्याख्या करते समय वैशेषिकदर्शन विशेषता के प्रमुख रूप 'भौतिक-प्रत्यक्ष' का नाम लेता है, जिसके द्वारा आत्मा का प्रत्यक्षीकरण हो सकता है। 'प्रमा' यथार्थ ज्ञान है। 'प्रमा' की प्राप्ति में ही प्रमाण की अपेक्षा रहती है। 'अप्रमा' अयथार्थ ज्ञान कहलाता है। इसी का नाम 'अविद्या' है। इसके चार भेद हैं–संशय, विपर्यय, अनध्यवसाय तथा स्वप्न। 'संशय' और 'विपर्यय' का अर्थ न्याय के समान है। अनध्यवसाय अनिश्चयात्मक ज्ञान को कहते हैं। जिन्होंने 'कंगारू' कभी नहीं देखा, उन्हें उसे देखकर शंका होती है कि यह क्या है?

वैशेषिकदर्शन में 'स्वप्न' का वर्णन भी हुआ है। प्रशस्तपाद के मत से स्वप्न के तीन कारण होते हैं–संस्कार-पाटव, धातु-दोष तथा अदृष्ट। संस्कार अर्थात् कामी या क्रुद्ध व्यक्ति जिस विषय का चिंतन करता हुआ सोता है, उसी से संबद्ध स्वप्न देखता है। धातु-दोष अर्थात् वात प्रकृति का मनुष्य आकाश में गमन, पित्त प्रकृति का व्यक्ति अग्नि प्रवेश और कफ प्रकृति सरित्, समुद्र को स्वप्न में देखता है और अदृष्ट के फलस्वरूप अद्‌भुत, विचित्र स्वप्नों का उदय होता है।

वैशेषिकदर्शन में मुक्ति-विचार

मुक्ति या मोक्ष के संबंध में न्यायदर्शन से थोड़ी भिन्न बात ही वैशेषिकदर्शन में कही जाती है। कणाद ऋषि के अनुसार मोक्ष की अवस्था में आत्मा सभी गुणों से रहित हो जाती है और स्वच्छ आकाश की तरह निर्मल और निर्विकार रहती है, परंतु न्यायदर्शन में मोक्ष की अवस्था आनंद और ज्ञान की है। कणाद के अनुसार अदृष्ट का अभाव होने पर कर्मचक्र की गति का अंत हो जाता है। इससे आत्मा का शरीर से संबंध टूट जाता है। अतः आत्मा जन्म-मरण के चक्र से मुक्त हो जाती है और मनुष्य के दुःखों का नाश हो जाता है। जब तक कर्म शेष रहते हैं, तब तक उनके फल-भोग के लिए जन्म लेना ही पड़ता है। मोक्ष के लिए अत्यावश्यक है कि संचित कर्म और प्रारब्ध कर्म के फल की समाप्ति हो जाए तथा नये कर्म की उत्पत्ति न हो।

मोक्ष प्राप्ति के उपाय–वैशेषिकदर्शन 'कर्मवाद' की मर्यादा के साथ-साथ मोक्ष पाने के लिए तत्त्वज्ञान को आवश्यक मानता है। तत्त्वज्ञान से मोह नाश होता है और मोह नाश से वस्तुओं के प्रति राग या आसक्ति भाव नहीं रहता। परंतु तत्त्वज्ञान के लिए प्रथम तो मन में जिज्ञासाभाव होना चाहिए। जानने की इच्छा नहीं है, तो तत्त्वज्ञान की दिशा में प्रयत्न कैसे होगा? इसी प्रकार कुलीनता, श्रद्धा भी ज्ञान के लिए जरूरी है। भारतीय परंपरा में विश्वास रखते हुए वैशेषिकदर्शन श्रवण, मनन तथा निदिध्यासन को ज्ञान की उत्पत्ति के लिए जरूरी मानते हैं। आत्मा का साक्षात्कार तत्त्वज्ञान से ही संभव होता है।

वैशेषिकदर्शन में नीति-विचार

वैशेषिकदर्शन के अनुसार हमारी क्रियाएं दो प्रकार की होती हैं—ऐच्छिक और अनैच्छिक। साथ ही वैशेषिकदर्शन की यह भी मान्यता है कि नैतिकता का संबंध ऐच्छिक क्रियाओं से ही रहता है, अनैच्छिक से नहीं। शारीरिक जीवन-यात्रा के लिए जो क्रियाएं चलती रहती हैं, इन्हें अनैच्छिक कहा जाता है। इन पर नैतिक निर्णय नहीं दिए जाते। जो क्रियाएं हमारी इच्छाओं से, द्वेषादि भावनाओं से प्रेरित होती हैं, उन्हीं पर नैतिक निर्णय दिए जा सकते हैं। इसीलिए वैशेषिक सामान्य धर्मों में श्रद्धा, अहिंसा, प्राणिहित साधन सत्य, अस्तेय, ब्रह्मचर्य, अनुपधा (भाव-शुद्धि), अक्रोध, शुचिता, पवित्र द्रव्य सेवन, विशिष्ट देवता की भक्ति, उपवास, अप्रमाद को परिगणित करता है। विशेष धर्म में चारों वर्णों और चारों आश्रमों के कर्तव्यरूप है, जिनका वर्णन स्मृति-ग्रंथों में किया जाता है। सकाम आचरण करने से ये कर्म फलों को जन्म देते हैं, परंतु निष्काम कर्म से चित्त की शुद्धि होकर धर्म की प्राप्ति होती है। इसी से तत्त्वज्ञान की उत्पत्ति होती है।

वैशेषिकदर्शन में मनोविज्ञान

वैशेषिकदर्शन में वर्णित नौ द्रव्यों में से एक 'मन' है। आत्मा को विषयों का अनुभव ग्रहण करने के लिए ज्ञान के करणों की आवश्यकता होती है। ज्ञान के करण या साधना दो हैं—एक तो पांच ज्ञानेंद्रियां और दूसरा 'मन' (या अंतःकरण)। ज्ञान, इच्छा, सुख, दुःख आदि आभ्यंतरिक पदार्थों के साक्षात्कार के लिए आभ्यंतरिक इंद्रिय की आवश्यकता होती है। यही मन है। भारतीयदर्शन में मनोविज्ञान कभी भी दर्शन से अपने को मुक्त करने में सफल नहीं हो पाया। फलतः प्रत्येक दर्शन का अपना अलग-अलग मनोविज्ञान है, जो उसकी तत्त्वमीमांसा से प्रभावित है। न्याय और वैशेषिक दोनों ही दर्शन एक नित्य आत्मा में विश्वास करते हैं और चैतन्य को, जिसे वह जीवन के कार्यकलाप का आधार कहते हैं, उसका एक संभव गुण मानते हैं। इसके अतिरिक्त आत्मा के पांच अन्य संभव गुण माने गए हैं, जो उसके मनोविज्ञान को प्रभावित करते हैं। ये गुण हैं—राग, द्वेष, सुख-दुःख और यत्न। राग और द्वेष क्रमशः सुख और दुःख के फल हैं। हम उन चीजों से राग करते हैं, जिनसे हमें सुख मिलता है और उन चीजों से द्वेष करते हैं, जिन्हें हम दुःखदायी समझते हैं।

आधुनिक मनोविज्ञान मन के ज्ञानात्मक, क्रियात्मक और भावात्मक पक्षों को वस्तुतः अलग नहीं मानता और मन को एक इकाई के रूप में देखता है, जबकि न्यायवैशेषिक इनके भेद को आधारभूत मानता है। यहां कहा गया है—'***जानाति, इच्छति, यतते*** अर्थात् पहले ज्ञान होता है, फिर इच्छा और अंत में यत्न। किसी वस्तु के लिए इच्छा उत्पन्न होने से पहले हमें उसका ज्ञान होना जरूरी है; और उस इच्छा को पूरा करने के लिए ही हम कर्म में प्रवृत्त होते हैं। इस प्रकार भाव ज्ञान और यत्न का मध्यवर्ती है।

वैशेषिक भाव और यत्न के विषय में तो नैतिक दृष्टिमात्र से विचार करके संतुष्ट हो

जाता है, मनोवैज्ञानिक दृष्टि से इनका विवेचन नहीं करता, परंतु जहां तक ज्ञान का प्रश्न है, उसका मनोवैज्ञानिक विवेचन ही विस्तार से किया गया है। ज्ञान के वर्णन के लिए अनुभव तथा स्मृति के अंतर को समझने की आवश्यकता है। अनुभव सामान्यतः अपना चिह्न छोड़ जाता है, जिसे भावना या संस्कार कहते हैं। *यह आत्मा में रहता है और इसके जाग्रत होने पर वह बात याद हो आती है– जिसका पहले अनुभव हुआ था। यही स्मृति है। अनुभव दो प्रकार का हाता है व्यवहृत और अव्यवहृत। दोनों में ही मनस् आवश्यक होता है। अव्यवहृत अनुभव प्रत्यक्ष कहलाता है और व्यवहृत अनुभव होता है अनुमान।* प्रत्यक्ष-ज्ञान का मनोविज्ञान यों समझा जा सकता है—आत्मा का मनस् से संयोग होता है, मनस् का ज्ञानेंद्रिय से संयोग होता है; ज्ञानेंद्रिय का वस्तु से संयोग होता है। यदि तब जब पर्याप्त प्रकाश इत्यादि कुछ बाह्य शर्तें भी मौजूद रहती हैं, तो ज्ञानेंद्रिय को वस्तु का प्रत्यक्ष होता है। इस प्रकार रूप, रस, गंध, शब्द और स्पर्श की अनुभूतियों के लिए बाह्य इंद्रियों का होना आवश्यक है तथा सुख-दुःख, इच्छा-अनिच्छा, प्रेम, घृणा, ज्ञानादि की अनुभूति मनस् से ही होती है।

वैशेषिकदर्शन ने मनस् के अस्तित्व के लिए एक तर्क और दिया है। इंद्रिय के बाह्य विषय से संयुक्त होने पर भी मनोयोग के बिना वस्तु का ज्ञान नहीं होता। दूसरी ओर, पांचों इंद्रियों के एक साथ विषयों से संयुक्त होने पर भी एक विशेष क्षण में एक विषय की ही अनुभूति होती है। इससे सिद्ध होता है कि मन अणु और निरवयव है। यदि मन अणु न होता, तो एक ही क्षण में उसके भिन्न-भिन्न अवयवों का भिन्न इंद्रियों से संयोग होकर सबके विषयों का एकसाथ ज्ञान होता, परंतु व्यवहार में ऐसा नहीं होता है।

यदि हम अन्यमनस्क होकर बैठे हैं, तो हमारी आंखों के सामने से कोई प्रिय से प्रिय जन निकल जाए, हमें पता नहीं चलता। इसी प्रकार कोई कुछ कहे तो सुनाई नहीं देता। पूछने पर हम यही कहते हैं कि हमारा मन कहीं और लगा था अर्थात् प्रत्यक्ष की अनुभूति के लिए विषय, इंद्रियां व आत्मा ही पर्याप्त नहीं हैं, अपितु 'मनस्' तत्त्व की भी अपेक्षा रहती है।

वैशेषिकदर्शन में धर्म

वैशेषिकदर्शन के प्रथम सूत्र से ही पता चलता है कि धर्म की व्याख्या करना कणाद का प्रधान लक्ष्य है। धर्म का लक्षण यहां यों दिया गया है—***यतोऽभ्युदयनिःश्रेयससिद्धिः सः धर्मः।*** (वैशेषिक सूत्र 1.1.2)। भाष्यकारों ने अभ्युदय का अर्थ लिया है तत्त्वज्ञान और निःश्रेयस् का अर्थ है मोक्ष। धर्म का लक्ष्य है तत्त्वज्ञान की प्राप्ति और मोक्ष-लाभ। इस परिभाषा से स्पष्ट हो जाता है कि वैशेषिकों की दृष्टि में धर्म कोई कर्मकांड नहीं है, जिसके अनुसार कोई यज्ञ विशेष या पूजा विशेष ही की जाती है। धर्म है तत्त्व का ज्ञान। प्रशस्तपाद के अनुसार धर्म वह है, जो सांसारिक अभ्युदय तथा आध्यात्मिक सुख दोनों दिलवाता है। वास्तव में वैशेषिक भौतिक-आध्यात्मिक सुखों में समन्वय करवाता है। सबसे ऊंचा आनंद या सुख बुद्धिमानों का सुख है, जिसका स्वरूप साधारण लोगों के सुख से भिन्न रहता है। वैशेषिकदर्शन यह भी

मानता है कि यह शरीर ही आनंद को प्राप्त करने का एक स्थान है। ***'अदृष्ट' के साथ शरीर का संपर्क और उसका प्रभाव ही संसार है और 'अदृष्ट' का अलग होना ही 'मोक्ष' है।*** मोक्ष-प्राप्ति के बाद आनंद या सुख सांसारिक नहीं रहकर अलौकिक हो जाता है।

धर्मशास्त्रों के आधार पर सार्वभौम धर्म वे हैं, जो सब पर, सब कालों और सब देशों में लागू होते हैं, जैसे श्रद्धा, अहिंसा, सत्य आदि। वैशेषिकदर्शन के भाष्यकार प्रशस्तपाद कर्तव्यकर्मों के वर्णन के बाद इस निष्कर्ष पर पहुंचते हैं कि यदि कर्तव्य किसी दृश्य परिणाम (यथा धन संपत्ति आदि) की प्राप्ति की इच्छा को छोड़कर और सर्वथा पवित्र भावना से किए जाएं, तो उनका परिणाम धर्म होता है। आत्म-संयम आत्मिक उन्नति के लिए जरूरी है। वैशेषिक के अनुसार धर्म से तात्पर्य केवल सदाचार के तत्त्व से ही नहीं है, बल्कि उस शक्ति (क्षमता) अथवा गुण से भी है, जो मनुष्य के अंदर अवस्थित है, कर्म के अंदर नहीं। धर्म से उन्नति होती है, किंतु मोक्ष होने से पूर्व इसका अंत हो जाना आवश्यक है। क्योंकि जो कुछ भी हमारा धर्म हो, वह अपरिमित नहीं हो सकता। माना कि धर्म हमें सुख दे सकता है, किंतु सुख भी तो अंततः बंधन का ही कारण है। इसीलिए धर्म हमें स्थाई शांति नहीं दे सकता।

उपर्युक्त विवरण से स्पष्ट हो जाता है कि वैशेषिकदर्शन अत्यंत उपयोगी और स्वाभाविक दर्शन है। इसके पदार्थ ऐसे अनुभवसिद्ध हैं, जिन्हें हम रोज़मर्रा के व्यवहार में उपयोग में लाते हैं। व्यावहारिक होने के साथ-साथ इसकी दूसरी विशेषता है तर्क के आधार पर वैज्ञानिक स्थिति का उद्भावन। 'परमाणुवाद' की स्थापना वैशेषिकों ने उस समय की थी, जिस समय इस देश और विश्व में वैज्ञानिक परीक्षण का कोई साधन उपलब्ध नहीं था। कुछ दिनों तक विद्वानों का मानना था कि वैशेषिकों का परमाणुवाद ग्रीस देश की देन है, परंतु दोनों परमाणुवादों के तुलनात्मक अध्ययन से सिद्ध हो चुका है कि ग्रीस देश के परमाणुवाद का वैशेषिक के परमाणुवाद पर कोई प्रभाव नहीं है। आधुनिक वैज्ञानिक दृष्टिकोण से यह 'परमाणुवाद' भले ही पूर्णतः सिद्ध न हो सके, परंतु मात्र तर्क के द्वारा भूतों के परमाणुओं का विश्लेषण कर देना असाधारण बौद्धिक उत्कर्ष को दर्शाता है। इतना होते हुए भी वैशेषिकों की दो बातों के लिए आलोचना हुई है। एक ईश्वर को अत्यधिक महत्त्व देने के कारण तथा दूसरा सर्वत्र 'अदृष्ट' का साम्राज्य मानने के कारण। परंतु यदि हम कर्मवाद को मानते हैं, तो अदृष्टवाद को मानना ही होगा। इसी प्रकार जो मोक्ष का अर्थ ईश्वर-सायुज्य समझते हैं, उनकी धार्मिक भावना की संतुष्टि वैशेषिकदर्शन में वर्णित ईश्वर से नहीं होती, क्योंकि यहां ईश्वर को संसार व जीवात्माओं से परे बताया गया है। इसी प्रकार वैशेषिक के अनुसार मोक्ष की अवस्था को सुख की अवस्था नहीं समझा जा सकता। ऐसी मोक्ष की स्थिति भी दार्शनिकों की कटु आलोचना का विषय रही है। यदि मोक्ष की अवस्था में 'आनंद' न हो, तो वह पाषाणवत् जड़-सी हो जाती है।

सांख्यदर्शन

सांख्य मत अत्यंत प्राचीन है। श्रुति, स्मृति, पुराण आदि सभी पुरातन कृतियों में सांख्य की विचारधारा विद्यमान है। इसके सिद्धांतों की उपलब्धि उपनिषदों में होती है। यद्यपि 'सांख्य' शब्द 'योग' शब्द के साथ ***श्वेताश्वतरोपनिषद्*** (6.13) में पहली बार उल्लिखित हुआ है, तथापि इसके अनेक सिद्धांत उससे भी प्राचीन उपनिषदों में बीज रूप में मिलते हैं। सत्त्व, रज, तम—यह त्रिगुण का सिद्धांत प्रथमतः ***छान्दोग्योपनिषद्*** में दृष्टिगोचर होता है। ईश्वर और प्रकृति के वर्णन भी उपनिषदों में मिलते हैं।

सांख्य शब्द का अर्थ

'सांख्य' की व्याख्या भी अनेक प्रकार से की गई है। इसी दर्शन ने सर्वप्रथम तत्त्वों का परिगणन या गिनती की, जिनका ज्ञान हमें मोक्ष की ओर ले जाता है। गिनती को कहते हैं 'संख्या'। संख्या की प्रधानता रहने से इस दर्शन का नाम 'सांख्य' पड़ा। एक और व्याख्या है इस नाम के संबंध में, जो सुंदरता से इस दर्शन की व्याख्या करती है। वह इस प्रकार है—सांख्य शब्द सम उपसर्गपूर्वक 'चक्षिङ्' (ख्याञ्) धातु से बना है। इसका अर्थ होता है 'सम्यक् ख्यानम्' अर्थात् 'सम्यक् विचार'। इसको विवेक-बुद्धि भी कहा गया है।

सांख्य दार्शनिकों का विचार है कि आत्मा पर अविद्या का आवरण पड़ा हुआ है। इसी कारण आत्मा अपने शुद्ध चैतन्यमय नित्य स्वरूप को नहीं देख पाती। जब तक आत्मा को अपने स्वरूप का भान न होगा, तब तक बंधन से मुक्ति असंभव है। प्रकृति और पुरुष के विषय में अज्ञान होने से यह संसार है और जब हम इन दोनों को जान लेते हैं कि पुरुष प्रकृति से भिन्न है तथा स्वतंत्र है, तब हमें मोक्ष की प्राप्ति होती है। इस विवेक-ज्ञान की प्रधानता होने से इस दर्शन का नाम सांख्य पड़ा। न्यायवैशेषिक बहुत्ववादी दर्शन हैं, क्योंकि इनके अनुसार परमाणु, आत्मा, मन, काल, दिक् आदि अनेक नित्य मौलिक तथ्य हैं। सांख्य द्वितत्त्ववादी या द्वैतवादी दर्शन है, क्योंकि यह प्रकृति व पुरुष इन दो तत्त्वों को ही मौलिक मानता है।

सांख्यदर्शन के प्रसिद्ध आचार्य

सांख्यदर्शन के रचयिता का नाम 'कपिल मुनि' है। उपनिषदों में संकेतित सिद्धांतों का शास्त्रीय विवेचन सर्वप्रथम 'कपिल मुनि' ने ही किया था। उपनिषत्कालीन सांख्य वेदांत के साथ मिश्रित था। उसे पृथक् कर स्वतंत्र दर्शन के महत्त्वपूर्ण पद पर प्रतिष्ठित करने का श्रेय इन्हीं को प्राप्त है। इसी कारण इन्हें 'आदि-विद्वान्' की उपाधि दी गई है। भागवत पुराण के समय में 'सांख्य' विस्मृत हो गया था। अतः कपिल मुनि ने इसके पुनरुद्धार के लिए प्रयत्न किया। 'तत्त्व-समास' और 'सांख्यसूत्र' दो रचनाएं कपिल ने लिखी हैं। तत्त्व समास में केवल 22 छोटे-छोटे सूत्र हैं। सांख्यसूत्र में 6 अध्याय और 537 सूत्र हैं। प्रथम अध्याय में विषय का प्रतिपादन, दूसरे में प्रधान के कार्यों का निरूपण, तृतीय में वैराग्य, चतुर्थ में सांख्य-तत्त्वों के बोध के लिए आख्यायिका, पंचम में पर-पक्ष का निरास तथा षष्ठ अध्याय में सिद्धांतों का संक्षिप्त परिचय है। इनमें से 'तत्त्व-समास' का समय सातवीं शताब्दी से भी प्राचीन माना जाता है।

कपिल ऋषि के बाद उनके शिष्यों में 'आसुरि और पंच शिखाचार्य' के नाम प्रमुख हैं। इन्होंने सांख्यदर्शन पर स्वतंत्र ग्रंथ लिखे, जो आज उपलब्ध नहीं हैं। इसके पश्चात् ईश्वर कृष्ण की 'सांख्यकारिका' सांख्यदर्शन का प्रसिद्ध ग्रंथ है। अन्य विद्वानों में गौड़पाद, वाचस्पति और विज्ञान भिक्षु के नाम उल्लेखनीय हैं। गौड़पाद ने 'सांख्यकारिका भाष्य', वाचस्पति ने 'तर्क कौमुदी' तथा विज्ञानभिक्षु ने 'सांख्यप्रवचन भाष्य' तथा 'सांख्य-सार' ग्रंथों की रचना की।

सांख्यदर्शन में तत्त्व-विचार

सांख्यदर्शन पच्चीस तत्त्वों का ज्ञान देता है। इन तत्त्वों के ज्ञान से किसी भी आश्रम का पुरुष चाहे वह ब्रह्मचारी हो, संन्यासी हो या गृहस्थ हो; दुःखों से अवश्य ही मुक्ति पा सकता है। इन पच्चीस तत्त्वों का वर्गीकरण निम्नलिखित चार प्रकार से किया जाता है–

(1) कोई तत्त्व ऐसा है, जो सबका कारण तो होता है पर स्वयं किसी का कार्य नहीं होता। यह प्रकृति है।

(2) कुछ तत्त्व कार्य ही होते हैं–किसी से उत्पन्न होते हैं, पर स्वयं किसी अन्य को उत्पन्न नहीं करते। ये विकृति कहलाते हैं।

(3) कुछ तत्त्व कार्य और कारण दोनों होते हैं–किन्हीं तत्त्वों से उत्पन्न भी होते हैं तथा अन्य तत्त्वों के उत्पादक भी होते हैं। ये तत्त्व प्रकृति-विकृति स्वरूप वाले होते हैं।

(4) कोई तत्त्व न कार्य होता है न कारण, वह न प्रकृति न विकृति वाला होता है। इन श्रेणियों के सांख्य सम्मत 25 तत्त्वों का वर्गीकरण निम्न प्रकार है–

स्वरूप	*संख्या*	*नाम*
प्रकृति	1	***प्रधान, अव्यक्त, प्रकृति***
विकृति	16	***5 ज्ञानेंद्रिय*** (चक्षु, घ्राण, रसना, त्वक् तथा श्रोत) ***5 कर्मेंद्रिय*** (वाक्, पाणि, पाद पायु, उपस्थ) ***5 महाभूत*** (पृथ्वी, जल, तेज, वायु, आकाश) और ***मन***
प्रकृति-विकृति	7	***5 तन्मात्र*** (शब्दतन्मात्र, स्पर्शतन्मात्र, रूपतन्मात्र, रसतन्मात्र, गंधतन्मात्र) तथा ***महतत्त्व*** और ***अहंकार***
न प्रकृति न विकृति	1	***पुरुष***

सांख्यदर्शन का केंद्रीय बिंदु

सांख्यदर्शन का केंद्रीय बिंदु सत्कार्यवाद है। सांख्यदर्शन में कार्य-कारण के सिद्धांत की व्याख्या में जो बातें कही गई हैं, उन्हें हम 'सत्कार्यवाद' के नाम से जानते हैं। इस सिद्धांत के अनुसार कार्य अपनी उत्पत्ति के पूर्व कारण में पहले से रहता है। न्याय, वैशेषिक तथा बौद्ध इस सिद्धांत का विरोध करते हैं। भगवद्गीता (2.16) ने सांख्य के कारणवाद को एक पंक्ति में इस प्रकार व्यक्त किया है–***नासतो विद्यते भावो नाभावो विद्यते सतः*** अर्थात् *असत् का भाव (सत्ता) नहीं होती, सत् का अभाव नहीं होता।'* कारण-व्यापार के पहले 'कार्य' अव्यक्त रूप में कारण रहता है। अतः कारण से कार्य की उत्पत्ति का अर्थ 'अव्यक्त का व्यक्त होना' है तथा कार्य के नाश का अर्थ 'व्यक्त का अव्यक्त' होना है। इस प्रकार उत्पत्ति और विनाश दोनों का ही अर्थ एक धर्म छोड़कर दूसरा धर्म ग्रहण करना है। कार्य-कारण में केवल धर्म या स्वरूप का भेद है। कार्य अपने कारण में ही रहता है। कार्य-कारण में भेद न मानने के कारण सांख्य को 'भेद-सहिष्णु अभेदवादी' भी कहते हैं।

सत्कार्यवाद और असत्कार्यवाद

सत्कार्यवाद के मूल में प्रश्न है कि कार्य सत्ता उसकी उत्पत्ति के पूर्वकारण में रहती है या नहीं? सांख्यमत का उत्तर हां है, परंतु न्यायवैशेषिक तथा बौद्धों का उत्तर है नहीं। इनका तर्क है–यदि उत्पत्ति के पूर्व ही कार्य की सत्ता विद्यमान थी, तब फिर उत्पन्न होने का अर्थ ही क्या रह जाता है? और निमित्त कारण का तो फिर क्या प्रयोजन है? यदि मिट्टी में घड़ा पहले से ही मौजूद था, तो फिर कुम्हार को मेहनत करने और चाक घुमाने की क्या जरूरत है? इसके अतिरिक्त यदि कार्य पहले से ही उपादान कारण में था, तो फिर हम कारण और कार्य का भेद किस आधार पर करते हैं? मिट्टी और घड़ा दोनों के लिए एक ही नाम का प्रयोग क्यों नहीं करते? मिट्टी का लोंदा ही घड़े का काम क्यों नहीं देता? यदि यह कहा जाए कि दोनों में (मिट्टी और घड़े में) आकार को लेकर भेद है, तब तो यह स्वीकार करना होगा कि कार्य

में कोई (वस्तु विशेष आकृति) ऐसी है जो कारण में नहीं थी। अर्थात् कार्य वास्तविक रूप से कारण में विद्यमान नहीं था। यह सिद्धांत *'असत्कार्यवाद'* है।

सत्कार्यवाद की प्रामाणिकता

सांख्यदर्शन 'असत्कार्यवाद' का खंडन करते हुए सत्कार्यवाद का प्रतिपादन करता है। इसके लिए निम्न तर्क या युक्तियां दी गई हैं–

1. ***अविद्यमान वस्तु कभी भी उत्पन्न नहीं की जा सकती***। यदि कारण में कार्य की सत्ता वस्तुतः नहीं होती, तो कर्ता के कितना भी प्रयत्न करने पर कार्य उत्पन्न नहीं हो सकता, जैसे आकाशकुसुम या खरगोश के सींग की सत्ता नहीं है। इसलिए ऐसे कार्यों को कोई उत्पन्न नहीं कर सकता। नीली वस्तु सहस्रों शिल्पियों के उद्योग करने पर भी पीले रंग की नहीं बनाई जा सकती।

2. ***विशिष्ट वस्तु की उत्पत्ति के लिए केवल विशिष्ट साधनों का उपयोग किया जाता है।*** जैसे दही चाहने वाला दूध को ग्रहण करता है, तंतुओं से कपड़ा बनाया जाता है, मिट्टी से घड़ा बनाया जाता है, न मिट्टी से दही बन सकता है और न बालू से तेल निकाला जा सकता है। इन व्यावहारिक दृष्टांतों से स्पष्ट है कि कार्य-कारण का संबंध नियत है। यदि ऐसा न होता, तो कोई भी कार्य किसी कारण से उत्पन्न होता दिखाई पड़ता। क्या कारण है तेल के लिए तिलों या सरसों को ही कोल्हू में पेरना पड़ता है, क्यों नहीं मिट्टी या कंकड़ को कोल्हू में डालने पर तेल निकलता? उत्तर यही है, तेल जोकि कार्य है अपने कारण सरसों या तिल आदि में पहले से विद्यमान है। यदि इस बात को न मानें, तो सब पदार्थों से सब चीजों की उत्पत्ति माननी होगी, पर ऐसा तो कभी होता नहीं।

3. ***केवल समर्थ कारण से ही अभीष्ट कार्य की उत्पत्ति होती है।*** इससे सिद्ध होता है कि कार्य सूक्ष्म रूप से अपने कारण में विद्यमान था। अर्थात् कार्य उत्पन्न होने से पूर्व अपने कारण पदार्थ में अव्यक्त अवस्था में रहता है। जुलाहा कपड़ा तैयार करने के लिए जो तंतुओं को लेता है, इसका कारण उसे ज्ञात है। वह जानता है कि कारण में किसी विशेष कार्य को पैदा करने की शक्ति है। इसीलिए तिलहन से तेल निकलता है, मिट्टी से घड़ा बनता है, दूसरी कोई चीज़ नहीं। सब कार्यों की उत्पत्ति सब कारणों से नहीं होती।

4. ***कार्य तथा कारण की एकता वास्तविक है।*** वस्तुतः कार्य और कारण एक ही वस्तु की विभिन्न अवस्थाओं के विभिन्न नाम हैं। व्यक्त दशा का नाम कार्य है तथा अव्यक्त दशा का प्रचलित अभिधान कारण है। संसार का प्रतिदिन अनुभव इसी सिद्धांत की पुष्टि करता है। इन सब तर्कों के आधार पर सांख्य इसी सिद्धांत पर पहुंचता है कि कार्य अपनी अभिव्यक्ति से पूर्व भी कारण में विद्यमान रहता है।

सत्कार्यवाद के दो रूप यहां बताए गए हैं–परिणामवाद और विवर्तवाद।

परिणामवाद : परिणामवाद के अनुसार कार्य की उत्पत्ति का अर्थ है कारण का एक निश्चित प्रक्रिया के अधीन विधिवत रूपांतरित होना, जैसे दूध का परिणाम दही है और

मिट्टी का परिणाम घड़ा। यहां दूध और मिट्टी के वास्तविक रूपांतर होने से ही दही या घड़े का प्रादुर्भाव होता है। यह सांख्य-दार्शनिकों का मत है।

विवर्तवाद : यह अद्वैत वेदांत का मत है। उसके अनुसार कारण में जो विकार या रूपांतर परिलक्षित होता है, वह वास्तविक नहीं, एक आभासमात्र है। जब रस्सी देखने से सांप का आभास होता है, तो रस्सी यथार्थतः सांप में परिणत नहीं हो जाती। रस्सी में केवल सांप की प्रतीति मात्र होती है, सांप की सत्ता उसमें नहीं आ जाती। यथार्थतः ब्रह्म का रूपांतर नहीं होता। फिर भी यह नाम रूपात्मक जगत् के रूप में बदलता हुआ सा मालूम पड़ता है।

सांख्यदर्शन का वास्तववाद

सांख्यदर्शन की दृष्टि में प्रकृति और पुरुष मूल तत्त्व हैं, जिनके परस्पर संबंध से इस जगत् का आविर्भाव होता है। प्रकृति जड़ात्मिका है, एक है, परंतु पुरुष चेतन तथा अनेक हैं। ब्रह्म जगत् की सत्ता को मौलिक व्यापार से स्वतंत्र होकर पृथक् रूप से सिद्ध मानने के कारण सांख्य भी न्यायवैशेषिक के समान वास्तववादी है। परंतु जगत् की उत्पत्ति के लिए अनेक स्वतंत्र नित्य पदार्थों की कल्पना यहां नही की गई है, जैसी कि न्याय और वैशेषिक में मिलती है। जगत् की व्याख्या के लिए सांख्यदर्शन, प्रकृति पुरुष द्विविध तत्त्व को ही पर्याप्त मानने से द्वैतवाद का प्रतिपादक है। इस जगत् के समस्त पदार्थ—मन, शरीर, इंद्रिय, बुद्धि आदि सीमित तथा अस्वतंत्र होने के कारण कार्यरूप हैं। इनकी उत्पत्ति किसी-न-किसी मूल तत्त्व से अवश्य ही हुई होगी। इसी मूल तत्त्व का अन्वेषण तथा तात्विक विवेचन प्रत्येक दर्शन का आवश्यक तथा महत्त्वपूर्ण कार्य है। बौद्ध, जैन, न्याय, वैशेषिक तथा मीमांसा इस मूल तत्त्व को अत्यंत सूक्ष्म 'परमाणु' बतलाते हैं। परंतु सांख्य इसे उचित नहीं मानता। भौतिक परमाणुओं से स्थूल जगत् की उत्पत्ति भले ही सिद्ध की जा सके, परंतु सांख्य का कहना है कि उनसे मन, बुद्धि जैसे सूक्ष्म पदार्थों की उत्पत्ति नहीं की जा सकती। अतः स्थूल और सूक्ष्म-सकल कार्य की अर्थात् जगत् की उत्पादिका 'प्रकृति' मानी गई है।

सांख्यदर्शन में प्रकृति

परिणामवाद के आधार पर सांख्यदार्शनिक जगत् का मूल कारण प्रकृति को मानते हैं। वे मानते हैं कि जगत् के कारणहीन मूल कारण के रूप में वह प्रकृति कहलाती है। प्रकृति प्रत्येक वस्तु का कारण है, परंतु 'प्रकृति' का कोई कारण नहीं। यह आदि-कारण है। यह सृष्टि से पूर्व है (प्र+कृति)। इस पर समस्त कार्य आधारित हैं। यह जगत् का प्रथम तत्त्व है। अतः यह 'प्रधान' कहलाती है। सांख्यदार्शनिक लोकाचार्य ने प्रकृति के विषय में कहा है—'विकारों को उत्पन्न करने के कारण यह 'प्रकृति' कहलाती है। यह 'अविद्या' है, क्योंकि ज्ञान की विरोधी 'माया है। क्योंकि विचित्र सृष्टि उत्पन्न करती है। यह अत्यंत सूक्ष्म और

अदृश्य है और इसकी उत्पत्तियों को देखकर ही इसका अनुमान लगाया जाता है। अचेतन तत्त्व के रूप में यह 'जड़' कहलाती है और सदैव गतिशील असीम शक्ति के रूप में वह 'शक्ति' कहलाती है। समस्त वस्तुओं की अव्यक्त अवस्था के रूप में वह 'अव्यक्त' कहलाती है।

समस्त विषयों का अनादि मूल-स्रोत होने के कारण यह प्रकृति नित्य और निरपेक्ष है। क्योंकि सापेक्ष और अनित्य पदार्थ जगत् का मूल कारण नहीं हो सकता। मन, बुद्धि और अहंकार जैसे सूक्ष्म कार्यों का आधार होने के कारण प्रकृति एक गहन, अनंत, सूक्ष्मातिसूक्ष्म शक्ति है, जिसके द्वारा संसार की सृष्टि होती है तथा सृष्टि और लय का चक्र-प्रवाह निरंतर चलता रहता है। प्रकृति से उत्पन्न वस्तुएं कार्य, परतंत्र, सापेक्ष, अनेक तथा अनित्य हैं, क्योंकि उनका जन्म और मृत्यु, उत्पत्ति तथा विनाश होता रहता है। प्रकृति अज, स्वतंत्र, निरपेक्ष, एक नित्य और उत्पत्ति-विनाश से परे हैं।

सांख्यकारिका में प्रकृति का अस्तित्व सिद्ध करने के लिए अनेक युक्तियां दी गई हैं—

1. जगत् के समस्त पदार्थ सीमित-परिमित, परतंत्र हैं। अतः इनका मूल कारण अवश्य ही अपरिमित तथा स्वतंत्र होना चाहिए।

2. संसार के पदार्थों में त्रिविध गुणों की सत्ता सर्वत्र दृष्टिगोचर होती है। प्रत्येक पदार्थ सुख-दुःख तथा मोह उत्पन्न करने वाला है। अतः एक ऐसा मूल कारण अवश्य होना चाहिए, जिसमें इन विशेषताओं का सद्भाव हो।

3. प्रत्येक कार्य, कारण में अव्यक्त रूप से निहित रहता है। यह विशाल जगत् कार्यों का एक समूह है, जो किसी-न-किसी कारण जगत् में अव्यक्त रूप से वर्तमान रहता है। वह मूल अव्यक्त या प्रकृति है।

4. यह नियम सर्वत्र जागरूक है कि कार्य किसी कारण से उत्पन्न होते हैं और फिर उसी कारण में लीन हो जाते हैं। सृष्टि-व्यापार देखने से प्रकृति को मानना पड़ता है। प्रत्येक कार्य अपने कारण से उत्पन्न होता है। वह कारण भी अपने सूक्ष्मतर कारण से उत्पन्न होता है। इस प्रकार ऊपर की ओर जाते-जाते जहां यह कारण की शृंखला समाप्त होती है, वही सूक्ष्मतम तत्त्व प्रकृति है, जो सबका मूल कारण है तथा जहां से यह विश्व उदय होता है। प्रलय दशा में ठीक इसके विपरीत क्रिया होती है अर्थात् स्थूल कार्य अपने कारण में लीन हो जाता है और यह कारण भी अपने से सूक्ष्मतर कारण में लय हो जाता है। इस प्रकार यह परंपरा जाते-जाते जहां समाप्त होती है, वही सूक्ष्मतम अव्यक्त तत्त्व है। इस प्रकार इस विश्व के उदय-प्रलय का कारण विचारने से जो अंतिम तत्त्व अनुमित होता है, वही 'प्रकृति' है।

प्रकृति के गुण

प्रकृति जिन द्रव्यों का समूह-रूप स्वयं होती है, वे संख्या में तीन हैं—सत्त्व, रजस् तथा तसम्। इन तीनों का सामान्य नाम है—गुण। वैशेषिकदर्शन में रूप, रस, गंध आदि द्रव्य में रहने वाले पदार्थों को गुण कहते हैं, परंतु सांख्य के ये तीनों गुण इस रीति से गुण नहीं, बल्कि

वे द्रव्य हैं। गुण शब्द के संस्कृत में तीन अर्थ होते हैं—धर्म, रस्सी तथा गौण। सांख्य के अनुसार सत्त्व, रजस् और तसम् तीन गुण हैं, जिनकी साम्यावस्था को प्रकृति कहते हैं—***गुणानां साम्यावस्था प्रकृतिः।*** ये तीनों मूल द्रव्य प्रकृति के उपादान तत्त्व हैं। ये गुण इसलिए भी कहलाते हैं, क्योंकि ये रस्सी के तीनों गुणों अथवा रेशों के समान आपस में मिलकर पुरुष को बांधते हैं। पुरुष के उद्देश्य के साधन में गौण रूप से सहायक होने के कारण भी ये गुण कहलाते हैं।

गुण सिद्धि के लिए प्रमाण

गुणों को प्रत्यक्ष नहीं देखा जा सकता। सांसारिक विषयों को देखकर उनका अनुमान किया जाता है। कार्य-कारण का तादात्म्य संबंध रहता है, इसलिए विषयरूपी कार्यों का स्वरूप देखकर हम गुणों का स्वरूप अनुमान करते हैं। संसार के समस्त विषय सूक्ष्म बुद्धि से लेकर स्थूल, पत्थर, लकड़ी पर्यंत—में तीन गुण पाए जाते हैं, जिनके कारण वे सुख-दुःख या मोह उत्पन्न करने वाले होते हैं। एक ही वस्तु एक के मन में सुख, दूसरे के मन में दुःख और तीसरे के मन में उदासीनता के भाव की सृष्टि करती है, जैसे एक ही संगीत से रसिक को आनंद, बीमार को कष्ट और भैंस को हर्ष-विषाद कुछ भी नहीं होता। इसी प्रकार न्यायाधीश का निर्णय एक पक्ष के लिए आनंददायक, दूसरे पक्ष के लिए कष्टदायक और अन्यों के लिए कुछ अर्थ नहीं रखता। एक और उदाहरण देखें—नदी की धारा तैरने वाले के लिए आनंदस्वरूप है, उसमें डूब जाने वाले के लिए मृत्युस्वरूप और उसमें रहने वाले प्राणियों के लिए साधारण है। ये सभी उदाहरण सूचित करते हैं कि विषयों के मूल कारण में भी ये सुख-दुःख और मोह के तत्त्व विद्यमान रहते हैं। यही सत्त्वगुण, रजोगुण और तमोगुण कहलाते हैं।

सत्त्वगुण—प्रकृति के तीनों गुणों की विशेषताएं गीता में वर्णित हुई हैं। सत्त्वगुण लघु, प्रकाशक और इष्ट या आनंदस्वरूप होता है। वह निर्मल और अनामय कहा गया है। इसी गुण के कारण ज्ञान विषयों को प्रकाशित करता है और इंद्रियां विषयों को ग्रहण करती हैं। इसी के कारण मन, बुद्धि और तेज में प्रकाश तथा दर्पण में प्रतिबिंब शक्ति है। लघुता (हलकापन) के कारण ऊर्ध्व दिशा में गमन आदि सब सत्त्व गुण के कारण हैं। हर्ष, संतोष, तृप्ति, उल्लास आदि सभी प्रकार के आनंद वस्तुओं और मन में उपस्थित सत्त्वगुण के कारण होते हैं। शरीर में सत्त्वगुण की वृद्धि होने पर ज्ञान की उत्पत्ति होती है।

रजोगुण—रजोगुण क्रिया का प्रवर्तक होता है। यह स्वयं गतिशील होता है तथा अन्यों को भी गतिशील करता है। गतिशीलता के साथ-साथ इसमें उत्तेजना का गुण भी रहता है। हवा का बहना, इंद्रियों का अपने विषयों की ओर दौड़ना और मन की चंचलता इसी के कारण है। सत्त्वगुण और तमोगुण दोनों अपने आप में निष्क्रिय हैं। रजोगुण ही उनमें गति का संचार करता है। यह दुखात्मक है। शारीरिक क्लेश अथवा मानसिक कष्ट आदि

जितने भी दुखानुभव हैं, वे सभी रजोगुण के कारण हैं। यह गुण रागात्मक होता है और इसकी उत्पत्ति तृष्णा व आसक्ति से होती है। यही जीवात्मा को कर्म में आसक्ति होने से बांधता है। रजोगुण की वृद्धि लोभ, प्रवृत्ति, स्पृहा, कर्मों के आरंभ को जन्म देती है। राजसी कर्म के फलस्वरूप दुःख मिलता है।

तमोगुण—तमोगुण गुरु तथा अवरोधक होता है। यह सत्त्व के विपरीत होता है और प्रकाश को रोकता है। रजोगुण की क्रिया को भी रोकता है। यह जड़ता तथा निष्क्रियता का प्रतीक है। इसी से बुद्धि, तेज आदि का प्रकाश फीका पड़ जाता है और मूर्खता तथा अंधकार उत्पन्न होते हैं। यह मोह अथवा अज्ञान को उत्पन्न करता है। इसी के कारण मनुष्य उदासीन भाव को प्राप्त होता है तथा अवसाद में डूब जाता है। प्रमाद, आलस्य तथा निद्रा—इसी तमोगुण के फलस्वरूप होते हैं।

गुणों का संबंध तीनों गुणों के तीन रंग कल्पित किए गए हैं। सत्त्वगुण का रंग उजला या सफ़ेद, रजोगुण का लाल और तमोगुण का काला रंग माना जाता है। ये तीनों गुण परस्पर विरोधी होने पर भी मिलकर एक ही कार्य या फल का संपादन करते हैं। इनकी क्रिया को 'दीपक' के उदाहरण द्वारा समझा जा सकता है। तेल, बत्ती तथा आग आपस में विरोधी होने पर भी एक साथ मिलकर सहयोग से दीपक के जलने में कारण होते हैं। बत्ती तथा तेल दोनों आग के विरोधी होते अवश्य हैं, परंतु ये यहां आग से मिलकर रूप को प्रकाशित करते हैं। वात, पित्त तथा कफ़ आपस में एक-दूसरे के विरोधी होते हैं, परंतु ये तीनों मिलकर शरीर को धारण किए रहते हैं। यही दशा इन गुणों की भी है। इन तीनों गुणों में परस्पर विरोध भी है और सहयोग भी। इनमें से कोई भी अकेला नहीं रहता और न ही कोई अकेला कार्य कर सकता है। संसार की प्रत्येक वस्तु में ये तीनों गुण उपस्थित हैं। इनमें से प्रत्येक गुण एक-दूसरे को दबाने की चेष्टा करता है। जिस वस्तु में जो गुण प्रबल हो जाता है, वैसा ही उस वस्तु का स्वभाव बन जाता है। शेष दो गुण भी उस वस्तु में रहते हैं, परंतु वे गौण हो जाते हैं। इन्हीं गुणों के कारण संसार की समस्त वस्तुओं को इष्ट, अनिष्ट और तटस्थ इन तीन वर्गों में विभक्त किया गया है। ये तीनों गुण निरंतर परिवर्तनशील हैं। ये एक क्षण भी अविकृत नहीं रह सकते, क्योंकि विकार उनका स्वभाव है।

गुणों में दो प्रकार के परिणाम होते हैं—***सरूप*** और ***विरूप***।

सरूप : प्रलय की अवस्था में प्रत्येक गुण अन्य से खिंचकर स्वयं अपने में परिणत हो जाता है। इस प्रकार सत्त्व सत्त्व में, रज रज में और तम तम में परिणत हो जाता है। यही सरूप परिणाम है। पृथक्-पृथक् रहने के कारण इस अवस्था में गुण कोई काम नहीं कर सकता। सृष्टि से पूर्व यही साम्यावस्था रहती है।

विरूप : विरूप सृष्टि की क्रियाशीलता का आधारभूत परिणाम है। जब एक गुण प्रबल होकर अन्य दो गुणों को अपने वश में कर लेता है, तब कार्य उत्पन्न होने लगते हैं। यह गुण क्षोभ विरूप परिणाम है। यही सृष्टि का कारण है।

पुरुष–सांख्यदर्शन का मुख्य तत्त्व है–पुरुष या आत्मा। पुरुष आत्मा है, विषयी है, ज्ञाता है। वह न तो शरीर, न मानस, न अहंकार और न बुद्धि ही है। वह चैतन्य का गुण रखने वाला द्रव्य नहीं है, बल्कि स्वयं शुद्ध चैतन्य है। वह समस्त ज्ञान का आधार है। वह परम ज्ञाता है। वह ज्ञान का विषय नहीं हो सकता। वह साक्षी है, नित्य मुक्त है, तटस्थ द्रष्टा है। वह देशकाल, परिवर्तन और क्रिया से परे है। वह स्वयं प्रकाश और स्वयं सिद्ध है। वह सर्वव्यापी, अकृत तथा सनातन है। उसकी सत्ता में संदेह नहीं किया जा सकता, क्योंकि उसकी अनुपस्थिति में कोई भी ज्ञान यहां तक कि संदेह भी संभव नहीं है। गीता में भी पुरुष को उपद्रष्टा, अनुमंता, भर्ता, भोक्ता, महेश्वर तथा परमात्मा कहा गया है।

सांख्य वेदांत की तरह पुरुष या आत्मा को आनंदमय नहीं मानता। सांख्य पुरुष को केवल 'चैतन्यमय' ही मानता है। सुख या आनंद तो प्रकृति का गुण है और पुरुष प्रकृति से भिन्न तत्त्व है। अतः यह आनंदमय नहीं हो सकता। वह प्रकृति की परिधि से परे है। वह निष्क्रिय है, अधिकारी है। उसके विषय बदलते रहते हैं, परंतु वह हर परिवर्तन के परे है। वह स्वयंभू तथा रागद्वेष से भी परे है। निम्नलिखित तालिका सांख्यदर्शन में प्रकृति-पुरुष के भेद को स्पष्ट करती है–

	प्रकृति	***पुरुष***
1.	जड़	चेतन
2.	विषय	विषयी
3.	त्रिगुणात्मक	तीनों गुणों से परे तटस्थ
4.	एक	अनेक
5.	सक्रिय	निष्क्रिय
6.	देशकाल में	देशकाल से परे
7.	भोग्या	भोक्ता
8.	अविद्या	ज्ञानस्वरूप
9.	जगत् का आदि कारण	जगत् से परे
10.	बंधन का कारण	मुक्त

पुरुष या आत्मा का अस्तित्व

सांख्य-पुरुष की सिद्धि के लिए निम्न युक्तियां देता है–

1. जगत् के समस्त पदार्थ संघातमय हैं। घर, घड़ा, कपड़ा आदि सभी पदार्थ किन्हीं-न-किन्हीं वस्तुओं के समुदाय हैं। संगठित वस्तुओं का यह स्वभाव है कि वे किसी अन्य के उपयोग (परार्थ) के लिए हुआ करती हैं। अतः प्रकृति से उद्भूत यह

संघातमय जगत् अवश्य ही किसी और के लिए है। वह है कौन, इस जगत् से विलक्षण 'पुरुष'।

2. सभी पदार्थ तीन गुणों से निर्मित हैं। अतः पुरुष का होना भी आवश्यक है, जो कि इन गुणों का साक्षी है और स्वयं इनसे परे है। तीन गुणों से बने पदार्थ निस्त्रैगुण्य की उपस्थिति सिद्ध करते हैं, जो कि उनसे परे हैं।

3. सभी अनुभवों का समन्वय करने के लिए एक अनुभवातीत समन्वयात्मक शुद्ध चेतना होनी चाहिए। सभी ज्ञान ज्ञाता पर निर्भर है। पुरुष सभी व्यावहारिक ज्ञान का अधिष्ठाता है। सभी प्रकार के स्वीकारों और नकारों में उसका होना आवश्यक है। उसके बिना अनुभव नहीं हो सकते।

4. अचेतन प्रकृति अपनी कृतियों का उपभोग नहीं कर सकती। उनका उपभोग करने के लिए एक चेतन तत्त्व की आवश्यकता है। प्रकृति भोग्या है, अतः एक भोक्ता होना चाहिए। वह पुरुष ही है।

5. जगत् में कम-से-कम कुछ पुरुष ऐसे हैं, जो दुःखों के चक्र से मुक्ति पाने के लिए वास्तविक प्रयत्न करते हैं। सांसारिक विषयों के लिए यह संभव नहीं, क्योंकि वे स्वतः दुःख के कारण होते हैं न कि उनकी निवृत्ति के। इसलिए सांख्य का मानना है कि दुखमय जड़ जगत् से परे, आत्मा या अशरीरी पुरुष हैं—ऐसा मानना आवश्यक है, नहीं तो मोक्ष मुमुक्षा और जीवन्मुक्त महात्मा इन सब शब्दों का अर्थ ही नहीं रह जाएगा।

पुरुष की अनेकता—वेदांत का तो मत यही है कि इस जगत् में आत्मा एक ही होती है, परंतु सांख्य अनेकात्मवाद को मानता है। जैनदर्शन तथा मीमांसादर्शन की तरह सांख्य भी पुरुष को अनेक मानता है। तत्त्व रूप में वे सब एक ही हैं, परंतु उनकी संख्या अनेक है। सांख्य की मान्यता है कि प्रत्येक जीव की पृथक्-पृथक् आत्मा है।

पुरुष या आत्मा की अनेकता

1. सभी पुरुषों के जन्म, मरण तथा करण (क्रिया) भिन्न-भिन्न रूप से नियंत्रित होते हैं। एक उत्पन्न होता है, तो दूसरा मरता है। एक अंधा है, तो दूसरा आंख वाला है। यह भेद तभी संभव है, जबकि पुरुष अनेक हों। यदि एक ही पुरुष होता, तो एक के मरने से सभी मर जाते, एक के अंधे होने से सभी अंधे हो जाते। पर ऐसा नहीं होता। अतः पुरुष अनेक हैं।

2. सभी व्यक्तियों में समान प्रवृत्ति नहीं दिखाई पड़ती। प्रत्येक व्यक्ति में पृथक्-पृथक् प्रवृत्ति दिखाई देती है। किसी को रोना आता है, तो कोई हंसता है। कोई पढ़ता है, कोई खेलता है। एक ही समय में अलग-अलग व्यक्ति भिन्न क्रियाओं में प्रवृत्त होते हैं, तो कुछ उन्हीं क्रियाओं से निवृत्त होते हैं। इससे सिद्ध होता है कि पुरुष अनेक हैं।

3. संसार के सभी जीवों में तीन गुण भिन्न-भिन्न प्रकार से मिलते हैं। वैसे प्रत्येक वस्तु में सत्त्व, रजस्, तमस् तीनों गुण उपस्थित हैं, पर फिर भी कोई सात्त्विक है, कोई राजसिक है तथा कोई तामसिक है। जो सात्त्विक है, उनमें शांति, प्रकाश तथा सुख प्रधान

हैं। जो राजसिक हैं उनमें दुःख, अशांति तथा क्रोध प्रधान हैं। जो तामसिक हैं, उनमें मोह तथा अज्ञान प्रधान हैं। यदि एक ही पुरुष होता, तो ये भेद नहीं होते। अतः पुरुष अनेक हैं।

सांख्यदर्शन में जगत्-विचार

प्रकृति और पुरुष के संयोग से ही सृष्टि उत्पन्न होती है। अकेला पुरुष सृष्टि नहीं कर सकता, क्योंकि वह निष्क्रिय है। इसी तरह अकेली प्रकृति सृष्टि नहीं कर सकती, क्योंकि वह जड़ है। प्रकृति की क्रिया पुरुष के चैतन्य से निरूपित होती है, तभी सृष्टि का उद्गम होता है। प्रश्न उठता है प्रकृति व पुरुष एक-दूसरे से भिन्न और विरुद्ध धर्मक हैं, तब फिर उनका पारस्परिक सहयोग कैसे संभव है? इसके उत्तर में सांख्यदर्शन अंधे व लंगड़े की रोचक कहानी दृष्टांत रूप से प्रस्तुत करता है। अंधे में चलने की शक्ति है, परंतु मार्ग का उसे तनिक भी ज्ञान नहीं है। उधर लंगड़ा मार्गदर्शक होते हुए भी चलने में असमर्थ है। परंतु पारस्परिक संयोग से जिस प्रकार दोनों अपनी स्वार्थ-सिद्धि में सफल होते हैं, उसी भांति जड़ परंतु सक्रिय प्रकृति तथा निष्क्रिय परंतु चेतन पुरुष का संयोग सृष्टि का कार्यसाधक है। प्रकृति दर्शनार्थ (ज्ञान होने के लिए) पुरुष की अपेक्षा रखती है और पुरुष कैवल्यार्थ (अपना स्वरूप पहचानने के लिए) प्रकृति की सहायता लेता है।

सृष्टि की उत्पत्ति : प्रलयदशा में प्रकृति साम्यावस्था में रहती है। उसके तीनों गुण समभाव से रहते हैं। पुरुष के साथ संयोग होते ही इन गुणों में क्षोभ उत्पन्न हो जाता है, एक हलचल-सी मच जाती है और प्रत्येक गुण अपने से भिन्न गुणों को दबाने तथा अपने वश में करने के लिए उतावला हो जाता है। क्रमशः तीनों गुणों का पृथक्करण और संयोजन होता है और न्यूनाधिक अनुपातों में उनके संयोगों के फलस्वरूप नाना प्रकार के सांसारिक विषय उत्पन्न होते हैं।

इस प्रकार सृष्टि का क्रम प्रारंभ होता है। सांख्य सृष्टिवाद को नहीं मानता, क्योंकि सांख्य ईश्वर को नहीं मानता है। सृष्टिवाद के अनुसार सर्वशक्तिमान्, सर्वव्यापक, आनंदस्वरूप ईश्वर अपनी इच्छा से सृष्टि रच देता है अर्थात् संसार का निर्माण किसी समय-विशेष में शून्य से होता है। विकासवाद का सिद्धांत संसार के निर्माण के लिए ईश्वर की अलौकिकता का आश्रय नहीं लेता। उसके अनुसार संसार का विकास धीरे-धीरे जड़ पदार्थ से होता है। सांख्यदर्शन विकासवाद के सिद्धांत को मान्यता देते हुए सृष्टि के क्रम को वर्णित करता है।

सांख्यदर्शन में सृष्टि का विकास

सांख्यदर्शन में वर्णित सृष्टि के 25 तत्त्वों का नामोल्लेख किया जा चुका है तथा तालिका द्वारा उन्हें प्रदर्शित किया जा चुका है। यहां संक्षेप में देखते हैं कि ये तत्त्व कैसे उत्पन्न होते हैं।

महत् : विकास की प्रथम कृति महत् या महान् है। वह बुद्धि, अहंकार तथा मन समेत समस्त सृष्टि का कारण है। महत् बुद्धि का सार्वभौम पक्ष है।

बुद्धि : बुद्धि प्रत्येक व्यक्ति में महत् का मनोवैज्ञानिक रूप है। कपिल ने बुद्धि की परिभाषा देते हुए कहा है–'अध्यवसायोबुद्धिः' अर्थात् निश्चयात्मिकता बुद्धि है। बुद्धि नित्य और अनित्य दोनों है। विज्ञानभिक्षु उसमें संस्कार मानता है। बुद्धि के विशेष कार्य हैं–निश्चय और अवधारण। इसी के द्वारा ही ज्ञाता और ज्ञेय का भेद होता है तथा किसी विषय का निर्णय किया जाता है। सत्त्वगुण की अधिकता बुद्धि को जन्म देती है, जिसका स्वाभाविक धर्म है स्वयं को तथा अन्य वस्तुओं को प्रकाशित करना। सत्त्वगुण वृद्धि से बुद्धि में धर्म, ज्ञान, वैराग्य बढ़ता है। तमस् बढ़ने पर अधर्म, अज्ञान, आसक्ति और अशक्ति की उत्पत्ति होती है। बुद्धि आत्मा से भिन्न है। आत्मा समस्त भौतिक द्रव्यों तथा गुणों से परे है। बुद्धि जीवात्माओं के ज्ञानादिक व्यापारों का आधार है। सत्त्व बढ़ने पर इसमें आत्मा का प्रतिबिंब पड़ता है और उससे बुद्धि प्रकाशयुक्त हो जाती है। इंद्रियों और मन का व्यापार बुद्धि के लिए है और बुद्धि का व्यापार आत्मा के लिए है।

अहंकार : प्रत्येक जीव में विद्यमान महत् तत्त्व या बुद्धि से 'अहंकार' की सृष्टि होती है। बुद्धि का 'मैं' और 'मेरा' का अभिमान ही अहंकार है। कपिल ने कहा है ***'अभिमानोऽहंकार'***। बुद्धि मौखिक है, अहंकार व्यावहारिक है। अहंकार के कारण ही पुरुष अपने को कर्ता, कामी (इच्छा करने वाला) और स्वामी (वस्तुओं का अधिकारी) समझने लगता है। अहंकार ही संसार के समस्त व्यवहारों का मूल है। सर्वप्रथम इंद्रियों द्वारा विषयों का प्रत्यक्ष होता है, फिर मन विषयों पर विचार करके उनका स्वरूप निर्धारित करता है, फिर उन विषयों में हमारा 'मेरा' और 'मेरे लिए' का अहंकार जाग्रत हो जाता है। अहंकार के तीन भेद माने गए हैं–वैकारिक, भूतादि या तामस तथा तेजस अथवा राजस।

वैकारिक अहंकार : वैकारिक को सात्त्विक भी कहा जाता है। सार्वभौम रूप में यह मनस् पंच ज्ञानेंद्रियां और पंच कर्मेंद्रियां उत्पन्न करता है।

भूतादि अहंकार : भूतादि या तामस अहंकार में तमस गुण प्रधान होता है। विश्व-रूप में यह पंच तन्मात्र उत्पन्न करता है। यह आलस्य, प्रमाद तथा औदासीन्यभाव पैदा करता है।

तेजस अहंकार : तेजस अथवा राजस में रजोगुण प्रधान होता है। एक ओर यह अन्य दोनों अहंकारों का प्रवर्तक होता है और उसी की सहायता से अन्य दोनों परिणाम के लिए अग्रसर होते हैं। 'सांख्यकारिका' तथा 'कौमुदी' के अनुसार सात्त्विक अहंकार से 11 इंद्रियां (5 कर्मेंद्रियां + 5 ज्ञानेंद्रियां + 1 मन) उत्पन्न होती हैं तथा तामस अहंकार से तन्मात्र उत्पन्न होते हैं। परंतु विज्ञानभिक्षु 'सांख्य-प्रवचन भाष्य' (2.18) में इससे भिन्न मत अभिव्यक्त करते हैं। विज्ञानभिक्षु के अनुसार मन ही सब इंद्रियों में श्रेष्ठ होने से सत्त्व की अधिकता रखता है। अतः सात्त्विक अहंकार से मन, राजस से दस इंद्रियां तथा तामस से पंच तन्मात्र उत्पन्न होते हैं।

इंद्रियां : ज्ञान की साधक इंद्रियां पांच हैं–1. नेत्रेंद्रिय, 2. श्रवणेंद्रिय, 3. घ्राणेंद्रिय, 4. रसनेंद्रिय, 5. त्वगिंद्रिय। ये इंद्रियां क्रम से इन पांच विषयों को ग्रहण करती

हैं—रूप, शब्द, गंध, रस तथा स्पर्श। कर्मेंद्रियां इन अंगों में स्थित रहती हैं—मुख, हाथ, पैर, मलद्वार तथा जननेंद्रिय, जो क्रम से इन पांच कार्यों को करती हैं—वाक्, ग्रहण, चलना, मल बाहर निकालना तथा संतान उत्पन्न करना। इंद्रियां भीतरी शक्तियां हैं, जिनका प्रत्यक्ष कभी नहीं होता। केवल अनुमान के द्वारा ही इनका ज्ञान होता है।

मन : सांख्य के अनुसार मन ग्यारहवीं इंद्रिय है। वह ज्ञानेंद्रिय भी है और कर्मेंद्रिय भी है, क्योंकि वह दोनों प्रकार की इंद्रियों को अपने-अपने कार्यों में प्रवृत्त करता है। मन का रूप संकल्पात्मक है अर्थात् इंद्रियां केवल निर्विकल्प ज्ञान को प्रकट करती हैं कि 'यह कुछ है।' इस ज्ञान को मन सविकल्पक बनाता है। मन ही बताता है कि यह सामने वाली चीज घड़ा है, घोड़ा नहीं। 'संकल्प' का अर्थ है 'सम्यक्' (ठीक-ठीक) कल्पना करना और यही मन का स्वरूप है। मन, अहंकार तथा बुद्धि ये तीनों अंतःकरण अर्थात् भीतरी ज्ञान का साधन हैं। पांच कर्मेंद्रियां तथा पांच ज्ञानेंद्रियां बाह्य ज्ञान के साधन हैं। ये 'त्रयोदश करण' हैं। बाह्य इंद्रियों का संबंध केवल वर्तमान विषयों से होता है, किंतु आभ्यंतरिक इंद्रियों का संबंध भूत, भविष्य और वर्तमान तीनों विषयों से होता है।

पंच तन्मात्र : तन्मात्र का अर्थ होता है सूक्ष्म तत्त्व। पांच विषयों के पांच तन्मात्र होते हैं—शब्द, स्पर्श, रूप, रस और गंध। ये बहुत सूक्ष्म होते हैं और इस कारण प्रत्यक्ष नहीं देखे जा सकते। उसका ज्ञान अनुमान से होता है।

तन्मात्रों से महाभूतों की उत्पत्ति : न्यायवैशेषिक के अनुसार तन्मात्र महाभूत से उत्पन्न होते हैं, परंतु सांख्यदर्शन के अनुसार पंच महाभूत पंच तन्मात्रों से ही उत्पन्न होते हैं।

1. ***शब्द तन्मात्र*** से ***आकाश*** और ***शब्द*** गुण की उत्पत्ति होती है।

2. ***स्पर्श तन्मात्र और शब्द तन्मात्र*** के योग से वायु की उत्पत्ति होती है। वायु के गुण शब्द और स्पर्श दोनों हैं। ये गुण भी वायु के साथ ही उत्पन्न होते हैं।

3. ***रूपतन्मात्र*** और स्पर्श तथा शब्द तन्मात्रों के योग से तेज या अग्नि तथा उसके गुण रूप और शब्द तथा स्पर्श की उत्पत्ति होती है।

4. ***रस तन्मात्र*** तथा ***शब्द, स्पर्श एवं रूप तन्मात्रों*** के योग से जल तथा उसके गुण शब्द, स्पर्श, रूप, और स्वाद की उत्पत्ति होती है।

5. ***गंध तन्मात्र*** और ***शब्द, स्पर्श, रूप*** तथा ***रस तन्मात्रों*** के योग से पृथ्वी तथा उसके गुण शब्द, स्पर्श, रूप, रस एवं गंध की उत्पत्ति होती है।

सृष्टि विकास के दो रूप : सृष्टि के विकास के रूप दो हैं। प्रकृति से लेकर पंचमहाभूतों की उत्पत्ति तक जो विकास की धारा चलती है, उसके दो रूप हैं—प्रत्ययसर्ग या बुद्धिसर्ग और तन्मात्रसर्ग या भौतिकसर्ग।

सबसे पहले बुद्धि, अहंकार और ग्यारह इंद्रियों का आविर्भाव होता है। दूसरी अवस्था में पंच तन्मात्रों, पंच महाभूतों और उनके विकारों का प्रादुर्भाव होता है। तन्मात्र साधारण व्यक्तियों के लिए अप्रत्यक्ष और अभोग्य हैं। इस कारण वे अविशेष (विशेष प्रत्यक्ष धर्मों से रहित) कहलाते हैं। भौतिक तत्त्व तथा उनके परिणाम सुख, दुःख तथा मोह आदि विशेष

धर्मों से युक्त होते हैं। अतः ये विशेष कहलाते हैं। विशेष या विशिष्ट द्रव्य तीन प्रकार के होते हैं—स्थूल महाभूत, स्थूल शरीर तथा सूक्ष्म शरीर। बुद्धि, अहंकार, एकादश इंद्रिय और पंचतन्मात्रों के समूह को सूक्ष्म शरीर कहते हैं। स्थूल शरीर सूक्ष्म शरीर का आश्रय है, क्योंकि केवल बुद्धि, अहंकार और इंद्रिय बिना भौतिक आश्रय के काम नहीं कर सकते।

सृष्टि का इतिहास क्या है, मानो चौबीस तत्त्वों का खेल है, जो प्रकृति से प्रारंभ होता है और पंचभूतों में समाप्त होता है। त्रयोदशकरण और पंचतन्मात्र बीच की अवस्थाएं हैं। यह क्रीड़ा मात्र अपने लिए नहीं है, अपितु इसके दर्शक या साक्षी पुरुष होते हैं, जो इसका आनंद उठाते हैं। संसार न तो परमाणुओं के संयोग का फल है, न अंधकारण कार्य शक्तियों का निरर्थक परिणाम। सृष्टि एक विशेष प्रयोजन से होती है। इसका उद्देश्य है नैतिक या आध्यात्मिक उन्नति का साधन होना। सृष्टि के विकास-क्रम को निम्न तालिका से समझा जा सकता है—

पुरुष-प्रकृति

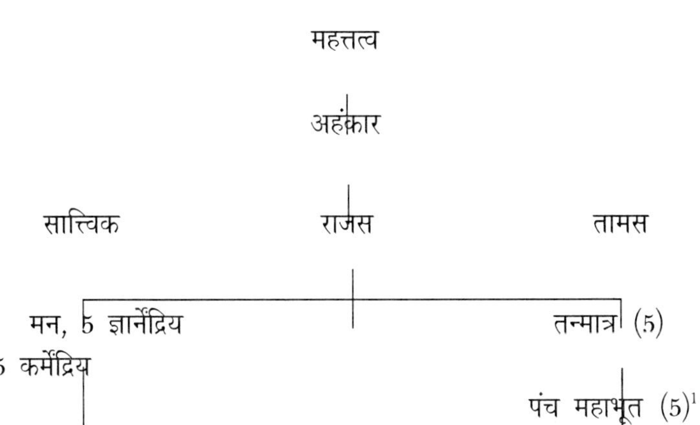

सांख्यदर्शन में प्रमाण-विचार

संसार के पदार्थ का ज्ञान हमें इंद्रियों के माध्यम से होता है। सांख्यदर्शन का ज्ञानविषयक सिद्धांत मुख्यतः उसके द्वैतवाद पर अवलंबित है। सांख्य केवल तीन प्रमाण मानता है—प्रत्यक्ष,

1. सांख्य के विकासवाद की तुलना डार्विन के विकासवाद से की जाती है, परंतु डार्विन का सिद्धांत आधुनिक है तथा विज्ञान पर आधारित है, पर सांख्य बहुत प्राचीन है तथा दार्शनिक सिद्धांत है। सांख्य दो तत्त्वों से विकास का आरंभ मानता है, तो डार्विन का सिद्धांत केवल एक भौतिक पदार्थ को अंतिम तत्त्व मानता है। सांख्य का प्रयोजनवादी विकासवाद विश्व-विकास की व्याख्या करता है, जबकि डार्विन के अनुसार विकास के पीछे कोई प्रयोजन नहीं है तथा वहां जैविक-विकास ही व्याख्यायित हुआ है।

अनुमान और शब्द। प्रमा का स्वरूप किसी विषय के यथार्थ निश्चित ज्ञान को 'प्रमा' कहते हैं। जब आत्मा चैतन्य बुद्धि में प्रतिबिंबित होता है, तब ज्ञान का उदय होता है। सांख्यदर्शन में बुद्धि को भी जड़ तत्त्व माना गया है। चैतन्य केवल आत्मा (पुरुष) का धर्म है, परंतु आत्मा को विषयों के ज्ञान के लिए बुद्धि, मन और इंद्रियों का सहारा लेना पड़ता है। इसी कारण आत्मा के सर्वव्यापी होने पर भी हमें सर्वदा समस्त विषयों का ज्ञान नहीं रहता। इंद्रियों और मन की क्रियाओं से विषयों का आकार बुद्धि पर अंकित हो जाता है।

ज्ञान की उत्पत्ति तीन वस्तुओं पर निर्भर है। (1) प्रमाता–जानने वाला पुरुष। शुद्ध चेतन पुरुष ही प्रमाता होता है। (2) प्रमेय–अर्थात् वह विषय जो जाना जाता है। बुद्धि की वृत्ति द्वारा पुरुष को जिस विषय का ज्ञान होता है, वह प्रमेय कहलाता है। (3) प्रमाण–अर्थात् वह साधन जिसके द्वारा पुरुष को विषय का ज्ञान होता है। यह साधन बुद्धि की वृत्ति है। बुद्धि में आत्मा का प्रकाश पड़ने से ज्ञान होता है।

प्रत्यक्ष–इंद्रिय और विषय के संयोग से हुआ साक्षात् ज्ञान ही प्रत्यक्ष कहलाता है। जब कोई विषय जैसे वृक्ष दृष्टि-पथ में आता है, तब वृक्ष का हमारे नेत्रों के साथ संयोग होता है। उस (वृक्ष) के कारण हमारी आंखों पर विशेष प्रकार का प्रभाव पड़ता है, जिसका विश्लेषण और संश्लेषण मन करता है। इंद्रिय और मन के व्यापार से बुद्धि पर प्रभाव पड़ता है और वह विषय का आकार ग्रहण करती है, पर फिर भी जड़ होने के कारण बुद्धि को स्वतः उस विषय का ज्ञान नहीं होता। परंतु बुद्धि में सत्त्वगुण का आधिक्य रहता है, जिसके कारण वह दर्पण की तरह पुरुष के चैतन्य को प्रतिबिंबित करती है। पुरुष का चैतन्य उसमें प्रतिबिंबित होने पर बुद्धि की अचेतनवृत्ति उद्भासित हो उठती है और वह प्रकाशित हो प्रत्यक्षज्ञान के रूप में परिणत हो जाती है।

प्रतिबिंबवाद : दार्शनिकों की इस व्याख्या को प्रतिबिंबवाद कहा जाता है। यह प्रतिबिंबवाद दो तरह से व्याख्यायित हुआ है। एक वाचस्पति मिश्र का मत है, दूसरा विज्ञानभिक्षु का। ऊपर वर्णित विषय वाचस्पति मिश्र के अनुसार है। उनका कहना है कि जब विषयाकारक बुद्धि पर चैतन्य का प्रतिबिंब पड़ता है, तब विषय का ज्ञान होता है।

विज्ञानभिक्षु के मतानुसार प्रत्यक्ष ज्ञान इस प्रकार होता है–जब कोई विषय इंद्रिय के संपर्क में आता है, तब बुद्धि विषय का आकार ग्रहण करती है। तब उसमें (बुद्धि में) सत्त्वगुण का आधिक्य रहने के कारण चेतन पुरुष का प्रतिबिंब उस पर पड़ता है, जिससे उसमें भी चैतन्य का आभास हो जाता है। उसके बाद वह विषय आकारक बुद्धि आत्मा में प्रतिबिंबित होती है।

वाचस्पति मिश्र के मत से बुद्धि में आत्मा प्रतिबिंबित होती है, किंतु आत्मा में बुद्धि प्रतिबिंबित नहीं होती। विज्ञानभिक्षु के मत में दोनों का प्रतिबिंब एक- दूसरे पर पड़ता है।

सांख्यदर्शन में प्रत्यक्ष के दो प्रकार स्वीकृत हुए हैं–निर्विकल्प प्रत्यक्ष और सविकल्प प्रत्यक्ष।

निर्विकल्प प्रत्यक्ष : जिस क्षण में इंद्रिय के साथ विषय का संयोग होता है, उस क्षण में जो विषय का आलोचन होता है, उसे निर्विकल्प कहते हैं। यह मानसिक विश्लेषण-संश्लेषण से पूर्व की अवस्था है। इसमें केवल विषय की प्रतीतिमात्र होती है, विषय के प्रकार का ज्ञान नहीं होता। यह अनुभव शब्द द्वारा प्रकट नहीं किया जा सकता। जैसे एक शिशु या गूंगा व्यक्ति अपना अनुभव शब्द द्वारा प्रकट नहीं कर सकता, उसी तरह हम निर्विकल्प प्रत्यक्ष का अनुभव शब्द द्वारा दूसरों को ज्ञात नहीं करा सकते।

सविकल्प प्रत्यक्ष : दूसरे प्रकार का प्रत्यक्ष सविकल्प है, जिसमें विषय का मन के द्वारा विश्लेषण, संश्लेषण तथा रूप निर्धारण होता है। इसमें इस प्रकार की विवेचना होती है कि 'यह विषय अमुक प्रकार का है', 'इसमें अमुक गुण है', 'इसका अमुक विषय से यह संबंध है' इत्यादि।

अनुमान : अनुमान शब्द का शाब्दिक अर्थ है बाद में प्राप्त होने वाला ज्ञान। अनुमान का काम पहले के ज्ञान के आधार पर एक नया ज्ञान प्राप्त करना है। न्यायदर्शन में अनुमान का जो प्रकार भेद किया गया है, वही कुछ हेर-फेर के साथ सांख्य भी मानता है। अनुमान के दो भेद हैं—वीत और अवीत। वीत वह अनुमान है, जो व्यापक विधिवाक्य (Universal Affirmative Preposition) पर अवलंबित है। इसके दो भेद हैं—पूर्ववत् और सामान्यतोदृष्ट। पूर्ववत् वस्तओं के बीच दिखलाई पड़ने वाले व्याप्ति संबंध पर आधारित है। जैसे धुआं देखकर आग का अनुमान करते हैं, क्योंकि धुएं और आग में नित्य साहचर्य का संबंध माना जाता है। जहां लिंग (चिह्न) व साध्य के बीच व्याप्ति संबंध न होकर लिंग का सादृश्य उन वस्तुओं से हो, जिनका साध्य के साथ नियत संबंध है। जैसे हममें इंद्रियां हैं, इस बात को हम कैसे जानते हैं? प्रत्यक्ष के द्वारा हम नहीं जान सकते हैं, क्योंकि इंद्रियां अगोचर हैं। आंख सब कुछ देखती है, परंतु आंख को देखने के लिए हमारे पास कोई इंद्रिय नहीं है। अतएव हमें इंद्रियों के अस्तित्व का ज्ञान अनुमान के द्वारा ही होता है।

दूसरे प्रकार का अनुमान है 'अवीत', जिसे कुछ नैयायिक शेषवत् या परिशेष अनुमान कहते हैं। जब सभी विकल्पों को छांटते-छांटते अंत में एक ही शेष बच जाता है, तब वही सत्य प्रमाणित होता है। जैसे शब्द, द्रव्य, कर्म, सामान्य, विशेष, समवाय या अभाव नहीं हो सकता। अतः शब्द गुण है। इस प्रकार का अनुमान अवीत (शेषवत्) कहलाता है।

सांख्यदर्शन में अनुमान की व्याख्या के लिए जिस 'न्याय-वाक्य' (Syllogism) की सहायता ली जाती है, उसका स्वरूप बहुत कुछ न्यायदर्शन से ही मिलता है। फलतः सांख्यदर्शन के न्याय-वाक्य में भी पांच वाक्य होते हैं—प्रतिज्ञा, हेतु, उदाहरण सहित व्याप्ति-वाक्य, उपनय और निगमन।

शब्द-प्रमाण—सांख्यदर्शन के अनुसार ज्ञान को प्राप्त कराने का तीसरा साधन है 'शब्द'। संसार में ऐसी बहुत सी बातें हैं, जिनका ज्ञान हम बड़े लोगों या विश्वसनीय महापुरुषों से सुनकर प्राप्त करते हैं। बड़े-बड़े धार्मिक-ग्रंथों की बातों को यों हम सहज रूप में स्वीकार कर

लेते हैं। इन्हें हम आप्त-वचन भी कह सकते हैं। *विश्वस्त वाक्य हमेशा ही आप्त-वचन* कहलाते हैं। शब्द का अर्थ वाक्यविषय ही है। भावार्थ यह कि शब्द वह संकेत है, जो किसी वस्तु के लिए प्रयुक्त होता है। वाक्य-बोध होने के लिए शब्द-बोध होना आवश्यक है। शब्द दो प्रकार का होता है—लौकिक और वैदिक। साधारण पुरुषों के आप्त-वचन लौकिक शब्द कहलाते हैं। वैदिक वाक्य अलौकिक और अपौरुषेय हैं। उनमें संदेह के लिए स्थान नहीं रहता। वैदिक वाक्य 'द्रष्टा' ऋषि-मुनियों के साक्षात् अनुभव या अंतदर्शन के द्वारा बनते हैं। अतः उनमें सत्यता ही सत्यता रहती है। सांख्यदर्शन लौकिक शब्दों को प्रमाण-रूप में स्वीकार नहीं करना चाहता है। उसके अनुसार श्रुति या वेदवाक्य ही शब्द-प्रमाण की श्रेणी में आ सकते हैं।

सांख्यदर्शन में ईश्वर

ईश्वर के संबंध में सांख्यदर्शन के जो विचार हैं, वे विवाद से भरे हुए हैं। ईश्वरवाद को लेकर सांख्यदर्शन के समर्थकों के दो दल हैं। एक दल ईश्वर को नहीं मानता है, जिसके कारण सांख्यदर्शन 'अनीश्वरवादी' कहलाता है। दूसरा दल सांख्यदर्शन में 'अनीश्वरवादी' विचारों का खंडन करते हुए 'ईश्वरवाद' की स्थापना करता है। सांख्यसूत्रों का अध्ययन करने से पता चलता है कि मूल रूप में यहां ईश्वर की चर्चा नहीं है। संसार का निर्माण ईश्वर नहीं करता, वरन् उसका विकास 'पुरुष' तथा प्रकृति के संयोग से होता है। पुरुष या आत्मा एक ही अर्थ में प्रयुक्त हुए हैं। आत्मा को नित्य तथा अनंत माना गया है। डॉ. राधाकृष्णन् की टिप्पणी इस संबंध में महत्त्वपूर्ण है—

'The more we recognise the eternity of the souls the less need do we find for a creater God.'

अर्थात् *'आत्मा की नित्यता को हम जितना अधिक पहचानेंगे, उतनी ही कम जरूरत हमें एक सृष्टिकर्ता ईश्वर की होगी।'* इन तर्कों के अतिरिक्त एक और युक्ति है, जो सांख्य को अनीश्वरवादी' रहने में मदद करती है। सांख्यदर्शन 'परिणामवाद' को मानता है, जिसके अनुसार कारण का वास्तविक रूपांतर कार्य के रूप में होता है, जैसे दूध (कारण से) से दही (कार्य होता है)। यदि ईश्वर को मूल-कारण मानें, तो कार्य-रूप में उसमें परिवर्तन होना चाहिए। परंतु ईश्वरवादी तो ईश्वर को अविकारी मानते हैं, तो फिर वह संसार का कारण कैसे होगा? कुछ लोग ईश्वर का समर्थन करने के लिए यह भी कहते हैं कि प्रकृति तो जड़ और अचेतन है, जिसमें गति और शक्ति लाने के लिए एक चेतन और सर्वशक्तिमान् सत्ता की अपेक्षा रहती है। जीव में जो आत्मा या पुरुष है, वह सर्वशक्तिमान् नहीं। अतः एक सर्वशक्तिमान् सर्वव्यापक अनंत चेतन सत्ता के रूप में ईश्वर को मानना आवश्यक है, जो प्रकृति को गतिशील कर उसे एक दिशा दे। परंतु इसका खंडन करते हुए सांख्य कहता है कि ईश्वर प्रकृति में गति या दिशा बताने की इच्छा क्यों रखता है? इच्छा तो मनुष्यों को होती है। इसके अतिरिक्त ईश्वर में विश्वास करें, तो जीवों की स्वतंत्रता तथा

अमरता का खंडन हो जाता है। अतः सांख्य 'ईश्वर' को नहीं मानता।

सांख्यदर्शन में कुछेक टीकाकार हुए हैं, जो ईश्वर के अस्तित्व को प्रमाणित करते हैं। इनमें विज्ञानभिक्षु उल्लेखनीय हैं। उनका कहना है कि यद्यपि ईश्वर को सृष्टिकर्ता नहीं माना जा सकता, फिर भी ईश्वर का ऐसा मानना जरूरी है, जिसके सान्निध्य मात्र से प्रकृति की क्रिया-शक्ति प्रवर्तित हो जाए, जैसे चुंबक के सामीप्य से लोहे में गति आ जाती है। विज्ञानभिक्षु युक्ति तथा शास्त्र दोनों से ईश्वर के अस्तित्व को सिद्ध करने का प्रयत्न करते हुए कहते हैं—'कम से कम एक व्यवस्थापक ईश्वर तो चाहिए ही, जो समय-समय पर सृष्टि-क्रिया में प्रकृति के विकास को नियमित तथा शृंखलाबद्ध कर सके।'

सांख्यदर्शन में मुक्ति-विचार

सांख्यदर्शन दुःख की सार्वभौमिकता को स्वीकार करके अपने दर्शनशास्त्र का प्रारंभ करता है। यों तो हमारे सांसारिक जीवन में सुख-दुःख दोनों रहते हैं, पर दुःख या कष्टों की मात्रा और भी कहीं अधिक है और संसार के सभी जीवों को उनका भोग करना पड़ता है। साधारणतः तीन प्रकार के दुःख हैं। आध्यात्मिक[1], आधिभौतिक और आधिदैविक आध्यात्मिक दुःख शारीरिक, मानसिक कारणों से होते हैं। भूख, प्यास, रोग, क्रोध, संताप सभी आध्यात्मिक दुःख हैं। आधिभौतिक दुःख बाह्य भौतिक पदार्थ से उत्पन्न होता है, जैसे कांटा गड़ना, बिच्छू का काटना आदि। आधिदैविक दुःख अलौकिक कारणों से होते हैं।

मानव जीवन का लक्ष्य इन तीनों प्रकार के दुःखों से छुटकारा पाना है। यही मोक्ष है, मुक्ति है या अपवर्ग है। सभी मनुष्य दुःखों से बचना चाहते हैं व आनंद की कामना करते हैं, परंतु ऐसा होता नहीं है। सभी दुःखों से एकबारगी छुटकारा पा जाना असंभव है। जब तक यह नश्वर शरीर है, जब तक ये दुर्बल इंद्रियां हैं, तब तक सभी सुखों का दुःख मिश्रित होना अथवा अधिक होना अवश्यंभावी है। इसलिए हम सुखवाद (Hedonism) का आदर्श (आनंद भोग) परित्याग कर उससे कम आकर्षक, परंतु अधिक युक्तिसंगत ध्येय, दुःखों की निवृत्ति से ही संतोष करें। यही दुःखों की अत्यंत निवृत्ति है, जिसका अर्थ होता है सभी दुःखों का सर्वदा के लिए निवारण, जिससे दुःख की कभी पुनरावृत्ति नहीं हो सके।

प्रश्न है सांख्य के अनुसार मुक्ति का मार्ग क्या है? मानव बुद्धि के द्वारा जितने कलाविज्ञानों का विकास हुआ है और उनसे जीवन की जो सुविधाएं प्राप्त होती हैं, वे क्षणिक आनंद देने वाली अथवा दुःख का कुछ ही काल तक निवारण करने वाली होती हैं। उनसे त्रिविध दुःखों का निवारण नहीं होता। भारतीय दर्शनकार इस उद्देश्य की सिद्धि के लिए सबसे उत्तम उपाय ढूंढ़ निकालते हैं। वह उपाय है तत्त्वज्ञान। दुःख का कारण अज्ञान है।

---

1. आध्यात्मिक शब्द का हिंदी में जो प्रचलित अर्थ है वह यहां लागू नहीं है, यहां आत्मा से पुरुष नहीं, किंतु पुरुष की देह से तात्पर्य है। देह अर्थ में स्थूल और सूक्ष्म दोनों रूप समाहित हैं।

अज्ञान का अर्थ है अपने यथार्थ स्वरूप की अनभिज्ञता। सांख्यदर्शन में मोक्ष केवल प्रतीतिमात्र है, क्योंकि बंधन का संबंध पुरुष के साथ है ही नहीं। बंधन और मुक्ति पुरुष और प्रकृति के संयोग तथा वियोग को बतलाते हैं। प्रकृति पुरुष को बंधन में नहीं डालती, किंतु नानाविधि रूपों में स्वयं अपने को बंधन में डालती है। पुरुष तो पाप-पुण्य दोनों के विरोधों से सर्वथा स्वतंत्र है। वह मुक्त और शुद्ध चैतन्य है। वह देशकाल, धर्म, अधर्म बंधन मोक्ष से परे रहता है। उसका बिंब बुद्धि पर पड़ता है। इस प्रतिबिंब को अथवा बुद्धि, अहंकार या मन को अपना असली स्वरूप समझना ही जीव के बंधन का कारण है। समस्त क्रियाएं, सुख-दुःख, परिवर्तन तथा भाव आदि मनयुक्त शरीर के विकार हैं। आत्मा समस्त शारीरिक और मानसिक दुःखों से परे है। अपने वास्तविक स्वरूप का साक्षात्कार करने से जीव मुक्त हो जाता है। वास्तविक स्वरूप अथवा आत्मा या पुरुष के रूप में वह सदैव ही मुक्त है। बंधन का अर्थ है आत्मा तथा अनात्मा के भेद को न जानना। मोक्ष का अर्थ उस भेद का ज्ञान है। कर्म से मोक्ष नहीं मिल सकता। अच्छे, बुरे सभी कर्म बंधन का कारण हैं। शुभ कर्म स्वर्ग व अशुभ कर्म नरक दिलवाते हैं। ज्ञान ही मोक्ष की ओर ले जा सकता है। मैं अनात्मा नहीं हूं, 'मेरा कुछ नहीं है' और 'अहंकार असद्' है—इस ज्ञान पर सतत मनन करने से आत्मा शुद्ध, विपर्ययहीन तथा निरपेक्ष हो जाता है और मोक्ष की ओर अग्रसर हो जाता है।

मुक्ति के भेद—सांख्य जीवन्मुक्ति और विदेहमुक्ति दोनों को मानता है।

जीवनमुक्ति—तत्त्वज्ञान होते ही जीव तत्काल मुक्त हो जाता है, चाहे प्रारब्ध कर्मों के कारण उसे और कुछ समय शरीर धारण करना पड़े। जैसे कुम्हार के चाक पर से हाथ हटा लेने पर भी वह पिछली गति के कारण कुछ समय तक घूमता रहता है, उसी प्रकार मोक्ष प्राप्त होने के पश्चात् भी पूर्व कर्मों की गति के कारण शरीर कुछ काल तक अवश्य रहता है, क्योंकि मुक्त पुरुष शरीर में रहते हुए भी शरीर से कोई संबंध नहीं अनुभव करता। इसी को जीवन्मुक्ति कहते हैं।

विदेहमुक्ति—वह मुक्ति है, जिसमें शरीर का बंधन भी शेष नहीं रहता। स्थूल, सूक्ष्म सभी शरीरों से जब संबंध छूट जाता है, तभी पूर्ण कैवल्य प्राप्त होता है। विज्ञानभिक्षु के अनुसार विदेहमुक्ति ही एकमात्र मुक्ति है, क्योंकि जब तक आत्मा शरीर में रहता है, तब तक उसका शारीरिक और मानसिक विकारों से पूर्ण संबंध-विच्छेद नहीं होता। *वेदांत के अनुसार मोक्ष की अवस्था आनंदमय है। सांख्य के अनुसार मोक्ष में आनंद नहीं होता। वह सुख-दुःख दोनों से परे है।*

सांख्यदर्शन बंधन और मोक्ष दोनों को ही व्यावहारिक मानता है। पुरुष बंधन में नहीं पड़ता। प्रकृति की विकृति अहंकार ही बंधन में पड़ता है और उसी का मोक्ष होता है। सांख्य का मानना है यदि पुरुष वास्तव में बंधन में पड़ता, तो वह सौ जन्म में भी मुक्त नहीं हो सकता था, क्योंकि वास्तविक बंधन को कभी नष्ट नहीं किया जा सकता। प्रकृति ही बंधती और मुक्त होती है। सांख्यकारिका में स्पष्ट कहा गया है कि पुरुष वास्तव में

न तो बंधता है और न मुक्त होता है तथा न उसका पुनर्जन्म होता है। बंधन, मोक्ष और पुनर्जन्म विविध रूपों में प्रकृति के ही व्यापार हैं। प्रकृति इतनी सुकुमार है कि जब पुरुष उसे एक बार यथार्थ रूप में देख लेता है, तब वह उसके सम्मुख पुनः उपस्थित नहीं होती। जैसे दर्शकों का मनोरंजन करने के पश्चात् नर्तकी रंगमंच से हट जाती है, उसी प्रकार स्वयं को पुरुष के सम्मुख प्रदर्शित करने के पश्चात् प्रकृति उसके सामने से हट जाती है।

सांख्यदर्शन का नीति-विचार

जीवन के चरम उद्देश्य मोक्ष को प्राप्त करने का मार्ग नीतिपूर्ण हो—यही हर दर्शन चाहता है। दुःख को कम करने और यथासंभव उससे छुटकारा पाने का प्रयत्न सभी करते हैं। परंतु चिकित्साशास्त्र में निर्दिष्ट औषधियों अथवा धर्मशास्त्रों में विहित उपायों से दुःख को जड़मूल से नष्ट नहीं किया जा सकता—ऐसा सांख्य-प्रवचन भाष्य (1.58) में कहा गया है। सांख्य की मान्यता है वैदिक कर्मकांड के अनुष्ठान से नैतिकता भंग होती है। बौद्ध तथा जैन मत की भांति, सांख्य भी इसी विषय पर बल देता है कि वैदिक कर्मकांडों में महान् भौतिक सिद्धांतों के विपरीत आचरण पाया जाता है। जब हम 'अग्निष्टोम' यज्ञ में किसी पशु की हत्या करते हैं, तो अहिंसा के नैतिक सिद्धांत का व्याघात होता है। प्रकारांतर से कहें, तो सांख्य अहिंसा जैसे नैतिक सिद्धांत का अक्षरशः पालन करने को प्रेरित करता है। हमारी सभी नैतिक क्रियाएं अपने अंतस्थ पुरुष की पूर्णतर अवस्था को ग्रहण करने के लिए हैं। नैतिक प्रक्रिया किसी नई वस्तु का विकास नहीं है, बल्कि केवल उसे खोज निकालना है, जिसे हम भूल गए हैं। ***'नास्मि'*** (मैं नहीं हूं), ***'न मे'*** (मेरा कुछ नहीं है) और ***नाहम्*** (अहंभाव नहीं है)—यही सच्चा नैतिक ज्ञान है। इस ज्ञान से एक ओर चरमध्येय मिलता है, दूसरी ओर जीवन अनैतिकता से बचता है। यह ज्ञान केवल सैद्धांतिक नहीं है, अपितु व्यावहारिक है, जो धर्माचरण तथा योग से निष्पन्न होता है। राग, द्वेष, ईर्ष्या आदि से बचना तथा वैराग्य या अनासक्ति द्वारा जीवन को उदात्त बनाने की प्रेरणा यहां निहित है। इसके लिए सांख्य 'योग' के यम-नियमादि का आश्रय लेता है।

सांख्यदर्शन में मनोविज्ञान

सांख्यदर्शन के चौबीस पदार्थों में से दो हैं—अहंकार और मन। इन दोनों के विशेष विवेचन में मनोवैज्ञानिक सिद्धांत अंतर्निहित है। कपिल मुनि ने कहा है ***'अभिमानोऽहंकार'*** अर्थात् अभिमान ही अहंकार है। अहंकार के कारण व्यक्ति अपने को कर्ता, कामी अर्थात् इच्छा करने वाला और स्वामी मानता है। इंद्रियों द्वारा विषयों का प्रत्यक्ष होने पर, मन उन पर विचार करके उनका स्वरूप निर्धारित करता है। फिर उन विषयों में हमारा 'मेरा' और 'मेरे लिए' का अहंकार जाग्रत होता है। अहंकार और मन संसार की अन्य सभी वस्तुओं की तरह प्रकृति के तीन गुणों से प्रभावित होते हैं। सात्त्विक अहंकार मनोवैज्ञानिक रूप में अच्छे

कर्म उत्पन्न करता है, तो तामसी अहंकार आलस्य, प्रमाद और उदासीनता। राजसी अहंकार बुरे कर्म पैदा करता है।

'मन' का सहयोग ज्ञान, कर्म दोनों के लिए जरूरी है। यह आभ्यंतरिक इंद्रिय है और अन्य इंद्रियों को उनके विषयों की ओर प्रेरित करता है। पांच ज्ञानेंद्रियों तथा पांच कर्मेंद्रियों के कार्य 'मन' के माध्यम से ही होते हैं। मन, अहंकार तथा बुद्धि तीनों को अंतःकरण भी कहा जाता है। सांख्य के 'मन' संबंधी विचार अन्य दर्शनों से भिन्न हैं। *वेदांत के अनुसार पंचप्राण स्वतंत्र हैं। सांख्य के अनुसार प्राण अंतःकरण के कार्य हैं। न्यायवैशेषिक मन को नित्य, अणु तथा निरवयव मानते हैं और इस कारण मन भिन्न-भिन्न इंद्रियों के साथ एक ही समय में संयोग नहीं कर सकता। अतः मनुष्य एक ही समय में अनेक संकल्प, इच्छाएं अथवा ज्ञान नहीं कर सकता।* सांख्य के अनुसार मन न अणु है, न नित्य है और न निरवयव ही है। उसकी उत्पत्ति और विनाश होता है। अतः सांख्य के अनुसार हमें एक ही क्षण में अनेक ज्ञान, इच्छाएं और संकल्प हो सकते हैं, यद्यपि साधारणतः वे पूर्वापर क्रम से चलते हैं।

प्रकृति के तीनों गुणों के कारण तीन प्रकार के अहंकार होते हैं, तो तीन प्रकार के मन भी होते हैं। संसार के सभी प्राणियों का वर्गीकरण उनके भीतर विद्यमान गुणों के आधार पर किया जाता है। सत्त्वगुण उच्चाध्यात्मिक शक्ति का विकास करता है, दृढ़ आत्मविश्वास देता है। तमोगुण निष्क्रिय और आलसी बनाता है। रजोगुण जिस मन में प्रधान होता है, वे साहसी, बेचैन तथा कर्मशील होते हैं। ये तीनों गुण मन के साथ-साथ शरीर तथा स्वभाव तीनों पर प्रभाव डालते हैं—यही सांख्य का मनोविज्ञान मानता है।

त्रिविध दुःखों के वर्णनों में भी मनोविज्ञान का महत्त्व है। आध्यात्मिक दुःखों के भीतर शारीरिक तथा मानसिक दोनों कष्ट समाए रहते हैं। मानसिक कष्टों से बचाव का उपाय योग द्वारा 'मन' को स्थिर करने से ही संभव होता है। विवेकशक्ति द्वारा जब व्यक्ति अपने आत्मस्वरूप का ज्ञान कर लेता है, तो मानसिक कष्ट समाप्त हो जाते हैं। इस प्रकार यहां मनोवैज्ञानिक तथ्य आध्यात्मिक विचारधारा से मिले हुए हैं।

सांख्यदर्शन में धर्म

सांख्यदर्शन में वर्णित ज्ञान मात्र सैद्धांतिक नहीं है। इसीलिए यहां धर्माचरण की महत्ता है। पर धर्म यहां किसी कर्मकांड या पूजा-विधान के रूप में नहीं है। योग की पद्धति का यहां प्रमुख स्थान है। सांख्यकारिका में योग के विषय में वर्णन नहीं मिलता, पर अन्य ग्रंथों में 'योग' को महत्त्व दिया गया है। हम उसी अवस्था में विवेकमय ज्ञान प्राप्त कर सकते हैं, जबकि हमारी भावना-प्रधान उत्तेजनाएं वश में रहें तथा हमारा बौद्धिक क्रियाओं पर नियंत्रण रहे। जब इंद्रियां नियमपूर्वक कार्य करती रहें और मन शांति प्राप्त कर ले, तो बुद्धि पारदर्शी हो जाती है। बाह्य दोषों से चित्त पर पड़े दोष-चिह्न ध्यान द्वारा दूर हो जाते

हैं। चित्त अपनी आद्यस्थिति को पा लेता है, तो इच्छामुक्त हो जाता है। सांख्य यज्ञों में किसी प्रकार का पुण्य नहीं मानता। नैतिक पुण्यकर्म ही चैतन्य की गहराई तक पहुंचने में सहायक बनते हैं। दुष्कर्म (हिंसा आदि) इस चैतन्य को अंधकारमय बनाते हैं।

सांख्य समीक्षा

सांख्य के मत में आत्मज्ञान, मुक्ति-प्राप्ति का अधिकार किसी वर्ग विशेष को नहीं है। यह उदार-दर्शन शूद्रों के लिए भी उच्च शिक्षा का द्वार अवरुद्ध नहीं रखता। शिक्षक ब्राह्मण ही हो, यह आवश्यक नहीं है। जो मुक्तात्मा है, वही शिक्षक है। योग्य शिक्षक (गुरु) की प्राप्ति हमारे पूर्वजन्म के सुकृत से होती है।

वस्तुतः सांख्यदर्शन 'वस्तुवाद' (Realism) और 'द्वैतवाद' (Dualism) का प्रतिपादन करता है। 'वस्तुवाद' संसार को वास्तविक बताता है। किंतु प्रकृति-पुरुष आपस में बिल्कुल भिन्न हैं, यह द्वैतवाद है। इस 'द्वैतवाद' को सांख्यदर्शन का बड़ा दोष माना जाता है। प्रकृति और पुरुष दोनों ही यथार्थ जगत् के अनुभव से परे अमूर्त तत्त्व बनकर रह गए हैं। द्वैत को व्यावहारिक अथवा प्रत्ययमात्र मानकर उसे परम अद्वैत पर स्थापित करने से सांख्यदर्शन के दोष दूर किए जा सकते हैं।

सांख्यदर्शन में 'ईश्वर' को लेकर वाद-विवाद है। एक दल ईश्वर के अस्तित्व का खंडन करता है, जिसके फलस्वरूप सांख्य को 'अनीश्वरवादी' दर्शन माना जाता है। दूसरा दल जिनमें विज्ञानभिक्षु प्रमुख हैं 'ईश्वरवाद' की स्थापना करता है। संक्षेप में कह सकते हैं सांख्यदर्शन में ईश्वर सृष्टिकर्ता के रूप में नहीं है, पर 'व्यवस्थापक' के रूप में ईश्वर की आवश्यकता अनुभव की गई। अतः ईश्वर के अस्तित्व को प्रमाणित करने का प्रयास भी किया गया।

इस प्रकार से विवेचनात्मक दृष्टि से सांख्यदर्शन में बहुत सी शंकाएं हैं, जिनका ठोस समाधान नहीं मिलता। फिर भी इससे सांख्यदर्शन का महत्त्व कम नहीं है। आत्मोन्नति और मुक्ति के साधन-रूप में इसका मूल्य अनुपम है।

योगदर्शन

भारतीय आस्तिक दर्शनों में 'योगदर्शन' ही एक ऐसा दर्शन है, जो मानव-जीवन में अध्यात्म, वाद-विवाद या तर्कशास्त्र को महत्ता न देते हुए जीवन के उत्थान के लिए यहां मानव-देह के व्यावहारिक प्रयोगात्मक पक्ष पर विशेष बल देता है। यही कारण है कि इस दर्शन में आसन, यौगिक क्रिया, प्राणायाम, व्यायाम आदि के माध्यम से आध्यात्मिक उपलब्धि पाने की बात दर्शाई गई है। इसी विशेषता के कारण प्राचीनकाल से लेकर आज तक 'योग' अपनी उपयोगिता बनाए हुए है। देशकाल की सीमाओं को लांघकर 'योग' योगा (Yoga) बनकर विदेशों में भी खूब प्रचलित हुआ है।

योग शब्द के अर्थ

'योग' शब्द विभिन्न अर्थों में प्रयुक्त किया जाता है। साधारण रूप में 'योग' का अर्थ है–***जोड़ना***। यह शब्द ***'युजिर् योगे'*** से बनता है ***'युज् समाधौ'*** से भी 'योग' शब्द निष्पन्न होता है। 'योग' की जब बात की जाती है, तो 'योग' के दोनों ही अर्थ लिए जाते हैं। यदि 'योग' का अर्थ समाधि लें, तो समाधि में आत्मा का परमात्मा से युक्त हो जाना, मिल जाना 'योग' है। योगदर्शन में आत्मा के परमात्मा में लीन होने के लिए जो मार्ग बताया गया है, उसके अंतर्गत कामना, वासना, आसक्ति आदि को छोड़ना होता है। ऐसा करने पर 'आत्मा' के शुद्ध रूप को पहचाना जा सकता है। यही पहचान 'योग' है। समाधि के दो रूप होते हैं। प्रथम रूप में साधक अपने अस्तित्व को पूर्ण रूप से ईश्वर या ब्रह्म में खो देता है, जैसे, नदी समुद्र में विलीन हो जाती है। ऐसा योग वेदांतदर्शन में स्पष्ट हुआ है। द्वितीय रूप में 'विशिष्टाद्वैतवाद' का योग आता है, जहां साधक पूर्ण रूप से अपने अस्तित्व को साध्य अर्थात् अपने आराध्य के भीतर खो नहीं देता, बल्कि कुछ अंश में अपने अस्तित्व को बचाए भी रखता है। योग का एक और अर्थ 'क्रियाविधि' भी किया जाता है। योगदर्शन में 'योग' का अर्थ बिल्कुल अलग है। यहां 'जोड़ना' अर्थ न लेकर प्रयत्न अर्थ लिया गया है। पातंजलदर्शन में योग वह प्रयत्न है, वह साधन या अभ्यास है, जिसके माध्यम से चित्त व इंद्रियों को वश में किया जाता है। यहां 'योग' एक साधना है। प्रकारांतर से कहा जा सकता

है कि शरीर तथा चित्त की क्रिया या अभ्यास 'योग' है, जिसके करने से एक विशेष प्रकार की सिद्धि प्राप्त होती है।

योगदर्शन की परंपरा

योगदर्शन भारतीय दर्शनशास्त्र की एक अत्यंत प्राचीन शाखा है। योग को व्यवस्थित रूप देने का श्रेय पतंजलि को है। परंतु इससे पूर्व भी विश्रृंखलित रूप में वेदों, उपनिषदों, सूत्रों आदि में 'योगदर्शन' की विशेषताएं मिलती हैं। ऋग्वेद में कई स्थलों पर यौगिक प्रक्रिया का उल्लेख है (ऋग्वेद 1. 164.31 तथा 10. 177.3)। उपनिषदों में तो 'योग की प्रक्रिया' के बहुत से प्रमाण उपलब्ध हैं। ***कठोपनिषद्*** में योग का लक्षण इस प्रकार किया गया है—***तां योगागमिति मन्यन्ते स्थिरामान्द्रियधारणाम्*** अर्थात् स्थिर इंद्रियाधार को योग कहते हैं।

श्वेताश्वतरोपनिषद् (2-7-15) में क्रियात्मक योग का बहुत सुंदर वर्णन किया गया है—*समाधि करते समय सिर, गरदन और रीढ़ को एक सीध में रखना, इंद्रियों को मन के द्वारा वश में करना, श्वास-प्रश्वास का नियमन, समतल, पवित्र मनोनुकूल स्थान पर योग का अभ्यास करना आदि विधान यहां बताए गए हैं।* ***छान्दोग्योपनिषद्*** (8.6), ***वृहदारण्यकोपनिषद्*** (4.3.20) और ***कौषीतकि उपनिषद्*** (4.19) *में हृदय से पुरीतत (अंतड़ियों) तक जाने वाली नाड़ियों का वर्णन है।* उपनिषदों के बाद पुराणों में 'योग' का विस्तार से वर्णन मिलता है।

वास्तव में प्राचीन ऋषियों की अंतर्दृष्टि का कारण भी योग ही था, तभी सदा से दार्शनिकों और धर्म प्रचारकों ने 'योग' की प्रकृष्ट उपयोगिता मानी है तथा उसका विवेचन अपने-अपने दृष्टिकोण से किया है। इसीलिए 'योग' के अनेक प्रकार हैं। बुद्धधर्म के पालित्रिपिटकों तथा संस्कृत-ग्रंथों में भी योग का विवेचन पर्याप्त मात्रा में मिलता है। महावीर स्वामी स्वयं योगी थे और जैनधर्म में योग का विवेचन विशिष्टता से हुआ है। तंत्रों में तो योग का महत्त्वपूर्ण स्थान है ही। गोरखनाथ के 'नाथ-संप्रदाय' में योग का इतना आदर है कि उस संप्रदाय को 'योगी संप्रदाय' के नाम से पुकारते हैं। नाथपंथी सिद्ध 'हठयोग' के परमाचार्य माने गए हैं। 'मंत्रयोग', 'लययोग' आदि प्रसिद्ध ही हैं। परंतु 'योगदर्शन' पतंजलि का दर्शन है, जिसे 'राजयोग' की संज्ञा मिली है। योग के चार प्रकारों—मंत्रयोग, लययोग, हठयोग और राजयोग में से यहां हम पतंजलि के राजयोग पर विचार करेंगे।

पतंजलि का 'योगसूत्र'

उपर्युक्त विवेचन से स्पष्ट है कि योगदर्शन अत्यंत प्राचीन है। पतंजलि ने इसी सामग्री को एकत्रित करके उसे अपने मौलिक विचारों से सजाकर एक व्यवस्थित रूप दे दिया है। याज्ञवल्क्य-स्मृति के अनुसार हिरण्यगर्भ योग के वक्ता हैं। पतंजलि ने योग का मात्र अनुसंधान किया अर्थात् प्रतिपादित शास्त्र का उपदेश मात्र दिया है। अतः वे योग के प्रवर्तक न होकर प्रचारक या संशोधक मात्र हैं। परंपरा के अनुसार 'योगसूत्र' के रचयिता और

व्याकरण महाभाष्य के निर्माता पतंजलि एक ही व्यक्ति हैं। 'योगसूत्र' की रचना विक्रमपूर्व द्वितीय शताब्दी में हुई मानी जाती है।

'योगसूत्र' में चार पाद हैं, जिनकी सूत्र संख्या 195 है। पहला पाद समाधिपाद है, जिसमें समाधि के रूप तथा भेद एवं चित्त और चित्त की वृत्तियों का वर्णन है। दूसरा पाद है साधनपाद, जिसमें क्रियायोग क्लेश तथा उसके भेद, क्लेशों को दूर करने के दो प्रकार के साधनों का वर्णन है। आंतरिक साधनों में धारणा, ध्यान, समाधि की चर्चा है तथा बाह्य साधनों में यम, नियम, आसन, प्राणायाम और प्रत्याहार आदि का वर्णन है। तीसरे पाद 'विभूतिपाद' में आंतरिक साधनों के साथ-साथ योगाभ्यास की सिद्धियों का भी वर्णन है। यहां बताया गया है कि *धारणा, ध्यान* और *समाधि* तीनों का सम्मिलित रूप *'संयम'* है। यह संयम *'योग'* के लिए नितांत आवश्यक है और चौथे पाद 'कैवल्यपाद' में मुख्य रूप से कैवल्य या मुक्ति अथवा मोक्ष के स्वरूप का पूर्ण रूप से विवेचन किया गया है। यहां प्रकृति-पुरुष पर भी प्रकाश डाला गया है। विशेषतः इसी अध्याय के आधार पर योगदर्शन पर 'सांख्य' का प्रभाव स्पष्ट दिखाई देता है।

योगदर्शन से संबद्ध साहित्य

योगदर्शन के योगसूत्रों के रहस्यों का उद्घाटन करने का प्रयत्न बहुत से भाष्यकारों ने किया है। ***'व्यासभाष्य'*** एक ऐसा ही प्रामाणिक ग्रंथ है। वाचस्पति मिश्र की ***'तत्त्ववैशारदी'*** और विज्ञानभिक्षु की ***'योगवार्तिक'*** भी प्रसिद्ध ग्रंथ हैं। योगसूत्रों की अन्य प्रमुख टीकाएं हैं—भोजकृत ***'राजमार्तंड'***, भावागणेश की ***'वृत्ति'***, रामानंद यति की ***'मणिप्रभा'***, अनंत पंडित की ***'योगचंद्रिका'*** तथा सदाशिवेंद्र सरस्वती का ***'योगसुधारक'***।

सांख्य और योग का संबंध

भारतीय दर्शनों में सांख्य और योगदर्शन में उतना ही घनिष्ठ संबंध है, जितना कि न्याय और वैशेषिकदर्शन के तत्त्व-विचार में। दोनों दर्शनों का मतैक्य गीता में भी वर्णित हुआ है। वास्तव में 'सांख्य' के सैद्धांतिक रूप का व्यावहारिक प्रयोग ही 'योग' है। सांख्य और योग दोनों ही मानते हैं कि विवेक-ज्ञान से ही मोक्ष मिल सकता है। इस ज्ञान के लिए आवश्यक है कि साधक शारीरिक और मानसिक वृत्तियों का दमन करके क्रमशः शरीर, इंद्रिय, मन, बुद्धि और अहंकार पर विजय प्राप्त करे और अपने शुद्ध आत्मा के स्वरूप को पहचाने। सांख्यदर्शन विवेक-ज्ञान पर बल देते हुए उसके लिए ध्यान, मनन और निदिध्यासन का निर्देश करता है। योग आत्मज्ञान के साधन के लिए व्यावहारिक मार्ग बतलाता है।

सांख्य द्वारा निर्दिष्ट तीनों प्रमाणों—प्रत्यक्ष, अनुमान और शब्द को योग भी मानता है। इनका उल्लेख 'सांख्यदर्शन' में किया जा चुका है। योगदर्शन में सांख्य के पच्चीस तत्त्वों को भी माना गया है, किंतु उनमें योगचिंतकों ने एक अन्य तत्त्व और जोड़ दिया है। वह है

'ईश्वर'। अतः 'योग' का एक नाम 'सेश्वर सांख्य' भी है। इसलिए 'सांख्यदर्शन' के अध्ययन के पश्चात् 'योगदर्शन' के अध्ययन में मुख्यतः व्यावहारिक मार्ग और ईश्वर का अध्ययन करना आवश्यक है।

योगदर्शन में तत्त्व-विचार

जैसा कि ऊपर कहा जा चुका है 'योग' में सांख्य में वर्णित पच्चीस तत्त्वों को बिना विवाद के मान लिया है, परंतु छब्बीसवें तत्त्व 'ईश्वर' को भी स्वीकृत किया है। योगशास्त्र में 'ईश्वरतत्त्व' की अवतारणा जगत् के मूल कारण के रूप में नहीं हुई है, अपितु योग-साधना के संदर्भ में ईश्वर का महत्त्वपूर्ण स्थान प्रतिपादित हुआ है। पतंजलि ने ईश्वरतत्त्व को योग के सहायकों में अन्यतम माना है। ईश्वर केवल ध्यान का ही विषय नहीं, बल्कि बाधाओं को दूर करके लक्ष्यप्राप्ति में सहायता करने वाला भी है। ईश्वर उन विषयों में से एक है, जिन पर योगी चित्त को एकाग्र कर सकता है। ईश्वर का एकमात्र प्रयोजन अपने भक्तों के कार्यों में सहायता करना है। इस प्रकार योग में ईश्वर का अधिकतर व्यावहारिक महत्त्व है। ईश्वर का वाचक है 'प्रणव' या ओम्। ओम् जाप से चित्त एकाग्र होता है। ईश्वर परम गुरु या परम पुरुष है, जो सभी जीवों से ऊपर व सभी दोषों से मुक्त है। वह नित्य, सर्वव्यापी, सर्वज्ञ, सर्वशक्तिमान, पूर्ण परमात्मा है। संसार के जीव अविद्या, अहंकार, वासना राग-द्वेष और अभिनिवेश (मृत्यु-भय) के कारण दुःख पाते हैं। सुख और दुःख दोनों ही कर्म के परिणाम हैं। अतः हम जो भांति-भांति के कर्म करते हैं और उनके फलस्वरूप सुख-दुःख पाते हैं। दुःखों से मुक्ति या कैवल्य प्राप्त करने पर भी मुक्तात्मा के विषय में यह नहीं कहा जा सकता कि वह सर्वदा से मुक्त था। ईश्वर ही नित्यमुक्त, एकरस निर्विकार कहा जा सकता है। ईश्वर की सिद्धि के लिए निम्नलिखित युक्तियां दी जाती हैं—वेद, उपनिषद् आदि समस्त शास्त्र ईश्वर या परमात्मा को आदि सत्ता के रूप में मानते हैं। उसी का साक्षात्कार जीवन का चरम लक्ष्य माना गया है। अतएव ईश्वर का अस्तित्व शास्त्रसम्मत होने के कारण सिद्ध है। ज्ञान और शक्ति की चरम सीमा ईश्वर है। जैसे संसार के छोटे-बड़े परिमाण में अल्पतम परिमाण अणु है और अधिकतम आकाश, इसी प्रकार ज्ञान और शक्ति की अधिकतम सीमा परम पुरुष में अभिव्यक्त है। पुरुष और प्रकृति के संयोग और वियोग से क्रमशः जगत् की सृष्टि तथा लय होता है। भिन्न तत्त्व होने के कारण उनका संयोग और वियोग स्वभावतः नहीं हो सकता। अतः एक अनंत बुद्धिमान और जीवों के कर्मफलानुसार प्रकृति से पुरुष का संयोग और वियोग करवाने वाला निमित्त कारण होना चाहिए। यही ईश्वर है।

योगदर्शन में जगत्-विचार

हमारे दृष्टिपथ में आने वाला प्रत्येक जड़ पदार्थ संसार के अंतर्गत है। जड़ पदार्थों का मूल कारण है प्रकृति। प्रकृति से महत्, महत् से अहंकार, अहंकार से ग्यारह इंद्रियां तथा पंचतन्मात्र

और पंचतन्मात्र से पंचमहाभूत उत्पन्न होते हैं। सांख्य जिसे महत् कहता है, योग उसी को चित्त कहता है। इन्हीं सबसे पुरुष के सूक्ष्म और स्थूल शरीर निर्मित होते हैं। जड़ पदार्थों के साथ चेतन पुरुष का अभेद संबंध संसार है। यह अनादि है तथा अनंत है, क्योंकि प्राणी असंख्य हैं। एक का संसारोच्छेद होने पर भी अन्य का संसार कायम रहता है। संसार का कारण अविद्या है। 'योग' में 'अविद्या' को विद्या का अभाव रूप नहीं माना जाता। यह ज्ञानविरोधी भाव-पदार्थ है। पदार्थ के वास्तविक स्वरूप को आवृत्त करना अविद्या का काम है।

योगदर्शन में प्रमाण-विचार

प्रत्यक्ष, अनुमान तथा आप्त ये ज्ञान के तीन प्रमाण माने गए हैं—***प्रत्यक्षानुमानागमाः प्रमाणानि*** (I. 7.)।

प्रत्यक्ष-प्रमाण—चित्त इंद्रियमार्ग द्वारा किसी बाह्य पदार्थ से प्रभावित होता है, तो यह प्रत्यक्षज्ञान की अवस्था है, मानसिक वृत्ति का सीधा संबंध पदार्थ के साथ होता है। यद्यपि पदार्थ में जातिगत तथा विशिष्ट दोनों प्रकार के लक्षण विद्यमान हैं, तो भी प्रत्यक्ष में हमें विशिष्ट से अधिक वास्ता पड़ता है। प्रस्तुत पदार्थ एक होता है, पर उससे उत्पन्न होने वाली संवेदनाएं भिन्न हो सकती हैं, क्योंकि चित्त तीनों गुणों (सत्त्व, रजस्, तमस्) में से कभी किसी और कभी किसी गुण से प्रभावान्वित होकर प्रस्तुत पदार्थ के प्रभाव को ग्रहण करता है।

अनुमान-प्रमाण : अनुमान वह मानसिक वृत्ति है, जिसके द्वारा हम पदार्थों के जातिगत् स्वरूप का बोध प्राप्त करते हैं। अनिवार्य साहचर्य का बोध अनुमान का आधार होता है।

आप्त-प्रमाण : एक विश्वस्त पुरुष द्वारा प्रत्यक्ष अथवा अनुमान से प्राप्त किया गया एक पदार्थ का ज्ञान शब्दों द्वारा अन्यों तक पहुंचाया जा सकता है। यह ज्ञान का तीसरा साधन आप्त-प्रमाण है।

प्रामाणिक बोध को योग में चार प्रकार की मानसिक वृत्तियों से भिन्न किया गया है। ये वृत्तियां हैं—विपर्यय, विकल्प, निद्रा तथा स्मृति।

विपर्यय वृत्ति : विपर्यय किसी वस्तु या विषय के मिथ्या ज्ञान को कहते हैं। मोती को मोती न जानकर चांदी समझ लेना या रस्सी को सर्प समझ लेना विपर्यय है। योगदर्शन में विपर्यय को ही संसार का कारण माना गया है। शरीर में आत्माभिमान रखना ही संसार का कारण है। क्योंकि आत्मा शरीर में है, पर आत्मा शरीर नहीं है।

विकल्प वृत्ति : विकल्प या कल्पना शब्दों का एक ऐसा रूप है, जिसकी अनुकूलता किसी निश्चित तथ्य से नहीं है, जैसे—आनंद, मोक्ष या प्रसन्नता कोई वस्तु नहीं है। ये सब मानव की आंतरिक स्थितियों के परिणाम मात्र हैं, फिर भी इन शब्दों के ज्ञान के पीछे इनका काल्पनिक विकल्प है। विकल्प से चित्त की वृत्तियां बहुत अस्त-व्यस्त रहती हैं। विकल्प के तिरोधान से ही चित्त की वृत्तियां स्थिर होती हैं।

निद्रा वृत्ति : निद्रा वृत्ति मात्र नींद नहीं है, अपितु वह मानसिक वृत्ति है, जिसका समर्थन जागर्ति तथा स्वप्नमय वृत्तियों के अभाव से होता है। जागर्ति में किए गए कार्य भावात्मक होते हैं, पर स्वप्न में किए गए कार्य अभावात्मक होते हैं। जैसे जागते हुए व्यक्ति लड्डू खाता है, तो लड्डू होते हैं, स्वप्न में भी लड्डू खाए जाते हैं, परंतु वहां उनका अभाव रहता है।

स्मृति वृत्ति : अनुभूत विषय का उसी रूप में ठीक-ठीक स्मरण होना स्मृति है। स्मृतियों का कोश मानव-मस्तिष्क है। जागर्ति, स्वप्न में जो कुछ मनुष्य देखता-सुनता व करता है, वह ***संस्काररूप*** में अंकित होता रहता है। ये अंकन पूर्वजन्मों के भी होते हैं। योगी के लिए पूर्वजन्मों की घटनाओं का स्मरण करना संभव होता है।

योगदर्शन का मत है कि ये सभी ज्ञान सर्वथा प्रामाणिक नहीं होते हैं। वस्तु के संबंध में अनुभूतिपरक ज्ञान पुरुष और बुद्धि के भ्रांतिमय मिश्रण से होता है। वस्तुएं जैसी हैं, उनके विषय में सत्यज्ञान केवल योगाभ्यास से हो सकता है।

योगदर्शन में मोक्ष-विचार

योगदर्शन में मोक्ष के लिए 'कैवल्य' शब्द का प्रयोग हुआ है। यह परमस्वातंत्र्य अवस्था है। यह अवस्था निषेधात्मक नहीं है। यह उस जीवन का प्रतीक है, जो पुरुष को प्रकृति के बंधनों से मुक्त होकर प्राप्त होता है। भारतीय-दर्शन की अन्य दर्शन पद्धतियों की भांति योगदर्शन में भी समस्त इच्छा का कारण वस्तुओं के यथार्थ स्वरूप का अज्ञान है। शरीर इसी अज्ञान के कारण है। इसका समर्थक चित्त है और इसका विषय सांसारिक सुखोपभोग है। जब तक अविद्या का अस्तित्व है, मनुष्य अपने बोझ को उतारकर फेंक नहीं सकता है। अविद्या विवेक-ज्ञान से ही दूर हो सकती है। विवेक-ज्ञान के अतिरिक्त योगदर्शन में मोक्षप्राप्ति के अन्य साधनों पर भी बल दिया गया है। इन साधनों में मानसिक क्रियाओं के दमन पर अधिक प्रकाश डाला गया है। मानसिक अनुशासन से जो अवस्था उत्पन्न होती है, उसे 'निद्रा' की अवस्था नहीं कह सकते हैं। वह उससे बिल्कुल ही भिन्न रहती है, यद्यपि दोनों का बाह्य रूप एक समान दिखाई पड़ता है। योग के द्वारा एकाग्रता उत्पन्न होती है। रजोगुण और तमोगुण चित्त में क्रमशः बेचैनी तथा मूढ़ता पैदा करते हैं। सत्त्व गुण की अधिकता से ही 'एकाग्रता' उत्पन्न होती है। योगदर्शन की मान्यता है कि सभी मनुष्य 'आत्मसंयम' का पालन करने योग्य नहीं होते। कुछ व्यक्ति 'बहिर्मुख' होते हैं, उनके लिए क्रियायोग का विधान है, जिसमें तप, स्वाध्याय, भक्ति आदि शामिल है। तप के द्वारा क्लेश व कर्म के परिणामस्वरूप भीतर उपस्थित संस्कार सहित सभी मलिनताएं नष्ट हो जाती हैं। एक योगी जब एकाग्र होकर समाधिस्थित हो जाता है, तब उसके प्रारब्ध, संचित तथा क्रियमाण कर्म सभी नष्ट हो जाते हैं अर्थात् उनके फल उसे बांधते नहीं।

योगदर्शन में नीति-विचार

योगदर्शन में जीवन का लक्ष्य अनासक्ति या परमस्वाधीनता (कैवल्य) प्राप्त करना है। इसी आधार पर इसकी आलोचना में कहा जाता है कि यह पारिवारिक, समाज आदि मानवीय संबंधों के अनुकूल नहीं है। प्रकारांतर से कहें, तो इसके आलोचक मानते हैं कि योगदर्शन ऐसी पद्धति है, जिसका नीतिशास्त्र से कोई सरोकार नहीं है। एक ऐसे दर्शन में जिसका लक्ष्य मनुष्य के सांसारिक बंधनों को तोड़ने का हो, नैतिक विषयों की विवेचना के लिए कोई स्थान नहीं हो सकता। परंतु यह आलोचना समीचीन नहीं है। कारण कि जिस 'पूर्णता' तक पहुंचने की बात यहां कही जाती है, उस तक पहुंचने में 'नैतिक मार्ग' ही सहायक सिद्ध होता है। योगदर्शन में 'यम' तथा 'नियम' मनुष्य का 'नैतिक-प्रसादन' ही तो करते हैं। यमों के पांच भेद–*अहिंसा, सत्य, अस्तेय, ब्रह्मचर्य* तथा *अपरिग्रह* केवल व्यक्ति का नैतिक उत्थान ही नहीं करते, अपितु सामाजिक कल्याण का मार्ग भी प्रशस्त करते हैं। 'नियमों' के अंतर्गत वर्णित पांच भेद–*शौच, संतोष, तप, स्वाध्याय, ईश्वर भक्ति* आदि भी मनुष्य की नैतिक उन्नति के परिचायक हैं। यही नहीं, योगदर्शन का निम्न सूत्र व्यक्तिगत तथा सामाजिक एवं पारिवारिक संबंधों के बहुत अनुकूल है–

***'मैत्रीकरुणामुदितोपेक्षाणां सुखदुःख पुण्यापुण्यविषयाणां भावनातश्चित्त प्रसादनम्'* (I. 33)** *।*

अर्थात् सुख-दुःख, पुण्य-अपुण्य विषयों में क्रम से मैत्री, करुणा, प्रसन्नता व उपेक्षा की भावना से चित्त का प्रसादन होता है।

योगी समाधि की अवस्था में भले ही सुख-दुःख, पाप-पुण्य से परे हो जाए, पर उसके व्यवहार में मनुष्यमात्र के प्रति प्रेम होता है। उसके लिए सारा संसार उसका अपना होता है। योगमार्ग के लक्ष्य को प्राप्त योगी सुख में मैत्री की भावना रखता है अर्थात् सुखीजनों को देखकर हर्षित होता है। दुखीजनों को देखकर करुणाद्रवित हो जाता है तथा उनके दुःखों को दूर करने की कामना करता है। पुण्यशीलों को देखकर हर्षित होता है। पापकर्माओं के प्रति भी द्वेषभावना न होकर उपेक्षा ही उसके मन में रहती है अर्थात् अविरोधभाव से इच्छा करता है कि वे पापमुक्त हो जाएं। अतः कहा जा सकता है कि योगदर्शन का 'नीतिशास्त्र' बहुत विकसित है तथा व्यष्टि-समष्टि दोनों के लिए कल्याणसाधक है।

योगदर्शन का मनोविज्ञान

योगदर्शन वास्तव में मनोविज्ञान ही है, क्योंकि इसके भीतर 'चित्त' का अध्ययन विशेषतः उपलब्ध है। पतंजलिकृत योग की परिभाषा ही है– ***'योगश्चित्तवृत्तिनिरोधः'*** *अर्थात् चित्त की वृत्तियों को रोकना ही योग है।* चित्त से अभिप्राय यहां अंतःकरण से लिया जाता है, जिसमें मन, बुद्धि और अहंकार समाहित रहते हैं। चित्त की अवस्थाएं, वृत्तियां आदि यहां मुख्य वर्ण्य विषय हैं। यही कारण है कि योग के संपूर्ण वर्ण्य विषय को मनोविज्ञान भी कहा जाता है।

योगमनोविज्ञान में सबसे महत्त्वपूर्ण 'चित्त' है, जिसे प्रकृति का प्रथम विकार कहा जाता है। सांख्यदर्शन के 'महत्' तत्त्व को ही योग में 'चित्त' की संज्ञा दी गई है। प्रकृति के तीन गुणों—सत्त्व, रजस् और तमस् के अधीन ही चित्त रहता है, परंतु इसमें सत्त्व गुण की प्रधानता रहती है। *स्वभावतः चित्त जड़ है, परंतु चैतन्य तत्त्व पुरुष या आत्मा के निकटतम संपर्क में होने के कारण उसकी ज्योति से ज्योतित रहता है। चित्त का संपर्क जिस विषय से होता है, वह उसी का आकार धारण कर लेता है।*

योगसूत्र के अनुसार यद्यपि आत्मा में स्वतः कोई विकार नहीं होता, तथापि परिवर्तनशील चित्तवृत्तियों में उसके प्रतिबिंबित होने के कारण उसमें परिवर्तन का आभास होता है, जैसे नदी की लहरों में प्रतिबिंबित चंद्रमा हिलता हुआ जान पड़ता है। विवेकज्ञान के अभाव में आत्मा उन्हीं में अपने को देखने लगती है और सांसारिक विषयों में सुख-दुःख और रागद्वेष का भाव रखने लगती है। यही बंधन है। इससे छूटने का एकमात्र उपाय चित्त की वृत्ति का निरोध है। योगदर्शन में चित्त, चित्तवृत्तियों, चित्त की अवस्थाओं तथा चित्त को प्रसन्न करने के उपायों का वर्णन हुआ है। इस तरह 'योगदर्शन' एक प्रकार से 'चित्त' के इर्द-गिर्द ही घूमता है।

चित्त के भेद

त्रिगुणात्मक होने के कारण चित्त में क्रमशः तीनों गुणों के उद्रेक होते रहते हैं, जिनके अनुसार उसके तीन भेद होते हैं, जो निम्न चार्ट से जाने जा सकते हैं—

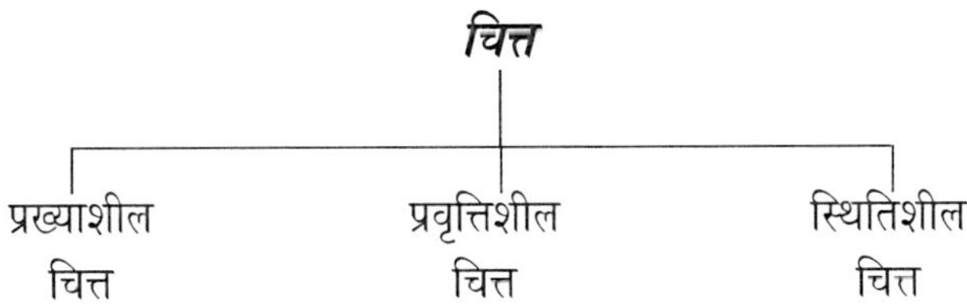

(1) ***प्रख्याशील चित्त***—इसके अंतर्गत 'सत्त्व प्रधानचित्त' रजस् और तसम् से संयुक्त रहता है। ऐसा चित्त 'अणिमा' आदि ऐश्वर्य का प्रेमी होता है। तमोगुण से आवृत्त रहने से इसमें अधर्म, अज्ञान, अवैराग्य और अनैश्वर्य रहता है।

(2) ***प्रवृत्तिशील चित्त***—तमस् के क्षीण होने और केवल रजस् से युक्त होने पर यही चित्त सर्वत्र प्रकाशमान होता है और धर्म, ज्ञान, वैराग्य तथा ऐश्वर्य से युक्त होता है।

(3) ***स्थितिशील चित्त***—रजस् का लय होने पर 'सत्त्व प्रधान' चित्त अपने स्वरूप में प्रतिष्ठित हो जाता है और उसे विवेकबुद्धि प्राप्त हो जाती है।

चित्त की वृत्तियां—आत्मा का प्रतिबिंब चित्त पर पड़ने से वह भी चेतना के समान कार्य करने लगता है। यही चित्त की वृत्ति कहलाती है। ये चित्त-वृत्तियां अज्ञान के कार्य हैं। जब ये वृत्तियां धर्म, अधर्म तथा वासनाओं की उत्पत्ति करती हैं, तो क्लेश देती हैं और 'क्लिष्ट'

कहलाती हैं। और जब ये वृत्तियां रजस् और तमस् से रहित होकर बुद्धि द्वारा सत्य की प्रशांत-वाहिनी प्रज्ञा को देने वाली होती हैं, तब ***'अक्लिष्ट'*** कहलाती हैं। वृत्तियों के पांच भेद हैं–

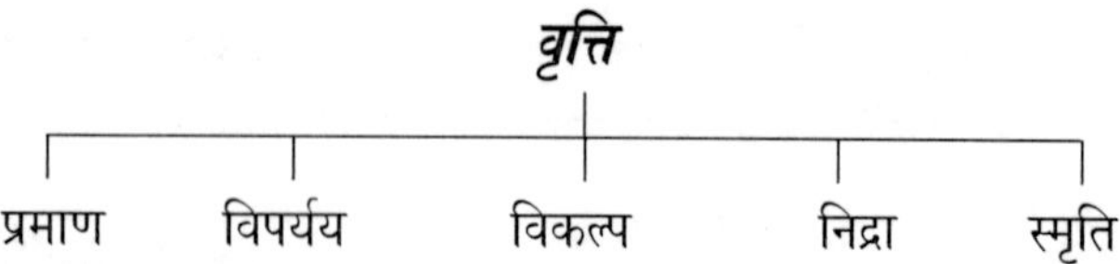

नोट : जगत विचार के अंतर्गत इन वृत्तियों का विवेचन किया जा चुका है। देखिए, पृष्ठ 89।

वृत्ति और संस्कार

इन सभी वृत्तियों के कार्यों से अंतःकरण पर संस्कार पड़ते हैं और समय पाकर ये संस्कार पुनः वृत्ति का रूप धारण कर लेते हैं। ये वृत्तियां चित्त में उत्पन्न होकर बढ़ती एवं क्षय भाव को प्राप्त होती रहती हैं, तो भी यह पूर्णतः समाप्त नहीं होतीं, अपितु बीजरूप में स्थित रहती हैं। वृत्तियों का यही सूक्ष्म रूप संस्कार कहलाता है। योगदर्शन का उद्‌देश्य चित्त की वृत्तियों का निरोध है। परंतु क्या चित्त वृत्ति निरोध से मोक्ष संभव है? उत्तर नकारात्मक है। योग का चरम उद्‌देश्य तभी पूर्ण होता है, जब स्थूल वृत्तियों के साथ बीजरूपी सूक्ष्म संस्कारों का भी निरोध हो जाए। यही पूर्ण योग है।

चित्त की अवस्थाएं–चित्त की वृत्तियों के साथ-साथ योगदर्शन में चित्त की पांच भूमियों का भी निरूपण हुआ है। चित्तभूमि का अर्थ मानसिक अवस्था है। ये मानसिक अवस्थाएं निम्न हैं–

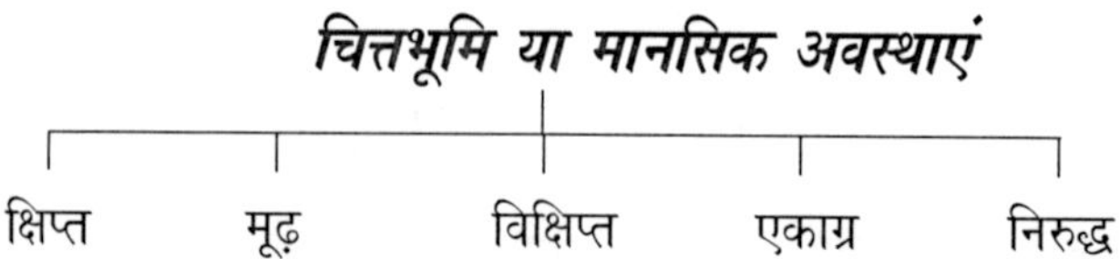

चित्त की प्रत्येक अवस्था में कुछ-न-कुछ मानसिक वृत्तियों का निरोध होता ही है। एक अवस्था में दूसरी अवस्था का निरोध होता है। जैसे प्रेम में घृणा का निरोध होता है। इन मानसिक अवस्थाओं का वर्णन इस प्रकार है–

1. क्षिप्त–क्षिप्त अवस्था वह है, जब रजोगुण के प्रभाव से चित्त अत्यधिक चंचल होकर सांसारिक विषयों में इधर-उधर भटका करता है। जैसे दैत्य, दानवों का मन। धन और शक्ति के मद से उन्मत्त लोगों की मानसिकता इसी अवस्था के अंतर्गत आती है।

2. मूढ़–तमोगुण की प्रधानता से चित्त विवेकशून्य हो जाता है। क्या करना चाहिए, क्या नहीं करना चाहिए? इसका निर्णय लेना इस अवस्था में नहीं हो पाता। निद्रा, आलस्य

में पड़े हुए या अज्ञानी व्यक्ति को मूढ़ कहा जाता है। राक्षसों का चित्त तथा मदिरा आदि मादक द्रव्य पीकर उन्मत्त हुए पुरुषों के चित्त भी इसी अवस्था के उदाहरण हैं।

3. विक्षिप्त[1]–यह वह अवस्था है, जबकि सत्त्व की अधिकता रहने पर भी रजस् के कारण चित्त की वृत्ति कभी सफलता और कभी असफलता के बीच भटकती रहती है। इस अवस्था में तमोगुण बहुत कम रहता है। देवता या उच्च कोटि के जिज्ञासु इस श्रेणी में आते हैं।

4. एकाग्र–इस अवस्था में चित्त में सत्त्वगुण प्रमुख रहता है और सरलता से किसी एक ही विषय पर पूर्णतः केंद्रित हो जाता है। ऐसे में 'ध्यान' लगाए रखना सरल होता है। जैसे जब हवा तेज न चल रही हो, तो दीपक की लौ स्थिर रहकर एक ओर रहती है इधर-उधर नहीं जाती, वैसे ही चित्त एक ओर लगा रहता है इधर-उधर भटकता नहीं। यह अवस्था 'योग' के चरम उद्देश्य को सिद्ध करने में सहायक होती है।

5. निरुद्ध–यह सर्वोत्तम मानसिक अवस्था है, जिसमें वृत्तियां निरुद्ध हो जाती हैं तथा चित्त में उनके 'संस्कार' बीज भी पूर्णतः नष्ट हो जाते हैं। ऐसे में चित्त की पूर्ण स्थिरता सिद्ध हो जाती है। योगदर्शन के *भोजवृत्ति ग्रंथ* में कहा गया है– *'जब बाह्य वृत्तियों के निरोध होने पर चित्त एक ही विषय में एकाकार वृत्ति धारण करता है, तब उसे 'एकाग्र' कहते हैं, पर सब वृत्तियों और संस्कारों के लय होने से चित्त की संज्ञा निरुद्ध कही जाती है। इसी अवस्था को योग कहते हैं।* अंतिम दो वृत्तियां ही योग में लाभदायक हैं। प्रथम तीन योगमार्ग में बाधक हैं, परंतु इनको साधनों द्वारा दूर किया जा सकता है।

चित्तविक्षेप के कारण

उपर्युक्त तीन मानसिक स्थितियों के अतिरिक्त भी चित्त के विक्षेप के अन्य कारण योग मनोविज्ञान में गिनाए गए हैं। वे हैं–रोग, अकर्मण्यता, संशय, प्रमाद, (समाधि के साधनों की चिंता न करना), आलस्य, विषयासक्ति, भ्रांति आदि। चित्त के विक्षेप से दुःख, दौर्मनस्य (इच्छापूर्ति न होने से क्षुब्धता), शरीर में कंपन आदि।

चित्तविक्षेप को दूर करने के उपाय

चित्त के विक्षेपों या अंतरायों को दूर करने का सबसे श्रेष्ठ साधन 'एकाग्रता' का अभ्यास है। इसके साथ ही प्राणिमात्र के प्रति मैत्री, दुखियों के प्रति करुणा, पुण्यात्माओं के प्रति प्रसन्नता, पापियों के प्रति उपेक्षा की भावना से चित्त को शांत किया जा सकता है। उपर्युक्त वर्णन से स्पष्ट होता है कि 'योगदर्शन' का मनोविज्ञान बहुत विकसित रहा है।

---

1. हिंदी भाषा में 'विक्षिप्त' पागल के अर्थ में प्रसिद्ध है, परंतु योगदर्शन में इसका अर्थ भिन्न है।

मानसिक क्लेशों का वर्णन

मानसिक अवस्थाएं, वृत्तियां ही यहां वर्णित नहीं हुई हैं, अपितु मानसिक कष्टों व क्लेशों का वर्णन भी हुआ है। मानसिक क्लेश पांच प्रकार के हैं–

अविद्या–अनित्य, अशुचि, दुःख तथा अनात्मा में नित्य, शुचि, सुख तथा 'आत्मा का ज्ञान रखना अविद्या है'।

अस्मिता–पुरुष तथा प्रकृति में भेद न मानते हुए उन दोनों को एक मानना अस्मिता कहलाता है।

राग–सुख की उत्कट इच्छा को राग कहते हैं।

द्वेष–दुःख के साधनों में क्रोध को द्वेष कहते हैं।

अभिनिवेश–मृत्यु के भय को अभिनिवेश कहते हैं।

इन क्लेशों से मुक्ति पाना ही योगदर्शन का उद्‌देश्य है। 'योगदर्शन' ने तीन प्रकार के स्वभाव वाले व्यक्तियों के लिए तीन मार्ग निर्देशित किए हैं। हर व्यक्ति का आहार, व्यवहार, विचार, व्यक्तित्व व साधना के प्रति रुचि तथा संस्कार पृथक्-पृथक् और विभिन्न स्तरों के होते हैं। अतः उत्तम, मध्यम तथा अधम श्रेणी के साधकों का वर्णन किया जाता है। उत्तम श्रेणी के साधक हैं–वे जो योगरूढ़ हैं। ऐसे साधक पिछले जन्म के संस्कारों के कारण 'योग' में शीघ्र ही स्थित हो जाते हैं। केवल अभ्यास और वैराग्य से ही वे समाधिस्थ हो जाते हैं। ऐसा नहीं कि अभ्यास-वैराग्य की आवश्यकता अन्य साधकों को नहीं होती, परंतु उन्हें अन्य साधनों की आवश्यकता भी रहती है। मध्यम श्रेणी के साधक भावप्रधान होते हैं, उन्हें तप, स्वाध्याय तथा ईश्वर में भक्तिभाव विकसित कर चरम उद्‌देश्य की प्राप्ति हो सकती है। अंतिम अधम श्रेणी में वे साधक आते हैं, जिन्हें चित्तवृत्तिनिरोध के लिए योग के अष्टांग साधनों की अपेक्षा रहती है। यह साधन पद्धति सामान्यजनों के लिए है। यों सभी साधक इसका प्रयोग कर सकते हैं।

अष्टांगयोग

उपर्युक्त, वर्णित पद्धति का ही नाम अष्टांगयोग है। शरीर, मन व इंद्रियों के मल-शोधन के लिए योगदर्शन में आठ उपायों का वर्णन मिलता है। इन्हें ही अष्ट अंग कहते हैं। ये अष्टांग निम्नलिखित हैं–

अष्टांग साधना

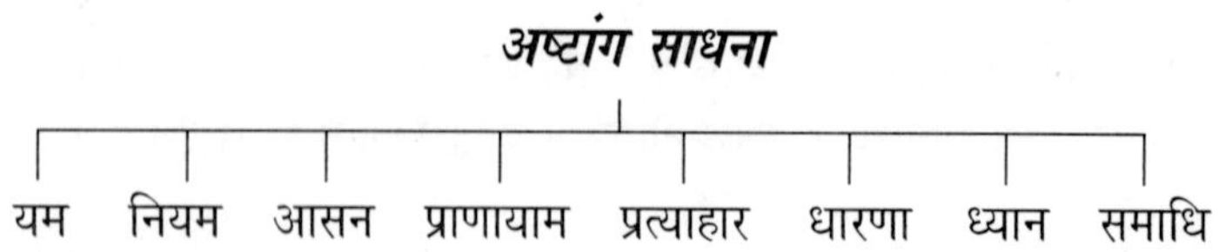

इन आठ अंगों में से पहले पांच अंग बाह्य कहे जाते हैं और शेष तीन अंतरंग माने जाते हैं।

1. यम–प्रथम अंग है यम। इसके अंतर्गत अहिंसा, सत्य, अस्तेय, ब्रह्मचर्य, अपरिग्रह आते हैं। संक्षेप में इन्हें यों समझा जा सकता है :

(अ) अहिंसा–मन, वचन, कर्म से किसी भी प्राणी को कष्ट न पहुंचाना अहिंसा है।

(ब) सत्य–मन-वचन में यथार्थ होना। जैसा देखा, सुना, अनुमान किया गया हो, उसी प्रकार मन और वचन को रखना।

(स) अस्तेय–अर्थात् दूसरे के धन की चोरी या अपहरण न करना और न उसकी इच्छा करना।

(द) ब्रह्मचर्य–इंद्रियों में विशेषकर गुप्तेंद्रियों में लोलुपता न रखना। काम-वासना का निरोध इसमें प्रमुख है।

(इ) अपरिग्रह–अर्थात् लोभवश अनावश्यक वस्तु ग्रहण न करना। संग्रहवृत्ति का निषेध ही अपरिग्रह है।

2. नियम–योग का दूसरा अंग 'नियम' है। नियम की परिभाषा है–***नियमयन्ति प्रेरयन्तीति नियमाः*** *अर्थात् जो (शुभ कार्यों में) मन व चित्त को प्रेरित करते हैं, वे नियम हैं। नियम भी पांच हैं–*

(अ) शौच–शौच का अर्थ शुद्धि होता है। इसके अंतर्गत बाह्य एवं आभ्यंतर दोनों शुद्धियां आती हैं। स्नान, पवित्र भोजन आदि के द्वारा शारीरिक शुद्धि तथा मैत्री, करुणा आदि के द्वारा मानसिक शुद्धि प्राप्त करना ही 'शौच' है।

(ब) संतोष–उचित प्रयास से जितना भी प्राप्त हो सके, उससे संतुष्ट रहना, इसी प्रकार भौतिक पदार्थों की लालसा न रखकर अध्यात्म की ओर चित्त की प्रवृत्तियों को उन्मुख रखना ही संतोष है।

(स) तप–सुख-दुःख, सर्दी-गर्मी आदि में रहने का अभ्यास करना तथा कठिन बातों की अनुपालना करना तप में आता है।

(द) स्वाध्याय–चित्त की बहिर्मुखी प्रवृत्तियों को अवरुद्ध कर उन्हें अंतर्मुखी बनाने के लिए वेद, उपनिषद् आदि ग्रंथों का अध्ययन करना, उन पर मनन करना 'स्वाध्याय' है।

(ङ) ईश्वर प्रणिधान–ईश्वर का ध्यान तथा उसके चरणों में पूर्ण समर्पण कर देना ही 'ईश्वर प्रणिधान' है।

3. आसन–चित्त को स्थिर रखने वाले तथा सुखपूर्वक बैठने के प्रकार को 'आसन' कहते हैं। आसनों के अनेक भेद हैं–पद्मासन, वीरासन, भद्रासन, शीर्षासन, गरुड़ासन, मयूरासन, शवासन आदि। योगदर्शन के व्यासभाष्य, तत्त्ववैशारदी तथा योगवार्तिक आदि ग्रंथों में विभिन्न आसनों का वर्णन है। 'योग-सिद्धांत चंद्रिका' में तो आसनों का बहुत विशद वर्णन है। आसन शरीर को स्वस्थ, हलका और योग-साधना के अनुकूल बनाते हैं। इसके अतिरिक्त आसनों के अभ्यास से मन की एकाग्रता सिद्ध करने में सफलता मिलती है। ध्यान तथा समाधि के लिए स्थिर आसन होना ज़रूरी है।

4. प्राणायाम–स्थिर आसन से ही श्वास-प्रतिश्वास की गति नियंत्रित होती है। श्वास-प्रतिश्वास की स्वाभाविक गति के नियंत्रण को प्राणायाम कहते हैं, इसके चार भेद हैं–

(अ) पूरक–पूरा श्वास भीतर खींचना।

(ब) कुंभक–श्वास को भीतर रोकना।

(स) रेचक–श्वास को बाहर छोड़ना।

(द) बाह्य कुंभक–श्वास को बाहर रोके रखना।

प्राणायाम द्वारा शरीर-मन दृढ़ होते हैं तथा चित्त एकाग्र होता है। इससे समाधि की अवधि भी बढ़ाई जा सकती है। आधुनिक युग में श्वास संबंधी अनेक रोगों के लिए चिकित्सक भी 'प्राणायाम' ज़रूरी बताते हैं।

5. प्रत्याहार–प्रत्याहार का शाब्दिक अर्थ है–प्रतिकूल, आहार-वृत्ति अर्थात् इंद्रियों को अपने बाह्य विषयों से हटाकर उन्हें अंतर्मुखी बना देना ही 'प्रत्याहार' है। इंद्रियों की सहज वृत्ति बहिर्मुखी होती है। दृढ़ संकल्प तथा कठिन इंद्रिय निग्रह से यह प्रवृत्ति अंतर्मुखी हो जाती है। इन पांच साधनों को बहिरंग कहा जाता है। अष्टांग योग के शेष तीन साधन 'अंतरंग' कहलाते हैं। इनके माध्यम से ही योग का चरम लक्ष्य पूर्ण होता है।

6. धारणा–चित्त को किसी स्थान में स्थिर कर देना धारणा है। यह स्थान बाह्य पदार्थ जैसे सूर्य या किसी देवता की प्रतिमा आदि भी हो सकते हैं और अपने शरीर में नाभिचक्र, हृतकमल, भौंहों के मध्यभाग भी हो सकते हैं। धारणा की सिद्धि से ही समाधि की अवस्था तक पहुंचा जा सकता है।

7. ध्यान–किसी स्थान में ध्येयवस्तु का ज्ञान जब एक प्रवाह में संलग्न होता है, तब उसे ध्यान कहते हैं। इसमें ध्येय का निरंतर मनन किया जाता है, जिससे विषय का स्पष्ट ज्ञान हो जाता है। इसमें पहले भिन्न-भिन्न अंशों या स्वरूपों का बोध होता और फिर ध्येय के यथार्थ रूप का ज्ञान होता है।

8. समाधि–समाधि शब्द की व्युत्पत्ति इस प्रकार है–***'सम्यगाधीयते एकाग्रीक्रियते विक्षेपान् परिहृत्य मनो यत्र स समाधिः'।*** अर्थात् *ध्यान ही जब ध्येय के रूप में भासित हो और अपने स्वरूप को छोड़ दे, तब वही समाधि है।* इसमें केवल ध्येय रहता है, ध्यान और ध्याता का भाव नहीं होता। ध्याता का ध्याय और ध्येय एक हो जाते हैं।

अतः चित्तवृत्तियों का निरोध ही समाधि है, जिसके दो भेद हैं–

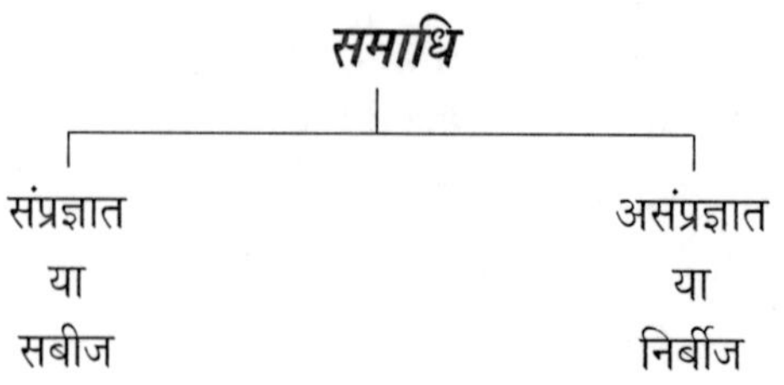

संप्रज्ञात या सबीज समाधि–समाधि की इस अवस्था में साधक का संकल्प शेष रहता है। वह किसी-न-किसी आधार को ग्रहण किए रहता है। भले ही वह आधार उसके इष्ट देवता का हो, गुरु का हो या कोई अन्य चिंतन हो। इनमें से संप्रज्ञात समाधि के पुनः चार भेद हैं–

(क) वितर्कानुगत अथवा सवितर्क समाधि–इसमें चित्त स्थूल विषय से संबद्ध होकर उसी के आकार का हो जाता है। इसमें शब्द, अर्थ और उसका ज्ञान–ये तीनों एक होकर भावना में रहते हैं। देव मूर्ति पर ध्यान जमाना इसी के अंतर्गत होता है।

(ख) विचारानुगत अथवा सविचार–इसमें चित्त सूक्ष्म विषय से संबद्ध होकर उसका आकार ग्रहण करता है।

(ग) आनंदानुगत अथवा सानंद–इसमें ध्यान का विषय इंद्रिय आदि सात्त्विक सूक्ष्म वस्तु के आलंबन होने से सत्त्व में वृद्धि होती है और उससे आनंद प्राप्ति।

(घ) अस्मितानुगत अथवा सास्मित–इसमें अस्मिता ही चित्त का आलंबन होती है। अस्मिता अहंकार का दूसरा नाम है। इसमें ध्यान का विषय 'अस्मिता' ही रहता है। यह अस्मिता चित्त में प्रतिबिंबित बुद्धि है। यह इंद्रियों की तुलना में सूक्ष्म है।

असंप्रज्ञात समाधि या निर्बीज समाधि–इस समाधि में पहुंच जाने पर योगी समस्त विषयसंसार से मुक्त हो जाता है। इसमें ज्ञाता, ज्ञान और ज्ञेय सब मिलकर एकाकार हो जाते हैं। इसमें क्लेश तथा कर्माशय नहीं रहते। अतः इसे निर्बीज समाधि भी कहते हैं। इसके दो भेद हैं–

(अ) भवप्रत्यय–यह समाधि अविद्या के कारण निरुद्ध होती है। भव का अर्थ अविद्या है। अविद्या का अर्थ अनात्मा को देखना है। भवप्रत्ययसमाधि में वासनाओं के संस्कारमात्र रहते हैं। इसमें अविद्या पूरी तरह नष्ट नहीं होती। विवेक ख्याति न होने के कारण इस समाधि के बाद भी जीवों को संसार में आना पड़ता है।

(ब) उपाय प्रत्यय–इसमें प्रज्ञा के कारण अविद्या का नाश हो जाता है। क्लेश समाप्त हो जाते हैं तथा चित्त ज्ञान में प्रतिष्ठित हो जाता है। योगीजन इसी समाधि में स्थित हो जाते हैं। यह श्रद्धा (चित्त की प्रसन्नता), वीर्य (धारणा), स्मृति (ध्यान), समाधि (संप्रज्ञात) तथा प्रज्ञा (ज्ञान-प्रसादमात्र) से उत्पन्न होती है। समाधि की इस अवस्था को प्राप्त योगी के संस्कार पूरी तरह समाप्त हो जाते हैं और परमात्म-सत्ता में मिल जाने का मार्ग प्रशस्त हो जाता है।

योगमार्ग की सिद्धियां

योगदर्शन के अनुसार योगाभ्यास करने से योगियों को विशेष अवस्थाओं में विशेष सिद्धियां प्राप्त होती हैं। ये सिद्धियां आठ प्रकार की हैं। इन्हें अष्टैश्वर्य भी कहते हैं–

(1) अणिमा : अणु के समान छोटा या अदृश्य बन जाना।

(2) लघिमा : रुई से भी हलका होकर उड़ जाना।

(3) ***महिमा*** *:* पहाड़ के समान बड़ा बन जाना।

(4) ***प्राप्ति*** *:* कहीं से भी कोई वस्तु मंगा लेना।

(5) ***प्राकाम्य*** *:* इच्छाशक्ति का बाधारहित हो जाना।

(6) ***वशित्व*** *:* सब जीवों को वशीभूत कर लेना।

(7) ***ईशित्व*** *:* समस्त भौतिक पदार्थों पर अधिकार जमा लेना।

(8) ***यथाकामावसायिता*** *:* संपूर्ण संकल्पों की सिद्धि होना।

ये आठ सिद्धियां योगी को सिद्ध हो जाती हैं तथा वह जब चाहे उनका प्रयोग कर सकता है। परंतु योगदर्शन में इन ऐश्वर्यों के लोभ से योगसाधन में प्रवृत्त होने का कड़ा निषेध है। इससे साधक पथभ्रष्ट हो जाता है। योग का लक्ष्य मोक्ष प्राप्ति है। योगी को सिद्धियों के फेर में न पड़कर अंतिम लक्ष्य आत्मदर्शन पर ही पहुंचना चाहिए।

योगदर्शन में धर्म

योगदर्शन के उपर्युक्त वर्णन से स्पष्ट हो जाता है कि 'योग' मात्र सैद्धांतिक ज्ञान नहीं, अपितु बहुत व्यावहारिक है। हां, यदि 'धर्म' से कर्मकांड का अर्थ लें, तो भले ही हमें निराश होना पड़ेगा, क्योंकि यज्ञ, यज्ञीयक्रियाओं का यहां कोई स्थान नहीं है। पर 'धर्म' की उदार परिभाषा के संदर्भ में देखें, तो पाएंगे 'योग' हमें शारीरिक-मानसिक शक्तियों का उचित प्रयोग करने, उन्हें विकसित करने को प्रेरित करता है। इसके साथ ही 'योग' एक ओर 'स्वाध्याय' को महत्त्व देता है (जिसके अंतर्गत धर्मग्रंथों का अध्ययन किया जाता है), तो दूसरी ओर ईश्वर प्रणिधान को। 'ईश्वर प्रणिधान' का अर्थ है चित्त द्वारा अतिशय रूप से ईश्वर का ध्यान करना। ईश्वर के वाचक 'ओम्' शब्द के जप से भी चित्त एकाग्र होता है।

सिद्धियों के वर्णन में मंत्र, तप से उत्पन्न सिद्धियों का वर्णन भी मिलता है। स्पष्ट होता है कि मंत्रों के मनन, चिंतन का भी साधना में उपयोग है। इसी प्रकार धारणा तथा ध्यान की प्रारंभिक स्थितियों में किसी बाह्य पदार्थ या देव-प्रतिमा पर चित्त के 'एकाग्र' होने की बात कही गई है। परंतु कुछ मिलाकर कहें तो 'योगदर्शन' एक सार्वभौमिक जीवन पद्धति है। भाष्यकारों ने इसे कहीं-कहीं कर्मकांडपरक बनाने की कोशिश की है। अन्यथा 'योग' सर्वथा असांप्रदायिक व लोकतांत्रिक दर्शन है, जो धर्म (संप्रदाय) जाति से निरपेक्ष मानवमात्र को योग पद्धति से जीने की राह दिखाता है। वस्तुतः योगदर्शन एक ओर जीवन के प्रति आशावादी दृष्टिकोण अभिव्यक्त करता है, तो दूसरी ओर आध्यात्मिक सार्थकता को बताता है। पूर्व तथा पश्चिम के प्राचीन तथा आधुनिक दोनों ही विचारक तथा मनीषी 'योग' की उपयोगिता स्वीकारते रहे हैं। वास्तव में योग भारतीय मनीषियों की आध्यात्मिक चिंतन का सारभूत तत्त्व है। शायद ही कोई धर्म होगा, जिसके संस्थापक तथा अनुयायियों ने इसका अभ्यास न किया हो। योग सार्वभौम अभ्यास है। तथ्य यह है कि योगाभ्यास के बिना मानस की न तो ग्रंथियां खुलती हैं और न वह उस स्तर पर पहुंचता है, जहां अध्यात्म का मनन तथा

चिंतन सहज हो जाता है। लगभग सभी भारतीय दर्शनों तथा धर्मों में योगाभ्यास को महत्ता दी गई है। इस्लाम तथा ईसाई धर्म में भी 'योग' के व्यावहारिक उपयोग की बात मिलती है। मुहम्मद साहब योग के अच्छे अभ्यासी थे, बाद में वे अध्यात्म के अच्छे चिंतक भी सिद्ध हुए। इस्लाम में 'नमाज़' पढ़ने के लिए जिस आसन में बैठा जाता है, वह योगासन ही है। सूफियों की साधना में 'ध्यान' का विशेष महत्त्व है। ईसाई धर्म के प्रवर्तक ईसामसीह बड़े योगी थे, जिनके विषय में अनेक कहानियां 'न्यू टेस्टामेंट' में दी गई हैं। माना जाता है उन्होंने अपनी साधना का काफी समय भारत के सिद्धों के सत्संग में बिताया था।

योग विश्व कल्याण की साधना

कुछ आलोचक योगदर्शन को रहस्यात्मक या जादू भरा रहस्य मानते हैं। संभवतः योग में वर्णित सिद्धियों के कारण ऐसा विचार बना हो। यों भी कुछ हठधर्मी बौद्धभिक्षुओं ने योग में तंत्र की क्रियाएं मिश्रित कर दीं। इन सबका प्रभाव हुआ कि योग को केवल आत्मसम्मोहन की एक प्रक्रियामात्र माना जाने लगा। परंतु मूलरूप में पातंजलयोग सभी भ्रमजाल से मुक्त था। निष्पक्ष रूप से देखें, तो योग तथा उसकी क्रियाएं शरीर तथा मन को अनुशासित कर जीवन के चरमोद्देश्य आनंद की प्राप्ति में सहायक सिद्ध होती हैं। आत्मा में निहित विशेषताओं की निधियों को खोज निकालना योग से ही संभव होता है। एकांत, मौन व ध्यान मनुष्य की मानसिकता पर गहरा सकारात्मक प्रभाव छोड़ते हैं। यही कारण है कि आधुनिक चिकित्सक भी 'योग' अभ्यास करने का निर्देश देते हैं। योगदर्शन में वर्णित यम-नियम के द्वारा नैतिक-प्रसाधन पर बल दिया जाता है। अपनी संपूर्णता में योग मानव के व्यक्तिगत कल्याण के साथ-साथ समष्टिगत कल्याण भी सिद्ध करता है।

मीमांसादर्शन

संपूर्ण वैदिक वाङ्मय *(संहिता, ब्राह्मण, आरण्यक व उपनिषद्)* में हमें ऐसे अनेक प्रसंग प्राप्त होते हैं, जहां किसी वैदिक तथ्य पर मतभेद या मतांतर होने पर ऋषियों ने तर्क के आधार पर यथार्थ का निरूपण किया। यज्ञों के अनुष्ठान तथा वेदमंत्रों के अर्थों तथा व्याख्याओं पर विवाद होने के फलस्वरूप निकलने वाले निर्णय ब्राह्मणग्रंथों में यत्र-तत्र मिलते हैं। परंतु ये सभी प्रसंग अस्पष्टता लिए हुए थे। कालक्रमानुसार वैदिक परंपरा से अपनी अलग पहचान बनाने के लिए ***चार्वाक, जैन*** तथा ***बौद्ध*** मतावलंबियों ने वेदों की अपौरुषेयता तथा प्रामाण्य पर प्रश्नचिह्न लगाने शुरू कर दिए। ऐसे में वैदिकधर्म के ज्ञान को सुव्यवस्थित रूप देने की आवश्यकता के परिणामस्वरूप ही 'मीमांसा' का जन्म हुआ।

मीमांसा का अर्थ एवं परिभाषा

मीमांसा शब्द का अर्थ है—किसी समस्या का तर्क के द्वारा निर्णय। अतः मीमांसा विचारने योग्य विभिन्न विषयों की समीक्षा प्रस्तुत करता है। इसमें चिंतन-क्रिया प्रमुख हो जाती है। मीमांसा के चिंतन का प्रमुख विषय 'श्रुति' या 'वेद' हैं। वेदों में जिस कर्मकांड का विधान है, उसे मीमांसादर्शन धर्म मानता है तथा इसी धर्म के स्वरूप का परीक्षण यहां किया गया है। वेदों के स्वरूप की रक्षा तथा उसे स्वतः प्रामाण्यवाद द्वारा सिद्ध करना 'मीमांसा' द्वारा ही संभव हुआ। धर्म की परिभाषा है, *जिसमें इस लोक तथा परलोक में कल्याण की प्राप्ति हो, उसी को धर्म कहते हैं।* इस धर्म (या वेद के अर्थ) का विचार करने वाला शास्त्र 'मीमांसा' कहलाता है। इस धर्म के विवेचन में दार्शनिक विषय भी स्वतः आ जाते हैं। इसी कारण 'मीमांसादर्शन' को छः आस्तिक दर्शनों में सम्मलित कर लिया गया है।

मीमांसा के भेद

'मीमांसादर्शन' को पूर्वमीमांसा या कर्ममीमांसा भी कहा जाता है, क्योंकि इसमें कर्मकांड का विशेष रूप से विचार किया जाता है। वास्तव में वेद का प्रवृत्तिगत विभाजन दो प्रकार से हुआ है। पहला कर्मकांड के आधार पर तथा दूसरा ज्ञानकांड के आधार पर। कर्मकांड

का मुख्य विषय है—यज्ञ-भाग व अनुष्ठान तथा ज्ञानकांड का मुख्य विषय है—दृश्य जगत्, आत्मा व ब्रह्म के परस्पर संबंधों की समीक्षा करना। इसी आधार पर विद्वानों ने मीमांसा का दो प्रकार से विभाजन किया है, जो इस प्रकार है—

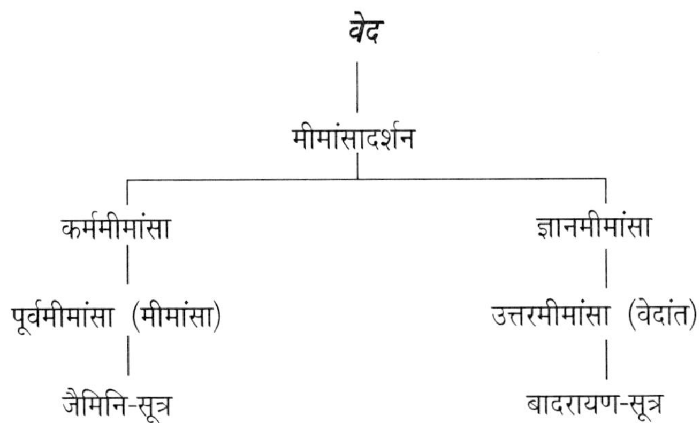

मीमांसादर्शन के विभाजन अर्थात् कर्ममीमांसा तथा ज्ञानमीमांसा को पूर्वमीमांसा तथा उत्तरमीमांसा भी कहा जाता है। इनमें से पूर्वमीमांसा केवल ***'मीमांसा'*** के नाम से तथा उत्तरमीमांसा ***'वेदांत'*** के नाम से प्रसिद्ध हुई। मीमांसा (पूर्वमीमांसा) का मूलग्रंथ जैमिनि के सूत्र हैं तथा वेदांत (उत्तरमीमांसा) का मूल आधार बादरायण के ब्रह्मसूत्र हैं। मीमांसा अर्थात् कर्ममीमांसा ***'अथातो धर्मजिज्ञासा'*** से प्रारंभ होती है, तो वेदांत अर्थात् ज्ञानमीमांसा ***'अथातो ब्रह्मजिज्ञासा'*** से आरंभ होता है।

मीमांसा का साहित्य

मीमांसा का मूलग्रंथ है—जैमिनि के 2,745 सूत्र, जो 12 अध्यायों में विभाजित हैं। 12 की संख्या के कारण इस दर्शन को ***द्वादशलक्षणी मीमांसा*** या ***द्वादशाध्यायी*** भी कहते हैं। इसके अतिरिक्त जैमिनि ऋषि ने चार अन्य अध्यायों की भी रचना की, जो ***संकर्षणकांड*** या ***देवताकांड*** के नाम से जाने जाते हैं। कुल मिलाकर 'जैमिनिसूत्र' में 16 अध्याय (3181 सूत्र) हैं। परंतु दार्शनिक दृष्टिकोण से पहले 12 अध्याय ही महत्वपूर्ण हैं। इनका समय 300 (विक्रम पूर्व) माना जाता है।

मीमांसादर्शन का अन्य साहित्य

जैमिनिसूत्र पर शबरस्वामी का एक बहुत बड़ा भाष्य है, जो ***'शाबरभाष्य'*** के नाम से जाना जाता है। इसमें जैमिनि के विचारों को स्पष्ट करने का प्रयास है। शबरस्वामी का समय ई. पू. प्रथम शताब्दी माना जाता है। उनसे पूर्व भी जैमिनि-सूत्र के कुछ भाष्यकार हुए हैं, जैसे मूर्तमित्र, भवदास, हरि आदि, पर उनके ग्रंथ उपलब्ध नहीं हैं। बाद के भाष्यकारों में दो विशेष उल्लेखनीय हैं—कुमारिल भट्ट और प्रभाकर।

कुमारिल भट्ट सनातन ब्राह्मणधर्म के व्याख्याता माने जाते हैं। उन्होंने वेदों की प्रामाणिकता के साथ-साथ 'पुरोहितवाद' की श्रेष्ठता को भी स्वीकृति दी है। कुमारिल भट्ट के ग्रंथ 'शाबरभाष्य' पर वृत्ति-रूप से लिखे गए हैं–श्लोक वार्त्तिक, तंत्रवार्त्तिक तथा टुप्टीका। कुमारिल भट्ट का समय शंकराचार्य से पूर्व का माना गया है। इन्हें लगभग सातवीं शताब्दी ई. का माना जाता है। मंडन मिश्र कुमारिल भट्ट के शिष्य थे, जिन्होंने ***'विधि-विवेक'*** तथा ***'मीमांसानुक्रमणी'*** की रचना की।

प्रभाकर ने शबरस्वामी के भाष्य पर जो टीका लिखी है, वह ***'बृहती'*** के नाम से जानी जाती है। प्रभाकर के विचारों की व्याख्या भवनाथकृत ***'नय-विवेक'*** ग्रंथ में की गई है। माधव ने ***'जैमिनिय न्यायमाला विस्तार'*** में मीमांसादर्शन का पद्यरूप में भाष्य किया है। इसके अतिरिक्त अप्पय दीक्षित का ***'विधि-रसायन'***, खंडदेव की ***'भाट्ट-दीपिका'*** तथा ***'मीमांसा-कौस्तुभ'*** जैसे ग्रंथ भी मीमांसासूत्रों पर नई दृष्टि से प्रकाश डालते हैं।

मीमांसादर्शन में तत्त्व-विचार

तत्त्व-विचार के दृष्टिकोण से मीमांसक वस्तुवाद तथा बहुवाद को मानते हैं। संसार तीन प्रकार के तत्त्वों से बना है–(अ) शरीर या भोगायतन–जिसमें अपने-अपने पूर्व कर्मों के अनुसार जीवात्मा भोग करते हैं। (ब) सुख-दुःख भोगने के साधन ज्ञानेंद्रियां। (स) भोग के विषय–बाह्य वस्तुएं। प्रत्यक्ष विषयों के अतिरिक्त अनेक अतींद्रिय तत्त्वों को भी माना गया है जैसे–स्वर्ग, नरक, आत्मा और वैदिकयज्ञ के देवता आदि।

मीमांसादर्शन में पदार्थ-विचार

मीमांसा में ईश्वर का सृष्टि-रचना में कोई प्रयोजन नहीं माना गया है, क्योंकि इस दार्शनिक मत के अनुसार सृष्टि कर्मों के अनुसार होती है और कर्म पदार्थों के संदर्भ में किए जाते हैं। अतः मीमांसा पदार्थ पर विचार करती है। जैमिनिसूत्र के प्रमुख भाष्यकार प्रभाकर ने आठ तरह के पदार्थों के अस्तित्व को माना है–द्रव्य, गुण, कर्म, सामान्य, समवाय, शक्ति, सादृश्य तथा संख्या। इनमें से प्रथम तीन पदार्थों की व्याख्या न्यायदर्शन तथा वैशेषिकदर्शन ने की है।

प्रभाकर के अनुसार 'सामान्य' यथार्थ है। सामान्य और विशेष के बीच के संबंध से 'समवाय' पदार्थ होता है। शक्ति या क्षमता वह पदार्थ है, जिसके द्वारा द्रव्य, गुण, कर्म और सामान्य पदार्थों के कारण का निर्माण होता है। यह शक्ति नित्य पदार्थों में नित्य है और अनित्य पदार्थों में अनित्य है। प्रभाकर का कहना है कि 'सादृश्य' को द्रव्य, गुण, कर्म के साथ मिलाकर नहीं रखना चाहिए, बल्कि उसका एक स्वतंत्र रूप है। वह आंतरिक संबंध के कारण ही गुणों में रहता है। द्रव्य का गुणों में रहना संभव नहीं है। सादृश्य और जातिगत सामान्य रूप एक समान नहीं होते हैं, क्योंकि सादृश्य अपने सह-संबंधी पर निर्भर करता है। सादृश्य के बाद 'संख्या को भी प्रभाकर एक पदार्थ के रूप में स्वीकार करते हैं।

जैमिनिसूत्र के दूसरे प्रमुख भाष्यकार कुमारिल भट्ट सभी पदार्थों के दो रूप मानते हैं—भावात्मक और अभावात्मक। भावात्मक पदार्थ चार हैं—द्रव्य, गुण, कर्म व सामान्य। शक्ति और सादृश्य को द्रव्य के भीतर ही रखा जाता है। शक्ति अथवा क्षमता का केवल अनुमान हो सकता है, उसका प्रत्यक्ष संभव नहीं है। संख्या एक गुण है। सादृश्य भी केवल एक गुण है—ये अलग पदार्थ नहीं हो सकते। कुमारिल भट्ट की दृष्टि में समवाय स्वयं भी पदार्थों से अलग नहीं है। इसके बाद कुमारिल भट्ट अपने अभावात्मक पदार्थों को चार प्रकार का बताता है—पूर्ववर्ती, परवर्ती, परम और पारस्परिक।

मीमांसादर्शन में आत्मा-विचार

मीमांसा के तत्त्व-विचार में 'आत्मा' और उसके बंधन तथा मोक्ष का विचार अन्य आस्तिक दर्शनों की भांति है। मीमांसा बहुवादी है। उसके अनुसार प्रत्येक जीव में पृथक्, पृथक् आत्मा है। इस प्रकार जितने जीव हैं, उतनी ही आत्माएं भी हैं। आत्मा नित्य अविनाशी द्रव्य है। शरीर के मरने के साथ आत्मा नहीं मरती, बल्कि अपने कर्मों का फल भोगने को विद्यमान रहती है। मीमांसादर्शन के अनुसार चैतन्य आत्मा का स्वभाव नहीं है। वह विशेष अवस्था में उत्पन्न होने वाला एक औपाधिक गुण है। *सुषुप्ति तथा मोक्ष की अवस्थाओं में इंद्रिय-विषयसंयोग आदि उत्पादक कारणों के न रहने से आत्मा में चैतन्य भी नहीं रहता।*

मीमांसा दर्शन में शक्ति-विचार

मीमांसादर्शन में 'ईश्वर' की स्थिति भी कुछ अलग है। साधारणतः मीमांसादर्शन को लोग अनीश्वरवादी दर्शन के रूप में स्वीकार करते हैं, क्योंकि यहां सृष्टिकर्ता ईश्वर के लिए कोई स्थान नहीं है। संसार के निर्माण के लिए तथा कार्य-कारण संबंध की व्याख्या करने के लिए 'शक्ति' के सिद्धांत को मान्यता दी गई है। बीज अगर कारण है, तो उससे अंकुर का निकलना एक कार्य है। बीज से जो अंकुर पैदा होता है अथवा पौधे का विकास होता है, उसके कारण के रूप में एक अदृश्य शक्ति काम करती है। शक्ति की उपस्थिति हर पदार्थ में है। उदाहरणस्वरूप आग में जलाने की शक्ति, पानी में प्यास बुझाने की शक्ति आदि। मीमांसादर्शन के अनुसार अदृश्य शक्ति का मानना बिल्कुल ही आवश्यक बताया जाता है। पदार्थ की शक्ति यदि नष्ट हो जाए, तो कार्य नहीं होगा। जैसे बीज को भून दिया जाए, तो बोने पर भी उसमें से अंकुर नहीं निकलेगा। न्यायदर्शन ने 'शक्ति' के अस्तित्व का खंडन किया है। उसका कहना है कि बाधाओं के अभाव में कारण से कार्य उत्पन्न होता है तथा बाधाओं के भाव में कारण से कार्य पैदा नहीं होता है। इस तर्क से यदि मानना है, तो अभाव में कार्यशक्ति को मानने के बदले भाव में ही उस शक्ति को मानना अधिक उपयुक्त है।

मीमांसादर्शन में अपूर्व-विचार

वस्तुतः मीमांसादर्शन ने 'शक्ति' का सिद्धांत प्रतिपादित कर अपनी मौलिकता स्थापित की है। शक्ति के इस सिद्धांत को 'अपूर्व' के नाम से पुकारा गया है। *कार्य तथा कार्य के फल के बीच 'अपूर्व' एक आध्यात्मिक कड़ी है।* कर्मों के फल ईश्वर की इच्छा पर नहीं छोड़े गए हैं, ईश्वर एक है। अनेक कार्यों के कारण के रूप में उस ईश्वर को मानने से अनेक कार्यों का कारण भी एक ही मानना मीमांसक-तत्त्वज्ञ स्वीकार नहीं करते। इसीलिए जैमिनि प्रत्येक कर्म के भीतर एक अदृश्य शक्ति या अपूर्व की कल्पना कर लेते हैं। *मीमांसा के अनुसार इस लोक में किए हुए कर्म एक अदृष्ट शक्ति उत्पन्न करते हैं, जिसे 'अपूर्व' कहते हैं। यह अपूर्व शक्ति कर्म का फल-भोग करने की शक्ति पाकर फलित होती है।* कर्मफल के व्यापक नियम के अनुसार वैदिक या लौकिक सभी कर्मों के फल संचित होते हैं।

मीमांसादर्शन में जगत्-विचार

मीमांसादर्शन के अनुसार 'कर्म के नियम' से ही संसार की सृष्टि होती है। संसार के निर्माण में जैसा ऊपर कहा जा चुका है—शरीर, ज्ञानेंद्रियां, कर्मेंद्रियां तथा भोग के विषय, यही तत्त्व काम करते हैं। मीमांसा में वर्णित द्रव्यों की संख्या नौ है—पृथ्वी, जल, वायु, अग्नि, आकाश, मन, काल और देश। कुमारिल भट्ट ने इसमें अंधकार और प्रकाश को भी जोड़ा है। इन सब तत्त्वों से संसार बना है। मीमांसा के विचारक जगत् को प्रतीयमान प्रपंच बताने वाली कल्पना का समर्थन नहीं करते। ***'बृहती'*** नामक ग्रंथ में कहा गया है—'जो ब्रह्म को जानते हैं, वे यदि इसी परिणाम पर पहुंचते हैं कि वह सब कुछ जो ज्ञात है, मिथ्या है और जो अज्ञात है, वह सत्य है, तो मैं झुककर उनसे विदा लेता हूं।' मीमांसादर्शन विश्व को यथार्थ मानता है और मन से जो इसका प्रत्यक्ष करता हैं, वह स्वतंत्र है।

मीमांसादर्शन और परमाणुवाद

सृष्टिनिर्माण-प्रक्रिया के संबंध में मीमांसा के कुछ विचारक 'परमाणुवाद' (Theory of atoms) की संपुष्टि करते हैं। यह परमाणुवाद वैशेषिकदर्शन के विचारों से बहुत कुछ मिलता है। परंतु मीमांसादर्शन में परमाणुवाद के संचालन के लिए किसी ईश्वर की अपेक्षा नहीं है। परमाणुओं का संचालन कर्म के नियम के द्वारा ही माना जाता है। अतः इस दर्शन की मान्यता है कि इस संसार का निर्माण जीवात्माओं को कर्मफल भोग कराने के उद्देश्य से हुआ है। इसी कारण प्रलय के सिद्धांत पर मीमांसक विश्वास नहीं करते हैं। मीमांसादर्शन के अनुसार संसार नानारूप है तथा अनादि और अनंत है। इस दर्शन के अनुसार मूल जगत् की सृष्टि और प्रलय नहीं होती। केवल व्यक्ति उत्पन्न होते रहते हैं तथा विनाश को प्राप्त करते हैं। अणुवादी मीमांसक मानते हैं कि जगत् के सभी पदार्थ अणु से उत्पन्न हुए हैं। कर्मों के फलोन्मुख होने पर अणु-संयोग से व्यक्ति उत्पन्न होते हैं तथा फल की समाप्ति

होने पर उनका नाश हो जाता है। इस प्रकार तत्त्वविचार की दृष्टि से मीमांसादर्शन जगत् को सत्य मानता है और वेद के द्वारा प्रतिपादित स्वर्ग, नरक, अदृष्ट आदि अनेक अतींद्रिय विषयों की सत्ता मानता है। अतः यह दर्शन वस्तुवादी (Realistic) ही नहीं है, प्रत्युत 'अनेक वस्तुवादी' (Pluralistic) है।

मीमांसादर्शन में प्रमाण-विचार

मीमांसादर्शन का प्रधान उद्देश्य धर्म का प्रतिपादन है। धर्म के लिए प्रमाणभूत वेद हैं। अतः मीमांसा ने वेद के स्वरूप तथा प्रामाणिकता को प्रतिपादित करने के लिए प्रबल युक्तियां दी हैं। इसी के कारण मीमांसा का ज्ञान-संबंधी विचार सूक्ष्म तथा रहस्यपूर्ण हो गया है। इसका एक विशेष दार्शनिक महत्त्व है, जिसे वेदांतदर्शन (या उत्तरमीमांसा) में स्वीकार किया गया है।

अन्यान्य दर्शनों के समान मीमांसा में भी दो प्रकार के ज्ञान माने गए हैं—प्रत्यक्ष ज्ञान व परोक्ष ज्ञान। परोक्ष ज्ञान—परोक्ष ज्ञान के अंतर्गत अनुमान, उपमान, शब्द, अर्थापत्ति तथा अनुपलब्धि आते हैं। इसमें अनुपलब्धि को केवल कुमारिल भट्ट ने प्रमाण माना है।

प्रत्यक्ष ज्ञान तथा अनुमान—मीमांसा में इनकी कल्पना न्यायदर्शन के ही अनुरूप है। मीमांसा वास्तुवादी दर्शन है, जिसकी दृष्टि में जगत् वास्तविक है, आभास नहीं है। मीमांसा प्रत्यक्ष के दोनों भेद निर्विकल्पक प्रत्यक्ष तथा सविकल्पक प्रत्यक्ष को मानती है। मीमांसादर्शन में मानसिक प्रत्यक्ष को स्वीकार किया गया है, जिससे हम सुख-दुःख आदि मानसिक अनुभवों का ज्ञान प्राप्त करते हैं। जहां तक अनुमान का प्रश्न है, यहां पंचावयव वाक्य के स्थान पर मीमांसा (तथा वेदांत) तीन ही वाक्य मानते हैं—प्रतिज्ञा, हेतु और दृष्टांत।

उपमान-प्रमाण—मीमांसा के मत में उपमान एक स्वतंत्र प्रमाण है। न्याय में भी ऐसा है, परंतु दोनों के सिद्धांतों में अंतर है। मीमांसा के अनुसार उपमानजन्य ज्ञान तब होता है, जब किसी पहले देखी गई वस्तु के सदृश्य कोई पदार्थ देखने पर स्मृत पदार्थ के सादृश्य का ज्ञान होता है। जबकि न्याय के अनुसार पहले आप्तवाक्य द्वारा कोई वस्तु ज्ञात होती है, फिर वैसी ही कोई वस्तु देखकर अनुमान लगाया जाता है कि यह वस्तु वैसी है, जैसी आप्तवाक्य द्वारा जानी गई थी।

मीमांसा में सादृश्य को एक स्वतंत्र पदार्थ माना गया है। इस दर्शन के अनुसार सादृश्य गुण नहीं है, क्योंकि गुण में गुण नहीं हो सकता, परंतु गुणों में सादृश्य हो सकता है। इसका अर्थ पूर्णऐक्य अथवा तादात्म्य नहीं, बल्कि अधिकांश विषयों में समानता है। अतः इसे सामान्य (जाति) नहीं कहा जा सकता, क्योंकि सामान्य जैसे मनुष्यत्व सभी मनुष्यों में एक ही रहता है।

शब्द-प्रमाण—मीमांसादर्शन का उद्देश्य धर्म के स्वरूप का निश्चय करना है। इसके लिए वैदिक कर्मकांड की आवश्यकता पड़ती है। वैदिक कर्मकांड का संबंध वेदों से है।

अतः वेदों की प्रामाणिकता को स्थापित करना भी मीमांसादर्शन का प्रधान कार्य है। ऐसा करने के लिए शब्दप्रमाण के महत्त्व को मीमांसादर्शन में बहुत महत्त्व देना जरूरी हो गया है। *शब्द से यथार्थ का स्मृति के रूप में ज्ञान होने पर वाक्य के अर्थ का जो ज्ञान होता है, वह शब्दप्रमाण है।* या कहा जा सकता है कि सार्थक वाक्य यदि वह अनाप्त व्यक्ति (अविश्वस्त) के मुख से न निकला हो, तो ज्ञान-प्राप्त कराने वाला होता है। यही शब्दप्रमाण है। शब्दप्रमाण के दो भेद हैं—पौरुषेय तथा अपौरुषेय। आप्त (विश्वस्त) व्यक्ति का कथित या लिखित वचन पौरुषेय कहलाता है। वेदवाक्य अपौरुषेय माना जाता है।

वेदवाक्य—वेदवाक्य दो प्रकार का है—सिद्धार्थक वाक्य तथा विधायक वाक्य। किसी पदार्थ की सत्ता प्रदर्शित करने वाले वाक्य को 'सिद्धार्थक वाक्य' कहते हैं तथा किसी अनुष्ठान के प्रेरक वाक्य को 'विधायक वाक्य' कहते हैं, जो उपदेशक तथा अतिदेशक होने से दो प्रकार का माना जाता है।

वेदों में दोनों प्रकार के वाक्य मिलते हैं। एक वाक्य वे हैं, जो किसी वस्तु की सत्ता या स्थिति के बोधक होते हैं, जैसे ***सत्यं ज्ञानमनन्तं ब्रह्म***। यह वाक्य ब्रह्म के स्वरूप का परिचायक है, अतएव यह 'सिद्धार्थक वाक्य' कहलाएगा। दूसरे प्रकार के वाक्य वे हैं, जो किसी यज्ञ-याग, या विधि-अनुष्ठान का वर्णन करते हैं, जैसे ***स्वर्गकामो यजेत*** *अर्थात् स्वर्ग की कामना करने वाला व्यक्ति यज्ञ करे।* यह 'विधायक वाक्य' है। मीमांसा का यह स्पष्ट एवं दृढ़ मत है कि वेद का तात्पर्य विधायक या विधिवाक्यों में ही है, सिद्धार्थक वाक्यों में नहीं। वैसे भी सिद्धार्थक वाक्य भी अंततोगत्वा विधि की ओर ही संकेत करते हैं तथा श्रोता (या पाठक) को प्रेरित करते हैं। इसी से उनका तात्पर्य होता है। जैसे ऊपर ब्रह्मबोधक वाक्य का तात्पर्य मात्र ब्रह्म के स्वरूप को बतलाने में नहीं, अपितु ऐसे स्वरूप वाले ब्रह्म को जानने, उसका साक्षात्कार करने में ही है। *मीमांसादर्शन में वेदविहित कर्मों के अनुष्ठान को 'धर्म' कहते हैं* और वेद से जो भी वस्तु प्रतिपादित होती है, वह कर्मरूप ही होती है, ज्ञान रूप नहीं।

मीमांसा के अनुसार वेदों का विशेष महत्त्व उसके कर्मकांड के ही कारण है। सिद्धार्थक वाक्य विधि वाक्यों के सहायक हैं। विधि वाक्य से पृथक् वे निरर्थक हैं। अतः वेद में जो आत्मा अथवा ब्रह्म आदि के विषय में सिद्धार्थक वाक्य हैं, वे किसी-न-किसी विधायक वाक्य से अवश्य संबंधित हैं। परोक्षरूप से उनका उद्देश्य लोगों को विहित कर्मों में प्रवृत्त तथा निषिद्ध कर्मों से निवृत्त करना है।

विधायक वाक्य पुनः दो प्रकार का होता है। 'ऐसा इसे करना चाहिए'— यह उपदेशक वाक्य है। 'दर्शपूर्णामास याग के द्वारा स्वर्ग का साधन करें—यह 'अतिदेश' वाक्य है। शब्द के भेद-उपभेदों को निम्न तालिका से समझा जा सकता है—

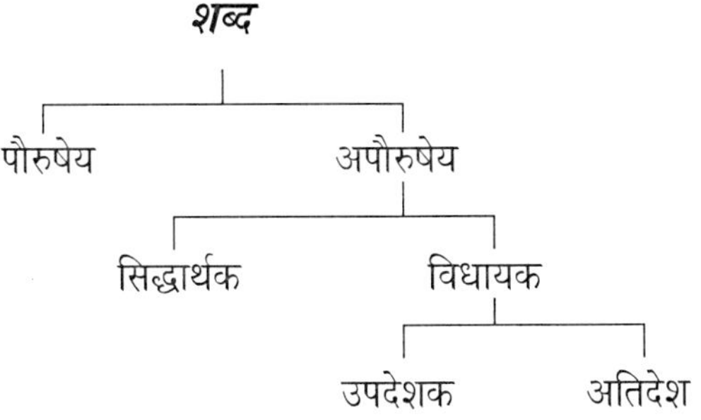

मीमांसादर्शन की यह मान्यता कि 'ज्ञान का उपयोग कर्म करने में ही है'–बहुत व्यावहारिक है। ज्ञान यदि कर्म को स्फूर्ति प्रदान करता है, तभी उसकी सार्थकता है। फलतः हम मीमांसाशास्त्र को व्यवहारवाद (Pragmatism) का एक विशिष्ट रूप मान सकते हैं, क्योंकि यहां ज्ञानबोधक वाक्यों का पर्यवसान विधि वाक्यों में ही माना गया है।

वेद की अपौरुषेयता

अधिकांश आस्तिक मतों के अनुसार वेदों की प्रामाणिकता इसलिए है कि वे ईश्वर द्वारा कृत हैं। परंतु मीमांसा का सृष्टिकर्ता या संहारकर्ता में विश्वास नहीं है। वह वेद तथा जगत् को नित्य मानती है। मीमांसादर्शन के अनुसार वेद न तो मनुष्यों द्वारा और न ही ईश्वर द्वारा रचे गए हैं। अतएव वे अपौरुषेय कहे जाते हैं। इस सिद्धांत की पुष्टि के लिए निम्न युक्तियां दी जाती हैं–

1. नैयायिक आदि दार्शनिक वेद को ईश्वर की रचना मानते हैं और इसलिए वेद उनकी दृष्टि में 'पौरुषेय' ही होता है। परंतु मीमांसादर्शन में ईश्वर की सत्ता नहीं है। अतः ईश्वर के अभाव में उसकी रचना का प्रश्न ही नहीं उठता। मीमांसा के अनुसार वेद न तो ईश्वर द्वारा रचित हैं, न मनुष्यों द्वारा।

2. वेद में किसी कर्ता का नाम नहीं पाया जाता। मंत्रों में जो ऋषियों के नाम हैं, वे केवल द्रष्टा हैं।

3. वेद कर्मों के अनुष्ठान के फल स्वर्गादि की प्राप्ति होना बतलाते हैं। अतः वेद मनुष्य रचित नहीं है, क्योंकि मनुष्य को कर्मों और उनके फलों के संबंध का ज्ञान नहीं हो सकता। अतः वेद अपौरुषेय हैं। वेदों से जो धर्म का ज्ञान होता है, वह प्रत्यक्ष आदि अन्य प्रमाणों से नहीं होता।

4. वेद का अपौरुषेयत्व शब्द की 'नित्यता' से सिद्ध होता है। दार्शनिक दृष्टि से 'शब्दनित्यत्ववाद' सबसे महत्त्वपूर्ण युक्ति है, जो वेद को अपौरुषेय सिद्ध करती है। शब्द की 'नित्यता' का सिद्धांत मीमांसा की बड़ी विशेषता है। अतः इसको यहां विस्तृत रूप से देखा जाएगा–

शब्द का नित्यत्व

नैयायिकों के 'शब्द-अनित्यत्व' का खंडन करते हुए 'शब्द नित्यत्व' की स्थापना मीमांसकों का प्रमुख सिद्धांत है।

वेद के संबंध में कुछ लोगों की आपत्ति थी कि 'मौखिक शब्दोच्चार मनुष्य के प्रयत्न से होता है, इसलिए इसका प्रारंभ तो मानना ही होगा। तब वेदों के शब्दों को नित्य और अनादि कैसे मानें?

जैमिनि तर्क देते हैं—मनुष्य का उच्चारण जिस शब्द का प्रत्यक्ष ज्ञान कराने में सहायक होता है, वह तो पहले से ही निर्मित था। कंठ ने उसे निर्मित नहीं किया।

शब्दों की नित्यता के संबंध में दूसरी शंका यह थी कि शब्द तो कुछ ही समय के लिए अपना अस्तित्व प्रकट करता है, उसके पश्चात् तो वह विलुप्त हो जाता है, फिर शब्द नित्य कैसे हुए?

जैमिनि का कथन है कि शब्द अश्रुत होने पर भी लुप्त नहीं हो जाता। क्रमशः विकीर्ण होने पर बहु स्थानों में फैल जाने पर वह लघु तथा अश्रुत हो जाता है, परंतु लुप्त नहीं होता। 'शब्द करो' कहते ही आकाश में अंतर्हित शब्द तालु तथा जिह्वा के संयोग से आविर्भूतमात्र हो जाता है, उत्पन्न नहीं होता। जब हम कहते हैं शब्द अश्रुत हो गया, तब वह अपनी व्यक्त अवस्था से अव्यक्त अवस्था में लौट जाता है, पर लुप्त नहीं होता। इस सृष्टि में बहुत सी ऐसी वस्तुएं हैं, जो प्रत्यक्ष व व्यक्त न होते हुए भी अपना अस्तित्व रखती हैं।

एक शंका यह भी की जाती थी कि एक ही शब्द का उच्चारण एक ही समय में भिन्न-भिन्न पुरुषों द्वारा भिन्न स्थानों पर किया जाता है और यदि शब्द एक नित्य व सर्वव्यापक है, तो ऐसा कैसे संभव है?

बहुत से व्यक्तियों के द्वारा उच्चारण करने पर भी शब्द एक रूप ही रहता है, वृद्धि तो केवल नाद की होती है। नाद का अर्थ है उच्चारणजन्य ध्वनि। नाद तथा शब्द में यह अंतर है कि नाद अनित्य होता है, परंतु शब्द नित्य होता है।

इन युक्तियों के अतिरिक्त मीमांसक यह मानते हैं कि शब्द सुनते ही अर्थ का युगपद् ज्ञान तथा प्रतिपाद्य वस्तु का सद्यः ज्ञान होता है। दोनों ही युक्तियां शब्द की नित्यता के विषय में मीमांसकों की ही अन्य युक्तियां हैं। नित्य-शब्द के राशिभूत वेद को नित्य होना स्वाभाविक है। इस विषय में मीमांसा एकमत है कि शब्द, अर्थ तथा शब्दार्थ का संबंध ये तीनों नित्य हैं। अतः वेद भी नित्य ही हैं।

'शब्द' के संबंध में मीमांसादर्शन जो चर्चा करता है, वह बहुत कुछ आधुनिक विज्ञान से मिलती-जुलती है। आधुनिक विज्ञान भी 'शब्द' को अविनश्वर मानता है। इसी सिद्धांत पर अनेक आविष्कार हुए हैं। शब्द अक्षर-समूह का नाम है। अक्षर का अर्थ ही होता है, जिसका क्षरण या नाश नहीं होता। अलग-अलग अक्षर द्वारा छोड़े हुए संस्कार अंतिम अक्षर

के संस्कार के साथ मिलकर पूर्ण शब्द के विचार को उत्पन्न करता है। यहां विचार के अंदर ही 'अर्थ' को प्रकट करने की शक्ति छिपी रहती है। शब्द की क्षमता अक्षरों की भिन्न-भिन्न क्षमताओं से उत्पन्न होती है। इसी के कारण अक्षरों की क्षमताओं को शाब्दिकबोध का सीधा कारण बताया गया है। शब्द के अर्थ का ज्ञान प्रत्यक्ष के द्वारा प्राप्त नहीं किया जा सकता। इंद्रियां अक्षरों को प्रस्तुत करती हैं। उन अक्षरों से बने हुए शब्द में पदार्थ का बोध कराने की शक्ति छिपी रहती है। इस प्रकार प्रभाकर (जैमिनि- सूत्र भाष्यकार) कहते हैं कि *'अक्षर ही शाब्दिक बोध के साधन हैं।'* दूसरे भाष्यकार कुमारिल भट्ट का भी कहना है कि *अर्थ स्वयं अक्षर के भीतर रहता है।*

श्रुति ऐसे शब्दों के माध्यम से हम तक पहुंची है, जिनका अर्थ समझना आसान काम नहीं है। वेदार्थ या वेद-वाक्यों के अर्थ करने के सिद्धांतों की मीमांसा या छानबीन करने की आवश्यकता पैदा हुई। अतः ज्ञान की एक शाखा के रूप में मीमांसा का मुख्य लक्ष्य शाब्दिक अभिव्यक्ति के पीछे रहने वाले विचार तक पहुंचना अर्थात् भाषा और विचार के संबंध की महत्त्वपूर्ण समस्या का समाधान ढूंढ़ना कहा जा सकता है। यहां भाषा को उसका प्रयोग करने वाले व्यक्ति से स्वतंत्र माना गया है। इसी संबंध में इस दर्शन में सामाजिक या लोक मनोविज्ञान से संबंधित चर्चाएं भी हुई हैं। इस चर्चा में बहुत-सा अंश ऐसा है, जो आधुनिक भाषा-विज्ञान के लिए उपयोगी है। इसी दृष्टि से मीमांसा अनिवार्य रूप से व्याकरण की पूरक है, क्योंकि व्याकरण में शब्दों का विवेचन मुख्यतः आकार की दृष्टि से होता है।

मीमांसा के अनुसार वेदवचन और आप्तवचन में अंतर है। यह अंतर दो प्रकार के हैं—(1) आप्तवचन द्वारा मिलने वाला ज्ञान प्रत्यक्ष आदि अन्य प्रमाणों से भी मिल सकता है, परंतु वेदों के विषय में ऐसा नहीं है। (2) आप्तवचन मूलतः प्रत्यक्ष आदि प्रमाणों पर निर्भर है, परंतु वेद किसी प्रमाण पर निर्भर नहीं हैं, वे स्वतः प्रमाण हैं। अतः ज्ञान का साधन होने के साथ-साथ वे ज्ञान की यथार्थता का भी प्रमाण हैं। कुछ लोग 'शब्द-प्रमाण' को 'अनुमान' के भीतर रखने का प्रयास करते हैं, परंतु मीमांसा शब्द को एक स्वतंत्र प्रमाण मानती है तथा 'वेद' ही शब्द-प्रमाण हैं—यह प्रतिपादित करती है।

अर्थापत्ति-प्रमाण

अर्थापत्ति उस अर्थ के ज्ञान को कहते हैं, जिस अर्थ के बिना द्रष्टा या श्रुत विषय की उपपत्ति न हो। उदाहरण के लिए यदि हम यह देखते अथवा सुनते हैं कि देवदत्त दिन में कुछ भी नहीं खाता, फिर भी खूब मोटा है, तो दिन में कुछ न खाना और मोटे होने में परस्पर विरोध प्रतीत होता है। इन दो विरुद्ध बातों की उपपत्ति तभी हो सकती है, जबकि हम यह कल्पना कर लें कि देवदत्त रात्रि में खूब खाता है। यह कल्पना दृष्ट अथवा श्रुत नहीं है। यह स्वयं की जाती है। व्यावहारिक जीवन में अर्थापत्ति का प्रयोग खूब होता है। मीमांसादर्शन के अनुसार अर्थापत्ति के भेद यों हैं—

1. दृष्टार्थापत्ति–अर्थात् जहां अर्थापत्ति के द्वारा किसी दृष्टार्थ या देखी हुई घटना की उपपत्ति हो सके। देवदत्त मोटा दिखाई पड़ता है, यह तभी समझ में आता है, जबकि यह कल्पना की जाए कि वह रात में खाता है।

2. श्रुतार्थापत्ति–अर्थात् जहां अर्थापत्ति के द्वारा किसी श्रुतार्थ या सुनी हुई बात की संगति हो सके, जैसे राम का गांव जमुना पर है, यह बात तभी समझ में आ सकती है, जबकि इस अर्थ की कल्पना की जाए कि राम का गांव जमुना के किनारे (निकट) है। क्योंकि जमुना के पानी में तो गांव बसाया नहीं जा सकता।

अनुपलब्धि-प्रमाण

किसी वस्तु के अभाव के साक्षात् ज्ञान को अनुपलब्धि कहते हैं। 'इस कोठरी में घड़ा नहीं है।' यहां घड़े का अभाव मुझे विदित कैसे होता है? इस ज्ञान को प्रत्यक्ष नहीं कह सकते, क्योंकि अभाव ऐसी कोई वस्तु नहीं है, जिसका इंद्रिय के साथ संपर्क हो सके। घड़े का चक्षुरिंद्रिय से संयोग हो सकता है, घड़े के अभाव का नहीं। अद्वैत वेदांत के अनुसार यह घड़े के अभाव का ज्ञान घड़े की अनुपलब्धि (अदर्शन) के कारण होता है। न दिखने से ही पता चल जाता है कि कोठरी में घड़ा नहीं है। कुमारिल भट्‌ट भी यही मानते हैं। यह ज्ञान अनुमान की कोटि में भी नहीं आता। न ही यहां शब्द या आप्तवाक्य से अभाव का ज्ञान होता है। यहां यह भी ध्यान रखने की बात है कि केवल अनुपलब्धि से ही अभाव सूचित नहीं होता, जैसे अंधेरे कमरे में घड़ा दिखाई न देने पर उसका अभाव नहीं कहा जा सकता।

स्वतः प्रामाण्यवाद–उपरोक्त प्रमाणों के विचार के प्रसंग में यह प्रश्न भी उठता है कि जब हमें किसी एक प्रमाण के द्वारा पृथक्-पृथक् ज्ञान होता है, तब वह ज्ञान स्वयं यथार्थ है अथवा उसकी यथार्थता के लिए किसी अन्य प्रमाण की भी आवश्यकता है? क्या प्रत्येक प्रमाण स्वतंत्र रूप से ज्ञान उत्पन्न करता है और वह ज्ञान स्वयं यथार्थ है अथवा एक प्रमाण एक ज्ञान उत्पन्न करता है और दूसरा प्रमाण उसकी यथार्थता सिद्ध करता है? इन प्रश्नों का विचार प्रामाण्यवाद में होता है। नैयायिक 'परतः प्रामाण्यवाद' को मानते हैं और मीमांसक 'स्वतः प्रामाण्यवाद' के समर्थक हैं।

स्वतः प्रामाण्यवाद में दो मुख्य सिद्धांत सम्मिलित हैं–

1. 'प्रामाण्यं स्वतः उत्पद्यते' अर्थात् ज्ञान की प्रामाणिकता उस वस्तु की उत्पादक सामग्री में ही विद्यमान रहती है।

2. 'प्रामाण्यं स्वतः ज्ञायते च' अर्थात् ज्ञान के उत्पन्न होते ही उसके प्रामाण्य का भी ज्ञान हो जाता है।

इस उदाहरण के लिए दिन के उजाले में ठीक आंख के सामने कोई चीज साफ़-साफ़ देखने में आती है, तो प्रत्यक्ष-ज्ञान होता है। विश्वस्त सूत्र से सार्थक और स्पष्ट वाक्य के द्वारा शब्द-ज्ञान होता है। दैनिक जीवन में इस तरह का कोई ज्ञान प्राप्त होते ही हम तदनुकूल

काम करने लग जाते हैं। वह ज्ञान यथार्थ है या नहीं, इस बात की तर्क द्वारा समीक्षा नहीं करते। फिर भी, उस ज्ञान के आधार पर चलकर हम क्रिया में सफलतापूर्वक प्रवृत्त होते हैं। ज्ञान और क्रिया में विरोध या विसंवाद नहीं होता। इससे सूचित होता है कि वह ज्ञान यथार्थ है। इसके विपरीत जब उस ज्ञान की उत्पत्ति के लिए पर्याप्त कारण सामग्री में कोई त्रुटि या दोष रहता है, तब वह ज्ञान उत्पन्न होता ही नहीं। जैसे पांडु रोगी (पीलिया से ग्रस्त व्यक्ति) को सभी वस्तुएं पीले रंग की दिखाई देती हैं, अतः उसे यथार्थ प्रत्यक्ष नहीं होता।

ज्ञान के उत्पन्न होते ही उसके प्रामाण्य का भी ज्ञान हो जाता है—इसका अर्थ है कि जब कोई ज्ञान उत्पन्न होता है, तब उसी में उसकी सत्यता का गुण भी सन्निहित रहता है। कभी-कभी दूसरे ज्ञान के द्वारा हमें मालूम होता है कि वह भ्रमपूर्ण है। इस अवस्था में हम ज्ञान की सदोषता का अनुमान करते हैं। परंतु ज्ञान की सत्यता स्वतः प्रमाण होती है। संक्षेप में कहें तो कह सकते हैं कि विश्वास पैदा करना ज्ञान का स्वाभाविक नियम है।

भ्रम क्या है

यदि प्रत्येक ज्ञान स्वतः प्रमाण है और उसकी सत्यता भी स्वयं-प्रामाण्य है, तो फिर भ्रम की उत्पत्ति कैसे होती है? भारतीय दर्शनों में भ्रम के संबंध में गहरी छानबीन की गई है।

प्रभाकर का अख्यातिवाद—मीमांसक भाष्यकार प्रभाकर का मत है कि प्रत्येक ज्ञान सत्य होता है, कोई ज्ञान असत्य नहीं। जिसे हम भ्रम कहते हैं (जैसे रस्सी को सांप समझना) उसमें भी दो तरह के ज्ञानों का सम्मिश्रण पाया जाता है। एक लंबी टेढ़ी-मेढ़ी सी वस्तु का प्रत्यक्षज्ञान और पूर्वकाल में प्रत्यक्ष हुए सर्प की स्मृति, ये दोनों ही सत्य हैं। केवल स्मृतिदोष से हम इतना भूल जाते हैं कि वह सर्प स्मृति का विषय है, प्रत्यक्ष का नहीं अर्थात् प्रत्यक्ष और स्मृति के भेद का अनुभव नहीं होता, इसलिए हम रस्सी को सांप समझकर वैसा व्यवहार करने लगते हैं। इस प्रकार वस्तुस्थिति के मूल में निहित सत्य को समझकर 'भ्रम की सत्ता' का समाधान करके उसे अस्वीकार कर दिया जाता है। यही प्रभाकर का 'अख्यातिवाद' है।

कुमारिल भट्ट का मत—कुमारिल भट्ट जैसे मीमांसक 'भ्रम की सत्ता' को मानते हैं। उनका कहना है भ्रम विषयों को लेकर नहीं, उनके संसर्ग को लेकर होता है। परंतु दोनों (प्रभाकर और कुमारिल) इस विषय में सहमत हैं कि भ्रम का प्रभाव ज्ञान की अपेक्षा हमारे व्यवहार पर अधिक पड़ता है। इसके अतिरिक्त दोनों भ्रम को अपवादस्वरूप समझते हैं। सामान्यतः यही नियम है कि प्रत्येक ज्ञान सत्य का दर्शन कराता है।

प्रमाण-विचार तथा प्रामाण्यवाद आदि की चर्चा वेदों की अभ्रांतता के विरुद्ध आक्षेपों का निराकरण करती है तथा वैदिकज्ञान की यथार्थता स्वीकार करने को प्रेरित करती है, यही मीमांसादर्शन का उद्देश्य है।

मीमांसादर्शन में मोक्ष-विचार

प्राचीन मीमांसकों के मत में स्वर्ग (नित्य निरतिशय आनंद की प्राप्ति) ही जीवन का चरम लक्ष्य माना गया है। इसीलिए कहा गया है ***'स्वर्ग-कामो यजेत।'*** *अर्थात् सभी कर्मों का अंतिम उद्देश्य है स्वर्ग-प्राप्ति*। परंतु धीरे-धीरे मीमांसा के विचारक अन्य भारतीय दर्शनों की तरह मोक्ष को सबसे बड़ा कल्याण अर्थात् (निःश्रेयस) मानने लगे। उनका मत है यदि सकाम भाव से कर्म किए जाएं, तो उसके फलस्वरूप बार-बार जन्म लेना पड़ता है। जब मनुष्य समझ लेता है कि समस्त सांसारिक कर्म सुख-दुःख मिश्रित होते हैं, तब वह वासनाओं का दमन करने का प्रयास करता है। पापकर्म से विरत होकर उन कर्मों को भी छोड़ देता है, जिनसे सुखप्राप्ति होती है। निष्काम कर्म करने से तथा आत्मज्ञान से संचित संस्कार क्रमशः लुप्त हो जाते हैं, तब मनुष्य के भवबंधन छूट जाते हैं।

मीमांसादर्शन के अनुसार मोक्षावस्था वह अवस्था है, जिसमें आत्मा सभी सुख-दुःखों से परे अपने यथार्थ स्वरूप में विद्यमान रहता है। मोक्ष में आनंदानुभूति मीमांसकों को मान्य नहीं है, क्योंकि मीमांसा में चैतन्य को आत्मा का स्वाभाविक गुण नहीं माना जाता। जब आत्मा शरीर व इंद्रियों के द्वारा विषयों के संपर्क में आता है, तभी उसे सुख-दुःख आदि का अनुभव या ज्ञान होता है। मुक्त आत्मा सबसे पृथक् रहता है, इसलिए उसे न सुख-दुःख का ज्ञान होता है, न आनंद की अनुभूति। परंतु मीमांसादर्शन के परवर्ती विचारक वेदांतदर्शन की तरह मुक्ति को आनंदानुभूति का रूप मानने लगे थे।

मीमांसादर्शन में धर्म-विचार

मीमांसादर्शन का प्रधान उद्देश्य धर्म की व्याख्या करना है। जैमिनि ने धर्म का लक्षण दिया है– ***'चोदनालक्षणोऽर्थो धर्मः'***–'चोदना' के द्वारा लक्षित अर्थ धर्म कहलाता है। *चोदना का अर्थ है–क्रिया का प्रवर्तक वचन, अर्थात् वह प्रक्रिया जिससे सत्य का उद्धार न हो सके।* मीमांसा में वर्णित धर्म में वेदों का स्थान इतना ऊंचा और महत्त्वपूर्ण है कि वे जगत्कर्ता या ईश्वर को नहीं मानते। वेद की नित्यता और अपौरुषेयता को स्थापित करने की धुन में मीमांसा को ईश्वर की आवश्यकता नहीं प्रतीत होती। वेदों में जो नियम हैं, उनके अनुसार आचरण करने से धर्म की प्राप्ति हो सकती है। इस तरह धर्म का अर्थ ही हो जाता है वेद-विहित कर्तव्य। कर्तव्य-अकर्तव्य का मानदंड वेदवाक्य ही है। वैदिक व्यवस्था के अनुसार जीवन को ही श्रेष्ठ बताया गया है।

कर्मकांड–मीमांसा में कर्मकांड को अत्यधिक महत्त्व दिया गया है। एक ओर इसमें कर्मों की मीमांसा मिलती है कि कौन से कर्म किए जाएं, कौन से नहीं? तथा दूसरी ओर 'यज्ञ' को सर्वश्रेष्ठ कर्म बताकर तरह-तरह के यज्ञ करने की ओर निर्देश हैं। मीमांसा के कर्म विभाजन के अंतर्गत निम्न कर्म आते हैं–

1. नित्य कर्म–वैदिक धर्मानुयायियों को नित्य करने होते हैं। प्रतिदिन स्नान, ध्यान, संध्योपासना, अग्निहोत्र आदि।

2. नैमित्तिक कर्म–जो किसी विशिष्ट अवसर पर किए जाते हैं, जैसे जन्म, मृत्यु व विवाह आदि के अवसर पर किए गए कार्य नैमित्तिक कर्म माने जाते हैं।

3. काम्य कर्म–किसी कामना विशेष से किए गए कर्म काम्य कर्म होते हैं, जैसे पुत्रेष्टियज्ञ, विभिन्न प्रकार के अन्य यज्ञ।

4. निषिद्ध कर्म–ऐसे कर्म जिनके करने पर प्रतिबंध हो। जुआ खेलना, चोरी करना, मांसाहार करना निषिद्ध कर्म के अंतर्गत आता है।

कर्म और पाप-पुण्य–मीमांसादर्शन में कर्मों के संदर्भ में पाप-पुण्य की व्याख्या भी की गई है। ***नित्य कर्म*** करने से पुण्य तो नहीं मिलता, पर उनका त्याग करने से पाप होता है। ***नैमित्तिक कर्म*** करने से पुण्य मिलता है और न करने से पाप का संचय होता है। ***काम्य कर्म*** करने से पुण्य संचय होता है, परंतु न करने से पाप का दोष नहीं लगता। निषिद्ध कर्म न करने से पुण्य नहीं मिलता, पर करने से पाप का संचय होता है।

यज्ञ का महत्त्व–मीमांसादर्शन वैदिकधर्म को सर्वथा पालनयोग्य मानता है तथा 'यज्ञ' को सर्वश्रेष्ठ कर्म मानकर उसे करने को प्रेरित करता है। वैदिकयज्ञ प्रारंभ में बहुत सरल थे। अग्नि, इंद्र, वरुण, सूर्य आदि देवताओं को स्तुति और आहुति के द्वारा संतुष्ट करने के लिए किए जाने वाले इन यज्ञों का उद्देश्य था इष्ट की सिद्धि करना तथा अनिष्ट को दूर करना। धीरे-धीरे ब्राह्मणकाल (वेद की व्याख्या वाले ग्रंथ) में कर्मकांड बहुत जटिल होता गया। मीमांसा इस कर्मकांड को महत्त्व देती है। ***श्रौत यज्ञ*** *जिन्हें श्रुति प्रतिपादित करती है* तथा ***गृह्य यज्ञ*** *जिन्हें गृह्यसूत्र या स्मृतिग्रंथ बताते हैं*–उनका विवेचन यहां हुआ है। यज्ञों के विभिन्न रूप **सोमयाग, वाजपेययज्ञ, दर्श-पौर्णमास** आदि का वर्णन भी इसी दृष्टि से हुआ है। यज्ञ की अग्नि के प्रकार—अरणिमंथन कैसे हो, अग्नि प्रज्वलित करने का तरीका, यज्ञवेदि का निर्माण आदि सब तथ्यों पर यहां विचार किया गया है। इसके अतिरिक्त अग्निहोत्र तथा अन्य यज्ञ कब, किस काल में किए जाएं, किस प्रकार की आहुतियां डाली जाएं तथा कौन से मंत्रों का विनियोग किया जाए? यह सब कर्मकांड के अंतर्गत आता है।

देवता–मीमांसा में कर्मकांड को इतना अधिक महत्त्व दिया गया है तथा वैदिक प्रक्रियाओं की मान्यता इतनी अधिक बताई गई है कि देवताओं का स्थान गौण हो गया है। देवता केवल संप्रदानकारक-सूचक पदमात्र हैं, जिनके लिए हवि या आहुति दी जाती है। उनके गुण या धर्म का यहां कोई वर्णन नहीं है। उनकी उपयोगिता केवल इसी बात को लेकर है कि उनके नाम पर होम किया जाता है।

देवताओं को आहुति देने, उनके लिए यज्ञ करना यहां इतना प्रमुख हो गया है कि 'ईश्वर' की सत्ता की ज़रूरत ही उन्हें नहीं होती। वास्तव में *देवताओं का स्वरूप वेद में मंत्रात्मक है। मंत्र है शब्दों का समुच्चय। देवताओं की मंत्रों से पृथक् सत्ता नहीं है। देवता*

उनके निमित्त रचे गए मंत्रों के अधीन हैं। इन्हीं मंत्रों के द्वारा उनके लिए होम करने का विधान है। अर्थ की प्राप्ति शब्द से होती है, इसलिए अर्थ के लिए पहले शब्द की सत्ता होनी चाहिए। इसीलिए शब्द को ब्रह्म कहा गया है। इन्द्राय स्वाहा, अग्नये स्वाहा आदि में इंद्र, अग्नि, आदि पद देवता हैं। कहा जा सकता है—मीमांसा 'शब्ददेवता' को मानती है। या कहें कि यहां देवता शब्दमय है। मीमांसा में यह देवता दो वर्गों में विभाजित हैं—***कर्मांगभूत*** तथा ***उपासनांगभूत।*** शब्दमयी देवता प्रथम में आते हैं, द्वितीय वर्ग में मनुष्यविग्रहस्वरूप देवता आते हैं।

कर्मफल—देवता ही किए गए कर्म का फल देता है। बिना कर्म किए देवता से फल नहीं मिल सकता। अतः यहां कर्म की प्रधानता है। देवता तो कर्म का फल शीघ्र दिलाने में समर्थ हैं, परंतु मीमांसा यह भी मानती है कि यदि कर्म अत्यंत शक्तिशाली है, तो वह स्वयं अपनी शक्ति के द्वारा फल देने में समर्थ है। सर्वश्रेष्ठ कर्म यज्ञानुष्ठान है। यज्ञकर्ता से अपेक्षित है कि वह देवताओं के व्यक्तित्व पर ध्यान न देकर मंत्रों के त्रुटिहीन तथा शुद्ध उच्चारण पर विशेष बल दे। यदि विधिपूर्वक मंत्रोच्चारण करके आहुति दी जाएगी, तो फल निश्चित ही मिलेगा।

मीमांसा का यह कर्मकांडपरक लगाव एक सीमा पर पहुंचकर 'निष्कामकर्म' बन जाता है। प्रकरण-पंचिका नामक मीमांसाग्रंथ में कहा गया है, यज्ञ करने का मुख्य उद्देश्य पूजा अथवा देवता को संतुष्ट करना न होकर अपने आत्मा को शुद्ध करना है। अपौरुषेय वेदवाक्य कर्तव्यता का एकमात्र मूलस्रोत हैं। उनकी आज्ञा का पालन करने के लिए निष्कामभाव से कर्म करने चाहिए। परंतु मीमांसादर्शन का यह निष्कामकर्म गीता के निष्कामकर्म से भिन्न है, क्योंकि वहां सब कर्म फलेच्छा छोड़कर ईश्वर को अर्पित करके किए जाने का विधान है, जबकि मीमांसक का निष्कामकर्म 'कर्तव्य के लिए कर्तव्य' या स्वयं फल पाने के लिए कर्तव्य है। इस सिद्धांत की तुलना पाश्चात्य विचारक कांट के निष्कामकर्म से की जा सकती है, जो 'कर्तव्य के लिए कर्तव्य' (Duty for duty's sake) को मान्यता देता है। हां, एक अंतर यहां भी है कि कांट की दृष्टि में कर्तव्य का मूलस्रोत है आत्मा का उच्चतर रूप (Higher self), जिससे उसका निम्न रूप (lower self) अनुप्रेरित होता है। परंतु मीमांसक के लिए कर्तव्य का मूलस्रोत एकमात्र अपौरुषेय वेदवाक्य है, जो निष्कामकर्म करने के लिए आदेश देता है।

मीमांसादर्शन में नीति-विचार

मीमांसादर्शन में कर्मकांड पर इतना अधिक जोर है कि लगता है यहां नीतिशास्त्र की महत्ता स्वीकृत ही नहीं हुई है। यहां प्रतिपादित नीतिशास्त्र वैदिकज्ञान पर ही आधारित है। धर्मविचार में हमने देखा है कि कर्तव्य-अकर्तव्य, पाप-पुण्य, सुख-दुःख सबकुछ वेद पर आधारित ही माने गए हैं। साधारण नैतिकता का जहां तक संबंध है, वहां तक मीमांसा का दृष्टिकोण

एकदम लौकिक है और वह अच्छाई का अर्थ चेतन-अचेतन रूप से परोपकार करना मानती है। शबर जैसे मीमांसक का कहना है कि प्याऊ खोलना इत्यादि पुण्य के काम परोपकार के लिए होते हैं, इसीलिए अच्छे हैं। फिर भी वे धर्म नहीं हैं। इससे सिद्ध होता है मीमांसा आचरण को उपयोगिता की दृष्टि से आंकती है, लेकिन वह स्वार्थवादी नहीं है। वह नैतिकता को मनुष्य की सामाजिक प्रकृति की सिद्धि मानती है। सामाजिक प्रकृति पर आधारित नैतिक पद्धति नीतिशास्त्र के इतिहास में प्रायः सुलभ है, पर मीमांसादर्शन की विशेषता इसमें है कि ऐसी नैतिकता को जीवन का सर्वोच्च आदर्श नहीं मानती। मीमांसा के अनुसार सुख लक्ष्य तो है, पर इस जगत् का सुख नहीं, परलोक का सुख। पारलौकिक सुख पाने के लिए हमें वे कर्म करने चाहिए, जो वेद-विहित हैं। यहां प्रतीत होता है इस जीवन से ध्यान हटाकर आगामी जीवन पर ध्यान केंद्रित करने से 'नैतिकता' पृष्ठभूमि में चली जाएगी, परंतु ऐसा नहीं है। मीमांसा की यज्ञनिष्ठ जीवन की धारणा में सामान्य नैतिकता को बाहर नहीं रखा गया है। नैतिक शुद्धता यहां भले ही जीवन का सर्वोच्च आदर्श न हो, पर आध्यात्मिक जीवन का पूर्व हेतु और उसका अनिवार्य सहचारी तो है ही। यज्ञ के प्रति अत्यधिक लगाव के कारण, कभी-कभी सामान्य नैतिक आदेशों की अवहेलना की गई प्रतीत होती है, जैसे यज्ञ में पशु की हत्या करने के संबंध में। परंतु ऐसे काम अपवादस्वरूप ही हैं, क्योंकि सामान्यतः हत्या को वेद स्पष्टतः निषिद्ध बताता है—***न हिंस्यात् सर्वा भूतानि।***

नीतिशास्त्र का संबंध मनुष्य के आचार-व्यवहार तथा ***कर्मों*** के साथ रहता है। कर्म दो प्रकार के होते हैं—***ऐच्छिक कर्म*** और ***अनैच्छिक कर्म***। ऐच्छिक कर्म में मनुष्य की इच्छाशक्ति व संकल्प छिपा रहता है, इसलिए ऐसे कर्मों के लिए मनुष्य स्वयं ही उत्तरदायी पाया जाता है। नैतिक दृष्टिकोण से कर्मों का महत्त्व बहुत अधिक है। मीमांसा ने वैदिक कर्मकांड को आधार माना है। स्मृतिग्रंथ (परवर्ती धर्मशास्त्र) भी श्रुति या वेद का अनुसरण करते हैं, तो उनमें विहित धर्म का पालन किया जा सकता है। स्मृतियां वेद-विरोधी हैं, तो उनका त्याग करना चाहिए। सज्जन पुरुषों का आचरण अथवा प्रथाएं भी हमारे मार्गदर्शक हैं। इसके पश्चात् ऐसे कर्तव्यों की बारी आती है, जो धर्मशास्त्रों में नहीं हैं। यहीं सामाजिक उपयोगिता की बात आती है। डॉ. राधाकृष्णन् ने मीमांसा के नीतिशास्त्र के विषय में उचित कहा है—

'एक हिंदू का जीवन वैदिक नियमों से शासित है और इसलिए हिंदू विधान की व्याख्या के लिए मीमांसा के नियम बहुत महत्त्वपूर्ण हैं।' ***(भारतीय दर्शन* II, *पृ. 359)***

मीमांसादर्शन में मनोविज्ञान

मीमांसा में वर्णित द्रव्यों में से एक है 'मन'। मन अंतरिंद्रिय है तथा भौतिक है। उपनिषद् भी मन को भौतिक मानते हैं। परंतु मीमांसा के ग्रंथ शास्त्रदीपिका में 'मन' पृथ्वी आदि भूतों के स्वरूप का है अथवा भौतिक से विलक्षण भी हो सकता है। यह आत्मा और उसके

गुणों का स्वतंत्र रूप से ग्राहक है। बाह्य पदार्थों का ज्ञान बहिरिंद्रियों के द्वारा मन और आत्मा के संयोग से होता है। इस दृष्टि से 'मन'रूपी द्रव्य का अध्ययन मीमांसा में हुआ है।

यहां वेदों को ईश्वर के 'मन' का दिव्यज्ञान माना गया है तथा मानव मन उस 'मन' (दिव्य) के ज्ञान को ग्रहण कर उसके अनुरूप आचरण करता है। इसी प्रक्रिया में 'प्रत्यक्ष' प्रमाण का अध्ययन करते हुए 'मानस प्रत्यक्ष' का उल्लेख भी हुआ है। मानस प्रत्यक्ष वह होता है, जिसके द्वारा सुख-दुःख की अनुभूतियां की जाती हैं। रूप-रस-गंध-स्पर्श तथा शब्द का ज्ञान ज्ञानेंद्रियों के माध्यम से होता है, परंतु यह ज्ञान मन (आत्मा) के संयोग से ही संभव हो पाता है।

लोक मनोविज्ञान–मीमांसा में 'शब्द-प्रमाण' की महत्ता सर्वाधिक है। वेदवाक्य 'शब्द-देवता' ही हैं। इन शाब्दिक अभिव्यक्तियों के पीछे छिपे विचारों तक पहुंचने का प्रयास ही मीमांसादर्शन का उद्देश्य है। इस सिलसिले में 'शब्द' जिन अक्षरों से बनते हैं उनका, तथा 'वाक्य' जिन शब्दों से मिलकर बनते हैं, उन सबका भाषा वैज्ञानिक विधि से अध्ययन यहां स्वभावतः संभव हो गया है। ऐसी मान्यता है कि भाषा तथा उसका प्रयोग करने वाले व्यक्ति दोनों स्वतंत्र हैं, अतः इस संदर्भ में सामाजिक मनोविज्ञान या कहें लोकमनोविज्ञान से संबंधित चर्चाएं भी विस्तार से हुई हैं। शब्दबोध का निरूपण विशेषतः बालकों के लिए शिक्षा देते समय जरूरी होता है, अतः बाल-मनोविज्ञान के तत्त्व भी मीमांसाग्रंथों में विश्लेषित हुए हैं।

मनोवैज्ञानिक सुखवाद–कल्याण की इच्छा मनुष्यमात्र के भीतर स्वाभाविक रूप से विद्यमान रहती है। इस इच्छा को 'मनोवैज्ञानिक-सुखवाद' के नाम से अभिहित किया जाता है। मीमांसा इष्टप्राप्ति तथा अनिष्ट-परिहार के लिए वेदविहित कर्मों को करने के लिए प्रेरित करती है, परंतु यहां ध्यान रखना होगा कि 'मनोविज्ञान-सुखवाद' के पीछे नैतिकता भी छिपी है। यही कारण है यहां कर्तव्य भावना से कर्म करने की बात भी कही जाती है।

आलोचनात्मक दृष्टि से मीमांसादर्शन पर 'अनीश्वरवादी' होने का आरोप है, क्योंकि सृष्टिकर्ता के रूप में 'ईश्वर' की अवधारणा यहां नहीं मिलती। कर्मकांड की मान्यता तथा उपादेयता मीमांसा मत में इतनी अधिक है कि 'ईश्वर' के लिए स्थान ही नहीं बचता। पूर्ववर्ती मीमांसकों के विचारों से ऐसा ही प्रतीत होता है। परंतु परवर्ती मीमांसाकारों ने कर्मफलप्रदाता के रूप में 'ईश्वर' को स्वीकार कर लिया। वैदिकयज्ञ को संपन्न करने के लिए बहुत से देवताओं की अपेक्षा थी। इसीलिए मीमांसादर्शन 'बहुदेववादी' रहा। वेदों की आज्ञा का अक्षरशः पालन तथा इंद्र, अग्नि आदि देवताओं के लिए आहुतियां देना यहां प्रमुख रहा, परंतु बाद में मीमांसक विशेषज्ञों ने यज्ञ के संपादन को सर्वोपरि प्रभु के सम्मान में किए जाने की बात कही तथा उससे उच्चतम कल्याण-प्राप्ति की सिद्धि के विषय में अपना पक्ष रखा।

मीमांसा का कर्मकांड इतना अधिक विकसित हुआ कि उसकी संज्ञा 'कर्मकांड' ही हो गई। इस कर्मकांड के चलते दर्शन के अन्य विषय गौण हो गए। इसीलिए परमतत्त्व क्या है? संसार का आत्मा से क्या संबंध है? इस भौतिक संसार का स्वरूप क्या है? आदि प्रश्नों के उत्तर यहां संतोषजनक रूप से नहीं मिलते। इसी प्रकार ज्ञान संबंधी चर्चाओं में चित्त तथा विषय के संबंध की दार्शनिक समस्याओं का समाधान यहां नहीं मिलता। डॉ. राधाकृष्णन् के शब्दों में कहें तो 'विश्व के संबंध में मीमांसा का जो दार्शनिक मत है, वह अपूर्ण है। इसका नीतिशास्त्र सर्वथा यांत्रिक है और इसका धर्म त्रुटिपूर्ण रहा (भारतीय दर्शन II, पृ. 367)।

परंतु इतना होते हुए भी 'मीमांसादर्शन' नितांत उपेक्षणीय नहीं है। कारण वैदिक अनुष्ठान की तात्विक विवेचना के लिए खोजे गए सिद्धांत अपने आप में महत्त्वपूर्ण हैं। 'शब्द' विषयक मीमांसा के सिद्धांत भाषा-विज्ञान की दृष्टि से महत्त्वपूर्ण हैं तथा शब्द व अर्थ के विचार में मनोविज्ञान का विकास हुआ है। विरोधी वाक्यों की एक वाक्यता करने की प्रक्रिया मीमांसादर्शन में ही वर्णित हुई है। इस विषय में अनेक मौलिक सिद्धांत वर्णित हुए हैं, जिनसे स्मृतिग्रंथों का अर्थ निश्चित करने में सहायता मिलती है। यही नहीं, वर्तमानकाल में हिंदुओं के सभी धार्मिककृत्यों के विषयों में भी निर्देश 'मीमांसा' में ही मिलते हैं। डॉ. दास गुप्ता के अनुसार हिंदुओं के कानून के विषय भी (जो स्मृति-ग्रंथों में वर्णित हैं) 'मीमांसादर्शन' के परिप्रेक्ष्य में समझे जाते हैं। इस प्रकार से 'मीमांसादर्शन' की व्यावहारिकता सिद्ध होती है। अतः वैदिकधर्म की पूर्ण जानकारी के लिए मीमांसादर्शन का ज्ञान होना निश्चित ही महत्त्वपूर्ण है।

वेदांतदर्शन

वेदांतदर्शन भारतीय अध्यात्मशास्त्र की सभी दार्शनिक प्रवृत्तियों और विचारधाराओं में सर्वश्रेष्ठ है। दार्शनिक सिद्धांत के रूप में इसकी प्रतिष्ठा है। चिंतक या विचारक ही क्या, जीवन के किन्हीं क्षणों में जन सामान्य को भी यह अनुभूति होती ही है कि परमात्मा ही सत्य है और कुछ नहीं। वास्तव में यदि कोई विचार-पद्धति आज भी सिद्धांत और व्यवहार दोनों में ही जीवित है, तो वह 'वेदांत' ही है। दर्शनशास्त्र की विकास परंपरा में वेदांत को उत्तर-मीमांसा भी कहा जाता है।

वेदांत शब्द का अर्थ

वेदांत शब्द दो शब्दों से मिलकर बना है—वेद और अंत। अतः इसका यौगिक अर्थ है—वेद का अंत अथवा वे सिद्धांत जो वेदों के अंतिम अध्यायों में प्रतिपादित हुए हैं। ये अध्याय उपनिषदें ही हैं। 'अंत' शब्द 'सार' के अर्थ में भी लिया जाता है। वेदों का सार ही उपनिषदों में वर्णित है। अतः उपनिषद् ही 'वेदांत' हैं। पुनश्च वेदों का अंतिम लक्ष्य ही उपनिषदों के विचारों में अभिव्यक्त हुआ है, जैसा कि मुक्तिकोपनिषद् में कहा भी गया है—

तिलेषु तैलवत् वेदे वेदान्ताः सुप्रतिष्ठिताः।

अर्थात् जैसे तिलों में तेल रहता है, वैसे ही वेद में वेदांत सुप्रतिष्ठित है।

वेदांत शब्द के प्राचीन प्रयोग—वेदांत शब्द का प्रयोग स्वयं उपनिषदों में भी मिलता है। ***मुण्डकोपनिषद् (3.2.6.)*** में कहा गया है—***वेदान्तविज्ञानसु निश्चितार्थाः।***

अर्थात् वेदांती वे हैं—जिन्होंने वेदांत (उपनिषद्) शास्त्र के विज्ञान द्वारा उसके अर्थभूत (परमात्मा) को पूर्णरूप से जान लिया है।

इसी प्रकार ***श्वेताश्वतरोपनिषद् (6.22)*** में कहा गया है—***वेदान्ते परमं गुह्यम् पुराकल्पे प्रचोदितम्।***

अर्थात् यह परम रहस्यमय ज्ञान[1] *पूर्व युग में वेद के अंतिम भाग में वर्णित हुआ था।* अन्य अनेक उपनिषदों में भी 'वेदांत' शब्द का व्यापक प्रयोग हुआ है।

---

1. महानारायणोपनिषद् (10.8)

वेदांत दर्शन का साहित्य

वेदांत का भव्य-प्रासाद जिन भित्तियों पर खड़ा है, वे तीन हैं—***उपनिषद्, ब्रह्म-सूत्र*** तथा ***गीता***[1]। वेदांतदर्शन के अद्वैतवाद के संस्थापक शंकराचार्य ने इन तीनों पर अपने भाष्य द्वारा ही अपने सिद्धांत की स्थापना की है। अन्य विचारकों ने भी इन्हें आधार बनाया है।

उपनिषद्

उपनिषदों के दर्शन के विषय में प्रारंभ के अध्याय में बताया जा चुका है। इन ग्रंथों में सत्य को विभिन्न दृष्टिकोणों से देखने का प्रयत्न किया गया है। उपनिषदों की संख्या अनेक है, परंतु मुख्य 'उपनिषद्' ग्यारह हैं। इनकी रचना प्रक्रिया में बहुत से प्राचीन ऋषियों द्वारा हुई है। उपनिषदों में गुरु-शिष्य के मध्य संवादों में सृष्टि के स्रष्टा, आत्मा तथा अन्य दार्शनिक प्रश्नों के उत्तर ढूंढ़ने का प्रयत्न हुआ है। यों सभी उपनिषदों में मूल प्रश्न प्रायः एक से हैं, परंतु उनकी व्याख्याओं में तथा समाधानों में सभी एकमत नहीं रहे। यही कारण है कि उपनिषदों में दार्शनिक विचारों की विविधता तो है, परंतु महत्त्वपूर्ण प्रश्नों पर अंतिम रूप से विचार करने का प्रयास यहां नहीं हो सका। अतः विचारों की भिन्नता को अंतिम रूप देने तथा उपनिषदों के मूल सिद्धांतों को एक स्थान में एकत्रित करने की आवश्यकता हुई। इसी उद्देश्य को लेकर ***'ब्रह्म-सूत्र'***[2] की रचना हुई।

ब्रह्मसूत्र

'ब्रह्मसूत्र' वेदांतदर्शन का मूल-ग्रंथ है। बादरायण ने इसकी रचना सभी उपनिषदों के मतों में एकता को स्थापित करने के उद्देश्य से की। वेदांत के विरोध में उठाए जाने वाले सभी आक्षेपों को उठाकर उनकी विवेचना का भी प्रयास उन्होंने किया। पांच सौ पचपन सूत्रों के अंदर जिनमें से प्रत्येक दो या तीन शब्दों से बने हैं, समग्र दर्शन का परिष्कार यहां किया गया। ये सूत्र अपने-आपमें विशद अर्थ नहीं देते। बाद के विद्वानों ने उनकी व्याख्या अपने-अपने तरीके से की है। इस तरह के भाष्यकारों की एक बड़ी परंपरा है।

ब्रह्मसूत्र के चार अध्याय हैं। प्रत्येक अध्याय में चार पाद हैं।

पहले अध्याय में ब्रह्म के विषय में सभी वेदांत या उपनिषदों के वाक्यों का एक समन्वय है। इस अध्याय को 'समन्वय' कहते हैं।

---

1. इन्हें 'प्रस्थान-त्रयी' भी कहा जाता है।

2. ब्रह्मसूत्र-भाष्य का एक नाम शारीरिक-भाष्य भी है।

दूसरे अध्याय को 'अविरोध' के नाम से जाना जाता है, जिसमें विरोधी दर्शनों और विचारों का खंडन करके तर्क के आधार पर वेदांत-मत का समर्थन किया गया है।

तीसरे अध्याय को 'साधन' के नाम से पुकारा जाता है, जिसमें जीव, ब्रह्म के लक्षणों की व्याख्या है तथा वेदांत-सम्मत साधनों का विधान है। इसके साथ ही सगुण-ब्रह्म तथा निर्गुण-ब्रह्म के उभयविधि साधनों का वर्णन है। बहिरंग साधन आश्रम-धर्म, यज्ञ, दानादि तथा अंतरंग-साधन शम, दम, निदिध्यासन का निरूपण यहां हुआ है।

चौथे अध्याय का नाम फल है, जिसमें जीवन-मुक्ति, सगुण-निर्गुण ब्रह्म की उपासना और फल पर प्रकाश डाला गया है।

गीता

गीता का दर्शन भी प्रारंभ में अध्ययन का विषय रह चुका है। गीता के विषय में कहा गया है—

सर्वोपनिषदो गावो दोग्धा गोपालनन्दनः।
पार्थो वत्सस्सुधीर्भोक्ता दुग्धं गीतामृतं महत्।।

अर्थात् 'समस्त उपनिषद् गाय हैं, कृष्ण उसके दुहने वाले हैं, अर्जुन बछड़ा है और विद्वान् गीतारूपी महान् अमृत का पान करने वाला है।'

इस प्रकार परंपरा से यह स्पष्ट है कि गीता में उपनिषदों के दर्शन का निचोड़ मिलता है। इसमें उपनिषदों से अनेक शाब्दिक और दार्शनिक समानताएं पाई जाती हैं। यही कारण है ब्रह्मसूत्र के दो प्रमुख भाष्यकार शंकराचार्य तथा रामानुज ने 'गीता' को भी अपने सिद्धांत की स्थापना का आधार बनाया है।

वेदांत का विकास-क्रम

वेदांत का विकास यों विभिन्न युगों और स्थानों में विभिन्न तरह से हुआ है। इस विकास-क्रम को हम मुख्य रूप से तीन भागों में बांट सकते हैं—

वेदांत का विकास

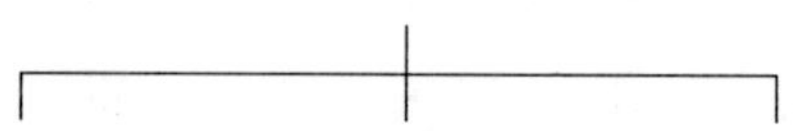

प्राचीन युग (वेद व उपनिषद्) मध्ययुग (ब्रह्मसूत्र) अंतिम युग (सभी भाष्यकार)

प्राचीनयुग में आत्म-साक्षात्कृत ऋषियों की साधना तथा उपनिषदों के सिद्धांत आते हैं। मध्ययुग में इन सिद्धांतों का समन्वित रूप मिलता है। ब्रह्मसूत्र इस युग का प्रमुख वेदांत साहित्य है। इस पर बहुत से भाष्यकार बाद में होते गए। अंतिमयुग में सभी भाष्यों, टीकाओं

तथा ग्रंथों का समावेश होता है, जिनमें वेदांत के विचारों को तर्क की कसौटी पर रखकर विचार किया गया है।

वेदांत के संप्रदाय

बादरायण का ब्रह्मसूत्र वेदांत-साहित्य का मूल ग्रंथ है। बादरायण का ब्रह्मसूत्र बहुत संक्षिप्त था, इसलिए उसकी व्याख्या में अपने-अपने विचारों को बाद के लोग जोड़ते गए। ब्रह्मसूत्र पर बहुत से भाष्यकार हुए, जिनमें शंकराचार्य और रामानुज विशेष हैं। अलग-अलग भाष्यकारों ने वेदांत की व्याख्या अलग-अलग प्रकार से की है। इसीलिए वेदांत में अनेकों संप्रदाय बनते गए हैं। प्रत्येक भाष्यकार वेदांत के एक विशेष संप्रदाय का प्रवर्तक हुआ तथा उसके मानने वाले शिष्यों की एक मंडली बनती गई। उन विभिन्न संप्रदायों में नये-नये 'वाद' जन्मते गए। वेदांत के प्रमुख संप्रदायों तथा वादों के नाम और इन वादों के भाष्यकारों के नाम व उनका काल निम्न प्रकार है—

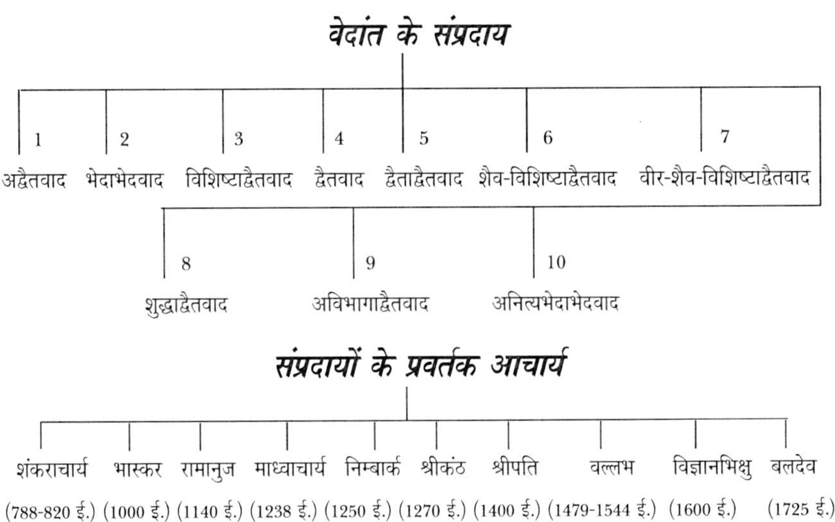

इन भाष्यों में सिद्धांतों का बहुत अंतर है। किन्हीं भाष्यों में ब्रह्मसूत्र के सूत्रों तथा अधिकरणों की संख्या में भी अंतर प्राप्त होता है।

1. अद्वैतवाद—वेदांत के इस मत के प्रवर्तक हैं—***शंकराचार्य***। इनका समय आठवीं शताब्दी माना जाता है। इन्होंने जो भाष्य लिखा, उसका नाम ***'शारीरिक भाष्य'*** है। शंकर के अद्वैतवाद की व्याख्या आगे की जाएगी।

2. भेदाभेदवाद—वेदांत के इस मत का प्रवर्तन ***भास्कराचार्य*** ने किया। इनका मत विशेष महत्त्व नहीं रख सका है। इनका समय दसवीं शताब्दी बतलाया जाता है। इन्होंने

जो भाष्य लिखा है, उसे ***'भास्कर भाष्य'*** कहते हैं।

3. विशिष्टाद्वैतवाद–वेदांत के इस मत के प्रवर्तक हैं–***रामानुज***। शंकराचार्य के बाद जो मत विशेष महत्त्व पा सका है, वह इन्हीं का है। इनका समय 12वीं शताब्दी बतलाया जाता है। इनके भाष्य का नाम ***'श्रीभाष्य'*** है। इसकी व्याख्या आगे के पृष्ठों में की जाएगी।

4. द्वैतवाद–वेदांत के इस मत के भाष्यकार हैं–***माध्वाचार्य***। इनका समय तेरहवीं शताब्दी बतलाया जाता है। माध्वाचार्य ने अपने द्वैतवादी वेदांत की व्याख्या के लिए ब्रह्मसूत्र पर जो भाष्य लिखा है, उसे ***'पूर्णप्रज्ञा भाष्य'*** कहते हैं। द्वैतवाद के अनुसार जीव और ब्रह्म दो हैं, एक नहीं।

5. द्वैताद्वैतवाद–वेदांत के इस मत के प्रवर्तक का नाम है–***निम्बार्काचार्य***। इनका समय तेरहवीं शताब्दी बतलाया जाता है। इनके अनुसार जीवन और ब्रह्म किसी दृष्टि से दो और किसी दृष्टि से दो नहीं हैं। निम्बार्क ने ब्रह्मसूत्र पर जो भाष्य लिखा है, उसे ***'वेदांत-पारिजात'*** भाष्य कहते हैं।

6. शैव-विशिष्टाद्वैतवाद–इस मत के प्रवर्तक हैं–***श्रीकंठाचार्य***। इनका समय भी तेरहवीं शताब्दी है। इनके भाष्य का नाम है ***'शैव-भाष्य'***।

7. वीर-शैव-विशिष्टाद्वैतवाद–इस मत के प्रवर्तक का नाम है–***श्रीपति आचार्य***। इनका समय चौदहवीं शताब्दी माना जाता है। वेदांत पर लिखे गए इनके भाष्य का नाम है ***'श्रीकर भाष्य'***।

8. शुद्धाद्वैतवाद–शुद्धाद्वैतवाद के प्रवर्तक हैं–***वल्लभाचार्य***। इनका काल पंद्रहवीं शताब्दी है। इनके भाष्य का नाम है ***'अणु-भाष्य'***।

9. अविभागाद्वैतवाद–वेदांत पर एक विशिष्ट दृष्टि से अपना मत प्रकट किया ***विज्ञानभिक्षु*** ने और उन्होंने ***'विज्ञानामृतभाष्य'*** नामक ग्रंथ के द्वारा इस अपने वाद को प्रतिपादित किया है। इनका समय सोलहवीं शताब्दी माना जाता है।

10. अनित्यभेदाभेद–बलदेव स्वामी ने इस मत को प्रतिपादित किया है। इनका समय अठारहवीं शताब्दी है और इनके भाष्य का नाम है ***'गोविन्द-भाष्य'***।

उपर्युक्त सूची में से जैसा पहले कहा जा चुका है, सबसे प्रसिद्ध भाष्यकार हैं–शंकराचार्य तथा रामानुज। माध्वाचार्य, निम्बार्क और वल्लभाचार्य के मतों को थोड़ी मान्यता मिली है। शेष सभी गौण हो गए हैं। इसलिए अब वेदांत की चर्चा में शंकर और रामानुज के नाम ही विशेष रूप से लिए जाते हैं। अतः इन्हीं मतों पर यहां विस्तार से अध्ययन किया गया है–

शंकराचार्य का अद्वैतवाद

शंकराचार्य के अद्वैत-वेदांत का क्षेत्र बहुत ही विशाल है। इसमें जगत्, माया, ब्रह्म, आत्मा, मोक्ष आदि पर गहन-गंभीर चिंतन किया गया है तथा इनकी व्याख्या में बहुत ही तर्क-पूर्ण युक्तियों का सहारा लिया गया है। सर्वप्रथम शंकराचार्य के इस दर्शन में निहित तत्त्व-विचार

पर हम विचार करेंगे।

1. तत्त्व-विचार—मैक्समूलर के अनुसार संपूर्ण शांकरवेदांत इस श्लोकार्द्ध में प्रकट किया जा सकता है—***'ब्रह्म सत्यं जगन्मिथ्या जीवो ब्रह्मैव नापरः'।***

शंकराचार्य के अनुसार ब्रह्म सर्वोच्च परमार्थ सत्य है—***एकमेव हि परमार्थसत्यं ब्रह्म।*** *(तैत्तिरीयोपनिषद् शांकर-भाष्य 2.6)*

शंकराचार्य के इस दर्शन का नाम अद्वैतवाद इसीलिए पड़ा है, क्योंकि इसके अनुसार संसार का अंतिम सत्य 'दो नहीं' एक होता है। इस एक का नाम ही शांकरवेदांत के अनुसार 'ब्रह्म' है। यही एक सत्य है, शेष सभी असत्य है। 'ब्रह्मसूत्र' का पहला सूत्र ***अथातो ब्रह्म जिज्ञासा*** है।

ब्रह्म क्या है? इसे समझना-समझाना बहुत कठिन है। इस जटिल प्रश्न की व्याख्या के लिए शंकराचार्य दो दृष्टिकोणों को अपनाते हैं। एक दृष्टिकोण के अनुसार 'ब्रह्म' ही एकमात्र 'सत्य' (Truth) अथवा एकमात्र 'सत्ता' (Reality) है। इस दृष्टिकोण से यह सारा विश्व मिथ्या है, एक धोखा है। शांकरवेदांत के अनुसार ब्रह्म का यही स्वरूप वास्तविक है। इसे पारमार्थिक दृष्टिकोण भी कहा जाता है। पूर्ण ज्ञान प्राप्त होने के बाद इस तरह का दृष्टिकोण स्वयं विकसित हो जाता है। दूसरे दृष्टिकोण के अनुसार जीव, आत्मा, ईश्वर इत्यादि सभी के अस्तित्व पर विश्वास किया जाता है। इस दृष्टिकोण को व्यावहारिक दृष्टिकोण कहा जाता है। यह दृष्टिकोण शंकराचार्य के अनुसार निम्नकोटि का है। इसे वे भ्रम या 'माया' कहते हैं।

साधारणजन 'ब्रह्म' का ज्ञान पारमार्थिक दृष्टिकोण से नहीं प्राप्त कर सकते, क्योंकि वे 'अविद्या' के अंधेरे में भटकते रहते हैं। ऐसे लोग सत्य-मार्ग से भटक कर वहां चले जाते हैं, जहां अवास्तविक वस्तु भी वास्तविक दिखलाई देने लगती हैं। अकसर वेदांत में 'रज्जु-सर्प-भ्रम' का उदाहरण दिया जाता है। अंधेरे में रस्सी को सांप समझ लिया जाता है, पर सांप कभी भी रस्सी नहीं है। यही अज्ञान आत्मा, जीव और ईश्वर के संबंध में भ्रांति पैदा करता है। शंकराचार्य के अनुसार मनुष्य ऐसी गलती इसलिए करता है कि वह अपना दृष्टिकोण व्यावहारिक बनाए रखता है और अज्ञानता के प्रभाव में रहता है। जिस दिन मनुष्य को सच्चा ज्ञान प्राप्त हो जाएगा, उस दिन वह समझ सकेगा कि ब्रह्म ही केवल एकमात्र सत्य है और संसार झूठा है।

ब्रह्म का स्वरूप—शंकराचार्य ने ब्रह्म के स्वरूप का वर्णन करने के लिए दो लक्षणों को स्वीकार किया है—स्वरूप लक्षण व तटस्थ लक्षण।

'स्वरूप लक्षण' पदार्थ के सत्य तात्त्विक रूप का परिचय देता है, परंतु 'तटस्थ लक्षण' कुछ देर तक होने वाले आगंतुक गुणों का ही निर्देश करता है। 'तटस्थ लक्षण' के अनुसार ब्रह्म में बहुत तरह के गुण बतलाए जाते हैं। इस दशा में ब्रह्म को इस संसार का सृष्टिकर्ता, पालक तथा संहारक तीनों बतलाया जाता है। जगत् की उत्पत्ति, स्थिति तथा लय का कारण होने के साथ-साथ अन्य अलौकिक गुण भी उसमें बताए जाते हैं। ये गुण उपनिषदों के

आधार पर निम्नलिखित हैं– ***'सत्यं ज्ञानमनन्तं ब्रह्म'*** *(तैत्तिरीयोपनिषद् 2.1.1.)*। ***विज्ञानमानन्दं ब्रह्म*** *(बृहदारण्यकोपनिषद् 3.9.28)*। ब्रह्म सत्-चित्-आनंद, सत्ता, ज्ञान और आनंदस्वरूप वाला है। इन उपनिषदों के वाक्यों की व्याख्या शांकरभाष्य में इस प्रकार से की गई है। उसके अनुसार जो सत् है, वही चित् है और जो चित् है वही सत् भी। वे स्पष्ट करते हैं कि ***'सत्तैव बोधः बोध एव च सत्ता'***। सत्ता ही ज्ञान है, ज्ञान ही सत्ता है। इसी तरह आनंद को भी ब्रह्म ही समझना चाहिए–

आनन्दो ब्रह्मेति व्यजानात्
आनन्दाद्ध्येव खल्विमानि भूतानि जायन्ते
आनन्देन जातानि जीवन्ति
आनन्द प्रयन्त्यभिसंविशन्ति।। *(तैत्तिरीयोपनिषद् 3.6)*

अर्थात् आनंद को ब्रह्म ही समझो, क्योंकि आनंद से संपूर्ण भूत प्राणी उत्पन्न होते हैं। आनंद से उत्पन्न होकर ही वे जीवित रहते हैं और मरकर भी आनंद में ही प्रविष्ट हो जाते हैं।

सत् चित् आनंद के अतिरिक्त ब्रह्म को अनंत शक्तिपूर्ण व सर्वव्यापक आदि गुणों से भी विभूषित किया जाता है। ब्रह्म का यही स्वरूप 'सगुण' कहलाता है। सगुण ब्रह्म का ही नाम 'ईश्वर' है। अन्य शब्दों में कहा जा सकता है कि 'ईश्वर' ब्रह्म का ही औपाधिक नाम है। जब ब्रह्म अपने में 'माया' की शक्ति को ग्रहण कर इस संसार की सृष्टि करने लगता है, तो ब्रह्म का रूप 'ईश्वर' की संज्ञा प्राप्त करता है। इसी 'ईश्वर' की उपासना की जाती है। इस सगुणोपासना के चलते ही मनुष्य धर्म-कर्म आदि में लीन हो जाते हैं। इस विचारधारा के कारण यह संसार भी वास्तविक दिखलाई पड़ने लगता है। संसार की इस स्थिति के कारण मनुष्य स्वयं को सांसारिक समझ बैठता है। तब 'माया' के बंधन में वह फंस जाता है। यह 'तटस्थ लक्षण' ब्रह्म के व्यावहारिक रूप को अभिव्यक्त करते हैं। शंकराचार्य का मत है कि साधारण या अज्ञानी लोग ही ब्रह्म को सगुण रूप में या ईश्वर रूप में देखते हैं। जिस दिन माया का पर्दा गिर जाएगा या अज्ञान दूर हो जाएगा, उसका दृष्टिकोण पारमार्थिक हो जाएगा।

निर्गुणब्रह्म-सगुणब्रह्म पारमार्थिक दृष्टिकोण के अनुसार 'ब्रह्म' शुद्ध निराकार दिखाई देने लगता है। उसमें कोई विकार अथवा गुण नहीं दिखाई देते। ब्रह्म का वास्तविक रूप तो यही है। उपनिषदों में सगुण को अपरब्रह्म तथा निर्गुण को परब्रह्म कहा गया है। परब्रह्म निरुपाधि, निर्विशेष और निर्गुण है। अपरब्रह्म सोपाधि, सविशेष और सगुण है। परब्रह्म निष्प्रपंच और अपरब्रह्म सप्रपंच है। रामानुज ने सगुण तथा निर्गुण दोनों ही रूपों को परब्रह्म माना है। परंतु शंकर के अनुसार ब्रह्म के दो रूप मानना अज्ञान है। वास्तव में एकमात्र निर्गुण ब्रह्म ही सत्य है। अज्ञान के कारण वह सगुण ईश्वर और सीमित जीव के रूप में दिखाई देता है। उपासक और उपास्य का भेद केवल व्यावहारिक स्तर पर ही उचित है। पारमार्थिक स्तर पर ब्रह्म कर्ता और कर्म के विचार से परे और निरपेक्ष ज्ञान का विषय

है। शांकर-मत के अनुसार धर्म का केवल व्यावहारिक महत्त्व है। निर्गुण की उपासना नहीं की जा सकती।

ब्रह्म के स्वरूप को स्पष्ट करने के लिए शंकराचार्य कुछ उदाहरणों की सहायता लेते हैं, जिनसे व्यावहारिक और पारमार्थिक सत्य को समझा जा सकता है। ब्रह्मसूत्र पर अपने भाष्य में शंकराचार्य एक नट का उदहरण देते हुए कहते हैं—मान लें एक गड़रिया रंगमंच पर एक राजा का अभिनय कर रहा है। वह उस अभिनय क्रिया में किसी देश को लड़ाई में जीतता है और उस पर शासन करता है। यहां पर उसके दो रूप हैं। एक में वह राजा है, शासन करते हुए दिखाई पड़ता है। यह व्यावहारिक दृष्टिकोण है, जिसे 'तटस्थ लक्षण' भी वेदांत की भाषा में कहा जाता है। दूसरे रूप में वह नट केवल एक गड़रिया है, जो उसका वास्तविक जीवन में अपना स्वरूप है। यही पारमार्थिक दृष्टिकोण है या 'स्वरूप लक्षण' है।

उपर्युक्त विवेचन व अनेकानेक तर्कों से शंकराचार्य ने निर्गुण ब्रह्म के स्वरूप को समझाने का प्रयास किया है। इसके लिए उन्होंने 'नेतिवाद' का आश्रय लिया है। 'न इति' नहीं है—ब्रह्म में यह गुण भी नहीं है, वह गुण भी नहीं है। ब्रह्म में किसी भी तरह के गुण का खंडन किया गया है। ब्रह्म असत् नहीं, क्योंकि वह सत् है। अचित् नहीं, क्योंकि चित् है। वह आनंद है, क्योंकि वह दुःखस्वरूप नहीं है, सनातन है क्योंकि कालातीत है, अपरिवर्तनीय है क्योंकि देशकाल के परे है। ज्ञान उसका गुण नहीं, बल्कि स्वरूप है, वह निर्गुण है क्योंकि गुणातीत है।

ब्रह्म शून्य नहीं—शंकर निर्गुण होते हुए भी ब्रह्म को 'शून्य' नहीं मानते हैं। शांकर-वेदांत कहता है कि ब्रह्म को शून्य अथवा असत् मंदबुद्धि ही समझते हैं। ब्रह्म में देश, काल, गुण, गति, फल इत्यादि का कोई भेद नहीं है। वह भूत, भविष्य, वर्तमान, कार्य कारण इत्यादि सभी भेदों से परे है। वह व्यावहारिक जगत् से परे है— ***'सर्वव्यवहारगोचरातीत'***।

बृह् धातु से ब्रह्म शब्द की सिद्धि होती है। अतः शाब्दिक अर्थ में भी ब्रह्म जगत् से अतिशय और अतीत है— ***'बृहतिरतिशायने वर्तते'।***

रामानुज अपने सिद्धांत में ब्रह्म में 'स्वगत भेद' को मान्यता देते हैं। सांसारिक वस्तुओं का सजातीय अथवा विजातीय वस्तुओं से भेद होता है, परंतु ब्रह्म अद्वैत होने के कारण सजातीय, विजातीय और स्वगत सभी भेदों से परे है।

ब्रह्मज्ञान ही जीवन का लक्ष्य है

शंकराचार्य के दर्शन में ब्रह्म को बार-बार जब सब गुणों से अतीत कहा जाता है, इंद्रिय, मन तथा बुद्धि से भी परे कहा जाता है, तो प्रश्न उठता है कि क्या ब्रह्म अज्ञेय है। परंतु नहीं, ब्रह्म अज्ञेय नहीं, वह अपरोक्षानुभूति का विषय है। वास्तव में समस्त ज्ञान द्विपक्षीय है, जहां उससे ज्ञेय का ज्ञान होता है वहां ज्ञाता का भी ज्ञान होता है। क्योंकि बिना ज्ञाता

के ज्ञान असंभव है। जगत् का ज्ञान भी ब्रह्म के प्रकाश के कारण ही है। वह ब्रह्म ज्ञाता है, ***'ज्योतिषाम् ज्योति'*** है, ***चिन्मात्र*** है, सबकी आत्मा है। वह स्वयं प्रकाशस्वरूप है। वह सूर्य के समान स्वयं प्रकाशित है और सबको प्रकाशित करता है। वह तभी जाना जा सकता है, जब व्यक्ति व्यावहारिक जगत् से ऊपर उठ जाए।

आत्मा का स्वरूप–शंकराचार्य ने आत्मा और ब्रह्म में द्वैत नहीं माना है। आत्मा ब्रह्म ही है, वह निर्विशेष ही है– ***'आत्मानेव निर्विशेषं ब्रह्म विद्धि'*** *(केनोपनिषद् शांकर-भाष्य–5)*

आत्मा एक, अद्वैत, निरवयव, देशकालातीत, परमार्थ और सत् है। ब्रह्म और आत्मा में कोई भेद है ही नहीं। आत्मा के स्थान पर जीव का प्रयोग भी हुआ है। सामान्यतः शांकर-वेदांत में आत्मा तथा जीव का व्यवहार एक ही अर्थ में किया जाता है, परंतु एक भिन्नता भी दोनों में बताई जा सकती है। 'जीव' का प्रयोग अधिकतर 'शरीरधारी' पदार्थों के साथ किया जाता है। जीव का अस्तित्व तो शरीर पर ही निर्भर रहता है। आत्मा का स्वरूप अधिक आध्यात्मिक है। पूर्णज्ञान की उपलब्धि के बाद ही आत्मा शरीर के बंधन से मुक्त होती है।

ब्रह्म और आत्मा

दोनों में शांकर ने मूल्यात्मक समन्वय किया है। ब्रह्म और आत्मा दोनों ही इंद्रिय, मन और बुद्धि से परे हैं। जो कुछ जीव में है, वही जगत् में भी है। शंकराचार्य दोनों के समन्वय से हर प्रकार के 'द्वैत' का निराकरण कर पारमार्थिक ज्ञानात्मक एवं मूल्यात्मक अद्वैत की स्थापना करते हैं। आत्मा के रूप में ब्रह्म घट-घट व्यापक है। जो विभु में है, वही अणु में भी है। आत्मा और ब्रह्म के इस तादात्मय की पृष्ठभूमि में वर्णित 'असीम का तर्क' (Logic of Infinite) है। सीमित जगत् में समान से समान निकालने पर कुछ नहीं बचता, परंतु असीम के क्षेत्र में पूर्ण से पूर्ण निकालने के बाद भी पूर्ण ही बचता है–

पूर्णमदः पूर्णमिदं पूर्णात्पूर्णमुदच्यते
पूर्णस्य पूर्णमादाय पूर्णमेवावशिष्यते।।

बृहदारण्यकोपनिषद् के अनुसार आत्मा और ब्रह्म दोनों ही पूर्ण हैं, यद्यपि आत्मा ब्रह्म से निकलता है, तथापि ब्रह्म पूर्ण ही रहता है। शंकर के अनुसार ब्रह्म है, क्योंकि सभी अपनी आत्मा के अस्तित्व का अनुभव करते हैं और कोई भी उसको अनुपस्थित नहीं मानता *(ब्रह्मसूत्र 1.1.1)*। यदि ऐसा न होता तो सभी लोगों को अपने अस्तित्व में विश्वास होता। आत्मा और ब्रह्म दोनों ही का सत्-चित्-आनंद, नित्य, सर्वव्यापी, सर्वगत, सर्वात्मकत्व इत्यादि विशेषणों से वर्णन किया गया है। आत्मा की ब्रह्म से अभिन्नता को कई उदाहरणों द्वारा भी समझाया गया है। जैसे सूरज का प्रतिबिंब भिन्न-भिन्न घड़ों के भरे जल में दिखाई पड़ता है, तब उस बिंब के अनेक प्रतिबिंब या छायाएं होती हैं। पर घड़ों के पानी को

फेंक दिया जाए या घड़ों को तोड़ दिया जाए, तो सूरज के ये प्रतिबिंब उसी में समा जाते हैं। इसी तरह 'ब्रह्म' विभिन्न जीवों में विभिन्न आत्माओं के रूप में प्रगट होते हैं, परंतु शरीर के विनाश के बाद अथवा माया के प्रभाव हटने के बाद सभी आत्माएं ब्रह्म में लीन हो जाती हैं।

एक और उदाहरण के द्वारा इसे समझा जा सकता है। समतल भूमि पर नदियां अपने विभिन्न रूपों में प्रवाहित रहती हैं, पर जब वे सुमुद्र में जाकर विलीन हो जाती हैं, तो उन सब नदियों का अपना अलग अस्तित्व समाप्त हो जाता है और वे सभी समुद्र के रूप में रहती हैं। उसी तरह विभिन्न जीवों के रूप में विभिन्न आत्माएं ब्रह्म में लीन होकर ब्रह्म हो जाती हैं।

परंतु यहां प्रश्न उठता है कि आत्मा-ब्रह्म के एकत्व का साक्षात्कार करने के लिए क्या आत्मा या जीवात्मा के अस्तित्व का समाप्त होना जरूरी है? शंकराचार्य ने उपनिषदों के महावाक्य ***'तत्त्वमसि'*** *'वह तू है'* को स्वीकार—कहना चाहा है कि इस एकत्व का साक्षात्कार जीवन में रहते हुए भी किया जा सकता है। आत्म-साक्षात्कार के महान् क्षणों में ही यह महावाक्य गुंजित होता है—***'अहं ब्रह्मास्मि'***।

आत्मा की व्याख्या में जाग्रत, स्वप्न व सुषुप्ति—इन तीन अवस्थाओं से भी सहायता ली गई है। जब मनुष्य 'जाग्रत' अवस्था में रहता है, तब शरीर और इंद्रियों को ही वह अपना वास्तविक स्वरूप समझ बैठता है। यहां पर 'मैं' का अर्थ लगाया जाता है—शरीर + इंद्रिय। दूसरी अवस्था स्वप्न की अवस्था है। इसमें स्मृति-संस्कार के रूप में विषय ज्ञान होता है। इसमें अवास्तविकता को वास्तविकता के रूप में देखने की बात भी पाई जा सकती है। स्वप्न की अवस्था में भी 'अहम्' तो रहता ही है। इसलिए लगता है 'मैं' देख रहा हूं, मैं जान रहा हूं।' सत्य हमें असत्य के रूप में दिखाई पड़ता है। हम सब जानते हैं कि स्वप्न में राजा रंक हो सकता है व रंक राजा, पर जग जाने पर ही यथार्थ का ज्ञान होता है। तीसरी अवस्था है 'सुषुप्तावस्था' वह गहरी नींद की अवस्था है। इसमें वस्तु का ज्ञान नहीं रहता है। इस अवस्था में आने पर ज्ञाता और ज्ञेय का भेद बिल्कुल ही मिटा हुआ दीख पड़ता है। इस अवस्था में आने पर मनुष्य यह भी भूल जाता है कि वह 'शरीर के बंधन' में है। इतना होने पर भी 'सुषुप्ति' अवस्था में चेतना का पूर्ण नाश नहीं होता। उस दशा में जो चेतना रहती है, वह आत्मा के अस्तित्व के कारण ही संभव है। यदि 'सुषुप्ति' में यह माना जाए कि चेतना का पूर्ण अभाव रहता है, तब इसके कहने का कोई अर्थ नहीं रहेगा कि 'रात में अच्छी नींद आई, स्वप्न बिल्कुल नहीं दिखाई पड़े।' कहा जा सकता है कि सुषुप्त अवस्था में भी आत्मा चैतन्य रहती है और अपने अस्तित्व के ज्ञान से पूर्ण अवगत रहती है, इसलिए आत्मा का वास्तविक स्वरूप शुद्ध चेतन है। इसी स्वरूप में आत्मा व ब्रह्म एक हैं।

शुद्ध चेतना में आनंद (Bless) का भी स्वरूप रहता है। दैनिक जीवन की जाग्रत और स्वप्न की अवस्थाओं में भी इस आनंद का ज्ञान हमें प्रत्यक्ष रूप में प्राप्त होता रहता

है। पर यह आनंद शुद्ध नहीं, विकृत होता है। सांसारिक विषयों (जैसे वस्त्र, धन, स्त्री, मकान इत्यादि) से जो आनंद मिलता है, वह अवास्तविक तथा क्षणिक होता है। स्वप्न में जो आनंद मिलता है, वह तो निरी छलना होता ही है। जीव जब क्षणिक आनंद के पीछे दौड़ता है, तो वह माया के जाल में बंध जाता है, फंस जाता है। तब 'बंधन का पिंजरा' रह जाता है, मुक्ति का द्वार दूर हो जाता है। पर जब आत्मा अपने वास्तविक स्वरूप को पहचान लेती है, तो उसे एक अलौकिक आनंद की प्राप्ति हो जाती है। तब सांसारिक विषयों से विमुख हो, निर्लिप्त और पूर्ण विरक्त होकर आत्मा ब्रह्म में लीन हो जाता है।

शंकराचार्य का जगत्-विचार

जिस प्रकार कोई ऐंद्रजालिक अपने इंद्रजाल से विचित्र सृष्टि करने में समर्थ होता है, वही दशा ईश्वर की भी है। जादू उन्हीं लोगों को मोहित कर सकता है, जो उस इंद्रजाल के रहस्य को नहीं जानते हैं, परंतु उसके रहस्य-ज्ञाता को वह मोहित नहीं करता। ठीक इसी प्रकार अद्वैत-तत्त्व के ज्ञानी इस जगत् की सत्ता से भ्रमित नहीं होते। उनके लिए वह निर्मूल ही है। परंतु 'जगत् विचार' करते समय सबसे पहली समस्या आती है कि यह 'जगत् सत्य है या असत्य'? ***'जगन्मिथ्यात्व'*** *के सिद्धांत ने सर्व-साधारण में कौन कहे शिक्षित पुरुषों में भी यह धारणा फैलायी हुई कि अद्वैतमतानुसार यह जगत् नितांत असत्य पदार्थ है।* जगत् नित्य परिवर्तनशील है, परिणाम स्वभाव वाला है। परिणाम, प्रवृत्ति या परिवर्तन ही जगत् का स्वभाव है—एक क्षण के लिए भी जगत् प्रवृत्तिशून्य नहीं रहता।

शंकराचार्य के अनुसार 'सत्य' की परिभाषा इस प्रकार है— ***'यद्रूपेण यन्निश्चितं तद् रूपं न व्यभिचरति तत् सत्यम्'*** *अर्थात् जिस रूप से जो पदार्थ निश्चित होता है, यदि वह रूप सतत समभाव से विद्यमान रहे, तो उसे सत्य कहते हैं।'* इस प्रतिक्षण-परिणामी, सतत चंचल, नियत परिवर्तनशील संसार की कोई भी वस्तु इस परिभाषा के अनुसार सत्य कोटि में नहीं आ सकती। तो क्या जगत् नितांत असत्य है? कुछ उपनिषदों में भी इस तरह के दो विरोधी विचारों का वर्णन किया गया है। एक ओर तो वहां पर ईश्वर के द्वारा इस संसार की सृष्टि की चर्चा की जाती है, तो दूसरी ओर इसी संसार को झूठा भी बतलाया जाता है। इन दोनों व्याख्याओं में तर्कपूर्ण सामंजस्य नहीं दिखाई पड़ता, जो शंकराचार्य ने स्थापित किया है।

शंकराचार्य के अनुसार *जगत् की सृष्टि सगुण ब्रह्म की माया-शक्ति से होती है।* साधारण लोग अज्ञानता के कारण ब्रह्म के निर्गुण रूप को नहीं पहचान पाते। ऐसे लोगों के लिए शंकराचार्य व्यावहारिक दृष्टिकोण अपनाने को कहते हैं। *व्यावहारिक दृष्टिकोण के अनुसार यह जगत् वास्तविक है।* इसलिए इस संसार की सृष्टि का कार्य ईश्वर को सौंपा जाता है। जैसे एक जादूगर जादू की छड़ी से जादू का खेल दिखाता है, उसी प्रकार 'ईश्वर' मायारूपी जादू की छड़ी से सृष्टि का खेल दिखाता है। ईश्वर की सृष्टि के कार्य को एक खेल की

उपमा दी जाती है।

शंकराचार्य ने अपने दर्शन में इस संसार की सृष्टि का कोई विशेष प्रयोजन नहीं बताया है। उनका कथन है कि *ईश्वर में जब 'आनंद' की भावना की तीव्रता होती है, तब वह केवल एक खेल अथवा क्रीड़ा के लिए ही संसार की सृष्टि कर बैठता है।* इस विषय में शंकराचार्य कहते हैं– *'ईश्वर जगत् का कारण है, फिर भी स्वभावतः केवल लीलामात्र के लिए बिना किसी प्रयोजन के उसी प्रकार सृष्टि करता है, जिस प्रकार मनुष्य अपने शरीर में बिना किसी बाह्य प्रयोजन के श्वास क्रिया चलाते रहते हैं।'* श्रुति में भी सृष्टि के संबंध में ऐसी ही बातें कहीं गई हैं–'जिस तरह जीवित मनुष्य के शरीर में केश, नाखून इत्यादि उत्पन्न होते रहते हैं, उसी प्रकार ब्रह्म से इस संसार की उत्पत्ति होती रहती है।' इससे सिद्ध होता है कि जब सृष्टि का अंत 'प्रलय' द्वारा हो जाता है, तो फिर से सृष्टि-प्रक्रिया शुरू हो सकती है। अतः सृष्टि की क्रिया शाश्वत और अनंत है। इसीलिए सृष्टिकर्ता को सर्जक के साथ-साथ पालक और संहारक के रूप में भी स्वीकार किया जाता है।

शंकराचार्य का माया-विचार

संसार की सृष्टि के लिए जिस शक्ति की आवश्यकता होती है, उसे 'माया' कहते हैं। शंकराचार्य ने माया तथा अविद्या एक ही तत्त्व के दो पक्ष बताए हैं। अविद्या जीव में है, वह उसकी बुद्धि का गुण है। माया जगत् के नाम रूपात्मक प्रपंच की स्रष्टा शक्ति है। ज्ञान हो जाने पर अविद्या का नाश हो जाता है, परंतु माया ब्रह्म के समान ही अनादि है, क्योंकि वह सोपाधि ब्रह्म अर्थात् ईश्वर की शक्ति है। परंतु अन्यत्र शंकरभाष्य में अविद्या को भी अनादि कहा गया है, क्योंकि वह बीजशक्ति माया में विद्यमान रहती है। माया अविद्या रूप और अनादि है– ***'अविद्या-लक्षणा अनादिमाया'*** *(माण्डूक्योपनिषद् शांकर-भाष्य 3.36)।*

वस्तुतः जिस प्रकार आत्मा और ब्रह्म में तादात्म्य है, उसी प्रकार माया और अविद्या एक ही है। दोनों वैयक्तिक भी हैं और सार्वभौम भी।

शंकराचार्य ने माया, अविद्या, अज्ञान, अध्यास, अध्यारोप, अनिवर्चनीय, विवर्त, भ्रांति, भ्रम, नामरूप, अव्यक्त, अक्षर, बीजशक्ति, मूला-प्रकृति इत्यादि शब्दों का एक ही अर्थ में प्रयोग किया है। परंतु शंकर के बाद कुछ वेदांत-आचार्यों ने अविद्या और माया में भेद किया है। उनके अनुसार अविद्या निषेधात्मक और जीवगत है और माया स्वीकारात्मक और विभु है।

माया ईश्वर की शक्ति है, जिससे यह नाम रूपात्मक जगत् बना है। नाम रूप न तो सत् है न असत्। वे संसार के बीज रूप हैं। उनसे ही मानो ईश्वर की यह प्रकृति बनी है। ईश्वर का सृष्टिकर्ता रूप अविद्या के इन्हीं नाम-रूपादि बीजों की अभिव्यक्ति पर निर्भर है। उत्पत्ति से पूर्व भी उसे इसका ज्ञान रहता है। इन्हीं के कारण उसका सर्वज्ञानित्व है।

इन्हीं पर उसकी सर्वशक्तिमत्ता है। मायारूपिणी शक्ति के कारण निष्क्रिय ईश्वर सक्रिय हो जाता है। माया महामाया कहलाती है। ईश्वर महामायिन कहा जाता है। सांख्यदर्शन की प्रकृति की तरह माया स्वतंत्र नहीं है। वह ईश्वर पर आधारित है। माया के कारण ही एक ईश्वर अनेक रूपों में दिखाई देता है। माया सुषुप्ति या अज्ञान के समान है, जिससे अज्ञानी जीव सोते से रहते हैं। सृष्टि के पूर्व की यही अवस्था है। ईश्वर इसी जगत् की सृष्टि करता है।

शंकराचार्य ने 'माया' तथा 'अविद्या' के निम्नलिखित गुण बताए हैं–

1. अनादि–माया अनादि है। उसी से जगत् की सृष्टि होती है। वह ईश्वर की शक्ति है। अतः ईश्वर के समान माया भी सदा से है। प्रलय के पश्चात् भी यह बीजरूप में ईश्वर में विद्यमान रहती है।

2. ईश्वर की शक्ति–माया ईश्वर की शक्ति है। वह पूर्णतः उस पर निर्भर है। वह ईश्वर से भिन्न नहीं है।

3. ब्रह्म के स्वभाव के विरुद्ध–माया सांख्य की प्रकृति के समान जड़ और अचेतन है। वह ब्रह्म के स्वभाव से भिन्न है, विपरीत है।

4. भावरूप–माया भावरूप है, परंतु वह यथार्थ नहीं है।

5. विज्ञाननिरस्या–माया विज्ञाननिरस्या है। ज्ञान होने पर वह दूर हो जाती है। मुक्त आत्मा माया के प्रभाव से बाहर हो जाती है। जैसे रस्सी का ज्ञान होने पर सर्प नहीं रहता, उसी तरह आत्मा की यथार्थ प्रकृति का ज्ञान होने अथवा ब्रह्मभाव होने पर मायारूपी नामरूपात्मक जगत् का भी अस्तित्व नहीं रहता।

6. माया व्यावहारिक तथा विवर्तमात्र है–पारमार्थिक स्तर पर एकमात्र ब्रह्म ही सत्य है। माया व्यावहारिक जगत् में उसी ब्रह्म का विवर्त है।

7. अनिवर्चनीय–माया अनिवर्चनीय है। वह सत् है, क्योंकि ईश्वर के समान अनादि है और जगत् की सृष्टि करती है; वह असत् है क्योंकि ईश्वर से भिन्न उसकी कोई सत्ता नहीं है।

8. अध्यास रूप–माया अध्यास रूप है। जिस प्रकार रस्सी में सर्प और सीपी में चांदी का मिथ्या अध्यारोप किया जाता है, उसी प्रकार मायावश जीव एक निर्गुण ब्रह्म को नाना नामरूपात्मक जगत् के रूप में देखता है।

9. माया ब्रह्म को प्रभावित नहीं करती–माया का आश्रय और विषय ब्रह्म है, तथापि जिस प्रकार रूपहीन आकाश पर आरोपित नील वर्ण का कोई प्रभाव नहीं पड़ता अथवा जिस प्रकार जादूगर अपने जादू से स्वयं प्रभावित नहीं होता, वैसे ही ब्रह्म पर माया का प्रभाव नहीं पड़ता।

माया की दो शक्तियां हैं 'आवरण-शक्ति' और 'विक्षेप-शक्ति' जिनसे दो प्रकार के

कार्य होते हैं—

आवरण-शक्ति—माया अपनी आवरण-शक्ति के द्वारा ***सत्य*** (अथवा वास्तविकता) पर एक ऐसा आवरण डाल देती है कि वह पूर्ण रूप से छिप जाता है। जैसे एक काला बादल सूरज के प्रकाश पर घिर जाता है, तो सूरज का सच्चा स्वरूप छिप ही जाता है, उसी तरह मायारूपी आवरण से निर्गुण ब्रह्म या परब्रह्म छिप जाता है।

विक्षेप-शक्ति—माया की दूसरी शक्ति का नाम है 'विक्षेप'। विक्षेप-शक्ति के द्वारा एक की जगह दूसरी वस्तु दिखने लगती है। अंधेरी रात में पड़ी हुई रस्सी को सांप समझ लेना अर्थात् रस्सी को रस्सी नहीं समझकर सांप समझ बैठना, माया की विक्षेप-शक्ति का ही काम है। माया की इसी विक्षेप-शक्ति के कारण निर्गुण ब्रह्म सगुण ब्रह्म के रूप में दिखता है। अवास्तविक संसार को वास्तविक संसार के रूप में माया ही दिखाती है।

माया इन दोनों शक्तियों के द्वारा ईश्वर के सृष्टि कार्य में सहायता प्रदान करती है। परंतु यह सहायता किस प्रकार और किस क्रम से जगत् के विषयों का आविर्भाव करती है, इस विषय में मतैक्य न उपनिषदों में है न वेदांत के ग्रंथों में। इस संसार में सूक्ष्म से लेकर स्थूल तक जो परिणाम या विकार दिखाई देता है, वह माया का ही एक विस्तार है। माया सबसे पहले सूक्ष्म विषयों में व्यक्त होती है। उसके बाद वह स्थूल विषयों का रूप ग्रहण करती है। माया (प्रकृति) में तीन गुण हैं—सत्त्व, रजस् तथा तमस्। माया की विक्षेप-शक्ति (जो तमोगुण प्रधान होती है) से युक्त ब्रह्म से सूक्ष्मतन्मात्र रूप आकाश की उत्पत्ति होती है, आकाश से वायु की, वायु से अग्नि की, अग्नि से जल की और जल से पृथ्वी की उत्पत्ति हुई। इन सूक्ष्म भूतों से सत्रह अवयव वाले (पंच कर्मेंद्रिय, पंच ज्ञानेंद्रिय, पंचभूत तथा बुद्धि और मन) सूक्ष्म शरीरों की और स्थूल भूतों की उत्पत्ति होती है। स्थूल भूत पंचीकृत होते हैं, जिसका भाव है प्रत्येक भूत में अपना अंश आधा होता है और अन्य चारों भूतों के अष्टम अंशों को मिलाकर आधा होता है। 'पंचीकरण' को निम्न चार्ट से समझा जा सकता है—

आकाश	= $\frac{1}{2}$ आकाश	+ $\frac{1}{8}$ पृथ्वी	+ $\frac{1}{8}$ जल	+ $\frac{1}{8}$ अग्नि	+ $\frac{1}{8}$ वायु
वायु	= $\frac{1}{2}$ वायु	+ $\frac{1}{8}$ आकाश	+ $\frac{1}{8}$ पृथ्वी	+ $\frac{1}{8}$ जल	+ $\frac{1}{8}$ अग्नि
अग्नि	= $\frac{1}{2}$ अग्नि	+ $\frac{1}{8}$ वायु	+ $\frac{1}{8}$ आकाश	+ $\frac{1}{8}$ पृथ्वी	+ $\frac{1}{8}$ जल
जल	= $\frac{1}{2}$ जल	+ $\frac{1}{8}$ अग्नि	+ $\frac{1}{8}$ वायु	+ $\frac{1}{8}$ आकाश	+ $\frac{1}{8}$ पृथ्वी
पृथ्वी	= $\frac{1}{2}$ पृथ्वी	+ $\frac{1}{8}$ जल	+ $\frac{1}{8}$ अग्नि	+ $\frac{1}{8}$ वायु	+ $\frac{1}{8}$ आकाश

स्थूल भूतों से चार प्रकार के स्थूल शरीरों की उत्पत्ति होती है, जिन्हें जरायुज, अंडज, स्वेदज और उद्भिज कहते हैं। इन चारों प्रकार के स्थूल शरीरों के समूहों से घिरा हुआ 'चैतन्य' ही यह 'विश्व' है।

मनुष्य का शरीर सूक्ष्मशरीर, सूक्ष्मभूतों से बना है और स्थूल शरीर स्थूलभूतों से। सूक्ष्मभूतों से पांच ज्ञानेंद्रियां, पांच कर्मेंद्रियां और बुद्धि तथा मन बनते हैं। बुद्धि एक ऐसी वृत्ति है, जिसके द्वारा किसी बात का निश्चय किया जा सकता है। मन ऐसी वृत्ति है, जिसके द्वारा संकल्प तथा विकल्प किया जाता है। चित्तवृत्ति के द्वारा नवीन शोध की ओर व्यक्ति उन्मुख होता है और अहंकार से अभिमान का जन्म होता है। मन सभी ज्ञानेंद्रियों का स्वामी है। उसका स्थान 'हृदय' में माना गया है, यद्यपि आधुनिक शरीरविज्ञानी उसका स्थान मस्तिष्क में मानते हैं। मन के भीतर तीन गुण काम करते रहते हैं। सत्त्वगुण से वैराग्य, क्षमा, उदारता जैसी भावनाओं का जन्म होता है। रजोगुण से काम, क्रोध, लोभ तथा तमोगुण से आलस्य, धोखा भ्रम या गहरी नींद जैसी वृत्तियों का जन्म होता है। *बुद्धि के ऊपर ब्रह्म का जो प्रतिबिंब पड़ता है, उससे जीव का निर्माण होता है।*

शांकरवेदांत के अनुसार सृष्टि-प्रक्रिया उपर्युक्त विधि से होती है। सृष्टि की प्रक्रिया अत्यंत जटिल है, जिसे समझने के लिए हमें पूर्ण ज्ञान का आश्रय लेना पड़ता है। माया या अविद्या में आबद्ध रहकर हम संसार के रहस्य को वास्तविक रूप में कभी समझ नहीं पाते हैं। 'ज्ञान' उनके दृष्टिकोण में 'ब्रह्म' से समीकृत है। ब्रह्म-प्राप्ति या ज्ञान-प्राप्ति के पश्चात् ईश्वर, संसार, जीवन सबके प्रति हमारा दृष्टिकोण बदल जाता है। व्यावहारिक रूप में 'संसार' यदि 'सत्य' है और 'वास्तविक' है, तो पारमार्थिक दृष्टिकोण से 'मिथ्या' और अवास्तविक है।

जगत्-विचार के संबंध में 'माया' के विवेचन से ऐसा जान पड़ता है कि शंकराचार्य की दृष्टि में संसार स्वप्नमात्र है अथवा मानसिक प्रत्ययमात्र ही है। परंतु शंकराचार्य ने समाज एवं धर्म-सुधार के लिए अपने लघु जीवन में जो महान् कार्य किए, वे इस बात के प्रमाण हैं कि उनके मत में संसार केवल स्वप्न नहीं था। *यह बात और है कि उनका मूल सिद्धांत ब्रह्म को ही एकमात्र सत्य मानता था।* अपने दार्शनिक क्षेत्र में वे कोई समझौता करने को तैयार नहीं थे। जगत् असत् उसे है 'सत्' नहीं कहा जा सकता। परंतु फिर असत् की भी श्रेणियां हैं (Degrees of unreality) शंकराचार्य के अनुसार सभी प्रकार के सामान्य विषय तीन कोटियों में विभाजित किए जा सकते हैं—

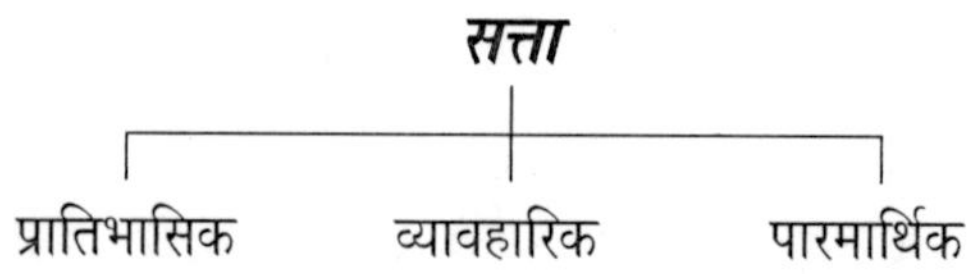

1. प्रातिभासिक सत्ता—इसके अंतर्गत वे विषय आते हैं, जो कि स्वप्न अथवा भ्रम आदि में क्षण-भर के लिए प्रकट होते हैं, पर जाग्रत अवस्था आदि से बाधित हो जाते हैं। जैसे—रज्जुसर्प का ज्ञान।

2. व्यावहारिक सत्ता—जगत् के समस्त व्यवहार-गोचर पदार्थों में व्यावहारिक सत्ता रहती है। ये वे विषय हैं, जो कि स्वाभाविक जाग्रत अवस्था में प्रकट होते हैं, परंतु जो तार्किक दृष्टि से बाधित होने की संभावना के कारण पूर्ण सत्य नहीं कहे जा सकते। इनके अंतर्गत आती हैं हमारे व्यवहार की वस्तुएं। जैसे—घट, पट आदि।

3. पारमार्थिक सत्ता—यह शुद्ध सत्ता है, जो कि सभी प्रतीतियों में प्रकट होती है, जो न बाधित होती है और न जिसके बाधित होने की कल्पना ही की जा सकती है, इसलिए जगत् हमारी इंद्रियों के लिए अवश्य सत्य है, पर ज्ञानी की दृष्टि से वह असत्य है। अतः ब्रह्म ही परम सत्य है।

इन तीनों से भिन्न भी कतिपय पदार्थ हैं। जैसे—वंध्या का पुत्र, आकाशकुसुम आदि। ये निराधार या निराश्रय पदार्थ ***'तुच्छ'*** या ***'अलीक'*** कहे जाते हैं, क्योंकि इनमें किसी प्रकार की सत्ता दृष्टिगोचर नहीं होती।

विवर्तवाद

जगत्-विचार के संदर्भ में ऊपर शंकर के 'मायावाद' का अध्ययन किया गया है। मायावाद का यथार्थ समझने के लिए शंकराचार्य के विवर्तवाद को समझना भी जरूरी है। किसी द्रव्य के वास्तविक विकार को परिणाम कहते हैं—जैसे दूध का दही बन जाना। सांख्यवादी कहते हैं प्रकृति वस्तुतः बदल कर जगत् के रूप में परिणत हो जाती है, यही परिणामवाद है। रामानुज ने भी 'विशिष्टाद्वैत' के सिद्धांत में परिणामवाद को माना है, क्योंकि उनके अनुसार ब्रह्म का अंश ही संसार के रूप में परिणत होता है। वास्तव में विवर्तवाद और परिणामवाद दोनों इस बात से सहमत हैं कि कार्य पहले से ही अपने उपादान कारण में विद्यमान रहता है या 'सत्' रूप में रहता है। अतः विवर्तवाद और परिणामवाद 'सत्कार्यवाद' के अंदर आते हैं। शंकराचार्य के अनुसार कार्य कारण से भिन्न नहीं है। मिट्टी का बर्तन मिट्टी से अलग नहीं है। सोने का गहना सोना ही है। कार्य और उसके उपादान कारण में अविच्छेद्य संबंध है। अतः यह समझना भ्रम है कि कार्य कोई नई वस्तु है, जो पहले नहीं थी और अब पैदा हो गई। असत् में सत् की उत्पत्ति की कल्पना करना उचित नहीं।

किसी भी कार्य का एक उपादान-कारण तो होता ही है, एक निमित्त-कारण भी होता है। निमित्त-कारण की क्रिया से किसी नवीन द्रव्य की उत्पत्ति न होकर केवल उस द्रव्य के निहित रूप की अभिव्यक्ति मात्र हो जाती है। कार्य कारण की ही अवस्थामात्र है—***कारणस्यैवावस्थामात्रं कार्यम्।***

अतः कार्य-कारण का संबंध वास्तविक परिवर्तन नहीं है। शंकराचार्य ने जहां श्रुति से उक्तियां देकर अपने विवर्तवाद को सिद्ध करने का प्रयत्न किया है, वहां तर्क द्वारा यह समझाने की कोशिश की है कि विवर्तवाद को मानने से सृष्टि संबंधी अनेक कठिनाइयां दूर हो जाती हैं। सृष्टि को परिणाम मान लेने पर उसको समझाना असंभव है। यदि ईश्वर

को सृष्टि-कर्ता माना जाए और अचेतन प्रकृति से जगत् की रचना मानी जाए, तो ईश्वर की असीमता नष्ट हो जाती है, क्योंकि उसके अतिरिक्त प्रकृति की भी सत्ता माननी पड़ती है। प्रकृति को सत्य मानकर ईश्वर पर आश्रित मानने में भी कठिनाई है। इस अवस्था में या तो प्रकृति ईश्वर का एक अंशमात्र है अथवा संपूर्ण ईश्वर से अभिन्न है। रामानुज के समान प्रथम विकल्प स्वीकार करें, तो समस्या है कि ईश्वर भी भौतिक द्रव्यों के समान सावयव और नश्वर हो जाता है। यदि प्रकृति को ईश्वर से अभिन्न माना जाए तो प्रकृति के विकास का अर्थ संपूर्ण ईश्वर जगत् में परिणत हो जाना है। इस विकल्प में सृष्टि के उपरांत कोई ईश्वर नहीं बचता। शंकराचार्य के मतानुसार 'विवर्तवाद' को मान लेने से ये सब कठिनाइयां दूर हो जाती हैं।

प्रतिबिंबवाद

इसी विवर्तवाद के आधार पर अद्वैतवाद जीव और ब्रह्म के विषय में प्रतिबिंबवाद का प्रतिपादन करता है। ***अनंत चैतन्य का अविद्या के दर्पण पर पड़ने वाला प्रतिबिंब ही जीव है।*** जैसे अनेक जलाशयों में एक ही चंद्रमा के अनेक प्रतिबिंब पड़ते हैं। जल की स्वच्छता-मलिनता के अनुरूप प्रतिबिंब भी स्वच्छ-मलिन दिखाई पड़ता है। जल की स्थिरता-चंचलता के अनुसार प्रतिबिंब भी स्थिर या चंचल होता है। अविद्या के कारण अनंत के प्रतिबिंब रूप जीव भी भिन्न-भिन्न आकार-प्रकार के दिखाई पड़ते हैं। प्रतिबिंब की उपमा दो बातें स्पष्ट करती हैं। प्रथम यह कि एक ही ब्रह्म भिन्न-भिन्न अविद्याओं के फलस्वरूप भिन्न-भिन्न अंतःकरणों में भिन्न-भिन्न प्रकार से प्रतिबिंब होता है। द्वितीय संकेत मिलता है कि अंतःकरण की निर्मलता होगी, तो ब्रह्म का प्रतिबिंब स्पष्टता से उसमें उतरेगा।

प्रतिबिंबवाद भी एक कठिनाई उपस्थित करता है। इसका अर्थ होता है कि जीवों की मुक्ति का अर्थ उनका विनाश है, क्योंकि अविद्यारूपी दर्पण के टूट[1] जाने पर उसके प्रतिबिंब भी नष्ट हो जाएंगे। अतः जीव की सत्ता को बचाने के लिए अद्वैत 'अवच्छेदवाद' की स्थापना करता है। इसे समझाने के लिए 'घटाकाश' (घड़े के बीच का आकाश) की उपमा दी गई है। आकाश सर्वव्यापी और एक है, परंतु घट, मठ आदि उपाधिभेद से वह घटाकाश, मठाकाश के रूपों में आभासित होता है। व्यावहारिक सुविधा के लिए इस काल्पनिक विभाग को यथार्थ मान लिया जाता है। अतः ब्रह्म सर्वव्यापी और एक होने पर भी अविद्या के कारण उपाधिभेद से नानाजीवों और विषयों के रूप में प्रतीत होता है। मुक्ति का अर्थ अविद्यामूलक उपाधियों को तोड़कर निरुपाधिक ब्रह्मस्वरूप हो जाना है।

---

1. महादेवी वर्मा जो 'रहस्यवाद' की प्रसिद्ध कवयित्री रही हैं, उनकी पुस्तक 'नीरजा' का एक गीत है–'टूट गया दर्पण निर्मम'।

अध्यास

अब विचारणीय प्रश्न यह है कि जब आत्मा स्वभाव से ही नित्यमुक्त है, तब वह संसार में बद्ध क्यों दृष्टिगोचर हो रहा है? निरतिशय आनंदरूप आत्मा इस प्रपंच के पचड़े में पड़कर विषम दुःखों के झेलने का उद्योग क्यों करता है? इसका एकमात्र उत्तर है 'अध्यास' के कारण। 'अध्यास' क्या है? शारीरिक-भाष्य (या ब्रह्मसूत्र-भाष्य) के उपोद्धात में आचार्य ने 'अध्यास' के स्वरूप का निर्णय बहुत सरल भाषा में किया है– ***'अध्यासो नाम अतस्मिन् तत्बुद्धिः'।***

अर्थात् तत् पदार्थ में अतद् (तद्-भिन्न) पदार्थ के स्वरूप का आरोप करना 'अध्यास' कहलाता है। जैसे एक मनुष्य अपने पुत्र या स्त्री के सत्कृत या तिरस्कृत होने पर अपने को भी वैसा ही मानने लगता है। इसी प्रकार अपने को स्थूल या कृश चलने वाला या खड़ा होने वाला, अंध या बधिर मानना। इंद्रियादियों के धर्मों के आरोप के कारण ही यह होता है। जगत् के सभी व्यवहारों की मूल-भित्ति यही अध्यास है। इसी का दूसरा नाम 'अध्यारोप' है। इसी अध्यास या 'अध्यारोप' के कारण मनुष्य अपने आत्मरूप को भूलकर उसे 'शरीर' मानकर व्यवहार करता है। जगत् के संदर्भ में भी ऐसा ही होता है। 'ब्रह्म' को भूलकर 'जगत्' को ही 'सत्य' या वास्तविक मानने से समस्या होती है। इसी अध्यास को हटाने के लिए 'आत्म-विद्या' का प्रतिपादन करना वेदांत का लक्ष्य है।

शंकराचार्य का प्रमाण-विचार

भारतीय दर्शन की विशेषता है कि तह तार्किक है। दर्शन के आचार्यों ने अनेकों 'प्रगाणों' की सहायता से ज्ञान की, दर्शन की समस्याओं पर विचार किया है। इसे ही 'प्रमाण-विचार'[1] कहते हैं। जैसा कि ऊपर कहा जा चुका है कि वेदांत का लक्ष्य है 'आत्म-विद्या' या 'आत्म-ज्ञान'। इसे सिद्ध करने के लिए प्रमाणों की जरूरत होती है, तभी 'ज्ञान' तार्किक या प्रामाणिक सिद्ध होता है। वेदांत के अनुसार 'प्रमाण' हमें ज्ञान नहीं देते, बल्कि अविद्या की ही निवृत्ति करते हैं, क्योंकि प्रमाणों में सदा प्रमेय और प्रमाता का भेद होता है और ज्ञान सब प्रकार के भेदों से परे है। परंतु अविद्या का हटना ही ज्ञान का होना है, जैसे कि सर्प के अध्यास के दूर होते ही रस्सी का ज्ञान हो जाता है। अविद्या का हटना और ज्ञान का होना–दोनों एक ही बात है–यहां कुछ भी भेद नहीं है। 'ज्ञान' तो सदैव ही है, सिर्फ अविद्या उस पर आवरण डाले रहती है। प्रमाण अविद्या के ही क्षेत्र में कार्य करते हैं। ज्ञान को किसी प्रमाण की आवश्यकता नहीं है, क्योंकि वह स्वयं अपना प्रमाण है। अतः आत्मा और ब्रह्म के स्वरूप का विवेचन करने के कारण 'अद्वैत-दर्शन' में प्रमाण-विचार

---

1. देखा जाए तो 'प्रमाण-विचार' एक दर्शन विशेष को वैज्ञानिक आधार देता है। यह एक प्रकार से दर्शनों की 'तकनीक' है। इस 'तकनीक' का उपयोग दार्शनिक विद्वानों के लिए जितना है, उतना सामान्यजन के लिए नहीं, अतः इसका विवेचन यहां संक्षेप में है।

का स्थान गौण है। शंकराचार्य के मत में पारमार्थिक दृष्टिकोण से समस्त प्रमाणों को और उनसे मिले ज्ञान को 'असत्' माना है, परंतु पारमार्थिक ज्ञान प्राप्त होने तक व्यावहारिक जगत् में उनके महत्त्व को नकारा भी नहीं है।

वेदांत के अनुसार प्रमाण तीन हैं—प्रत्यक्ष, अनुमान (या तर्क) और श्रुति। इनका संक्षिप्त विवरण नीचे प्रस्तुत है—

प्रत्यक्ष-प्रमाण—प्रत्यक्ष ज्ञान पदार्थों की एक साक्षात् चेतना है। यह चेतना प्रायः इंद्रियों की क्रियाओं के अभ्यास के द्वारा होती है। इंद्रिय-प्रत्यक्ष में ज्ञाता और प्रत्यक्ष विषयक पदार्थ में एक वास्तविक संपर्क होता है। उदाहरणस्वरूप, जब इंद्रिय के रूप में आंख 'घड़े' रूपी पदार्थ पर टिक जाती है, तो अंतःकरण उसकी ओर बढ़ता है और उसे अपने प्रकाश से प्रकाशित करता है। उससे 'बोध' की क्रिया संपन्न होती है। अंतःकरण आंतरिक इंद्रियों के व्यापारों का उचित स्थान है। बाहरी इंद्रियों से प्राप्त सामग्री को यह क्रमबद्ध अथवा व्यवस्थित करता है। पारदर्शिता के गुण से युक्त अंतःकरण द्वारा ज्ञान-विषय प्रतिबिंबित होते हैं। ऐसा गुण इसमें आत्मा के साथ एक संपर्क के स्थापित होने से आता है। अंतःकरण की प्रवृत्तियां चार प्रकार की हैं—

(क) अनिश्चय या संशय, (ख) निश्चय, (ग) गर्व अथवा आत्मचेतना, (घ) स्मरण।

जब अंतःकरण *संशय की स्थिति* में रहता है, तो उसे 'मन' कहते हैं। जब वह *निश्चयात्मक स्थिति* में होता है, तो उसे 'बुद्धि' कहते हैं। यह बुद्धि 'बोध-ग्रहण' की क्षमता है। *'गर्व' की अवस्था* को 'अहंकार' तथा *'स्मरण' की स्थिति* में उसे 'चित्त' नाम से पुकारा जाता है। 'बोध' का कारण अंतःकरण की उपाधि से परिपूर्ण चेतना है। इसका रूप सभी मनुष्यों में बराबर नहीं होता।

व्यावहारिक जगत् के पदार्थों का ज्ञान 'प्रत्यक्ष' से होता है। परंतु पारमार्थिक सत्ता का ज्ञान प्रत्यक्ष का विषय नहीं है।

अनुमान-प्रमाण—अद्वैत-सिद्धांत के अनुसार अनुमान का आधार एक ऐसा साहचर्य है, जिसका प्रकाश एक निश्चयात्मक ज्ञान से होता है। जैसे—'जहां-जहां धुआं है, वहां-वहां आग है'। धुएं और आग के साहचर्य के ज्ञान का एक कथन अभावात्मक व्याप्ति में हमें अर्थापत्ति (Implication) अथवा संकेतात्मकता की ओर ले जाता है—जैसे 'जहां आग नहीं रहती, वहां धुआं' भी नहीं रहता। वेदांत के अनुसार व्याप्ति संबंध स्थापित करने के लिए एक ही दृष्टांत पर्याप्त है। यदि हम सीपी में चांदी का आभास मिथ्या पाते हैं, तो इसी के आधार पर यह अनुमान कर सकते हैं कि सभी वस्तुएं (ब्रह्म के अतिरिक्त) मिथ्या हैं। वेदांत ने 'अनुमान' प्रमाण में तीन ही अवयव माने हैं—प्रतिज्ञा, हेतु और उदाहरण। जैसे—

प्रतिज्ञा—ब्रह्म से भिन्न सभी मिथ्या है।

हेतु—क्योंकि सभी वस्तुएं ब्रह्म से भिन्न हैं।

उदाहरण—इसलिए सभी वस्तुएं मिथ्या हैं। जैसे सीपी में चांदी।

(3) श्रुति-प्रमाण—वेदांत में श्रुति (आगम या वेद) को एक स्वतंत्र प्रमाण माना गया

है। वेद अपौरुषेय हैं और नित्य हैं। अद्वैत के अनुसार वेद सृष्टि के साथ आविर्भूत होते हैं और उसी के साथ विलीन हो जाते हैं। वेद नित्य-ज्ञान के प्रतीक हैं। वेद में सभी तरह के नियमों का भंडार छिपा रहता है। शंकराचार्य ने वेदों की प्रामाणिकता को न्याय और मीमांसा के विचारकों द्वारा दी गई युक्तियों से भिन्न युक्तियों के आधार पर सिद्ध किया है। वेद स्वतः प्रकाश है, क्योंकि वे ईश्वर के स्वरूप का प्रकाश करते हैं। वेदों की प्रामाणिकता स्वतः सिद्ध तथा साक्षात् है। वैसे ही जैसे कि सूर्य का प्रकाश हमारे आकृति-संबंधी ज्ञान का साक्षात् साधन है। जहां तक 'स्मृति' (ग्रंथ विशेष या परंपरा) का प्रश्न है, उसे तभी प्रमाण माना जाता है, जबकि यह श्रुति के अनुकूल हो। श्रुति हमें ऐसा ज्ञान प्रदान करती है, जो इंद्रियों अथवा विचारशक्ति के द्वारा प्राप्त नहीं हो सकता। धर्म-अधर्म संबंधी विषयों पर श्रुति एकमात्र प्रमाण है। यथार्थ सत्ता को जानने के लिए अनुमान तथा अंतर्दृष्टि का भी प्रयोग किया जा सकता है।

तर्क तथा श्रुति का संबंध–शंकराचार्य श्रुति और तर्क को अन्योन्याश्रित मानते हैं। श्रुति का उन्होंने इतना समर्थन किया है कि बहुत स्थानों पर अपने आपको केवल टीकाकार मात्र ही माना है। दूसरी ओर वे तर्क को भी श्रुति से बढ़कर मान लेते हैं। एक स्थान पर उन्होंने कहा है–***श्रुत्यैव सहायत्वेन तर्करूपाभ्युपेतत्त्वात्।***

अर्थात् तर्क श्रुति की सहायता पर आधारित है। दूसरे स्थान पर वे कहते हैं– ***'तर्केणापि शक्यते ज्ञातुम्'।***

अर्थात् (ब्रह्म-ज्ञान) अकेले तर्क के द्वारा भी पाया जा सकता है। इस प्रकार शंकराचार्य की दृष्टि में तर्क और श्रुति दोनों ही ब्रह्मज्ञान के साधन हैं।

शंकराचार्य का मोक्ष-विचार

भारतीय दर्शनों में, विशेषतः छः आस्तिक दर्शनों और जैनमत में मोक्ष का अर्थ आत्मलाभ है। शंकराचार्य के अनुसार 'आत्मा की अपने स्वरूप में अवस्थिति ही मोक्ष है– ***स्वात्मन्यवस्थानं मोक्षः*** *(तैत्तिरीयोपनिषद् शांकरभाष्य 1.11)*।

दूसरी परिभाषा है कि अविद्या की निवृत्ति ही मोक्ष है, वही ब्रह्म-प्राप्ति है। मोक्ष और अविद्या-निवृत्ति एक ही है। वास्तव में अद्वैतमत में आत्मज्ञान ही आत्मा का लाभ है। यहां ज्ञान और ज्ञाता में भेद नहीं है, क्योंकि आत्मा ज्ञानस्वरूप ही है। आत्मप्राप्ति का ही दूसरा नाम 'ब्रह्मप्राप्ति' है। 'ब्रह्मप्राप्ति' को 'आनंदप्राप्ति' भी कह सकते हैं, क्योंकि ब्रह्म आनंदस्वरूप है। मिथ्या आवरण हट जाने से आत्मा अपना सच्चा स्वरूप जानकर दुखनिवृत्ति पा लेता है।

शंकराचार्य ने ब्रह्म व जगत् का पारमार्थिक व व्यावहारिक दृष्टिकोण से वर्णन किया है, उसी प्रकार 'मोक्ष' का वर्णन भी किया है। पारमार्थिक दृष्टिकोण से मोक्ष (या मुक्ति) स्वयं ही ब्रह्म का एक रूप है। इसलिए एक स्वतंत्र सत्ता मात्र के रूप में उसका होना पाया जाता है। व्यावहारिक दृष्टिकोण से देखने पर मोक्ष या मुक्ति के दो प्रकार किए जा

सकते हैं–1. जीवन्मुक्ति, 2. विदेहमुक्ति। मनुष्य अपने कर्मों के कारण ही जीवन-मरण के चक्र में घूमता रहता है। कर्म के प्रकार हैं–संचित, प्रारब्ध और संचीयमान। संचित कर्म पूर्व-जीवन के होते हैं। प्रारब्ध की श्रेणी में वे कर्म आते हैं, जिनका फल वर्तमान जीवन में भोगा जा रहा है। संचीयमान कर्म वे हैं, जो इस वर्तमान जीवन में जमा हो रहे हैं।

शंकराचार्य का मत है कि ज्ञान के द्वारा संचित और संचीयमान कर्मों का निवारण किया जा सकता है, परंतु पूर्व जीवन के संचित कर्म और संचित संस्कार इतने मजबूत होते हैं कि एकाएक उनका नाश नहीं हो पाता। दूसरी ओर प्रारब्ध कर्मों का भोगा जाना भी आवश्यक होता है। बंधन के जाल में अज्ञानता के कारण अथवा 'माया' के प्रभाव में ही आत्मा अपने को शरीर समझने लगती है। इसलिए आत्मा को मुक्त करने के लिए इस भ्रम को दूर करना होता है। ज्ञान के द्वारा ही यह संभव होता है। ज्ञान के द्वारा यह संसार बिल्कुल माया का खेल दिखलाई पड़ता है। ज्ञान के द्वारा जब आत्मा अपने को बंधन के पिंजरे से मुक्त करती है, तो सांसारिक विषयों के प्रति आकर्षण भी समाप्त हो जाते हैं। पूर्णरूप से इस संसार से विरक्त मनुष्य सब प्रकार से दुखातीत हो जाता है। संसार में रहकर भी संसार से बाहर रहता है। जिस तरह सूरज की छाया नीचे रखे जलपूर्ण घड़ों में रहकर भी घड़े से बाहर है। संसार में रहकर भी संसार के विषयों से दूर रहना एक प्रकार की मुक्ति है, मोक्ष है, जिसे वेदांत की शब्दावली में जीवन्मुक्ति की संज्ञा मिली है।

शंकराचार्य के अनुसार मोक्ष का अर्थ शरीर का नाश नहीं है। अन्य दर्शन बौद्ध, जैन या सांख्य भी ऐसी मुक्ति के महत्त्व को स्वीकार करते हैं। शंकराचार्य का कथन है कि मुक्ति स्वर्ग की तरह कोई अज्ञात स्थान नहीं है, जहां जाने पर ही सुख की प्राप्ति होती है।

मुक्ति का दूसरा प्रकार 'विदेहमुक्ति' है। जब स्थूल और सूक्ष्म दोनों तरह के शरीरों का अंत हो जाता है, तब 'जीवन्मुक्ति' की अवस्था 'विदेहमुक्ति' में परिवर्तित हो जाती है। ऊपर कहा जा चुका है कि तत्त्वज्ञान के बाद संचित और संचीयमान कर्म समाप्त होने लगते हैं, परंतु प्रारब्ध कर्मों को भोगने के लिए शरीर रह जाता है। जब ये कर्म-फल भी भोग लिए जाते हैं, तब 'विदेहमुक्ति' संभव हो पाती है। एक सुंदर व्यावहारिक उदाहरण के माध्यम से 'विदेहमुक्ति' की अवधारणा वेदांत समझाता है। जिस तरह एक कुम्हार का चाक उसके दंड के उठा लेने पर भी कुछ देर तक अपने आप घूमता रहता है और फिर स्वयं ही बंद हो जाता है, उसी तरह प्रारब्ध कर्मों का प्रभाव भी कुछ देर तक रहकर स्वयं समाप्त हो जाता है। यही 'विदेहमुक्ति' है।

मोक्ष प्राप्ति के साधन

शंकराचार्य के मत में ज्ञानप्राप्ति के लिए साधन चतुष्टय से संपन्न होना आवश्यक है, जो निम्न हैं–

1. नित्यानित्यवस्तुविवेक–अर्थात् साधक को नित्य और अनित्य पदार्थों में भेद करने का विवेक होना चाहिए।

2. इहामुत्रार्थभोगविराग–अर्थात् साधक को लौकिक तथा पारलौकिक सब प्रकार के भोगों की कामना का परित्याग कर देना चाहिए।

3. शमदमादिसाधनसम्पत्–अर्थात् साधक को शम, दम, श्रद्धा, समाधान, उपरति और तितिक्षा–इन छः साधनों से युक्त होना चाहिए।

'शम' का अर्थ मन का संयम और 'दम' का अर्थ इंद्रियों का नियंत्रण है। 'श्रद्धा' शास्त्र में निष्ठा रखने को कहते हैं। अपने मन या चित्त को ज्ञान के साधन में लगाना तथा गुरु-सेवा की भावना रखना 'समाधान' है। कार्यों के फल की आशा छोड़कर तथा विक्षेपकारी (बाधा पहुंचाने) कार्यों से विरत होने को 'उपरति' कहते हैं। 'तितिक्षा' के अंतर्गत शीतोष्ण द्वंद्व सहने की क्षमता का विकास करना आता है।

4. मुमुक्षत्वम्–साधक को अपने मन में मोक्ष-प्राप्ति के लिए दृढ़इच्छा और संकल्प पैदा करना होता है। इन सभी गुणों के उदय से ही मनुष्य वेदांत श्रवण का अधिकारी बनता है। इसके बाद ही वे तीन साधन अपेक्षित होते हैं, जिनसे मोक्ष-प्राप्ति संभव होती है–

1. श्रवण (Formal Study),
2. मनन (Reflection),
3. निदिध्यासन (Meditation)।

शंकराचार्य का मत है कि ब्रह्मज्ञान के साधक या मुमुक्षु को ब्रह्मज्ञान के तत्त्वों और सिद्धांतों को गुरु-मुख से सुनना चाहिए। हमारी परंपरा में ज्ञान की श्रुति परंपरा विख्यात है। गुरु के साथ शिष्य का संवाद जब चलता है, तब दर्शन की जटिल-से-जटिल समस्याओं का समाधान हो जाता है। आधुनिक युग में 'श्रवण' के स्थान पर 'पठन' को भी ग्रहण किया जाता है। वेदांत के प्रतिपादक ग्रंथों का अध्ययन कर उनके ऊपर युक्तिपूर्वक तर्क के द्वारा 'मनन' करना चाहिए। मनन के पश्चात् उस पर लगातार ध्यान करना होता है। इस सुदीर्घ प्रक्रिया के पश्चात् ही मिथ्या संस्कारों का नाश होता है। ब्रह्म की सत्यता में अचल निष्ठा हो जाने पर मुमुक्षु को गुरु उपदेश देते हैं ***तत्त्वमसि' तत् त्वम् असि।*** *तत् अर्थात् ब्रह्म, त्वम् अर्थात् जीवात्मा। छान्दोग्योपनिषद् (6.8.7)* का यह वाक्य ब्रह्म और जीव की एकता का दर्शक है। परंतु केवल पढ़कर या सुनकर यह एकता सिद्ध नहीं हो पाती। इस 'सत्य' की अनुभूति करनी होती है। निरंतर अभ्यास से, ध्यान से ही 'परमसत्य' या ब्रह्म का साक्षात्कार या अनुभूति होती है। इसके बाद ही साधक स्वयं अनुभव कर कह उठता है–***अहं ब्रह्मास्मि*** *(बृहदाराण्योपनिषद् 1.4.10)।*

यह साक्षात्कार ऐसे धार्मिक विश्वास को जन्म देता है, जिसमें मन को संतुष्ट करने की असीम शक्ति है। शंकर के वेदांत का यह चरम-सिद्धांत बाद के आचार्यों, दार्शनिक-विचारकों

तथा कवियों तक के लिए प्रेरणा-सूत्र बना रहा है। स्वामी विवेकानंद, बालगंगाधर तिलक जैसे विद्वान् दार्शनिकों और अनेक कवियों ने वेदांतदर्शन से प्रेरणा लेकर अपने विचारों को सुसज्जित किया।

शंकराचार्य का नीति-विचार

वेदांतदर्शन मात्र सैद्धांतिक दर्शन नहीं है, उसमें मनुष्य मात्र के आधार, कर्तव्य की भी व्यवस्था है। जीवन के चरम लक्ष्य को पाने की इच्छा या परमात्मा का साक्षात्कार करने का प्रयत्न यह अपेक्षा रखता है कि हमारे कर्तव्याकर्तव्य क्या हों? यद्यपि वेदांत में ज्ञान को महत्त्व दिया गया है, पर व्यावहारिक रूप में 'कर्म' की भी उपेक्षा नहीं की गई है। विचार करें कि 'परम-सत्य' की ओर जाने वाला मार्ग अनुचित हो ही नहीं सकता। परमात्मा के दर्शन के लिए चित्त की शुद्धि सबसे बड़ी जरूरत है। वेदांतदर्शन में इसीलिए पाप-पुण्य की व्याख्याएं हैं। जो कर्म हमें उज्ज्वल भविष्य की झलक दिखाएं, वे ही शुभ-कर्म हैं, पुण्य-कर्म हैं। इसके विपरीत जो कर्म हमें अंधकारमय जीवन या नीचता की ओर बढ़ने को बाध्य करते हैं, वे पाप-कर्म हैं। ईश्वर में विश्वास रखना पाप से विरत रहने का सबसे अच्छा उपाय है। जो ईश्वर में विश्वास रखता है, वह अपने में विश्वास तो रखता ही है सर्वत्र ईश्वर को देखता हुआ सबके प्रति प्रेम-विश्वास से भरा रहता है। मैं भी ब्रह्म, तू भी ब्रह्म, सब कुछ ब्रह्म ही ब्रह्म—तो फिर कौन अपना, कौन पराया? किसी के प्रति ईर्ष्या-द्वेष कैसा? किसकी हिंसा कौन करे? यह उदात्त सिद्धांत विश्वप्रेम का पाठ पढ़ाता है। मात्र व्यक्तिगत कल्याण की बात नहीं, विश्व-कल्याण की भावना यहां अंतर्निहित है। आत्मज्ञान के साथ विश्वात्मा के महत्त्व को जानने-समझने का अवसर मिलता है। वेदांत की यह सबसे बड़ी नैतिक उपलब्धि कही जा सकती है। सर्वत्र एक ब्रह्म की सत्ता का साक्षात्कार मानवमन की संकीर्णताओं को दूर कर उसे अत्यंत उदारभाव से परिपूर्ण बनाता है।

वेदांत के साधन-चतुष्टय के अंतर्गत जो नैतिक साधन गिनाए जाते हैं, वे सब मानवजीवन में नीतिशास्त्र की महत्ता स्वीकार करते हैं। विवेकशील व्यक्ति के जीवन में उदात्त तत्त्व ही विकसित होता है, वहां अनुदात्त के लिए कोई स्थान नहीं। केवल भौतिक सुख जीवन का एकांगी विकास करते हैं, अतः उनके प्रति वैराग्यभावना दो स्तरों पर कार्य करती है। एक ओर मनुष्य को उच्चतर लक्ष्य की ओर प्रेरित करती है, दूसरी ओर सामाजिक स्तर पर भौतिक सुख की इच्छा को संयमित करती है।

सामान्यतः मन के असंयम के कारण ही साधारण मनुष्य अनुचित कर्म जाल में फंसता है। भोग उपासना के आकर्षणों में फंसता रहता है। शम, दम आदि इसे नियंत्रित करते हैं।

वेद का अध्ययन ज्ञान के लिए आवश्यक है। बिना ज्ञान का कर्म अपूर्ण है। यज्ञकर्म, दानकर्म, तपस्या, उपवास, साधना, ध्यान आदि सभी कर्म ज्ञान-प्राप्ति में सहायक होते हैं। ये सभी सदाचार के पोषक हैं। ये कर्म आत्मबल बढ़ाते हैं। आत्मबल की सहायता से ही

हम ब्रह्मज्ञान प्राप्ति के दुर्गम मार्ग पर चलने को भी तैयार हो जाते हैं। चित्त-शुद्धि का अपना महत्त्व है। कठोपनिषद् पर लिखे अपने भाष्य में शंकराचार्य का कहना है—'ब्रह्म को जानने की अभिलाषा ऐसे ही पुरुष के अंदर उठती है, जिसका मन पवित्र हो, जो कामनाओं के वश में न हो और जो इस जन्म में अथवा पूर्वजन्मों में किए गए कर्मों से स्वतंत्र होकर उद्‌देश्यों तथा उनके साधनों के बाहरी और क्षणिक मिश्रण से निराश हो चुका है।'

वर्ण-व्यवस्था के संबंध में शंकर का स्पष्ट मत है कि 'सच्चे ज्ञान को प्राप्त करने का अधिकार सभी मनुष्यों को है।'

आचार्य शंकर व्यवहार कुशल यथार्थवादी थे। उन्होंने गृहस्थ को पारमार्थिक ज्ञान से विरत नहीं किया है, किंतु वेद तथा धर्म के रक्षण कार्य को भविष्य में सुचारु रूप से चलाने के लिए उन्होंने बौद्धधर्म की तरह संन्यासियों को संघ रूप में संगठित किया तथा भारत के चारों धामों में उन्होंने चार मठों—शृंगेरीमठ (मैसूर), गोवर्धनमठ (जगन्नाथपुरी), शारदामठ (द्वारिका) तथा ज्योतिर्मठ (बद्रीनाथ धाम) की स्थापना की।

शंकराचार्य का मनोविज्ञान

वेदांत में ब्रह्म की प्राप्ति के लिए जो साधन चतुष्टय वर्णित हुआ अथवा श्रवण, मनन, निदिध्यास जैसे साधन वर्णित हुए हैं, वहां प्रकारांतर से 'मन' और उसकी वृत्तियों का भी वर्णन हुआ है। शंकराचार्य ने उपनिषदों तथा गीता के भाष्यों में 'मनस्तत्त्व' का विश्लेषण किया है। गीता (2.21) के भाष्य में मन के विषय में कहा है—***'मनसैवानुद्रष्टव्यम्' इति श्रुतेः शास्त्राचार्योपदेशशमदमादिसंस्कृतं मन आत्मदर्शने करणम्'।***

अर्थात् शास्त्र-आचार्य के उपदेश द्वारा एवं शमदम आदि साधनों द्वारा शुद्ध किया हुआ मन 'आत्मदर्शन' में करण (साधन) है। इसी प्रकार गीता के ही एक और श्लोक (3.42) की व्याख्या में कहा है ***मनः संकल्पविकल्पात्मकम्***—*अर्थात् मन संकल्पों-विकल्पों वाला होता है।* मन की चंचलता का वर्णन करते हुए गीता की ही शब्दावली में शंकरचार्य ने उसे अभ्यास तथा वैराग्य से संयमित किए जाने योग्य बतलाया है (गीता 6.34.35)।

सृष्टि के संबंध में रज्जु-सर्प के उदाहरण देते हुए जिस अध्यास की बात शांकरभाष्य में की जाती है, वह भी 'मन' से संबद्ध है। जो वस्तु नहीं है, उसे वहां कल्पित करना अध्यास कहलाता है। वर्तमान मनोविज्ञान की भाषा में इसे एक तरह का बहिरारोप (Projection) कहेंगे। जहां-जहां भ्रांत प्रत्यक्ष (illusion) होता है, वहां-वहां ऐसा अध्यास होता है। यह भ्रम 'मन' द्वारा ही आरोपित होता है।

शंकर की दृष्टि में 'ब्रह्मज्ञान' ही जीवन का एकमात्र लक्ष्य है और 'मन', विशेषतः विशुद्ध मन उसको पाने का साधन है। अतः शंकराचार्य ने मन की अनुभूतियों या अनुभवों की सूक्ष्म छानबीन भी की है।

शंकराचार्य के वेदांत में धर्म-विचार

शंकर को किसी मंदिर या मठ में बैठकर ही धार्मिक विचारों का पालन करना स्वीकार नहीं रहा। ज्ञान के विशाल-विस्तृत क्षेत्र को संकुचित कर धार्मिक कर्मकांडों में घेर देना भी उन्हें पसंद नहीं रहा। फिर भी उन्होंने व्यावहारिक दृष्टि की प्रधानता के कारण कुछ सीमा तक वैदिक कर्मकांडों को स्वीकृति दी है। वस्तुतः उनका धार्मिक उद्‌देश्य नये युग के लिए हिंदूधर्म की दार्शनिक व्याख्या करना है। इसके द्वारा हिंदूधर्म के विशेष सिद्धांतों की रक्षा करने में भी उन्होंने सफलता पाई है। धार्मिक जीवन के व्यक्तिगत होने पर भी उन्होंने अधिक बल दिया है। शुद्धता और पवित्रता का स्थान भी बहुत ऊंचा रखा है। वे अपने दार्शनिक विचारों पर स्थिर रहकर सामयिक धार्मिक भावना का अनादर नहीं करते। धर्म की हठधर्मिता शंकराचार्य के दर्शन में नहीं मिलती। सगुण ब्रह्म या ईश्वर की उपासना के माध्यम से निर्गुण को प्राप्त करना उनका मुख्य उपदेश है। उन्होंने स्वयं भी ऐसे देवताओं की सुमधुर स्तुतियां रची हैं।

दूसरे मतों के प्रति शंकराचार्य का रुख समालोचनात्मक तत्त्व के साथ-साथ सहानुभूतिपूर्ण है। उनका धर्मशास्त्र न तो कोई अधिकार-भरा आदेश देता है और न किसी रूढ़िवाद की स्थापना करता है। शंकर की दृष्टि में धर्म में कोई सिद्धांत अथवा अनुष्ठान नहीं है, अपितु जीवन तथा अनुभव है। इसका प्रारंभ आत्मा की अनंत संबंधी भावना से होता है और इसके अनंत बन जाने में जाकर अंत होता है।

डॉ. राधाकृष्णन ने अपने 'भारतीय दर्शन' (II) के पृष्ठ 577 पर शंकर व उनके सिद्धांत के विषय में कहा है—

'एक दार्शनिक तथा तार्किक के रूप में सर्वश्रेष्ठ, शांत निर्णय तक पहुंचने में सक्षम तथा व्यापक सहिष्णुता में एक मनुष्य के रूप में महान् शंकर ने हमें सत्य से प्रेम करने, तर्क का आदर करने तथा जीवन के प्रयोजन को जानने की शिक्षा दी।'

शंकराचार्य के 'मायावाद' की बहुत आलोचना की जाती है तथा उनके दर्शन के विषय में कहा जाता है कि वह निष्क्रिय बनाता है। परंतु वास्तव में वेदांत द्वारा निर्दिष्ट मोक्ष व्यक्ति को अनासक्त बनाता है। मुक्त आत्मा को किसी बात, किसी वस्तु की आकांक्षा नहीं रहती। पर इसका अर्थ यह नहीं कि वह निष्क्रिय हो जाए। गीता के सिद्धांत को स्वीकार करते हुए उनका मानना है कि आसक्तिपूर्वक किया हुआ कर्म ही बंधन का हेतु होता है। पूर्णज्ञान प्राप्त कर मनुष्य आसक्ति से छूटकर पूर्णानंद में लीन हो जाता है। लाभ-हानि, हर्ष-विषाद से वह प्रभावित नहीं होता। आत्मशुद्धि के लिए निष्काम कर्म करना जरूरी है। अहंकार, स्वार्थ के बंधनों से मुक्त, शुद्धचित्त वाले पुरुष का जीवन व आचरण समाज के लिए आदर्श होता है। उससे कुकर्म हो ही नहीं सकता। शंकराचार्य की वेदांत विचारधारा लोक सेवा को मुक्ति के पथ में बाधक नहीं, प्रत्युत साधक समझती है।

आधुनिक युग में जबकि मानवता तृतीय विश्वयुद्ध के कगार पर खड़ी है। आतंक, हिंसा, अविश्वास, भय के साये में पलती मानवता को सकारात्मक दिशा वेदांत का व्यावहारिक धर्म ही दे सकता है, क्योंकि यह अद्वैत विद्वानों की मनोरम कल्पना का विलास-मात्र नहीं है, अपितु समग्र संसार के लिए उपयोगी एवं व्यावहारिक धर्म है। दाराशिकोह ने ***'रिसाल-ए-हकनुमा'*** नामक पुस्तक में स्पष्ट लिखा है कि कुरान के सिद्धांतों को समझने की कुंजी 'अद्वैतप्रतिपादक उपनिषद्' हैं, जिनकी ओर कुरान में भी स्पष्ट संकेत हैं। यही नहीं, ईसाई मत को भी समझने में 'अद्वैत' उपयोगी है। ईसा का उपदेश है कि अपने पड़ोसी से प्रेम करो। पर उससे हम प्रेम क्यों करें। उससे हमारा क्या स्वार्थ सधेगा? इन प्रश्नों का उत्तर बाइबिल में खोजने से नहीं मिलेगा। अद्वैत देता है इसका उत्तर कि—आखिर पड़ोसी भी तुम्हारी ही आत्मा है, अतः उससे प्रेम करना अपने से ही प्रेम करना हुआ।

वेदांत के सिद्धांतों का मूल उपनिषदों में पहले से विद्यमान था, परंतु शंकराचार्य ने उसे जनसाधारण के मध्य प्रसारित किया। बारह शताब्दियां बीत गई हैं, परंतु उनके वेदांत का प्रभाव आज भी सब जगह देखा जा सकता है। इस युग के विचारक या दार्शनिक ही नहीं, सामान्य से सामान्यजन भी अपने चिंतन-मनन के क्षणों में वेदांत के माध्यम से जीवन की कष्टदायक स्थितियों से उबरने की राह पा ही लेता है।

रामानुजाचार्य का विशिष्टाद्वैत दर्शन

वेदांत के सभी वादों में अद्वैत और विशिष्टाद्वैत का महत्त्वपूर्ण स्थान है। शंकराचार्य के वेदांत का विस्तार से विवेचन करने के पश्चात् अब रामानुजाचार्य के विशिष्टाद्वैत दर्शन का संक्षेप में वर्णन किया जा रहा है।

विशिष्टाद्वैत दर्शन में तत्त्व-विचार

रामानुज के अनुसार ब्रह्म ***चित्*** और ***अचित्*** दोनों तत्त्वों से युक्त है। *चित्* अर्थात् ***जीव*** और *अचित्* अर्थात् ***जड़ प्रकृति***।

चित् तत्त्व ही जीवात्मा है। यह देह, इंद्रिय, मन, प्राण तथा बुद्धि से भिन्न है। यह स्वयं प्रकाश, आनंदरूप या सुखरूप, नित्य, अणु, अव्यक्त, अतींद्रिय, अचिंत्य, निरवयव, निर्विकार तथा ज्ञान का आश्रय है। ईश्वर इसका नियामक और धारक है। यह ईश्वर का अंगभूत भी है। जीव को स्वतंत्रता ईश्वर से मिली है। दोनों में सेव्य-सेवक भाव है।

रामानुज के अनुसार जीव और ईश्वर एक नहीं हो सकते। जिस प्रकार अंश का अस्तित्व अंशी पर, गुण का अस्तित्व द्रव्य पर और जीवित शरीर का अस्तित्व आत्मा पर निर्भर है, उसी प्रकार जीव भी ईश्वर पर निर्भर रहता है। यही कारण है कि रामानुज ने ***'तत्त्वमसि'*** वाक्य का अर्थ भी विशेष प्रकार से किया है। इसमें ***'तत्'*** का अर्थ है—वह ईश्वर जो सर्वज्ञ, सर्वशक्तिमान् और सृष्टि का कर्ता है। ***'त्वम्'*** का अर्थ है—वह ईश्वर जो अचेतन

शरीर से विशिष्ट जीव में (अचित्) है। इस प्रकार ईश्वर के एक विशिष्ट रूप का दूसरे विशिष्ट रूप में ***अभेद*** बतलाया गया है। 'विशिष्टाद्वैत' यह नामकरण इसी आधार पर हुआ है। इस सिद्धांत के अनुसार *जीव और ईश्वर में अद्वैत अवश्य है, परंतु विशिष्ट प्रकारों का अद्वैत है, क्योंकि दोनों एक नहीं हैं।*

माधवाचार्य के ***'सर्वदर्शन संग्रह'*** के अनुसार रामानुज ईश्वर और जीव के संबंध में भेद, अभेद और भेदाभेद तीनों को मानते हैं–

किमत्र तत्त्वं भेदोऽभेद उभयात्मकं वा ? सर्वं तत्त्वम्।[1] *अर्थात् (रामानुज के मत से) तत्त्व किस प्रकार का है–भेदात्मक, अभेदात्मक या उभयात्मक ?* तत्त्व सभी प्रकार का है। अब संक्षेप में उन तत्त्वों का वर्णन करते हैं, जिन्हें रामानुज ने अपने विशिष्टाद्वैत में स्वीकृत किया है–

1. चित्–इसके अंतर्गत जीवात्मा आते हैं। वे संकोचरहित सीमाहीन, निर्मल ज्ञान के स्वरूप हैं। अनादि कर्म-विद्या से घिरे हैं। इसीलिए उनके अपने-अपने कर्म के अनुसार ज्ञान का संकोच और विकास होता है। स्मरणीय है कि स्वरूपज्ञान का संकोच-विकास नहीं होता। जो ज्ञान जीवात्मा में गुण के रूप में है, उसी में संकोच-विकास होता है। यह संकोच-विकास होता है अविद्या से। कर्म ही रामानुज के अनुसार अविद्या है।

जीवात्मा अचित् वस्तुओं के संसर्ग में आता है। सुख-दुःख दोनों का उपभोग करने से भोक्ता बनता है तथा भगवान् के स्वरूप का ज्ञान व चरणों की प्राप्ति आदि करना भी उसका स्वभाव है। जीवों के तीन प्रकार माने जाते हैं–***बद्ध, मुक्त*** और ***नित्य***।

(क) बद्ध जीव–ये वे जीव हैं, जिनका सांसारिक जीवन अभी समाप्त नहीं हुआ है। ये चौदह भुवनों में रहते हैं। ब्रह्मा से लेकर कीड़े-मकोड़े जैसे तुच्छ जीवों तक सभी 'बद्ध' हैं।

(ख) मुक्त जीव–मुक्त जीव अनेक हैं तथा सब लोकों में इच्छानुसार विचरण कर सकते हैं, ये भगवान् की आराधना को अपना कर्तव्य समझकर उनकी नित्य और नैमित्तिक आज्ञा का किंकर की तरह पालन करते हैं। मरने पर ये परमात्मा के ध्यान में लीन रहते हुए बैकुंठ पहुंचते हैं।

(ग) नित्य जीव–ये कभी संसार में नहीं आते। इनमें कभी ज्ञान क्षीण नहीं होते और न ये भगवान् के विरुद्ध आचरण करते हैं। ईश्वर की नित्य इच्छा से ही इनके भिन्न-भिन्न अधिकार अनादिकाल से नियत हैं। भगवान् के समान इनके अवतार भी स्वेच्छा से होते हैं।

2. अचित् तत्त्व–अचित् तत्त्व जड़ तथा विकारयुक्त होता है। सभी भोग्य पदार्थ 'अचित्' कहलाते हैं। अचित् तत्त्व का स्वभाव होता है–अचेतन होना, धर्म- अर्थ-काम-मोक्ष की प्राप्ति न करना तथा विकार प्राप्त करना। इसके तीन भेद हैं–***शुद्ध, मिश्र*** और ***शून्य***।

---

1. सर्वदर्शन संग्रह, पृ. 186

(क) शुद्ध सत्त्व–इसमें रजोगुण तथा तमोगुण नहीं रहते। यह नित्य है और ज्ञान तथा आनंद उत्पन्न करता है। शब्द, स्पर्श आदि इसके धर्म हैं।

(ख) मिश्र सत्त्व–इसमें तीनों गुण रहते हैं। यही प्रकृति, अविद्या तथा माया कहलाता है। शब्दादि पांच विषय, पांच इंद्रियां, पांच भूत, पांच प्राण, प्रकृति, महत्, अहंकार तथा मन इसी के बदले हुए परिणाम हैं।

(ग) सत्त्व शून्य–यह तत्त्व 'काल' है। इसमें कोई भी गुण नहीं है। नित्य, नैमित्तिक तथा प्राकृत-प्रलय इसी 'काल' के आधीन हैं। यह प्रकृति तथा प्राकृतिक वस्तुओं के परिणाम का कारण है।

3. ईश्वर–परमेश्वर भोक्ता और भोग्य या (जीव और जड़) दोनों के आंतरिक नियंता के रूप में उपस्थित रहता है। वह असीम ज्ञान, ऐश्वर्य, वीर्य, शक्ति व तेज आदि अनंत अतिशयों से युक्त तथा असंख्य कल्याणकारी गुणों के समूह से युक्त होता है। अपने संकल्प से प्रवृत्त होकर अपने से भिन्न सभी चित्-अचित् वस्तुओं को उत्पन्न करना ईश्वर का स्वभाव है। रामानुज के अनुसार ब्रह्म ही ईश्वर है। शंकर ब्रह्म के निर्गुण रूप को महत्त्व देते हैं। रामानुज ब्रह्म को इस अर्थ में निर्गुण मानते हैं कि उसमें प्रकृतिजन्य अशुद्ध गुण नहीं हैं, परंतु वैसे रामानुज के अनुसार ब्रह्म सगुण है। वह परम पुरुष है। उसमें सत्य, ज्ञान और आनंद सभी परम श्रेष्ठ गुण हैं। वह नित्य और अपरिवर्तनीय है। इस प्रकार निर्गुण-सगुण में भेद नहीं है।

परब्रह्म नित्य, सर्वव्यापी, सूक्ष्म, अंतर्यामी, अनंत, सर्वशक्तिमान, सर्वज्ञ और असंख्य गुणसंपन्न है। वह जगत् का स्रष्टा, पालक और संहारक है। वह समस्त जगत् का आधार, उसका उपादान तथा निमित्त कारण है। वह परमश्रेय है, समस्त फल प्रदाता है। वह सबका अंतरात्मा है। वह अमरत्व की ओर ले जाने वाला सेतु है। वह अज्ञानी को ज्ञान, निर्बल को बल, दुःखी को दया, अपराधियों को क्षमा, मंदों को शक्ति, कुटिलों को सीधापन, बुरों को अच्छाई और साधकों को फल प्रदान करता है।

ईश्वर का स्वरूप–रामानुज के अनुसार ईश्वर का स्वरूप पांच प्रकार का है–

(क) पर–यह वासुदेव-स्वरूप भी कहलाता है। यह काल की गति से परे है। इसका कभी परिणाम नहीं होता। इसमें सदा निरवधि आनंद रहता है।

(ख) व्यूह–यह विश्वलीला के निमित्त है। यह 'संकर्षण', 'प्रद्युम्न' तथा 'अनिरुद्ध' में वर्तमान है। यह संसारियों की रक्षा और मुमुक्षु तथा भक्तों के प्रति अनुग्रह दिखाने के लिए है। व्यूह के तीनों रूपों में प्रकटतः दो गुण रहते हैं। *ज्ञान तथा बल संकर्षण के स्वरूप में प्रकट होते हैं। प्रद्युम्न में ऐश्वर्य तथा वीर्य और अनिरुद्ध में शक्ति तथा तेजगुण रहते हैं। संकर्षण से शास्त्र-प्रवर्तन और जगत् का संहार, प्रद्युम्न से धर्मोपदेश और मनु, चारों वर्ण आदि शुद्ध वर्गों की सृष्टि तथा अनिरुद्ध से रक्षा, तत्त्वज्ञान का प्रदान, काल-सृष्टि तथा मिश्र-सृष्टि का निर्वाह होता है।*

(ग) विभव—यह अनंत होने पर भी दो प्रकार का है—मुख्य और गौण। मुख्य विभव श्रीभगवान् का अंश तथा अप्राकृत-देह युक्त है। मुमुक्षु इसी की उपासना करते हैं। यह साक्षात् भगवान् का अवतार है। गौण विभव 'स्वरूपावेश' और 'शक्त्यावेश' को कहते हैं। अवतार साधुओं के परित्राण, दुष्कृतों के विनाश और धर्म के संस्थापन के लिए होता है। ईश्वर के ऐसे रूप की स्वीकृति विशिष्टाद्वैत को वैष्णव-दर्शन के समूह में परिगणित करती है।

(घ) अंतर्यामी—इस स्वरूप से भगवान् जीवों के अंतःकरण में प्रवेश करके उनकी सकल प्रवृत्तियों का नियमन करते हैं। इसी रूप से भगवान् सभी जीवों की सभी अवस्थाओं में स्वर्ग, नरक आदि स्थानों पर सहायता करते हैं।

(ङ) अर्चावतार—यह भक्त की रुचि के अनुसार मूर्ति में रहने वाले भगवान् का रूप है। घर में या देव मंदिर में, चौराहे पर या खेत में देवता के रूप में पूजित प्रतिष्ठित पत्थर, धातु की मूर्तियों को अर्चा कहते हैं। इन प्रतिमाओं को सूक्ष्म और दिव्य शरीरयुक्त परमात्मा अपना शरीर बना लेता है। यहां अर्चक के अधीन ईश्वर स्नान, भोजन, आसन, शयन आदि भी करता है।

विशिष्टाद्वैत दर्शन में जगत्-विचार

अचित् तत्त्व का वर्णन करते हुए तीन भेद गिनाए जा चुके हैं—***शुद्धसत्त्व, मिश्रसत्त्व*** तथा ***सत्त्वशून्य***। शुद्धसत्त्व तथा मिश्रसत्त्व से जीव तथा ईश्वर के भोग्य विषय, भोग-स्थान (चौदह भुवन) तथा चक्षुरादि भोग सामग्री बनते हैं। अचित् प्रकृति तत्त्व है। इससे ही सभी भौतिक विषय उत्पन्न होते हैं। रामानुज उपनिषदों के सृष्टिवर्णन को अक्षरशः यथार्थ मानते हैं। सर्वशक्तिमान् ईश्वर स्वेच्छा से स्वयं में यह नाना विषयक जगत् उत्पन्न करते हैं। श्वेताश्वतरोपनिषद् के अनुसार प्रकृति एक है, अनादि है (अजा है) तथा अपने समान ही बहुत-सी प्रजाओं की सृष्टि करने वाली है। इतना तो सांख्यदर्शन भी मानता है, परंतु रामानुज तथा सांख्यमत में इस बात को लेकर भेद है। रामानुज प्रकृति को ईश्वर का अंश तथा ईश्वर के द्वारा परिचालित मानते हैं, जबकि सांख्य के अनुसार प्रकृति स्वयं सृष्टि करती है। विशिष्टाद्वैत के अनुसार प्रकृति स्वयं सृजन नहीं करती, प्रत्युत ईश्वर की अध्यक्षता में ही वह सृष्टि का कार्य करती है। ईश्वर की इच्छा से सूक्ष्म प्रकृति स्वयं तीन प्रकार के तत्त्वों—तेज जल और पृथिवी में विभाजित हो जाती है, जिनमें क्रमशः सत्त्व, रज, और तमोगुण पाए जाते हैं। इन्हीं तीनों तत्त्वों के नाना प्रकार के संयोग तथा मिश्रण के फल से जगत् के स्थूल पदार्थ उत्पन्न होते हैं और इसीलिए ये तीनों तत्त्व संसार के प्रत्येक पदार्थ में विद्यमान रहते हैं। इस मिश्रण क्रिया का नाम त्रिवृत्तकरण है। इसका संकेत छांदोग्योपनिषद् में पाया जाता है, जिसे रामानुज ने अपने सिद्धांत को स्पष्ट करने के लिए व्याख्यायित किया है।

रामानुज ने तार्किक ढंग से शंकराचार्य के ब्रह्म एवं जगत् (सत्य व मिथ्या) का खंडन किया है। उनके अनुसार सत्य और मिथ्या तत्त्वों में अनन्यत्व नहीं हो सकता। यदि ऐसा हो, तो फिर ब्रह्म भी मिथ्या है। शंकराचार्य की माया के विरुद्ध भी बहुत महत्त्वपूर्ण तर्क उन्होंने दिए हैं। उनके अनुसार 'माया' अद्‌भुत पदार्थों की सृष्टि करने वाली शक्ति है। इस 'माया' से युक्त होने के कारण श्वेताश्वतर उपनिषद् ईश्वर को 'मायावी' कहता है। 'मायावी' कहने का तात्पर्य इतना ही है कि उसकी सृष्टि-लीला अद्‌भुत और विचित्र होती है। उनके दृष्टिकोण में ईश्वर की यह सृष्टि उतनी ही वास्तविक तथा सत्य है, जितना स्वयं ईश्वर। ***अतः*** शंकर की तरह रामानुज इस संसार को काल्पनिक तथा असत्य नहीं मानते।

विवर्तवाद के स्थान पर रामानुज परिणामवाद को ही मानते हैं। उनके अनुसार ब्रह्म ही जगत् की सृष्टि, स्थिति और लय करता है। प्रलय की अवस्था में चित् और अचित् तत्त्व बीज रूप में ब्रह्म में विद्यमान रहे हैं। विषयों के अभाव में प्रलयावस्था में ब्रह्म शुद्ध चित् और अव्यक्त अचित् से युक्त रहता है। इसे 'कारण ब्रह्म' कहते हैं। उपनिषदों में जहां-जहां विषयों को असत् और ब्रह्म को 'नेति-नेति' कहा गया है, वहां इसी अव्यक्त-कारण ब्रह्म से तात्पर्य है। जब सृष्टि होती है, तब ब्रह्म शरीरी जीवों और भौतिक विषयों में व्यक्त होता है। यह 'कार्य ब्रह्म' है। अतः रामानुज सांख्य के समान सत्कार्यवादी है, परंतु जहां सांख्य प्रकृति परिणामवादी है, वहां रामानुज ब्रह्म परिणामवादी हैं।

रामानुज के अनुसार ईश्वर किसी बाह्य प्रयोजन से जगत् की सृष्टि नहीं करता, क्योंकि वह पूर्ण है। उसकी सभी इच्छाएं तृप्त हैं। अतः जगत् की सृष्टि ईश्वर की लीला है, क्रीड़ा है। वह निष्पक्ष है और जीवों के कर्मानुसार जगत् के विषयों की सृष्टि करता है। वह उनके धर्म-अधर्म के अनुसार सुख-दुःख देता है।

विशिष्टाद्वैत दर्शन में प्रमाण-विचार

रामानुजाचार्य के अनुसार समस्त संसार के पदार्थ प्रमेय और प्रमाण, इन दो भागों में बांटे जा सकते हैं। तत्त्व प्रमेय हैं, जिनको जानने का प्रयत्न किया जाता है। तत्त्वों (चित्, अचित्, ईश्वर) का यथार्थ ज्ञान प्रमाण हैं। प्रमाण तीन हैं—प्रत्यक्ष, अनुमान और शब्द।

(क) प्रत्यक्ष-प्रमाण—इंद्रिय द्वारा साक्षात् यथार्थ ज्ञान प्रत्यक्ष है। यह दो प्रकार का है। निर्विकल्प तथा सविकल्प। निर्विकल्प-प्रत्यक्ष गुण तथा अवयव संस्थान से विशिष्ट विषय का प्रथम बार का ज्ञान है। सविकल्प इस प्रकार का दूसरी अथवा तीसरी बार का ज्ञान है। इस प्रकार रामानुज का मत न्याय के मत से भिन्न है। इंद्रियों और विषयों के सन्निकर्ष से पांचों इंद्रियों द्वारा भिन्न-भिन्न प्रकार का प्रत्यक्ष ज्ञान होता है। रामानुज ने स्मृति, प्रत्यभिज्ञा, अभाव, अहं, संशय और प्रतिभा को भी प्रत्यक्ष के अंतर्गत माना है। सत्ख्यातिवाद के समर्थक होने के कारण रामानुज ज्ञान के सभी विषयों को सत्य मानते हैं।

(ख) अनुमान-प्रमाण–अनुमान-प्रमाण व्याप्ति के ज्ञान से व्यापक के ज्ञान का साधन है। इसके फल को अनुमिति कहते हैं। व्याप्ति के दो भेद अन्वय और व्यतिरेक के अनुसार अनुमान के दो 'भेद' माने गए हैं–केवलान्वयी और अन्वयव्यतिरेकी। रामानुज केवलव्यतिरेकी अनुमान को मान्यता नहीं देते। साधारण रूप से इस मत में भी अनुमान के पांच अवयव–प्रतिज्ञा, उपनय, निगमन, हेतु तथा उदाहरण माने गए हैं। रामानुज के मतानुसार जितने अवयवों द्वारा विपक्षी को अपना मत समझाया जा सके, अनुमान में उतने ही अवयव मानने चाहिए। इस प्रकार कभी तीन और कभी दो 'अवयव' भी हो सकते हैं। उपमान, तर्क, कथा, वितंडा, छल आदि को भी अनुमान के अंतर्गत माना गया है।

(ग) शब्द-प्रमाण–आप्तजनों के वाक्यों के अर्थ का ज्ञान-शब्दज्ञान कहलाता है। इसी के साधन को शब्द-प्रमाण कहते हैं। रामानुज के मत में वेद अपौरुषेय और नित्य हैं। शिक्षा, कल्प, ज्योतिष, निरुक्त, व्याकरण और छंद–इन छः अंगों से युक्त वेद प्रमाण हैं। आप्तजन द्वारा रचित 'स्मृति' भी श्रुति के विरुद्ध न होने पर प्रमाण हैं। पुराण, इतिहास आदि भी यदि वेद-विरुद्ध न हों, तो 'प्रमाण' माने जाएंगे। परंतु विशिष्टाद्वैतमत का प्रतिपादन मुख्य रूप से रामानुज द्वारा लिखे गए 'श्रीभाष्य' में हुआ है। वैष्णव-परंपरावादी रामानुज 'प्रस्थान-त्रय' (उपनिषद्-गीता-ब्रह्मसूत्र) के अतिरिक्त विष्णु पुराण, पांचरात्र, आगम तथा तमिल प्रबंधों का भी उपयोग करते हैं।

विशिष्टाद्वैत दर्शन में मोक्ष-विचार

रामानुज के मत में आत्मा का बंधन कर्म का परिणाम है। कर्मों के कारण ही आत्मा शरीर धारण करती है। शरीर धारण करने पर आत्मा का चैतन्य शरीर और इंद्रियों से बंध जाता है। अणुरूप होने पर आत्मा शरीर के प्रत्येक भाग को चैतन्य युक्त कर देता है, जैसे छोटे से दीपक से संपूर्ण कक्ष प्रकाशित हो जाता है। आत्मा चैतन्ययुक्त शरीर को अपना यथार्थ रूप मानने लगता है। शरीरादि अनात्म विषयों में यह आत्मबुद्धि अहंकार कहलाती है। यही अविद्या है। जैसाकि रामानुज के श्रीभाष्य में कहा गया है–***शरीरगोचरा च अहंबुद्धिरविद्यैव। अनात्मनि देहे अहंभावकरणो हेतुत्वात् अहंकार सूक्ष्मतया।*** *(श्रीभाष्य 1.1.1)*

बंधनों से मुक्त होने का साधन विशिष्टाद्वैत भक्ति को बताता है। भक्ति का उदय कर्म और ज्ञान द्वारा होता है। कर्म का अर्थ है वेदों में निर्दिष्ट कर्मकांड अर्थात् वर्णाश्रम के अनुसार नित्य तथा नैमित्तिक कर्म। कर्तव्यबुद्धि से किए कर्मों के आचरण से ज्ञान प्राप्ति में बाधक पुनर्जन्म के संस्कार दूर हो जाते हैं। इन कर्मों को विधिपूर्वक करने के लिए मीमांसादर्शन का अध्ययन जरूरी है। कर्मकांड के विधिवत् अनुष्ठान के बाद ही यह ज्ञान होता है। कर्मों से स्थायी कल्याण नहीं मिल सकता। इससे मनुष्य 'ज्ञान' की ओर प्रवृत्त होता है। 'ज्ञान' (वेदांत का ज्ञान) से ब्रह्म जगत् आदि के प्रति जिज्ञासाभाव उत्पन्न होता है। रामानुज तभी कहते हैं–

'तीन प्रकार के तापों से व्याकुल पुरुषों को अमरत्व (मोक्ष) की प्राप्ति के लिए पुरुषोत्तम आदि शब्दों के द्वारा बोधित ब्रह्म की जिज्ञासा करनी चाहिए।' जिज्ञासा यहां मात्र ज्ञान की इच्छामात्र नहीं, बल्कि ज्ञान प्राप्ति को संकेतित करती है। उस ज्ञान को ध्यान उपासना आदि द्वारा पाया जा सकता है। रामानुज का मत है कि मुक्ति केवल अध्ययन और तर्क से नहीं, बल्कि ईश्वर की कृपा से मिलती है। उपनिषदों ने जहां यह कहा है कि ज्ञान से मुक्ति मिलती है, वहां उनका तात्पर्य ध्यान, उपासना या भक्ति से है–***अतो–ध्यानोपासनादिशब्दवाच्यं ज्ञानम् वेदनम् उपासनं स्यात् उपासनापर्यायत्वात् भक्तिशब्दस्य।*** *(श्रीभाष्य 1.1.1)*

यथार्थ ज्ञान ईश्वर की ध्रुवस्मृति या निरंतर स्मरण को कहते हैं। रामानुज कर्म और ज्ञान दोनों को भक्ति का साधन मानते हैं। ईश्वर की अनन्य भक्ति से ही मोक्ष प्राप्त होता है अथवा प्रपत्ति अर्थात् पूर्ण आत्मसमर्पण की अवस्था आती है। साधक की भक्ति से संतुष्ट होकर ईश्वर स्वयं उसके मार्ग से बाधाओं को हटाकर उसे मोक्ष प्रदान करते हैं–***भक्तिप्रपत्तिभ्यां प्रसन्न ईश्वर एव मोक्षं ददाति*** *(श्रीभाष्य पृ. 71)*।

उपनिषदों में जहां कहा गया है कि मुक्त आत्मा ब्रह्म के साथ एकाकार हो जाती है, वहां उसका अर्थ रामानुज यह लगाते हैं कि आत्मा ब्रह्म के सदृश हो जाती है। ईश्वर और जीव के भिन्न-भिन्न संबंधों के आधार पर रामानुज ने चार प्रकार की मुक्ति मानी है–

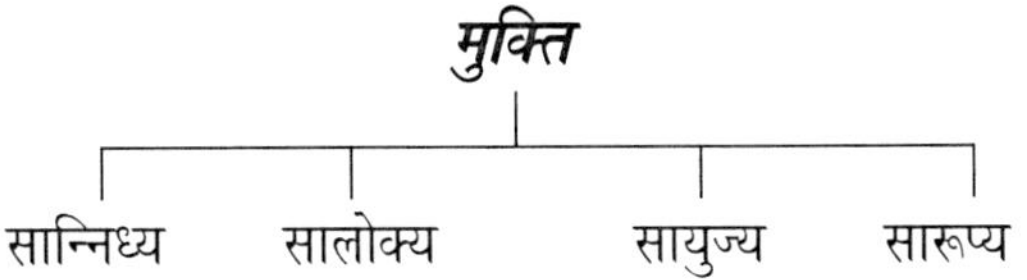

सान्निध्य-मुक्ति में आत्मा ईश्वर के सन्निधि या निकटता में रहता है। सालोक्य-मुक्ति में भक्त ईश्वर के लोक में निवास करता है। सायुज्य-मुक्ति में भक्त और भगवान् एक-दूसरे से युक्त हो जाते हैं, संबंध में बंध जाते हैं। सारूप्य- मुक्ति में आत्मा भी दिव्यता ग्रहण कर ब्रह्मस्वरूप हो जाता है।

शंकराचार्य द्वारा स्थापित जीवन्मुक्ति की अवधारणा को रामानुज नहीं मानते। उनके अनुसार जब तक कर्म रहते हैं, तब तक आत्मा पूर्णरूप से शुद्ध नहीं हो सकती। भगवान् की कृपा के बिना मोक्ष असंभव है।

विशिष्टाद्वैत का नीति-विचार

रामानुज पूर्वजन्म के कर्मों की प्रधानता को स्वीकार करते हैं। पूर्वजन्म के कर्मों के फलस्वरूप ही आत्मा को भौतिक शरीर मिलता है। कर्मों के फल से कोई बच नहीं सकता। पाप-पुण्यों के फल ही जीवन की नियति को निश्चित करते हैं। ईश्वर हमारे कर्मों का लेखा-जोखा रखता

है। ईश्वर के विधान का उल्लंघन करना नैतिक पतन माना जाता है। ईश्वर अंतर्यामी है। यदि अपने पाप कर्मों का अहसास व्यक्ति को हो जाता है, तो उसे ईश्वर के सामने स्वीकार करने में संकोच नहीं होना चाहिए। ईश्वर से उसे क्षमा करने के लिए प्रार्थना करना भी नैतिक धर्म है। आध्यात्मिक, आधिभौतिक और आधिदैविक तापों से व्याकुल मनुष्य यदि ब्रह्म के ज्ञान की ओर उन्मुख होता है, तो उसके ताप शांत हो जाते हैं। यह वह ज्ञान विशेष है, जिसमें निरतिशय आनंद के समान प्रिय आत्मा के अतिरिक्त दूसरा कोई भी प्रयोजन नहीं। ऐसा ज्ञान जिसे पाकर सब वस्तुओं से विरक्ति हो जाती है, उसे भक्ति कहा जाता है। सत्य, आर्जव (मन, वचन, कर्म की एकरूपता) दान (बिना लोभ के द्रव्यादि देना), दया (अपने स्वार्थ पर ध्यान न रखते हुए दूसरों के दुःखों को सहना) जैसे नैतिक गुणों का विकास मनुष्य के आध्यात्मिक विकास के लिए ज़रूरी हैं। इंद्रियों का संयम तथा मन का संयम (शान्तः व दान्तः) धारण करके ही ईश्वर को प्रसन्न किया जा सकता है। ईश-कृपा से भीतर के सब अंधेरे नष्ट हो जाते हैं।

विशिष्टाद्वैत दर्शन का मनोविज्ञान

रामानुज के दर्शन में 'अंतःकरण' का उल्लेख बहुधा हुआ है। तीन तापों में से ही एक है आध्यात्मिक ताप। अध्यात्म या आत्मा संबंधी ताप शरीर को भूख-प्यास के रूप में या धातुओं के प्रकोपवश ज्वर-अतिसार आदि से पीड़ित करते हैं। अंतःकरण में उत्पन्न होने वाले काम, क्रोध, लोभ, मोह, भय, ईर्ष्या, विषाद, संशय आदि भी मनुष्य को व्याकुल कर देते हैं। इसके अतिरिक्त देशकाल की प्रतिकूलता के कारण या शोकवस्तु के स्मरण से उत्पन्न मन की शिथिलता दैन्यभाव को जन्म देती है। दैन्य का विपरीत भाव है अनवसाद। मानसिक वृत्तियों को जब प्रभु के चरणों में समर्पित कर दिया जाता है, तब अवसाद समाप्त होकर प्रसाद या शांति की प्राप्ति होती है। उपनिषदों पर अपने विचारों को केंद्रित कर रामानुज कहते हैं कि दर्शन, श्रवण, मनन, ध्यान के द्वारा परमात्मा को पाया जा सकता है। परमात्मा के ध्यान में अवस्थित होकर हृदय की ग्रंथियां और राग-द्वेष छिन्न-भिन्न हो जाते हैं तथा सब संशय मिट जाते हैं।

विशिष्टाद्वैत का धर्म-विचार

जैसा कि ऊपर कहा जा चुका है रामानुज वैष्णव-धर्म के अनुयायी हैं। वैष्णव-धर्म में मानवीय संबंधों का उपयोग मनुष्य और ईश्वर के संबंधों के वर्णन के लिए प्रतीक रूप में करने का प्रयत्न किया गया है। अतः ईश्वर कहीं पिता रूप में, कहीं गुरु रूप में, तो कहीं माता, प्रियतमा और मित्र रूप में वर्णित हुआ है। मानवीय संबंधों पर आधारित भक्तिभाव में इंद्रिय सुख नहीं, अपितु आध्यात्मिक सुख मिलता है। रामानुज के धर्मशास्त्र में एक ओर विशिष्ट अद्वैत है, तो दूसरी ओर भक्त भगवान् का द्वैत भी है। श्रवण, मनन, ध्यान जैसे कर्तव्यों द्वारा

परमात्मा के ज्ञान की बात यहां मिलती है, तो दूसरी ओर ईश्वर की प्रतिमा की उपासना आदि भी करने का उल्लेख है।

भक्ति के क्षेत्र में जाति का तात्त्विक महत्त्व नहीं है। ईश्वर-भक्तों की कोई भी जाति नहीं होती। सब एक राह के पथिक होने के कारण भ्रातृ-भावयुक्त होते हैं। वस्तुतः रामानुज जगत् और ईश्वर के संबंध में भेद, अभेद और भेदाभेद का खंडन करके विशिष्टाद्वैत स्थापित करना चाहते हैं, परंतु दूसरी ओर उपास्य और उपासक के मध्य भेद को बनाए रखना भक्तिमार्ग के लिए जरूरी भी है। इसी द्वैत के रहते हुए अद्वैत स्थापना की कल्पना ने ही विशिष्ट अद्वैत को जन्म दिया है।

वेदांत के अन्य संप्रदाय

वेदांत के दो प्रमुख वाद शंकर वेदांत (अद्वैतवाद) तथा रामानुज के विशिष्टाद्वैत का अध्ययन करने के पश्चात् वेदांतदर्शन के अन्य संप्रदायों का संक्षिप्त वर्णन प्रस्तुत है :

1. भेदाभेदवाद–वेदांत के इस मत के प्रवर्तक का नाम भास्कराचार्य है। ब्रह्मसूत्र पर लिखे गए इनके भाष्य का नाम ***'भास्कर-भाष्य'*** है। इनका समय 10वीं शताब्दी है।

भास्कर शंकर के मायावाद को महायान बौद्धों के शून्यवाद का दूसरा संस्करण एवं वेदांत परंपरा से दूर हटा हुआ बताते हैं। भास्कर का मत है कि ब्रह्म एक है और उसके रूप अनेक हैं। 'ब्रह्म' शब्द से सर्वशक्तिसंपन्न ईश्वर को ही मानना सर्वथा युक्तियुक्त है। कार्यरूप में नानात्व और कारण रूप में एकत्व या अभेद है। जीवों का परस्पर भेद तो है ही; उनका परमात्मा से अभेद उसी प्रकार है, जैसे फेन-तरंग का समुद्र से। भास्कराचार्य का मानना है कि ऐसा मानने से ही बंधमोक्ष की व्यवस्था बन पाती है, क्योंकि एक जीव के मुक्त हो जाने पर दूसरे की मुक्ति नहीं हो जाती। जगत् कार्यरूप में ब्रह्म से भिन्न है, तो कारणरूप में ब्रह्म से अभिन्न है, क्योंकि परमात्मा स्वयं अपने को ही कार्यरूप में परिणत करता है। अतः ब्रह्म और जगत् के बीच भेदाभेद संबंध को भास्कर उचित मानते हैं।

2. द्वैतवाद–वेदांत के इस मत के प्रवर्तक हैं–मध्वाचार्य। इनका एक नाम पूर्णप्रज्ञ भी था। अतः इनका भाष्य ***'पूर्णप्रज्ञभाष्य'*** के नाम से प्रसिद्ध है। श्रीमध्वाचार्य के मतानुसार ब्रह्म तथा जीव में नितांत भेद हैं। यह भेद पांच प्रकार का होता है–(i) ब्रह्म तथा जीव में भेद, (ii) ब्रह्म तथा जगत् में भेद, (iii) जीव और जगत् में भेद, (iv) जीवों में परस्पर भेद और (v) जगत् की वस्तुओं और परमाणुओं में भेद।

मध्वाचार्य प्रबल युक्तियों से अद्वैतवाद का खंडन करते हुए विशेषतः ब्रह्म और जीव के भेद को स्थापित करते हैं। शंकराचार्य तथा रामानुज दोनों के सिद्धांतों की उपेक्षा करते हुए वे न्याय-वैशेषिक दर्शनों के कुछेक सिद्धांतों की महत्ता स्वीकार करते हैं। श्रुतिवाक्यों का द्वैतवादी अर्थ करते हुए उन्होंने औपनिषदिक दर्शन की नई व्याख्या प्रस्तुत की है।

3. द्वैताद्वैतभाव–वेदांत के इस मत का प्रवर्तन करने वाले हैं–निम्बार्काचार्य। इनका समय 13वीं शताब्दी माना जाता है। ब्रह्मसूत्र पर लिखित इनके भाष्य का नाम ***'वेदांत पारिजातभाष्य'*** है। इनके अनुसार जीव और ब्रह्म किसी दृष्टि से दो हैं और किसी दृष्टि से दो नहीं भी हैं।

निम्बार्काचार्य का दर्शन वैष्णवदर्शन के अंतर्गत समाहित होता है। उनके मत में ब्रह्म की कल्पना सगुणरूप से की गई है। वह समस्त दोषों से रहित और कल्याण तथा गुणों का निधान है। इस ब्रह्म की नारायण, कृष्ण, पुरुषोत्तम आदि संज्ञाएं हैं। साधन का मार्ग शरणागति है। जीव जब तक भगवान की शरण में नहीं आता, तब तक उसका वास्तविक कल्याण नहीं होता। भगवान जिस पर अपनी कृपा करते हैं, वही जीव उनकी ओर आकृष्ट होकर प्रेम करता है। इस प्रेम व भक्ति का फल होता है भगवान् से साक्षात्कार। इस दशा में वह भगवान् के भावों से व्याप्त हो जाता है तथा क्लेशों से मुक्त हो जाता है। निम्बार्कमत में अन्य वैष्णव मतों के समान 'विदेहभक्ति' ही मान्य है, 'जीवन्मुक्ति' नहीं।

4. शैव-विशिष्टाद्वैतवाद–श्री कंठाचार्य ने इस मत का प्रतिपादन किया है। इनका समय भी 13वीं शताब्दी है। ब्रह्मसूत्र पर लिखे गए इनके भाष्य का नाम ***'शैवभाष्य'*** है। जैसा कि इस वाद के नाम से सिद्ध होता है कि यह 'शैवदर्शन' को प्रतिपादित करता है। श्रीकंठाचार्य परमात्मा को 'शिव-रूप' में स्वीकार करते हैं। इसके लिए वे वेदोपनिषदों में वर्णित रुद्र या शिव के स्वरूप को मान्यता देते ही हैं, साथ ही शैवतंत्रों को भी प्रामाणिक मानते हैं। इस मत की आध्यात्मिक दृष्टि विशिष्ट अद्वैतवाद का प्रतिपादन करती है, जिसके अनुसार 'शिव' परमसत्य हैं। शिव ही सृष्टिकर्ता हैं। अपनी शक्ति की सहायता से वे सृष्टि करते हैं। शक्ति का धारण शिव करते हैं, इसलिए 'शिव' विशिष्ट तत्त्व हैं।

5. वीर-शैव-विशिष्टाद्वैतभाव–चौदहवीं शताब्दी के श्रीपति आचार्य ने अपने ***'श्रीकरभाष्य'*** में 'वीर-शैव-विशिष्टाद्वैतभाव' सिद्धांत की स्थापना की है। इस सिद्धांत का नाम शक्ति-विशिष्टाद्वैत भी है। शक्ति का अर्थ है परम शिव ब्रह्म में अपृथक् सिद्ध होकर रहने वाला विशेषण। वीर-शैव सिद्धांत में शिव और शक्ति में अविनाभाव-संबंध (समवाय-संबंध) कहा गया है। इस मत में शक्तिविशिष्ट परशिव (ब्रह्म) से समुत्पन्न यह चराचर जगत् मिथ्या नहीं सत्य है। जीव शिव का अंश ही है। जहां शंकराचार्य का अद्वैतमत 'ब्रह्म सत्यं जगन्मिथ्या' का उपदेश देता है, वहां वीरशैवमत ब्रह्म (शिव) के साथ ही साथ जगत् को भी सत्य बतलाता है। शक्तिविशिष्ट जीव और शक्तिविशिष्ट शिव, इन दोनों का परस्पर एकाकार होना ही 'वीरशैवविशिष्टाद्वैत' है।

6. शुद्धाद्वैतवाद–पंद्रहवीं शताब्दी में जन्मे बल्लभाचार्य ने ब्रह्मसूत्र पर ***'अणुभाष्य'*** की रचना की तथा शुद्धाद्वैत के सिद्धांत की स्थापना की। भक्ति संप्रदाय में इनका सिद्धांत 'पुष्टिमार्ग' के नाम से जाना जाता है। बल्लभाचार्य ने ***'अणुभाष्य', 'सिद्धांतरहस्य'*** तथा ***'भागवत टीका सुबोधिनी'*** के माध्यम से ईश्वर की नई व्याख्या देने का प्रयास किया है।

उनके मत को विशुद्ध अद्वैतवाद शुद्धाद्वैतवाद नाम से पुकारा जाता है। इस मत में भागवत में वर्णित कृष्ण के सत् चित् आनंद स्वरूप को ही पर ब्रह्म माना गया है। अग्नि के स्फुलिंगों के समान उस परब्रह्म से जीवों का आविर्भाव होता है। ईश्वर प्राप्ति का उपाय भक्तिमार्ग है। भक्ति के लिए श्रद्धा जरूरी है। ईश्वर के प्रति श्रद्धा रखकर पापों से भी मुक्ति पाई जा सकती है। ईश्वर प्राप्ति के लिए वे कठोर तप को आवश्यक नहीं मानते। उनके अनुसार यह शरीर ईश्वर का बना हुआ एक मंदिर है। इसे कष्ट देना उचित नहीं है। अज्ञानवश जीव ईश्वर से विमुख हो जाता है। मोक्षप्राप्ति के लिए ईश्वर अनुग्रह पाना जरूरी है। बल्लभाचार्य ने पुष्टिमार्ग का आधार भागवत को ही माना है। ***'श्री कृष्णः शरणं मम'***–इस मार्ग का मुख्य मंत्र है। भक्ति के दो भेद 'मर्यादाभक्ति' तथा 'पुष्टिभक्ति' सूक्ष्मरीति से वल्लभमत में विवेचित हुए हैं। मर्यादाभक्ति में फल की अपेक्षा बनी रहती है, परंतु पुष्टिभक्ति में किसी भी फल की अपेक्षा नहीं रहती। मर्यादाभक्ति से सायुज्यभाव की प्राप्ति होती है, परंतु पुष्टिभक्ति में अभेद बोधन की सिद्धि होती है। वल्लभाचार्य का मत अपने समय में बहुत प्रचलित हुआ था।

7. अविभागाद्वैतवाद–बल्लभाचार्य के ही समकालीन माने जाते हैं विज्ञानभिक्षु, जिन्होंने ***'विज्ञानामृत'*** भाष्य लिखकर 'अविभागाद्वैत' मत की स्थापना की थी। इनके मत के अनुसार जगत् के समस्त पदार्थों से अविभक्त ब्रह्म एक अद्वैत तत्त्व है। वेदांतदर्शन के मुख्य सिद्धांत को मान्यता देने वाला यह मत कोई नवीन मान्यताएं प्रतिपादित नहीं करता।

8. अनित्यभेदाभेदवाद–इस मत के प्रवर्तक हैं बलदेव स्वामी। इनका समय 18वीं शताब्दी है। इनके द्वारा रचित भाष्य ***'गोविन्दभाष्य'*** के नाम से प्रसिद्ध है। ***'गोविन्दभाष्य'*** के अतिरिक्त, ***'सिद्धांतरत्न'*** तथा ***'प्रमेय रत्नावली'*** में उनके सिद्धांतवर्णित हैं। उनका 'दर्शन' मध्वाचार्य से प्रभावित लगता है। उनके मतानुसार ईश्वर परम-सत्य, श्रुति का परम प्रतिपाद्य तत्त्व है। वह सच्चिदानंद, अचिंत्य और अलौकिक है। ईश्वर निर्गुण इस दृष्टि से माना जाता है कि उसमें प्रकृति के दोष नहीं हैं। अलौकिक गुणों से युक्त होने के कारण उसे सगुण कहा जाता है। असंख्य दिव्य गुणों के कारण ही वह भक्ति का विषय बनता है। यह भक्ति या प्रेम निर्गुण को विषय नहीं बना सकता।

ईश्वर जीव और जगत् से भिन्न है, किंतु जीव और जगत् उससे भिन्न नहीं। उसी की शक्तियां है। जीव अविद्या के मोह में पड़ा ब्रह्म ही है। किंतु ब्रह्म सर्वज्ञ है, वह माया में नहीं फंसता। जीव अंतःकरण की उपाधि में प्रतिबिंबित ब्रह्म है। यह ब्रह्म से भिन्न भी है, क्योंकि वह ब्रह्म का अंश है। सभी नित्य और अनित्य पदार्थ सत्य होते हैं। जगत् ब्रह्माश्रित है, अनित्य है, किंतु ईश्वरकृत है। निरंतर परिणमित होने से इसे असत् कहा जाता है। यह परिणामी नित्य है। अतः इसके प्रति वैराग्य होना अपेक्षित है। ईश्वर की भक्ति सुदृढ़ होने के लिए सांसारिक प्रपंच से विमुखता होनी आवश्यक है।

□ नास्तिक दर्शन

चार्वाकदर्शन

उपनिषद्‌काल के बाद की शताब्दियों ने अनेक अवैदिक मतों को जन्म दिया। ये मत संदेहवाद और संशयवाद की भूमि से निकले। भौतिकवाद में पूर्णतः विश्वास करने वाले तथा ईश्वर और परलोक सत्ता में संदेह-संशय रखने वाले ये मत यों तो समाज में प्रारंभ से ही विद्यमान रहे, परंतु उपनिषद्‌काल तक अध्यात्म पक्ष इतना सबल रहा कि प्रगति हो नहीं पाई। समय के साथ-साथ वैदिक कर्म-कांड में ज्ञान और तर्क के स्थान पर रूढ़िवाद बढ़ा, तो विरोधी सोच को बढ़ावा मिला। इस सोच पर आधारित प्रमुख दर्शन है ***चार्वाक दर्शन***। परवर्ती युग में पनपने वाले जैन-धर्म तथा बौद्ध-धर्म भी उपनिषद् के धर्म-दर्शन की प्रतिक्रिया में ही उभरे थे, परंतु वे सामान्य-जन की पीड़ा को समझने वाले थे तथा सामाजिक व्यवस्था के पक्षपाती थे। अतः लोक में प्रचलित हो गए, जबकि चार्वाक को सैद्धांतिक मान्यता नहीं मिला।

भौतिकवाद का प्रचारक चार्वाक

जरामरण के क्लेश से मुक्ति प्राप्त करना प्राचीन उपनिषद्‌कालीन ऋषियों का भी लक्ष्य था तथा उनकी बतलाई पगडंडी पर चलने वाले महावीर और बुद्ध का भी, परंतु 'चार्वाक दर्शन' ने वैदिकधर्म के अध्यात्म और व्यवहार दोनों पक्षों की उपेक्षा कर भूतात्मवाद या भौतिकवाद का प्रचार किया। भारतीय परंपरा में नास्तिक वह नहीं, जो ईश्वर को या परलोक को न माने अपितु वह है जो 'वेद' को न माने।

भौतिकवादी सोच की प्राचीनता

अवैदिक (या आस्तिक) दर्शनों में कालक्रम की दृष्टि से 'चार्वाकदर्शन' ही सर्वाधिक प्राचीन माना जाता है। इस दर्शन के अनुसार यह लोक ही आत्मा का क्रीड़ास्थल है, इसके बाद परलोक नामक कोई लोक नहीं है; यह शरीर ही आत्मा है, मरण ही मुक्ति है। अतएव जब तक इस शरीर में प्राण हैं, तब तक सुख प्राप्ति की चिंता करनी चाहिए। धर्म कोई

पुरुषार्थ नहीं है। मानव जीवन के लिए काम ही पुरुषार्थ है आदि चार्वाक सिद्धांतों का प्रचार सुदूर प्राचीनकाल से होता चला आया है।

ऋग्वेद में भी इंद्र की सत्ता में संदेह करने वाले तथा अपव्रत लोगों का वर्णन है।

कठोपनिषद् काल में मृत्यु के अनंतर आत्मा की स्थिति के विषय में लोगों में संदेह का भाव बना हुआ था।

वाल्मीकि रामायण के एक प्रसंग में जाबालिक नामक ब्राह्मण राम को अयोध्या लौटने की सलाह देते हुए कहते हैं—राजा दशरथ वहां गए, जहां सभी को जाना है, मरणशील मनुष्यों की यही प्रवृत्ति है, उसके लिए तुम अपने को क्यों व्यर्थ मार रहे हो; जो लोग जीवनभर धर्म की चिंता करते रहे, उनके लिए मुझे शोच है; उन्होंने यहां दुःख सहा और नष्ट हो गए। अष्टका आदि पिता का श्राद्ध तथा देवताओं के लिए जो यज्ञ लोग करते हैं, उसमें केवल अन्न का नाश होता है—भला मरा व्यक्ति कुछ खाता है... हे राम! तुम्हें यही मानकर चलना चाहिए कि परलोक नहीं है, इसलिए परोक्ष की उपेक्षा करके और प्रत्यक्ष को स्वीकार करके बरतना चाहिए।

महाभारत के अंतर्गत भी भारद्वाज नाम के व्यक्ति जीव की अलग सत्ता में शंका करते दिखाए गए हैं। भृगु को उन्होंने कहा, जब किसी प्राणी की मृत्यु होती है, तब वहां उस स्थान पर किसी जीव की उपलब्धि नहीं होती। मृत्यु के बाद यदि जीव है, तो वह किसके पीछे दौड़ता है? क्या अनुभव करता है? क्या सुनता और क्या बोलता है?

गीता के सोलहवें अध्याय (8 17 श्लोक) में भी ऐसे लोगों की प्रवृत्ति बताई गई है, जो जगत् को आश्रयरहित, नितांत असत्य, अनीश्वर, अपने आप स्त्री-पुरुष के संयोग से उत्पन्न होने वाला तथा केवल भोगवृत्ति को चरितार्थ करने वाला मानते हैं।

चार्वाकदर्शन की यह विचारधारा चिरप्राचीन होते हुए भी चिरनवीन लगती है, क्योंकि आज का अधिसंख्य समाज भी अध्यात्मविमुख तथा भोगवाद का समर्थक है।

चार्वाक शब्द का अर्थ

चार्वाक शब्द की उत्पत्ति के विषय में अनेक मत हैं। कुछ विद्वानों के अनुसार महाभारत में वर्णित चार्वाक नाम के ऋषि ने इस मत को चलाया था, इस कारण इसका नाम चार्वाक पड़ा। एक अन्य मत के अनुसार 'चार्वाक' उस शिष्य का नाम था, जिसको उसके प्रणेता ने सर्वप्रथम यह दर्शन बतलाया।

कुछ विद्वान् मानते हैं कि 'चार्वाक' शब्द चर्व धातु से निष्पन्न है। चर्व का अर्थ चबाना अथवा खाना है। अतः खान-पान पर अधिक जोर देने के कारण इस मत का नाम 'चार्वाक' पड़ा। चार्वाकों की मान्यता थी—'पिब, खाद च वरलोचने' अर्थात् 'हे सुंदर नेत्रों वाली पिओ और खाओ।'

कुछ अन्य विद्वान चार्वाक शब्द का अर्थ चारुवाक् अर्थात् सुंदर वाणी या वचन मानते हैं। उनका कहना है कि यह दर्शन सर्वसाधारणजनों को सुनने में बहुत प्रिय लगता था, इसलिए 'चार्वाक' कहलाया।

चार्वाक का एक नाम 'लोकायत-मत' भी है, क्योंकि वह दर्शन लोक में फैला हुआ है, विस्तृत है, इसलिए इस दर्शन को चार्वाक कहा गया।

परंपरा इस मत को 'जड़वाद' के नाम से भी पुकारती है। जड़वाद उस सिद्धांत को कहते हैं, जिसके अनुसार जड़ ही एकमात्र तत्त्व है। इसके अनुसार मन तथा चैतन्य की उत्पत्ति जड़ से ही होती है। जड़वादियों की साधारण प्रवृत्ति यह है कि वे ईश्वर, धर्म, आत्मा आदि उच्च तत्त्वों को जड़ जैसे निम्न तत्त्वों में परिणत करने का प्रयत्न करते हैं।

प्रसिद्ध विचारक डॉ. दासगुप्ता के अनुसार यह कहना कठिन है कि चार्वाक शब्द किसी व्यक्ति का नाम था, अथवा लोकायत मत के अनुयायियों का एक विशेषण मात्र था। वास्तव में चार्वाक जड़वादी और लोकायत मत भारतीय दार्शनिक ग्रंथों में एक-दूसरे के पर्यायवाची के रूप में प्रयुक्त हुए हैं।

चार्वाकमत के प्रवर्तक

कुछ विद्वानों का मानना है कि चार्वाकमत के प्रवर्तक बृहस्पति थे। इस विचार के समर्थन में निम्नलिखित प्रमाण दिए जाते हैं–

1. लोक के पुत्र बृहस्पति जिन वैदिक ऋचाओं के ऋषि हैं, उनमें स्वतंत्र विचार और विद्रोह की लहर है।

2. महाभारत तथा अन्य कतिपय ग्रंथों में इस बात का उल्लेख पाया जाता है कि जनवादी विचारों का समर्थन बृहस्पति ने किया है।

3. कुछ विद्वानों ने ऐसे सूत्रों तथा श्लोकों का उल्लेख किया है, जिन्हें वे बृहस्पति-प्रणीत समझते हैं। कुछ विद्वानों का तो कथन है कि देवताओं के गुरु बृहस्पति ने चार्वाकमत का प्रचार देवताओं के शत्रुओं में अर्थात् दानवों में किया था। उनके प्रचार का अभिप्राय था कि चार्वाकमत के उपदेशों के अनुसार चलने से दानवों का आप-से-आप नाश हो जाएगा।

चार्वाकमत का साहित्य–चार्वाकमत जैसा कहा जा चुका है, जहां-तहां उल्लिखित हुआ है, परंतु इस मत का कोई विशेष ग्रंथ उपलब्ध नहीं है। सभी भारतीय दर्शनों और धर्म-साहित्य में उनके मतों का प्रतिपादन मिलता है। दर्शनग्रंथों में प्रायः चार्वाक का मत पूर्वपक्ष के रूप में उल्लिखित होता है। स्वतंत्र विचार पद्धति के रूप में चार्वाक दर्शन का संक्षिप्त परिचय हरिभद्र सूरि कृत ***'षड्दर्शन समुच्चय'*** में मिलता है। विस्तृत वर्णन सायण माधव के ***'सर्वदर्शन संग्रह'*** में उपलब्ध है।

चार्वाक का तत्त्वविचार

जैसा कहा जा चुका है कि चार्वाकदर्शन जड़वादी है। प्रत्यक्ष को एकमात्र प्रमाण मानने पर स्वभावतः ही जड़ को एकमात्र तत्त्व मानना पड़ता है। ईश्वर, आत्मा, स्वर्ग, परलोक, जीवन की नित्यता तथा अदृश्य आदि तत्त्व अप्रत्यक्ष हैं। अतः ये सब तत्त्व चार्वाक को मान्य नहीं हैं।

जड़वादी होने के कारण चार्वाक शरीर से पृथक् किसी अप्रत्यक्ष अपरिवर्तनीय और अमर आत्मा में विश्वास नहीं करते। चैतन्य वस्तुतः शरीर का ही गुण है। भूतों के संगठन से शरीर बनता है तथा चैतन्य होता है। यदि पूछें कि जड़ से चैतन्य की उत्पत्ति कैसे होती है, तो चार्वाक कहेगा कि जिस प्रकार किण्व आदि अन्न के संगठन से मादक शक्ति उत्पन्न होती है।

किण्वादिभ्यो मदशक्तिवत् चैतन्यमुपजायते (सर्वदर्शनसंग्रह) अथवा पान, सुपारी और चूने के योग से लाल रंग पैदा होता है, वैसे ही भूतों के संगठन से चैतन्य उत्पन्न होता है (सर्व-सिद्धांत-संग्रह)। वास्तव में आत्मा के जो-जो कार्य बतलाए जाते हैं, वे शरीर के ही कार्य हैं। दैनिक व्यवहार में भी हम आत्मा और शरीर को एक ही मानकर चलते हैं। 'मैं पतला हूं', 'मैं मोटा हूं' इत्यादि वाक्य यही सिद्ध करते हैं। साधारण लोग शरीर को ही आत्मा मानते हैं। वस्तुतः चार्वाकमत के अनुसार सभी को साधारण लोगों के मार्ग का अनुसरण करना चाहिए—***लौकिको मार्गोऽनुसर्तव्यः'*** (बृहस्पति) इसलिए ज्ञान, क्रिया, चेतना, स्मृति, संकल्प और अनुभूतियां आदि आत्मा के नहीं, बल्कि चेतन शरीर के ही गुण हैं। सुख-दुःख शरीर के धर्म हैं।

चार्वाकों के वर्ग

चार्वाकों के दो वर्ग थे यथा धूर्त चार्वाक और सुशिक्षित चार्वाक। धूर्त चार्वाक चेतन शरीर को ही आत्मा मानते हैं। शरीर के अस्तित्व के साथ ही चेतना का अस्तित्व है और शरीर के मरण पर चेतना भी समाप्त हो जाती है। परंतु सुशिक्षित चार्वाक कहते हैं कि शरीर से अलग भी एक आत्मा है, जो कि नित्य ज्ञाता तथा सभी अनुभवों का भोक्ता है, परंतु वह शरीर के साथ ही नष्ट हो जाता है। आत्मा एक शरीर को छोड़कर दूसरे में नहीं जाता। यदि ऐसा होता, तो लोगों में पूर्वजन्म की स्मृतियां रहनी चाहिए थीं जैसे कि बचपन की घटनाएं यौवन में याद रहती हैं। वेदांतसार में सदानंद ने चार प्रकार के चार्वाकों का वर्णन किया है, जो निम्न प्रकार समझा जा सकता है—

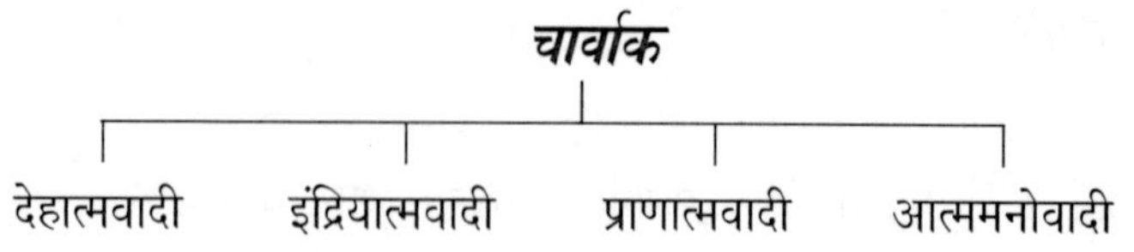

ये चार्वाक अपने-अपने मतानुसार देह, इंद्रियां, प्राण और मन को आत्मा मानते हैं। पर एक विषय पर सब सहमत हैं कि मरने के बाद आत्मा नहीं रहती। आत्मा का अन्य भारतीय दर्शनों में महत्त्वपूर्ण स्थान होने से उसके निषेध ने जिस तीव्रतम वाद-विवाद को जन्म दिया, वह स्वाभाविक ही था। नैयायिक वात्स्यायन, शंकराचार्य, वाचस्पतिमिश्र तथा अन्य बहुत से दार्शनिकों ने चार्वाकमत की कटु आलोचना करते हुए तर्कपूर्ण खंडन किया है।

चार्वाकमत में ईश्वर

चार्वाकमत में ईश्वर का विचार अनावश्यक कल्पना है—आत्मा की तरह ईश्वर के अस्तित्व में भी विश्वास नहीं किया जा सकता, क्योंकि ईश्वर का ज्ञान प्रत्यक्ष नहीं होता है। जड़ तत्त्वों के सम्मिश्रण से संसार की उत्पत्ति हुई है। इसके लिए किसी स्रष्टा की कल्पना अनावश्यक है। ईश्वर के अस्तित्व के पक्ष में जितने भी तर्क दिए जाते हैं, उन सभी का खंडन करना ही चार्वाकों का उद्देश्य पाया जाता है। इस संबंध में चार्वाकों का कार्य ध्वंसात्मक है, रचनात्मक नहीं। ईश्वर का ज्ञान हमें प्रत्यक्ष के द्वारा नहीं होता, इसलिए चार्वाक ईश्वर को नहीं मानते हैं। ईश्वर के अस्तित्व को अनुमान द्वारा ही बताया जाता है। अनुमान एक ऐसा प्रमाण है, जिसके द्वारा हम उन पदार्थों को जानने का अवसर पाते हैं, जिनका ज्ञान हमें प्रत्यक्ष के द्वारा नहीं हो सकता। ईश्वरवादी लोग कहते हैं कि यह विशाल विश्व नियमों से भरा है। यहां पर प्रत्येक कारण का एक कार्य और प्रत्येक कार्य का कारण पाया जाता है। विश्व एक कार्य के रूप में उपस्थित है, तो कुछ-न-कुछ कारण भी होना चाहिए। परंतु चार्वाक का मत है कि बिना ईश्वर की सहायता के भी कार्य-कारण का नियम काम कर सकता है तथा प्रकृति स्वयं इतनी शक्तिशाली है, जो अपने प्राकृतिक नियमों के द्वारा सारे कार्यों की व्याख्या कर देती है। फिर अनावश्यक रूप में ईश्वर को मानने की क्या आवश्यकता है?

जगत्-विचार

जड़-जगत् के निर्माण के संबंध में अनेक भारतीय दार्शनिकों का मत है कि आकाश, वायु, अग्नि, जल तथा पृथ्वी इन पंचभूतों से यह जगत् निर्मित है। किंतु चार्वाक आकाश के अस्तित्व को नहीं मानते, क्योंकि इसका ज्ञान अनुमान के द्वारा होता है, प्रत्यक्ष द्वारा नहीं। चार्वाकदर्शन में सृष्टिवाद के सिद्धांत को नहीं माना जाता है। विकासवाद की चर्चा ही यहां

मिलती है। विकासवाद के अनुसार इस संसार की सृष्टि किसी एक समय में एकाएक नहीं होती, बल्कि इस संसार का निर्माण तो धीरे-धीरे क्रमबद्ध विकास के साथ होता रहता है। चार्वाक का कहना है कि पृथ्वी, हवा, जल और आग इन चारों भूतों का स्वभाव ही ऐसा है कि उनके मेल से निर्जीव-सजीव, चेतन-अचेतन, स्थिर-गतिशील इत्यादि पदार्थों का निर्माण स्वयं हो जाया करता है। इसके अतिरिक्त चार्वाक का कहना है कि सृष्टि में जो 'नियम', 'व्यवस्था' मिलती है, वे सब 'प्रकृति' के स्वाभाविक गुण के कारण ही है। प्रकृति के नियम आप ही बनते-बिगड़ते रहते हैं।

चार्वाकदर्शन में प्रमाण-विचार

प्रत्येक दर्शन का तत्त्व-विचार तथा प्रमाण विचार अन्योन्याश्रित होता है। चार्वाक जड़वादी है। वह केवल प्रत्यक्ष को ही प्रमाण मानता है।

प्रत्यक्षमेव प्रमाणम् (बृहस्पति)–प्रारंभ में ये लोग आंख से देखने को ही प्रत्यक्ष मानते थे, परंतु बाद में पांच इंद्रियों के आधार पर पांच प्रकार का प्रत्यक्ष मानने लगे। प्रत्यक्ष के और भी दो भेद किए गए हैं यथा बाह्य और आंतरिक। बाह्य प्रत्यक्ष इंद्रियों और वस्तुओं के संसर्ग से होता है। आंतरिक प्रत्यक्ष बाह्य प्रत्यक्ष पर निर्भर है। बाह्य प्रत्यक्ष द्वारा मिली हुई सामग्री पर ही मानसिक क्रियाएं निर्भर हैं। परंतु सभी प्रत्यक्ष ज्ञान भी प्रामाणिक नहीं होते। कुछ प्रत्यक्ष भ्रम भी होते हैं।

अनुमान संदेहात्मक है, क्योंकि यह व्याप्ति (Universal relation) पर निर्भर करता है। चार्वाक दर्शन के अनुसार व्याप्ति असंभव है, क्योंकि एक तो वह प्रत्यक्ष पर आधारित नहीं है और दूसरे उसमें प्रत्यक्ष में अप्रत्यक्ष का अनुमान किया जाता है। कुछ स्थानों पर आग के साथ धुआं देखने से यह सामान्य सिद्धांत नहीं बनाया जा सकता कि जहां आग है, वहां धुआं है।

शब्द भी प्रमाण नहीं–क्या योग्य या प्रवीण व्यक्तियों के शब्द प्रमाण नहीं? चार्वाक के मतानुसार जहां तक संसार की प्रत्यक्ष वस्तुओं का संबंध है, वहां तक विश्वसनीय व्यक्तियों के शब्दों को प्रामाणिक माना जा सकता है। इन शब्दों का ज्ञान भी प्रत्यक्ष से ही होता है। परंतु जिन वस्तुओं का ज्ञान प्रत्यक्ष से नहीं हो सकता, उनके विषय में वेद तक को प्रमाण नहीं माना जा सकता। चार्वाक के अनुसार वेदों में झूठ, व्याघात और पुनरुक्तियां भरी पड़ी हैं। वेद उन धूर्त पुरोहितों ने बनाए हैं, जिनका काम अज्ञानी और सीधे-सादे लोगों को फंसाकर अपनी जीविका चलाना है। स्वर्ग का सुख धूर्तों के प्रलापजन्य सुख से भिन्न नहीं हैं। अतः स्वर्ग-सुख देने वाले 'वेद' धूर्तों के प्रलाप हैं। चार्वाक की अनुमान की अप्रामाणिकता की आलोचना तो न्यायादि दर्शनों ने की ही है, वेद निंदा का खंडन भी सभी ने किया है। वास्तव में चार्वाक के वेदविषयक विचार पक्षपातपूर्ण तथा एकांगी हैं।

चार्वाकदर्शन और मोक्ष-विचार

मोक्ष के संबंध में चार्वाक स्पष्ट हैं। जब यहां आत्मा का अस्तित्व ही नहीं, तो फिर उसके मोक्ष की बात ही कहां उठेगी? अन्य दार्शनिक मोक्ष को जीवन का अंतिम लक्ष्य मानते हैं। दुःखों का पूर्ण विनाश मोक्ष है। कुछ विचारकों का मत है कि मोक्ष मृत्यु के उपरांत ही मिल सकता है। कुछ के अनुसार इसी जीवन में मिल सकता है। परंतु चार्वाक इनमें से किसी मत को नहीं मानते हैं। उनका कहना यह है कि यदि मोक्ष का अर्थ आत्मा का शारीरिक बंधन से मुक्त होना है, तो यह कदापि संभव नहीं है। क्योंकि आत्मा नाम की कोई सत्ता ही नहीं है। मोक्ष का अर्थ यदि जीवनकाल में ही दुःखों का अंत होना समझा जाए, तब भी यह संभव नहीं है। क्योंकि शरीरधारण तथा सुख-दुःख में अविच्छेद संबंध है। दुःख को कम किया जा सकता है तथा सुख की वृद्धि हो सकती है, किंतु दुःखों का पूर्ण विनाश तो मृत्यु से ही हो सकता है। ***'बृहस्पतिसूत्र'*** में कहा गया है—***मरणम् एव अपवर्गः***।

चार्वाकदर्शन में नीति-विचार

भारतीय दार्शनिकों के अनुसार पुरुषार्थ चार हैं यथा—धर्म, अर्थ, काम और मोक्ष। चार्वाक इनमें से मोक्ष और धर्म को स्वीकार नहीं करते। जैसा ऊपर कहा जा चुका है कि चार्वाकों ने वेद की बहुत निंदा की है। उनके मतानुसार वैदिक-कर्मकांड व्यर्थ है। स्वर्ग-नरक पुरोहितों की कल्पनाएं हैं। परलोक का कोई प्रमाण नहीं है। दुःखों से मोक्ष केवल दुराशामात्र है।

धर्म और मोक्ष का खंडन करके चार्वाकों का कहना है कि सुख ही जीवन का परम लक्ष्य है। अर्थ, काम का साधन है। अतः अर्थ का उपार्जन करना जरूरी है। सर्वदर्शनसंग्रह के प्रथम अध्याय में चार्वाकदर्शन का वर्णन हुआ है, जहां कहा गया है—'कोई स्वर्ग नहीं, कोई अंतिम मोक्ष नहीं है, न ही कोई पारलौकिक आत्मा है। न चारों वर्णों की कर्मव्यवस्थाओं इत्यादि का कोई यथार्थ फल होता है। अग्निहोत्र, तीनों वेद, तपस्वी की तीन अवस्थाएं और अपने आपमें राख लपेटना प्रकृति ने उन लोगों के जीविका-हेतु बनाए थे, जिनमें ज्ञान और पौरुष नहीं है। यदि ज्योतिष्टोम यज्ञ में बलिदान किया जाता है, तो पशु के स्थान पर होता अपने पिता को क्यों नहीं भेंट चढ़ाता है? यदि मृत व्यक्तियों के प्रति किया श्राद्ध (उन मृतात्माओं को) तृप्ति देने वाला होता है, तो विदेश जाने वाले व्यक्तियों का अपने साथ मार्ग की सामग्री ले जाना व्यर्थ है?' इस वर्णन से स्पष्ट हो जाता है कि चार्वाकदर्शन में 'नीतिशास्त्र' उस दृष्टिकोण से है ही नहीं।

चार्वाकदर्शन का मूल सिद्धांत है 'सुख।' किसी भी कीमत पर सुख पाने का प्रयत्न होना चाहिए—

> ***यावज्जीवेत् सुखं जीवेत् ऋणं कृत्वा घृतं पिबेत्***
> ***भस्मीभूतस्य देहस्य पुनरागमनम् कुतः।।***

अर्थात् जब तक जीवन चलता है, तब तक मनुष्य को सुख से रहना चाहिए। ऋण लेकर भी घी पीना चाहिए। जब शरीर एक बार राख बन जाता है, तो फिर वह यहां कैसे लौट सकता है।

यहां यह भी ध्यान में रखना है कि सुख के साथ दुःख मिला रहता है, तो भी सुख को छोड़ना नहीं है। क्योंकि कोई भी बुद्धिमान व्यक्ति अनाज को इसलिए नहीं छोड़ता कि उसमें भूसा मिला है। कृषि इसलिए नहीं छोड़ी जा सकती कि उसे पशु नष्ट करेंगे। भिखारी मांगेंगे, इस डर से भोजन का पकाना बंद नहीं किया जा सकता। चार्वाक का सिद्धांत यही है कि परलोक सुख की झूठी आशा में इस जीवन के सुख को नहीं ठुकराना चाहिए। कल मिलने वाले मयूर से आज का कबूतर श्रेष्ठ है–

वरमद्य कपोतः न श्वो मयूरः

हाथ में आए धन को दूसरों के लिए छोड़ देना मूर्खता है। अतः अधिकतम सुख ही परम श्रेय है। जिस कर्म से सुख अधिक और दुःख कम मिले, वह उचित और जिससे दुःख अधिक और सुख कम मिले, वह अनुचित है। इस प्रकार नीतिविचार में चार्वाक 'सुखवादी' हैं।

चार्वाक के इस 'सुखवाद' से मिलता-जुलता एक पाश्चात्यदर्शन है, जिसका संस्थापक एपी क्यूरस था। वास्तव में पाश्चात्य परंपरा में 'निकृष्ट सुखवाद' के अनुयायी और भी हुए हैं। अरस्टीपस ने भी 'सुखवाद' को ही महत्त्व दिया।

अध्यात्म की पूर्ण उपेक्षा कर तन-मन के सुखों के लिए अर्थ-काम की सिद्धि करना एक स्वस्थ एवं पूर्ण दर्शन नहीं कहा जा सकता। चार्वाक इस एकांगी दृष्टिकोण के कारण ही आलोचना के पात्र बने हैं। चार्वाक 'राजा' का महत्त्व तो स्वीकार करते हैं, परंतु ईश्वर को नहीं मानते। मनुष्यों में जातिभेद को भी मिटाना उनका उद्देश्य रहा है। सभी मनुष्यों के भीतर एक ही तरह का लाल खून बहता है। मांस-हाड़ भी सबमें एक समान है? फिर 'ब्राह्मण-चांडाल' में ऊंच-नीच क्यों?

चार्वाकदर्शन में मनोविज्ञान

हमारे विचार से 'चार्वाकदर्शन' मानवमनोविज्ञान की समझ अभिव्यक्त करता है। वह मनुष्य के 'मन' की स्वाभाविक प्रवृत्तियों को समझकर उनके अनुसार आचरण करने को कहता है। अन्य दर्शनों के नीतिशास्त्र तथा धार्मिक सिद्धांत बहुत आदर्शवादी हैं। 'आदर्श' की सिद्धि करना प्रायः सबके लिए संभव नहीं होता। इसीलिए समाज में हम देखते हैं कि 'स्खलन' बहुत होते रहते हैं। आदर्शों की प्राप्ति के लिए प्रायः यथार्थ का तिरस्कार कर दिया जाता है। साथ ही अन्य दर्शनों में उनकी सिद्धि के लिए इंद्रियों के दमन तथा मन के कठोर संयम की बात भी कही जाती है। परंतु 'चार्वाक' यथार्थ को महत्त्व देता हुआ सामान्य व्यक्ति के 'मन' के भाव को समझते हुए उसे अधिक-से-अधिक सुख प्राप्ति के लिए प्रेरित

करता है। देखा जाए तो सुख को दूसरे दर्शन भी काम्य मानते हैं, पर वे 'परलोक' के सुख के लिए इस लोक के सुख को त्याज्य मान लेते हैं। अतः 'सुखवाद' पूर्णतः गर्हित नहीं है।

चार्वाकदर्शन का एक मत है 'आत्ममनोवाद' (ऊपर वर्णित) जिसके अनुसार 'मन ही आत्मा' है। 'मन' को महत्त्व देकर चार्वाक मनोविज्ञान के पथ का अनुसरण करते हैं। धूर्त चार्वाक ही 'स्वार्थसुखवाद' का समर्थन करते थे, परंतु 'सुशिक्षित चार्वाक' भी थे, जिन्होंने सुसंस्कृत तथा परिष्कृत सुखवाद की स्थापना की जिसमें पर्याप्त विचारशीलता है। कामसूत्र के प्रणेता वात्स्यायन ने भी पुरुषार्थ में 'काम' को श्रेष्ठ माना (परंतु ईश्वर और परलोक को भी मान्यता दी)। सुख की अवस्थाओं और साधनों का वैज्ञानिक विश्लेषण कर भली प्रकार सुखोपभोग किया जा सकता है।

चार्वाकदर्शन का महत्त्व

भारतीय दर्शनों से सर्वथा भिन्न सिद्धांत प्रतिपादित करने वाला चार्वाकदर्शन आलोचना और यहां तक कि घृणा तथा निंदा का पात्र भी बना। परंतु तब भी इसके महत्त्व को नकारा नहीं जा सका है। कोई भी भारतीय दार्शनिक चार्वाक के मत का खंडन किए बिना आगे नहीं बढ़ सका है। अतः समूचा भारतीय दर्शन चार्वाक का ऋणी है। साथ ही अत्यंत अध्यात्मवादी दर्शनों के (नास्तिक-आस्तिक दोनों के) मध्य में 'चार्वाक' को भी परिगणित किया जाता है। यह तथ्य दो बातें सूचित करता है—पहली भारतीय दर्शन की 'उदारदृष्टि' तथा दूसरी चार्वाकदर्शन की अपनी महत्ता, चाहे वह कितनी ही एकांगी क्यों न हो?

चार्वाकदर्शन पारंपरिक तथ्यों को कसौटी पर कसता है तथा रूढ़ियों के बंधनों और परंपरागत अंधविश्वासों को तोड़कर विचारधारा को आगे बढ़ाने का साहस दिखाता है। सभी भारतीय दर्शन शरीर और संसार को झूठा बताकर आत्मा और परलोक की बात करते हैं। अकेला चार्वाकदर्शन ही व्यावहारिक यथार्थ को सामने रखता है। आधुनिक भौतिकवादी युग में भी देखें तो, व्यक्ति दैहिक सुख को ही सर्वोपरि मानकर 'खाओ, पीओ और मौज करो' के सिद्धांत को जी रहा है। आचार्य बलदेव उपाध्याय ने 'भारतीय दर्शन' में चार्वाकदर्शन का महत्त्व बताते हुए (पृ. 89) लिखा है—

'सच पूछिए तो चार्वाक प्राचीनकाल के भारतीय वैज्ञानिक हैं, जो 'तर्क' की कसौटी पर ही सत्य को कसते हैं। परंतु आधुनिक वैज्ञानिकों की अपेक्षा वे संयमी हैं तथा संयम का जीवन बिताने के पक्षपाती हैं। इसलिए वे ऋण लेकर भी घी पीने का उपदेश देते हैं, शराब पीने का नहीं। सुंदर समाज में रहकर ही प्राणी अपनी उन्नति कर सकता है, इस बात की ओर चार्वाकों ने अधिक आग्रह दिखलाया है। अतः उनके सिद्धांतों का भी मूल्य है, वे एकदम निःसार नहीं हैं।'

जैनदर्शन

जैनदर्शन वस्तुतः जैनधर्म का विचार-पक्ष रहा है। इसलिए स्वाभाविक है कि इस दर्शन का प्रारंभ जैनधर्म के साथ ही हुआ।

जैन धर्म का उद्भव

जहां तक जैनधर्म के अस्तित्व में आने का प्रश्न है, तो उसका जन्म वैदिकधर्म के विरोध में एक क्रांति के फलस्वरूप हुआ। वैदिकधर्म के क्षेत्र में पुरोहितवाद इतना महत्त्वपूर्ण हो गया था कि पूजा- उपासना में यज्ञ, बलि तथा वैदिककर्मकांड की ही प्रधानता हो गई थी। अतः वेद-विरोधी विचारधारा उस काल की मांग बन गई थी। ईसा की पांचवीं-छठी शताब्दी पूर्व महावीर एवं गौतमबुद्ध जैसे दार्शनिक हुए। जैन और बौद्ध दोनों ही दर्शन प्रारंभ में बिल्कुल धार्मिक थे, बाद में इनका दार्शनिक रूप विकसित हुआ। जैनधर्म निरंतर विकसित होता रहा है और आज भी संपूर्ण भारत (विशेषतः उत्तर भारत) में प्रचलित है। इस ध र्म के मानने वाले काफी सीमा तक इसके कर्मकांड को निबाहते हैं। साथ ही दर्शन के क्षेत्र में तेरापंथी आचार्य तुलसी (दिवंगत) की परंपरा में आचार्य महाप्रज्ञ जैसे दार्शनिक आज भी आधुनिक युग के संदर्भों में इसकी दार्शनिक-परंपरा का निरंतर विकास कर रहे हैं।

जैन शब्द का अर्थ

'जैन' शब्द 'जिन' से निकला है और 'जिन' शब्द जि धातु से बना है, जिसका अर्थ होता है 'जीतना'। 'जिन' वह है, जो जेता है। यानी जिसने मनोवेगों को सफलतापूर्वक अपने वश में कर लिया है।

जैनमत के प्रवर्तक

जैनमत के प्रवर्तक के रूप में चौबीसवें तीर्थंकर का नाम लिया जाता है। तीर्थंकर को ही 'जिन' के नाम से पुकारा जाता है, क्योंकि उन्होंने काम, क्रोध आदि अठारह प्रकार के दोषों को 'जीत' लिया था। जो लोग उन पवित्र 'जिनों' या 'तीर्थंकरों' की उपासना करते

हैं, उन्हें जैन कहा जाता है। ये तीर्थंकर संख्या में 24 कहे जाते हैं। आदिनाथ जिनका नाम ऋषभदेव भी है, प्रथम तीर्थंकर हैं। आदिनाथ का उल्लेख भागवत-पुराण में भी हुआ है। अंतिम 24वें तीर्थंकर वर्धमान महावीर थे, जो ईसा पूर्व छठी शताब्दी में महात्मा बुद्ध के समय से कुछ वर्ष पूर्व हुए। महात्मा बुद्ध और महावीर स्वामी के जीवन में साम्य यही है कि दोनों ही गृहस्थ जीवन छोड़कर सत्य की खोज में संन्यासी हो गए थे। बीच के 22 तीर्थंकरों के नाम भी जैनग्रंथों में श्रद्धा से लिए जाते हैं।

जैनधर्म के प्रमुख संप्रदाय

जैनधर्म के प्रमुख दो संप्रदाय हैं—श्वेतांबर और दिगंबर। ये दोनों संप्रदाय महावीर स्वामी की मृत्यु के बाद बने। इनके विचारों में सैद्धांतिक मतभेद उतना नहीं है, जितना इनके व्यावहारिक पक्ष में है। दोनों मतों में प्रमुख भेद यह है कि दिगंबर मतानुयायी वस्त्रधारण नहीं करते, जबकि श्वेतांबर संप्रदाय के अनुसार उजले वस्त्र पहनने चाहिए। दिगंबर मत में तीर्थंकरों की मूर्तियों को भी वस्त्र धारण नहीं करवाना चाहिए न आभूषणादि, जबकि श्वेतांबर मत वाले इसका विरोध करते हैं। दिगंबर मत का मानना है कि स्त्री तीर्थंकर नहीं हो सकती तथा उसे मुक्ति भी नहीं मिल सकती, जबकि श्वेतांबर ऐसा नहीं मानते। श्वेतांबर कहते हैं 19वां तीर्थंकर 'मल्ली' नामक स्त्री थी। अतः स्त्रियों के लिए उपासना में कोई प्रतिबंध उचित नहीं।

जैनदर्शन का साहित्य

इस दर्शन के प्राप्त साहित्य को विकास-क्रम की दृष्टि से चार कालों में विभक्त किया जाता है—

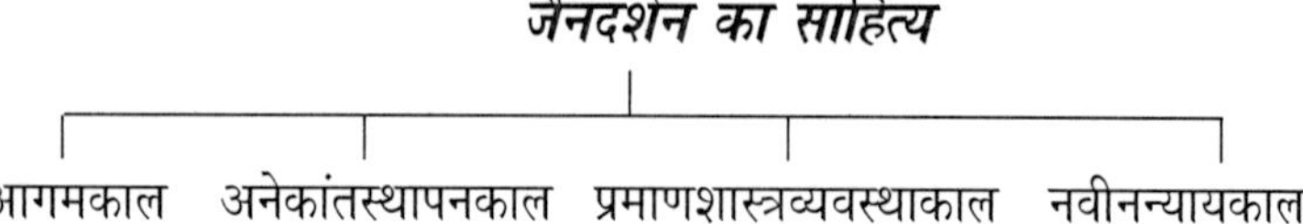

1. आगमकाल—आगमयुग के अंतर्गत श्वेतांबर एवं दिगंबरों के आगम साहित्य आते हैं। कहा जाता है कि आगमों की विषयवस्तु साक्षात् चौबीसवें तीर्थंकर महावीर की वाणी है, जिनको गणधरों ने ग्रंथरूप में निबद्ध किया। ये आगमग्रंथ जैन परंपरा में वेद की तरह मान्य हैं। श्वेतांबर मत के अनुसार साधारणतः पैंतालीस आगम ग्रंथ हैं। यद्यपि इनमें मुख्यतः आचार एवं दर्शन संबंधी विचार देखने को मिलते हैं, फिर भी दर्शन से संबंध रखने वाले प्रमुख ग्रंथ भगवती, सूत्रकृतांग, प्रज्ञापना, राजप्रश्नीय, नंदी, स्थानांग, समवायांग, अनुयोगद्वार आदि है। आचार से संबंधित ग्रंथ आचारांग, दशवैकालिक, उपासकदशा, आवश्यक, निशीथ आदि हैं। इस आगमों पर बहुत-सी टीकाएं लिखी गई हैं, जिनसे जैनदर्शन की समुचित व्याख्या उपलब्ध होती है।

दिगंबरों के अनुसार प्रमुख आगमग्रंथ षट्खंडागम, कषायपाहुड़, महाबंध या महाधवल, प्रवचनसार, पंचास्तिकाय, समयसार, अष्टपाहुड़, नियमसार आदि हैं। इन आगमग्रंथों के अतिरिक्त उमास्वाति का 'तत्त्वार्थसूत्र' बड़ा ही महत्त्वपूर्ण ग्रंथ है, जिसमें जैनदर्शन संबंधी सभी विचारों को सूत्ररूप में प्रस्तुत किया गया है।

2. अनेकांतस्थापनकाल–यह काल जैनदर्शन की व्यवस्थित विचार शृंखला की प्रारंभिक कड़ी है, क्योंकि इसी काल में नय, सप्तभंगी, स्याद्वाद को सिद्धांत रूप में प्रस्तुत किया गया। इस काल के प्रमुख व प्रसिद्ध दार्शनिक हैं–सिद्धसेन एवं समंतभद्र। सिद्धसेन की प्रमुख कृतियां हैं–सन्मतितर्क, न्यायावतार एवं बत्तीसियां जिनमें नय, स्याद्वाद, प्रमाण, ज्ञान आदि की व्याख्याएं हैं। समंतभद्र के ख्यातिप्राप्त ग्रंथ हैं–आप्त-मीमांसा, युक्त्यनुशासन और बृहत्स्वयंभूस्तोत्र हैं। अन्य दार्शनिक हैं–मल्लवांदी, सिंहगणि, पात्रकेसरी, श्रीदत्त आदि।

3. प्रमाणशास्त्रव्यवस्थाकाल–इस काल में तर्क, प्रमाण, प्रमेय आदि विषयों पर काफी विस्तार के साथ चर्चा हुई, जिसके फलस्वरूप जैनदर्शन किसी भी अन्य दर्शन के समक्ष अपना गौरव अनुभव करने में समर्थ हो सका। इस समय के प्रमुख दार्शनिक हरिभद्र, जिनभद्र और अकलंक हैं। हरिभद्र ने 'अनेकांत' द्वारा अपनी विचारपद्धति को सर्वांगीण रूप में विकसित किया। इनके प्रमुख दार्शनिक ग्रंथ हैं–अनेकांतजयपताका, षड्दर्शनसमुच्चय तथा शास्त्रवार्तासमुच्चय। अकलंक के ग्रंथ हैं–लघीस्त्रय, न्यायविनिश्चय, सिद्धिविनिश्चय, तत्त्वार्थवार्तिक आदि।

4. नवीनन्यायकाल–अन्य दर्शनों की भांति इस काल में जैनदर्शन में भी नूतनचिंतन एवं नई पद्धति से विचार-विमर्श हुआ। इस काल के प्रमुख दार्शनिक यशोविजय हैं। इन्होंने नवीन-न्याय की शैली में जैनदर्शन को ढाला और आगमों की व्याख्याएं नई पद्धति से कीं। इनके प्रमुख ग्रंथों में अष्टसहस्री विवरण, अनेकांतव्यवस्था, जैनतर्कभाषा, नयोपदेश, भाषारहस्य आदि हैं।

जैनसाहित्य की भाषा–जैनदर्शन का साहित्य अत्यंत समृद्ध है। यह अधिकांशतः प्राकृत भाषा में है। आगे चलकर अन्य दर्शनों ने जब जैनमत की आलोचना की, तब जैनों ने अपने मत-संरक्षण के लिए संस्कृत भाषा को अपनाया। इस प्रकार दोनों ही भाषाओं में जैनदर्शन के ग्रंथ उपलब्ध हैं।

जैनदर्शन का स्वरूप

दार्शनिक दृष्टि से जैनदर्शन वस्तुवादी तथा बहुसत्तावादी है। इसके अनुसार जितने द्रव्यों को हम देखते हैं, वे सभी सत्य हैं। दो तरह के द्रव्य हैं– जीव और अजीव।

प्रत्येक सजीव द्रव्य में चाहे उसका शरीर किसी भी श्रेणी का क्यों न हो, जीव अवश्य रहता है। इसलिए जैन अहिंसा-सिद्धांत को अत्यधिक महत्त्व देते हैं। अन्य मतों के प्रति जैनों का समादरभाव है। जैनदर्शन के मूल सिद्धांतों का संक्षेप में वर्णन प्रस्तुत है।

जैनदर्शन का तत्त्वविचार

जैनदर्शन के तत्त्वसंबंधी विचारों का अपना एक विशेष स्थान है। इसका स्वरूप बहुत जटिल है। जैनदर्शन के अनुसार विश्व की प्राकृतिक तथा अप्राकृतिक वस्तुओं का परिणाम सात प्रकार के मूल तत्त्वों से है यथा—***जीव, अजीव, आस्रव, बंध, संवर, निर्जरा*** तथा ***मोक्ष***। कभी-कभी इनमें ***पाप-पुण्य*** जोड़कर ***नौ तत्त्व*** मान लिए जाते हैं।

तत्त्व या द्रव्य का स्वरूप एवं गुण-धर्म—'तत्त्व' के लिए जैनदर्शन 'द्रव्य' शब्द का प्रयोग करता है। द्रव्य ***धर्मी*** है। उसमें जो लक्षण पाए जाते हैं, वे धर्म कहलाते हैं। जैनदर्शन के अनुसार वस्तुओं में अनेक धर्म होते हैं। सामान्यतः ये ***भावात्मक*** और ***अभावात्मक*** दो प्रकार के होते हैं।

भावात्मक धर्म–वे हैं, जो वस्तु की अपनी स्थिति और रूप इत्यादि को दिखलाते हैं। इन्हें स्वपर्याय भी कहते हैं।

अभावात्मक धर्म–किसी वस्तु का अन्य वस्तुओं से पार्थक्य सूचित करते हैं। इनको पस्पर्याय भी कहते हैं।

काल के परिवर्तन के साथ इन धर्मों का परिवर्तन होता रहता है। इस प्रकार द्रव्य के धर्मों को दो रूपों में बांटा गया है। यथा—स्वरूप अथवा नित्य धर्म तथा दूसरे आगंतुक या परिवर्तनशील धर्म। स्वरूप धर्मों के बिना द्रव्य का अस्तित्व ही असंभव है। अतः वे द्रव्य में सदैव उपस्थित रहते हैं। उदाहरण के लिए चैतन्य आत्मा का स्वरूप धर्म है और इच्छा, संकल्प, सुख-दुःख आदि परिवर्तनशील धर्म हैं या आगंतुक धर्म हैं। अतः संक्षेप में कह सकते हैं, द्रव्य वह है जिसमें गुण और पर्याय हों। संसार द्रव्यों से बना है। अतः द्रव्यों के दोनों गुणों के कारण वह नित्य भी है और अनित्य भी है। इस मत के कारण अद्वैतमत व बौद्धमत दोनों एकांगी जान पड़ते हैं। जैनदर्शन द्रव्य को 'सत्' मानता है तथा उसमें सत्ता के तीनों लक्षण उत्पत्ति, व्यय (क्षरण) और ध्रौव्य (नित्यता) विद्यमान है। द्रव्य के भेदों को निम्न तालिका से समझा जा सकता है—

द्रव्य के भेद

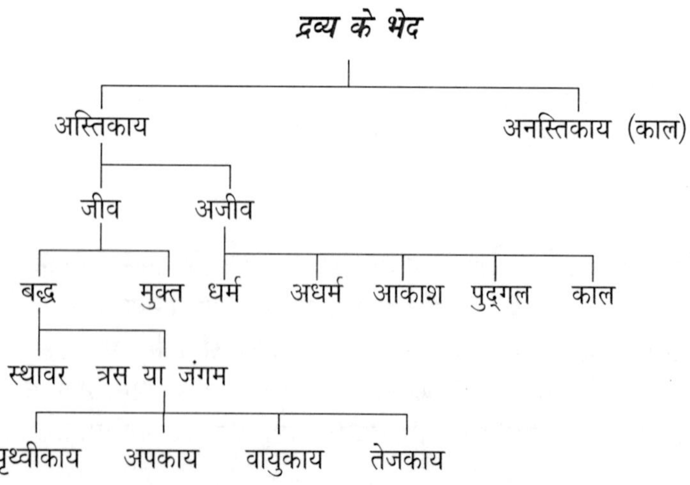

द्रव्य के भेद–द्रव्य के दो भेद हैं–अस्तिकाय और अनस्तिकाय।

अस्तिकाय शब्द दो शब्दों से मिलकर बना है–अस्ति अर्थात् वे जीव और अजीव जो द्रव्य हैं और कार्य अर्थात् जो शरीर की तरह आकाश घेरते हैं।

अनस्तिकाय का कोई शरीर नहीं होता। इसमें एकमात्र काल की गणना होती है। अब चार्ट में दिखलाए गए द्रव्यों को एक-एक कर संक्षेप में वर्णन करते हैं–

I. *जीवतत्त्व*–जैनों की परिभाषा के अनुसार चेतनद्रव्य को जीव या आत्मा कहते हैं। संसार की दशा में आत्मा 'जीव' कहलाता है। उसमें प्राण और शारीरिक, मानसिक तथा इंद्रियजन्य शक्तियां होती हैं। शुद्ध अवस्था में जीव में विशुद्ध ज्ञान और दर्शन अर्थात् निर्विकल्प और सविकल्प ज्ञान रहता है। कर्म के प्रभाव से जीव औपशमिक, क्षायिक, क्षायोपशमिक, औदायिक तथा पारिमाणिक, इन पांच 'भाव-प्रमाणों' से युक्त रहता है। द्रव्य रूप में परिणत होकर ही 'भावदशापन्न प्राण' पुद्गल कहलाता है। पुद्गलयुक्त जीव संसारी कहलाता है। जैनदर्शन 'परिणामवाद' को मानता है। अतः भाव द्रव्य में और द्रव्यभाव में परिवर्तित होते रहते हैं।

जीव के गुण–जीव स्वयं प्रकाश है और अन्य वस्तुओं को भी प्रकाशित करता है। वह नित्य है, संपूर्ण शरीर में व्याप्त रहता है। वह अमूर्त, कर्ता, स्थूल शरीर के समान लंबा-चौड़ा, कर्मफलों का भोक्ता, शिव तथा ऊर्ध्वगामी है। अनादि अविद्या के कारण उसमें कर्म प्रवेश करता है और वह बंधन में बंध जाता है। बद्धजीव चेतन और नित्य 'परिणामी' है। संकोच और विकास के गुणों के कारण वह जिस शरीर में प्रवेश करता है, उसी का रूप धारण कर लेता है। जीव का विस्तार जड़ के विस्तार से भिन्न है। वह शरीर को घेरता नहीं, परंतु उसका प्रत्येक भाग में अनुभव होता है।

जीव के पर्याय–जीव के चार पर्याय हैं।

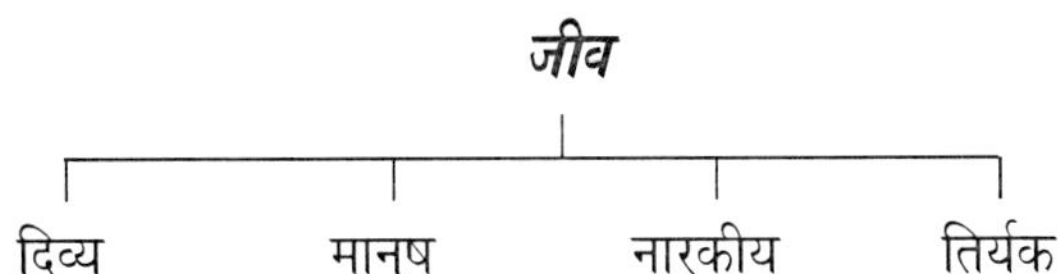

पर्याय के भेद–'पर्याय' दो तरह के होते हैं, ***द्रव्यपर्याय*** और ***गुणपर्याय***।

द्रव्य-पर्याय–भिन्न-भिन्न द्रव्यों में ऐक्य बुद्धि का कारण है और गुणपर्याय का अर्थ है–परिणाम के कारण द्रव्यों के गुणों में होने वाला परिवर्तन, जैसे आम, आम रहते हुए भी पीला हो जाता है।

द्रव्यपर्याय के पुनः दो भेद हैं–समानजातीय द्रव्यपर्याय और असमानजातीय द्रव्यपर्याय। समानजातीय पर्याय जड़द्रव्यों के तथा असमानजातीय पर्याय जड़-चेतन दोनों के संगठन से उत्पन्न होता है। प्रथम का उदाहरण 'स्कंध' है, दूसरे का मानुष शरीर। *शरीर का नाश होता है, परंतु दिव्य, मानुष अथवा नारकीय कोई भी रूप धारण करने पर भी जीवत्व रूप*

'भाव' का नाश कभी नहीं होता। द्रव्य नित्य है, परंतु पर्याय अनित्य है। 'अनेकांतवाद' भी यही समझाता है।

जीव के भेद–साधारण रूप से जीव के दो भेद किए जाते हैं, यथा–बद्धजीव और मुक्तजीव। बद्ध या संसारी जीवों के पुनः दो भेद हैं–स्थावर और त्रस।

स्थावर जीवों में एक ही इंद्रिय 'त्वक्इंद्रिय' होती है। क्षिति, जल, तेज, वायु और वनस्पति जगत् ये सभी 'स्थावर' के अंतर्गत आते हैं।

'त्रस' (या जंगम) वे जीव हैं, जिनमें एक से अधिक इंद्रियां हैं। मनुष्य, पक्षी, जानवर, देवता और नारकीय जन ये सभी 'त्रस' जीव हैं। इनमें पांचों इंद्रियां होती हैं। विभिन्न प्रकार के शरीरों के अनुसार इनके विभिन्न नाम होते हैं।

पृथ्वी के स्वरूप धारण करने वाले जैसे पत्थर आदि को पृथ्वीकाय कहते हैं। इसी प्रकार 'अपूकाय', 'वायुकाय' तथा 'तेजःकाय' होते हैं।

जैन दर्शन में आत्मा के प्रमाण–आत्मा के अस्तित्व के प्रमाण भी दो प्रकार के हैं। अर्थात् प्रत्यक्षप्रमाण और परोक्षप्रमाण।

प्रत्यक्षानुभूति आत्मा के गुणों को देखकर होती है। गुण को देखना द्रव्य को ही देखना है। 'मैं सुखी हूं' इसी अनुभव से आत्मा के अस्तित्व का प्रत्यक्ष ज्ञान मुझे हो जाता है। इसी प्रकार दुःख, स्मृति, संकल्प, संदेह और ज्ञान आदि धर्मों के अनुभव से ही उनके धर्मी आत्मा का प्रत्यक्ष अनुभव हो जाता है।

परोक्ष रूप से आत्मा के अस्तित्व के निम्नलिखित प्रमाण हैं–

(i) शरीर को इच्छानुसार परिचालित किया जा सकता है। अतः इसका कोई परिचालक भी होना चाहिए। यह परिचालक आत्मा है।

(ii) आंख, कान आदि इंद्रियां ज्ञान के विभिन्न साधन हैं। बिना प्रयोजनकर्ता के इनसे ज्ञान लाभ नहीं हो सकता। यह प्रयोजनकर्ता आत्मा है।

(iii) घट-पट आदि जड़ द्रव्यों की उत्पत्ति के लिए उत्पादन कारण के साथ निमित्त कारण की भी आवश्यकता होती है। शरीर की उत्पत्ति का निमित्त कारण आत्मा है।

II. *अजीवतत्त्व*–जैनदर्शन के मत में दूसरा तत्त्व है–अजीवतत्त्व। अजीव के पांच भेद ऊपर तालिका में दर्शाए जा चुके हैं। ये पांच हैं–***धर्म, अधर्म, आकाश, पुद्गल*** और ***काल।***

1–2. धर्म और ***अधर्म*** क्रमशः गति और स्थिति के कारण हैं। मछली का पानी में चलना केवल मछली के कारण ही संभव नहीं हो सकता। धर्म केवल गतिशील द्रव्यों को गति दे सकता है। स्थिर द्रव्यों को वह गति नहीं दे सकता है। अधर्म द्रव्यों के स्थिर रहने में सहायक होता है, जिस प्रकार वृक्ष की छाया पथिक के विश्राम में सहायक होती है।

आकाश के कारण ही सभी अस्तिकाय द्रव्यों को कोई-न-कोई स्थान प्राप्त है। जीव, धर्म, अधर्म सभी आकाश में स्थित हैं। आकाश दृष्टिगोचर नहीं होता है। इसका अस्तित्व

अनुमान द्वारा सिद्ध होता है। द्रव्यों का कायिक विस्तार स्थान के कारण ही हो सकता है। यह स्थान ही आकाश है।

आकाश के दो भेद हैं—लोकाकाश और अलोकाकाश।

लोकाकाश वह है, जो जीवों तथा अन्य द्रव्यों का आवास स्थान है। अलोकाकाश उस आकाश को कहते हैं, जो लोकाकाश के परे है।

पुद्गल—जैन लोग जड़ तत्त्व को पुद्गल कहते हैं। 'पूरयन्ति गलन्तिच' सर्वदर्शनसंग्रह में यह परिभाषा 'पुद्गल' की दी गई है। द्रव्यों का संयोग भी हो सकता है विभाग भी। उन्हें जोड़कर एक बड़ा आकार दिया जा सकता है या उन्हें तोड़कर छोटा भी किया जा सकता है।*पुद्गल के सबसे छोटे भाग को जिसका और विभाग नहीं हो सकता है 'अणु' कहते हैं।* दो या अधिक अणुओं के संयोग से 'संघात' या 'स्कंध' बनता है। हमारे शरीर और अन्य जड़-द्रव्य अणुओं के संयोग से ही संघात बने हैं। मन, वचन तथा प्राण जड़तत्त्वों के मेल से ही बने हैं। पुद्गल के चार गुण हैं—स्पर्श, रस, गंध और वर्ण। गुण दोनों में होते हैं, अणु में भी और संघात में भी। अन्य दार्शनिक शब्द को भी मौलिक गुण मानते हैं, पर जैनमत के अनुसार आगंतुक परिवर्तनों के कारण ही शब्द उत्पन्न होता है।

काल—काल अनस्तिकाय है, क्योंकि यह एक अखंड द्रव्य है। काल गोचर नहीं होता, इसलिए आकाश की भांति इसका भी अस्तित्व अनुमान से ही सिद्ध होता है। काल न हो तो वर्तना, परिणाम, क्रिया, नवीनता, प्राचीनता कुछ भी संभव नहीं होता। इनका अस्तित्व ही यह सिद्ध करता है कि काल है। वर्तना का अर्थ होता है भिन्न-भिन्न क्षणों में वर्तमान रहना। अवस्थाओं का परिवर्तन भी काल से होता है। कच्चा आम समय पाकर पक जाता है। क्रिया या गति भी तभी संभव होती है, जब कोई वस्तु पूर्वापरक्रम से भिन्न-भिन्न अवस्थाओं को धारण करती है। जैन दार्शनिक कभी-कभी काल के दो भेद करते हैं—***व्यावहारिक काल*** तथा ***पारमार्थिक काल।*** व्यावहारिक काल को 'समय' भी कहते हैं। क्षण, मुहूर्त, प्रहर आदि में व्यावहारिक काल ही विभाजित होता है। पारमार्थिक काल नित्य तथा निराकार है।

III. *आस्रव तत्त्व*—कर्म पुद्गलों के योग द्वारा जीव के शरीर में प्रवेश करने को आस्रव कहते हैं। योग 'काय', 'वचन' और 'मन' की क्रिया है। आस्रव जीव के बंधन का कारण है। कर्मों के फल संस्कार के रूप में पुद्गलों के साथ विद्यमान रहते हैं।

जीव के साथ क्रोध, लोभ, मान और माया—ये चार कषाय भी हैं। कर्म पुद्गल जड़ होने के कारण स्वयं जीव में प्रवेश नहीं कर सकते। अतः मन, वचन, काय की क्रिया की आवश्यकता होती है। क्रियाओं के भेद से स्पंदनों की संख्या तीन होती है—***काययोग, वाग्योग*** ओर ***मनोयोग***। कर्म पुद्गलों के जीव में प्रवेश करने से पूर्व इन क्रियाओं के द्वारा जीव में एक प्रकार का 'स्पंदन' होता है।

आस्रव बयालीस हैं। इनमें तीन प्रकार के उक्त स्पंदन, पांच इंद्रियां, चार कषाय और पंचव्रत *(अहिंसा, अस्तेय, ब्रह्मचर्य, सत्य, अपरिग्रह) ये* 17 विशेष हैं। इनके अतिरिक्त 25 छोटे-छोटे आस्रव होते हैं। ये सभी आस्रव बंधन के कारण होते हैं।

कर्म पुद्गलों के जीव में प्रवेश करने से पूर्व जीव के भावों में जो परिवर्तन होता है, उसे 'भावास्रव' कहते हैं। जीव में 'कर्म पुद्गलों' का जो प्रवेश होता है, उसे 'द्रव्यासव' कहते हैं। जैसे तेल लगे शरीर पर धूल चिपककर जमा हो जाती है, उसी तरह कर्म पुद्गल भी जीव पर चिपक जाते हैं। इस उदाहरण में *तेल से लिप्त होना 'भावास्रव' और उस पर धूल-राशि का चिपक जाना 'द्रव्यास्रव' का उदाहरण है।*

IV *बंधतत्त्व*–कषायों के कारण जीव के पुद्गल से आक्रांत हो जाने को जैनों ने बंध अथवा बंध तत्त्व कहा है। जीव का बंधन मानसिक प्रवृत्तियों के कारण होता है। दूषित मनोभाव ही बंधन का मूल कारण है और पुद्गल आस्रव मनोभाव का एक परिणाम है। कर्म, मिथ्यात्व अविरति और तपस्या के नियमों को पालन न करना आदि भी जीव के बंधन के कारण हैं।

V *संवरतत्त्व*–'आस्रव' तथा 'बंध' को जो रोकता है, उसे 'संवरतत्त्व' कहते हैं। बंधन से मुक्त होकर परम आनंद पाना जैनदर्शन का लक्ष्य है। बंधन से मुक्त होने के लिए जीव का कार्मिक पुद्गलों से छूटना अत्यंत आवश्यक है। इसलिए कार्मिक पुद्गलों का जीव में प्रवेश करना और उसके कारणों को रोकना अर्थात् 'संवर' अत्यंत आवश्यक है। राग, द्वेष और मोह से छूटकर, सुख-दुःख में समान-भावना प्राप्त कर जीव विकारों से मुक्त हो जाता है और उसकी आत्मा में कर्म पुद्गल प्रवेश करके बंधन नहीं उत्पन्न करते। विकार निरोध 'भावसंवर' कहलाता है तथा इसके पश्चात् कर्म पुद्गलों का प्रवेश रुक जाना 'द्रव्यसंवर' कहलाता है। कर्म के प्रवेश को रोकने लिए निम्न उपाय बताए गए हैं–

(i) समितियां–समितियां कर्म को रोकने के पांच बाह्य उपाय हैं। इनके भेद हैं–ईर्या (चलने-फिरने के नियम), भाषा (बोलने के नियम), एषणा (भिक्षा मांगने के नियम), आदान-निक्षेपण (धार्मिक कार्य के लिए भिक्षा में से कुछ अंश को बचाना) तथा प्रतिस्थापना (भिक्षा या दान को अस्वीकार करना)।

(ii) गुप्तियां–'योग' के रोकने को 'गुप्ति' कहते हैं। गुप्ति तीन हैं–कायगुप्ति, वागुगुप्ति, मनोगुप्ति, जो शरीर, वाणी और मन की क्रियाओं का निरोध करती हैं। समिति में 'सत्क्रिया' का प्रवर्तन मुख्य है और 'गुप्ति' में 'असत्क्रिया' का निरोध मुख्य है।

(iii) *व्रत*–व्रतों के पालन से आत्मा में पुद्गलों का प्रवेश रुक जाता है। व्रत पांच है–

***(क) अहिंसा*–**अहिंसा का अर्थ है जीवों की हिंसा न करना। इसमें त्रस जीवों की ही नहीं, बल्कि स्थावर जीवों की हिंसा का निरोध भी निहित है। साधारण गृहस्थों के लिए इस नियम का पालन कठिन है। अतः उनके लिए एकेंद्रिय जीवों को छोड़कर अन्य की हिंसा वर्जित है। जैनों का अहिंसा का सिद्धांत इस तत्त्व पर आधारित है कि सभी जीव समान हैं। अहिंसा में मन, वचन तथा कर्म की अहिंसा आ जाती है।

***(ख) सत्य*–**सत्य का अर्थ है–मिथ्या वचन का परित्याग। सत्य का आदर्श है

सूनृत–'प्रियं पथ्यं वचस्तथ्यं सूनृतं व्रतमुच्यते' अर्थात् सबका हितकारी और प्रिय सत्य। अतः सत्य व्रत को पालन करने के लिए जहां एक ओर लोभ, भय, क्रोध से दूर रहने की आवश्यकताएं हैं, वहीं पर निंदा, उपहास, वाचालता, ग्राम्यता तथा चपलता से भी बचना अनिवार्य है।

(ग) अस्तेय–बिना दिए हुए परद्रव्य का ग्रहण करना अस्तेय है। अहिंसा के साथ अस्तेय का संबंध है। जीवन का अस्तित्व धन पर निर्भर है। अतः धन-संपत्ति का अपहरण प्राणों की हिंसा के ही समान है। अतः चोरी का निषेध है।

(घ) ब्रह्मचर्य–ब्रह्मचर्य का अर्थ है वासनाओं का परित्याग। जैनों के अनुसार इसमें इंद्रिय सुख ही नहीं वरन् सभी कार्यों का परित्याग आ जाता है। मानसिक अथवा बाह्य सूक्ष्म अथवा स्थूल, लौकिक, पारलौकिक, स्वार्थ अथवा परार्थ सभी कामनाओं का पूर्ण परित्याग ब्रह्मचर्य के लिए आवश्यक है।

(ङ) अपरिग्रह–सभी विषयों से विमुख हो जाने के लिए जिस व्रत को धारण किया जाता है, उसे अपरिग्रह कहते हैं। शब्द, स्पर्श, रूप, स्वाद, गंध के आकर्षण को छोड़ देना। अपरिग्रह के अंतर्गत सांसारिक पदार्थों का संग्रह न करना भी शामिल है।

इन पाचों व्रतों का पालन जैनधर्म की विशेषता है। आधुनिक युग की सभी समस्याओं का समाधान इनके पालन से हो सकता है। इसके अतिरिक्त संवरतत्त्व के अंतर्गत जैनदर्शन अनुप्रेक्षा (12 भेद), परीष (22 भेद) तथा चरित्र (5 भेद) का वर्णन भी करता है।

VI *निर्जरा तत्त्व*–बंधन के बीज कर्म पुद्‌गलों के नाश की प्रक्रिया को 'निर्जरा' तत्त्व कहते हैं। उपरोक्त बताए गए उपायों से नए कर्म पुद्‌गलों का प्रवेश रोका जा सकता है, परंतु मुक्ति के लिए पिछले कर्म पुद्‌गलों का नाश भी अत्यावश्यक है। इसी कारण 'निर्जरा' आवश्यक है। राग-द्वेष आदि दुर्गुणों का त्याग करके और निदिध्यासन द्वारा चित्त निर्मल करके निर्जरा को प्राप्त जीव अपने शरीर ही में स्थित 'आत्मा' का दर्शन कर सकता है। इससे साधक के दुःख दूर होते हैं और दर्शन, जीवन तथा धर्म के अंतिम लक्ष्य 'आत्म-साक्षात्कार' का अनुभव होता है।

VII *मोक्षतत्त्व*–जैनदर्शन के अनुसार जीव का पुद्‌गल से वियोग ही 'मोक्ष' है। मोक्ष दो प्रकार का है–भावमोक्ष और द्रव्यमोक्ष।

भावमोक्ष तपस्या के द्वारा तथा नियमों के पालन से रागद्वेष आदि का नाश होता फिर 'संवर' तथा 'निर्जरा' द्वारा आस्रव का नाश होता है। इस प्रकार कर्म पुद्‌गलों से मुक्त होकर जीव के सर्वज्ञ और सर्वदृष्टा होकर मुक्ति अनुभव करने को 'भावमोक्ष' या 'जीवमुक्ति' कहते हैं। यह वास्तविक मोक्ष के पहले की अवस्था है। इसमें चार घातीय कर्मों का (ज्ञानावरणीय, दर्शनावरणी, मोहनीय और अंतराय) का नाश हो जाता है।

द्रव्यमोक्ष : भावमोक्ष के पश्चात् चार अघातीय कर्मों (आयु, नाम, गोत्र, वेदनीय) का भी नाश होने पर द्रव्यमोक्ष प्राप्त होता है, तभी वह कर्मों के संसर्ग से उत्पन्न (आत्मा की)

विभिन्न अवस्थाओं से मुक्त होता है। फिर ऊर्ध्वगति होकर ऊपर लोक की सीमापर्यंत पहुंच जाता है। अलोकाकाश में धर्मास्तिकाय नहीं रहता। अतः जीव न तो लोक के परे जा सकता है और न संसार में लौटकर आ सकता है।

जैनदर्शन में जगत्-विचार

जैनदर्शन के अनुसार ऊपर बताए गए भिन्न-भिन्न द्रव्यों के मेल से एक विशेष अवस्था में संसार की सृष्टि होती है। जैनदर्शन ईश्वर को नहीं मानता। अतः यह भी नहीं कहता कि सृष्टि का कोई कर्ता है। जैनदर्शन के सृष्टिवाद के सिद्धांत के अनुसार 'पुद्‌गल' ही संसार का उपादान (Material) कारण है और जीव या आत्मा निमित्तकारण (Efficienticause)। 'स्याद्वाद' के सिद्धांत के अनुसार पर यह संसार नित्य है और अनित्य भी। महावीर ने कहा है—'यह संसार सांत भी है और अनंत भी। अपेक्षा भेद से लोकसांत है, क्योंकि संख्या में एक है। पर्यायों की दृष्टि से वह अनंत भी है, क्योंकि तीनों काल में उसका अस्तित्व पाया जाता है। लोक सांत होने से अनित्य है, क्योंकि उसकी भी एक परिधि है और वह आकाश में नहीं है।' इस प्रकार 'अनेकांतवाद' के द्वारा संसार को समझने का प्रयास किया गया है।

जैनदर्शन में प्रमाण-विचार

जैनदर्शन के अनुसार चैतन्य ही प्रत्येक जीव का स्वरूप है। जीव या आत्मा सूर्य की तरह है। जिस तरह सूर्य का प्रकाश सूर्य को भी और संसार को भी प्रकाशित करता है, उसी प्रकार आत्मा या चैतन्य अपने को तथा अन्य वस्तुओं को भी प्रकाशित करता है। कर्मजनित बाधा ज्ञान को परिमित करती है।

ज्ञान के दो भेद हैं—अपरोक्षज्ञान तथा परोक्षज्ञान। अपरोक्षज्ञान के दो भेद हैं—व्यावहारिकज्ञान तथा पारमार्थिकज्ञान। इंद्रिय या मन के द्वारा जो बाह्य एवं आभ्यंतर विषयों का ज्ञान होता है, वह अनुमान की अपेक्षा अवश्य अपरोक्ष होता है, परंतु पूर्णतया अपरोक्ष नहीं।

पारमार्थिक अपरोक्ष ज्ञान के तीन भेद हैं—अवधिज्ञान, मनःपर्यायज्ञान तथा केवलज्ञान।

अवधिज्ञान—जब मनुष्य अपने कर्म को अंशतः नष्ट कर लेता है, तो उसे ऐसी शक्ति मिल जाती है कि जिसके द्वारा वह अत्यंत दूरस्थ, सूक्ष्म तथा अस्पष्ट द्रव्यों को भी जान सकता है। इसके द्वारा सीमित वस्तुओं का ज्ञान ही प्राप्त हो सकता है। ऐसा ज्ञान 'अवधिज्ञान' कहा जाता है।

मनःपर्यायज्ञान—जब मनुष्य राग-द्वेष आदि मानसिक बाधाओं पर विजय पाता है, तब उसमें अन्य व्यक्तियों के वर्तमान तथा भूत के विचारों को जानने की शक्ति मिलती है। ऐसे ज्ञान को 'मनःपर्याय ज्ञान' कहते हैं, क्योंकि इससे दूसरों के मन में प्रवेश हो सकता है।

केवलज्ञान–जब ज्ञान के बाधक सब कर्म आत्मा से पूर्णतया दूर हो जाते हैं, तब अनंत ज्ञान प्राप्त होता है। इसे 'केवलज्ञान' कहते हैं। केवलज्ञान को मुक्त जीव ही प्राप्त कर सकते हैं।

इसके अतिरिक्त ज्ञान के दो प्रकार और हैं, जो लौकिक होते हैं व सर्वसाधारण में पाए जाते हैं, मतिज्ञान और श्रुतज्ञान।

मतिज्ञान के अंतर्गत व्यावहारिक अपरोक्ष ज्ञान, प्रत्यक्ष, स्मृति, प्रत्यभिज्ञा, अनुमान सभी आ जाते हैं तथा ***श्रुतज्ञान*** शब्दज्ञान को कहते हैं।

प्रत्यक्ष–जैनदर्शन के अनुसार प्रत्यक्षज्ञान की उत्पत्ति निम्नलिखित क्रम से होती है : सबसे पहले इंद्रिय संवेदन होता है। जैसे मान लीजिए हम कोई ध्वनि सुनते हैं। प्रारंभ में यह ज्ञात नहीं होता कि यह ध्वनि किसकी है। इस अवस्था को अवग्रह कहते हैं। अवग्रह में केवल विषय का ग्रहण होता है। तब मन में एक प्रश्न उठता है कि यह ध्वनि किस वस्तु की है। इस अवस्था को 'ईहा' कहते हैं। इसके बाद निश्चयात्मक ज्ञान होता है, जो 'आवाय' कहलाता है। इस तरह जो ज्ञान प्राप्त होता है, उसका मन में धारण होता है। इसको 'धारण' कहते हैं।

श्रुतज्ञान–दूसरा लौकिकज्ञान श्रुत है। ज्ञान की उत्पत्ति सुने हुए शब्दों से होती है। आप्त-वचनों तथा प्रामाणिक ग्रंथों को देखे बिना श्रुतज्ञान नहीं हो सकता। सर्वज्ञ तीर्थंकरों के उपदेश सर्वश्रेष्ठ श्रुतज्ञान हैं।

अनुमान–जैनदर्शन की मान्यता है कि हेतु के द्वारा साध्यवस्तु का ज्ञान प्राप्त करना ही अनुमान है। अनुमान के भेद दो हैं–स्वार्थानुमान और परार्थानुमान।

स्वार्थानुमान–जब मनुष्य अपने मन को समझाने के लिए कोई अनुमान करता है, तब उसे स्वार्थानुमान कहते हैं। 'जहां-जहां धुआं है, वहां-वहां आग है।' यहां 'धुआं और आग' में जो संबंध दिखाया गया है, उसे 'व्याप्ति' (Universal relation) के नाम से पुकारते हैं। बाद में देखते हैं–पहाड़ पर धुआं है, इसलिए निष्कर्ष निकालते हैं कि 'पहाड़ पर भी आग अवश्य होगी।' यह स्वार्थानुमान है, जिसमें तीन ही वाक्यों से अनुमान की क्रिया पूरी हो जाती है।

परार्थानुमान–परार्थानुमान दूसरों को समझाने के लिए किया जाता है। इसमें तीन की जगह पांच या दस वाक्यों की जरूरत होती है। पंचावयव अनुमान में प्रयुक्त पांच वाक्यों को क्रमशः (i) प्रतिज्ञा, (ii) हेतु, (iii) उपनय, (iv) व्याप्ति, तथा (v) निगमन कहा जाता है। दशावयव में–प्रतिज्ञा, प्रतिज्ञा विभक्ति, हेतु, हेतु- विभक्ति, विपक्ष, विपक्ष-प्रतिषेध, दृष्टांत, आशंका-आशंका प्रतिषेध और निगमन आते हैं। अनुमान को प्रमाण रूप से प्रमाणित करने के लिए जैनों द्वारा चार्वाक मत का खंडन तर्कपूर्ण शैली से किया जाता है। अन्य आस्तिक दर्शनों की तरह प्रत्यक्षअनुमान और शब्द यहां स्वीकृत हुए हैं।

जैनदर्शन में स्याद्वाद

जैनदर्शन के स्याद्वाद नामक सर्वाधिक विलक्षण सिद्धांत की यह धारणा है कि सत् का स्वरूप अत्यधिक अनियत है। स्यात् शब्द संस्कृत की अस् धातु (होना) के विधिलिंग का एक रूप है। इसका अर्थ है 'हो सकता है' 'शायद'। इस सिद्धांत का तात्पर्य है कि वस्तु को अनेक दृष्टिकोणों से देखा जा सकता है और प्रत्येक दृष्टिकोण से एक भिन्न निष्कर्ष प्राप्त होता है। यही 'अनेकांतवाद' है। वस्तु का स्वरूप पूरी तरह से इनमें से किसी के द्वारा भी व्यक्त नहीं होता, क्योंकि उसमें जो वैविध्य मूर्तिमान होता है, उस पर सभी विधेय लागू हो सकते हैं। अतः प्रत्येक कथन असल में सोपाधिक-मात्र होता है। एकांत विधान और एकांत निषेध दोनों गलत हैं।

जैनदर्शन में इस सिद्धांत की व्याख्या के लिए एक कथा प्रचलित है—अनेक अंधे एक हाथी को छूकर उसकी आकृति के बारे में तरह-तरह की बातें कहते हैं, जबकि प्रत्येक हाथी के एक अलग भाग को ही छू पाता है। यह सिद्धांत बतलाता है कि हमें अत्यधिक सतर्क रहना चाहिए और वस्तु के स्वरूप की परिभाषा देने में साग्रह कथन से बचना चाहिए। जैनदर्शन की विलक्षण सूक्ष्म दृष्टि वस्तु के स्वरूप का सात चरणों में कथन करती है, जिसे सप्तभंगीनय कहा जाता है—

1. शायद है (स्यात् अस्ति)।
2. शायद नहीं है (स्यात् नास्ति)।
3. शायद है भी और नहीं भी (स्यात् अस्ति नास्ति)।
4. शायद अनिर्वचनीय है (स्यात् अवक्तव्यः)।
5. शायद है और अनिर्वचनीय है (स्यात् अस्ति च अवक्तव्यः)।
6. शायद नहीं है और अनिर्वचनीय है (स्यात् नास्ति च अवक्तव्यः)।
7. शायद है, नहीं है और अनिर्वचनीय है (स्यात् अस्ति च नास्ति च अवक्तव्यः)।

जैन स्याद्वाद की तुलना कभी-कभी पाश्चात्य सापेक्षवाद से की जाती है। जैनमत को यदि सापेक्षवाद माना जाए, तो वह वस्तुवादी सापेक्षवाद होगा, क्योंकि यहां ज्ञान को 'सापेक्ष' बतलाते हुए यह स्पष्ट कर दिया गया है, ज्ञान केवल मन पर निर्भर नहीं है, बल्कि वस्तुओं के धर्मों पर भी निर्भर है।

जैनदर्शन में मोक्ष-विचार

तत्त्व विचार के अंतर्गत मोक्ष को एक तत्त्व माना गया है, जिसका संक्षिप्त उल्लेख किया जा चुका है। जैनदर्शन मोक्ष-प्राप्ति के उद्देश्य को कर्मबंधन से छूटना ही मानता है। इसी संदर्भ में कर्म का सिद्धांत भी बड़े विस्तृत रूप में वर्णित हुआ है। आठ प्रकार के कर्म बंधन का कारण बनते हैं—

(i) ***ज्ञानावरणीय कर्म***–ये कर्म श्रुत, अवधि, मनःपर्याय और केवल इन पांच प्रकार के ज्ञान में बाधक बनते हैं।

(ii) ***दर्शनावरणीयकर्म***–ये सब प्रकार के प्रत्यक्ष में बाधक होते हैं।

(iii) ***अंतराय कर्म***–ये कर्म आत्मा की स्वाभाविक शक्ति को रोककर संकल्प होते हुए भी शुभकर्म नहीं करने देते हैं। ये दान, ज्ञान, लाभादि में बाधा डालते हैं।

(iv) ***मोहनीयकर्म***–सद्विश्वास में बाधक होते हैं तथा चरित्र को मोहित करते हैं।

(v) ***आयुषकर्म***–नारकीय, पशु, मानव तथा स्वर्गीय जीवन की अवधि निश्चित करते हैं।

(vi) ***नामकर्म***–नामकर्म व्यक्ति की शारीरिक विशेषताओं, गुणों, चरित्र आदि का निश्चय करते हैं।

(vii) ***गोत्रकर्म***–उच्च-निम्न परिवार में जन्म निश्चित करते हैं।

(viii) ***वेदनीय कर्म***–सुख-दुःख की वेदनाएं उत्पन्न करने वाले होते हैं। ये आत्मा की स्वाभाविक आनंद की प्रकृति में बाधक हैं। मोक्ष का परममार्ग कर्मों के बंधन से मुक्ति है। जैनदर्शन के कोश में इसका साधन है 'त्रिरत्न' अर्थात् सम्यग्दर्शन, सम्यग्ज्ञान और सम्यग्चरित्र हैं। इनके माध्यम से ही मोक्ष मिलता है। इन तीनों का अध्ययन संक्षेप में किया जा रहा है–

सम्यग्दर्शन–सम्यग्दर्शन का अर्थ यथार्थ ज्ञान के प्रति श्रद्धा है। श्रद्धा का अर्थ अंधविश्वास नहीं है। वह पूर्णतः युक्तिसंगत है।

सम्यग्ज्ञान–सम्यग्ज्ञान में जीव-अजीव के मूल तत्त्वों का विशेष ज्ञान होता है। यह संदिग्ध और दोषरहित है। कर्म का पूर्ण विनाश होने पर ही सम्यग्ज्ञान होता है।

सम्यग्चरित्र–इसमें अहितकर कार्यों का वर्णन और हितकर कार्यों का आचरण सम्मिलित है। जैसे पंचमहाव्रत का पालन, व्यवहार का ज्ञान, गुप्ति अभ्यास, धर्माचरण, यथार्थ तत्त्व की भावना, मूल ऐषणाओं का निषेध एवं शील तथा सच्चरित्रता आदि।

जैनदर्शन में नीतिशास्त्र

जैनदर्शन सिद्धांत से अधिक व्यवहार की बात करता है। इसका आचारशास्त्र गृहस्थों (श्रावकों) एवं श्रमणों (संन्यासियों) दोनों के लिए पंचव्रत का विधान करता है, जिनकी व्याख्या पहले विस्तार से की जा चुकी है। किंतु श्रावक लोगों के लिए व्रतों की व्याख्या उनकी सीमाओं को ध्यान में रखते हुए की जाती है। उनके लिए अणुव्रतों का विधान है, जबकि श्रमणों के लिए वे महाव्रत कहे जाते हैं। उदाहरण के लिए गृहस्थ के लिए ब्रह्मचर्य का अर्थ है एक पत्नीव्रत और अपरिग्रह का अर्थ है परिमित परिग्रह। श्रमण या संन्यासी के लिए इनका अर्थ परिपूर्ण संयम एवं संपत्ति-त्याग होगा। जैनधर्म की एक महत्त्वपूर्ण विशेषता यह है कि वह कर्तव्यों का निर्देश जातिवाद को मानकर नहीं करता, वह मनुष्य मात्र के लिए

एक ही आचार पद्धति का निर्देश करता है। वास्तव में पंचमहाव्रत तथा अन्य कर्तव्य कर्म एक प्रकार से सार्वभौम नैतिकता के प्रतीक हैं। सभी दर्शनों व धर्मों में इनका पालन करना अच्छा माना गया है।

जैनदर्शन का मनोविज्ञान

अपने व दूसरे के मन के भावों को जानने का साधन ही मनोविज्ञान है। मन के भाव, मन के कषाय आत्मकल्याण में बाधक होते हैं। अतः मन पर पूर्ण अनुशासन होना चाहिए। जैनदर्शन की मान्यता यही है। संवरतत्त्व में जिन गुप्तियों की बात कही गई है, उनमें एक 'मनोगुप्ति' भी है। इसके अंतर्गत संकल्प-विकल्प जैसी मानसिक क्रियाओं के निरोध की बात कही गई है। आधुनिक मनोविज्ञान मन की स्वाभाविक प्रवृत्तियों के निरोध को उचित नहीं मानता, पर प्राचीन मनोविज्ञान विशेषतः जैनदर्शन के सिद्धांत मानवमन पर बहुत वर्जनाएं लगाते हैं। विकल पारमार्थिक ज्ञान के दो भेदों में एक 'मनःपर्याय' ज्ञान है। जब मनुष्य रागद्वेष आदि मानसिक बाधाओं पर विजय पाता है, तब अन्य व्यक्तियों के वर्तमान तथा भूत विचारों को जान सकता है। ऐसे ज्ञान को मनःपर्याय कहते हैं। क्योंकि इससे दूसरों के मन में प्रवेश हो सकता है।

जैनदर्शन का धर्मशास्त्र

जैनदर्शन अनीश्वरवादी है। उसका कहना है प्रत्यक्ष के द्वारा ईश्वर का ज्ञान नहीं होता। न ही निरवयवी ईश्वर जगत् का निर्माण कर सकता है। ईश्वर के गुण भी कल्पित जान पड़ते हैं। जब कई शिल्पी मिलकर भी एक वस्तु को बना सकते हैं, तो ईश्वर को एक क्यों मानें। परंतु नास्तिक होने का अर्थ यह नहीं है कि जैनों का धर्मोत्साह और धार्मिक कर्मकांड न हो। वास्तव में वे ईश्वर के स्थान पर तीर्थंकरों की उपासना करते हैं और पंचपरमेष्टि *अर्थात् अर्हत्, सिद्ध, आचार्य, उपाध्याय और साधु* को पूजते हैं। तीर्थंकरों में ईश्वर के सभी गुण पाए जाते हैं। उपासना का प्रयोजन तीर्थंकरों की करुणा की प्राप्ति नहीं, बल्कि उनका अनुसरण करना है। जैनदर्शन व धर्म के अनुसार कल्याण की प्राप्ति तो अपने ही कर्मों से हो सकती है। जैनधर्म इस प्रकार से स्वावलंबी है।

जैनदर्शन व धर्म आधुनिक युग में भी बहुत प्रचलित है। जैनसाहित्य की परंपरा भी अनवछिन्न रूप से वर्तमान है। प्राचीनकाल से आधुनिक युग तक देवमंदिरों की परंपरा भी चल रही है। तीर्थंकरों की एक से एक उत्कृष्ट मूर्तियां वास्तुशिल्प का दर्शन कराती हैं। जैनधर्म का प्रसिद्ध पर्व है 'क्षमावणी', जिसके अंतर्गत सबसे क्षमायाचना और सबको क्षमा करने के भाव निहित हैं। इसी प्रकार से जैन परंपरा में 'अनुप्रेक्षाओं' का वर्णन होता है। उसी का अनुसरण करते हुए 'प्रेक्षाध्यान' विधि आज की आवश्यकताओं के अनुरूप विकसित हुई है, जिसके द्वारा मनुष्य अनेक मानसिक समस्याओं से मुक्त हो सकता है।

जैनदर्शन में विद्यमान कर्मकांड की जटिलता को सरल कर उसके भीतरी अभिप्राय को समझने-समझाने के प्रयत्न किए जा रहे हैं। आचार्य महाप्रज्ञ ने 'घट-घट दीप जले' पुस्तक में (पृ. 168) पर लिखा है– *'केवल रूढ़ि निभाना ही धर्म नहीं है। सामायिक का अर्थ समझे बिना एक मुहूर्त तक मुखवस्त्रिका (नाक पर कपड़ा बांधना) लगाकर बैठे रहना ही सामायिक व्रत नहीं है। सामायिक का अर्थ है समता। मनरूपी घोड़े पर लगाम लगाए बिना बड़ाई, निंदा आदि विचारों व रागद्वेष आदि भावों पर रोक लगाए बिना शुद्ध सामायिक का फल भी कहां से मिलेगा?*

ठीक इसी प्रकार आचार्य भगवंत द्वारा रचित 'पंचप्रतिक्रमण-सूत्र' में 'शांतिस्तवः' (पृ. 194-212) तथा 'बृहच्छान्तिः' (पृ. 383-404) में सरल संस्कृत में शांति प्राप्त करने के उपाय बताए गए हैं। इन श्लोकों को पढ़कर यजुर्वेद के शांतिपाठ तथा अथर्ववेद के शांतिसूक्तों की याद हो आती है। वास्तव में जैनदर्शन या जैनधर्म तात्त्विक दृष्टि से कितना भी भिन्न क्यों न हो, परंतु कहीं-न-कहीं वैदिक दर्शन से प्रभावित भी रहा है। यही कारण है जैनधर्म की आचारसंहिता किसी जाति विशेष के लिए नहीं, अपितु मानवमात्र के कल्याण के लिए है।

बौद्धदर्शन

बौद्धधर्म का उद्‌भव

जैनधर्म की ही तरह बुद्धधर्म का उद्‌भव भी तत्कालीन समाज में व्याप्त अंधविश्वास तथा रूढ़ियों के विरुद्ध हुआ। विशेषकर कर्मकांडों में हिंसा को वीभत्सता, तांत्रिक साधनाओं में नरबलि और पंडे पुरोहितों के अहंकारों के मध्य गौतम बुद्ध का अहिंसा, विनय, दया और करुणा पर आधारित सिद्धांत जनता के लिए अमृत तुल्य सिद्ध हुआ। ऐतिहासिक गवेषणा के अनुसार बौद्धधर्म का उदय जैनधर्म के अनंतर हुआ। बौद्धनिकायों में जैन तीर्थंकर नाटपुत्त के नाम, सिद्धांत तथा मृत्यु के उल्लेख अनेक स्थलों पर पाए जाते हैं, परंतु जैन 'अंगों' में बौद्धधर्म विषयक उल्लेखों का अभाव है।

बौद्धधर्म के दो रूप

बौद्धधर्म के दो रूप हमें इतिहास के पृष्ठों में मिलते हैं—पहला शुद्ध धार्मिक रूप है, जिसमें आध्यात्मिक तत्त्वों के रहस्योद्‌घाटन को अनावश्यक मानकर आचारमार्ग का ही जनकल्याण के लिए सरल रीति से प्रतिपादन किया गया है। दूसरा दार्शनिक रूप है, जिसमें बौद्ध तत्त्वविवेचकों ने बुद्ध की आचार शिक्षा के तह में रहने वाले सूक्ष्म सिद्धांतों का तर्क-बुद्धि से अध्ययन किया तथा बौद्धधर्म की धुंधली दार्शनिक रूपरेखा को स्पष्ट किया।

बौद्धधर्म के प्रवर्तक

बौद्धधर्म व बौद्धदर्शन के प्रवर्तक गौतम बुद्ध थे। उनका असली नाम 'सिद्धार्थ' था। इनका जन्म हिमालय की तराई के निकट कपिलवस्तु नामक स्थान में 448 विक्रम पूर्व की वैशाखी पूर्णिमा को शाक्य गणाधिप शुद्धोदन की पत्नी मायादेवी के गर्भ से हुआ। कथा है कि रोगी, मृतक व वृद्धजनों के कष्टों से उनमें वैराग्य जन्मा। 19वें वर्ष में पत्नी यशोधरा तथा नवजात शिशु (राहुल) और राजपाट के विशाल वैभव को छोड़कर उन्होंने महाभिनिष्क्रमण किया और घोर साधना के बाद 25 वर्ष की आयु में उन्होंने चार आर्ष सत्यों की प्रत्यक्ष

अनुभूति कर वैशाखी पूर्णिमा को 'बुद्धत्व' प्राप्त किया। सारनाथ में पंच भिक्षुओं के सामने अपना प्रथम उपदेश देकर इन्होंने 'धर्मचक्र-प्रवर्तन' किया। गणराज्य के आदर्श पर बुद्ध ने भिक्षुकों के 'संघ' की स्थापना की और मानव-क्लेशों से उद्धार पाने के लिए 'विनय' व 'धर्म' की शिक्षा जनसाधारण को दी। 80 वर्ष की अवस्था में वैशाखी पूर्णिमा को ही उन्हें कुशीनगर (कसया, जिला गोरखपुर) में निर्वाण प्राप्त हुआ।

बौद्धधर्म का साहित्य

बुद्ध के उपदेश मागधी भाषा, जिसे बाद में 'पालि' कहा गया में थे। उन्हें विस्मृति के गर्भ में जाने से बचाने के लिए बुद्ध के निर्वाणकाल में ही महाकश्यप के सभापतित्त्व में बौद्ध भिक्षुओं की प्रथम संगीति (सम्मेलन) राजगृह में हुई। जिसमें बुद्ध के पट्ट शिष्य आनंद के सहयोग से ***'सुत्तपिटक'*** तथा उपालि के सहयोग से ***'विनयपिटक'*** का संकलन किया गया। काफी समय के बाद दार्शनिक विचारों के पल्लवीकरण से ***'अभिधम्मपिटक'*** का निर्माण हुआ। बौद्धधर्म के सर्वस्व ये तीन पिटक हैं। 'सुत्तपिटक' में बुद्ध के उपदेश, 'विनयपिटक' में आचार संबंधी ग्रंथ तथा 'अभिधम्मपिटक' में दर्शन संबंधी विचारों का संग्रह है। पिटक का अर्थ होता है 'पेटिका'। एक-एक 'पिटक' के भीतर अनेक ग्रंथ हैं। इन पिटकों के प्राचीन बौद्धधर्म का वर्णन मिलता है।

बौद्धधर्म का विस्तार एवं शाखाएं

कालांतर में बुद्ध के अनुयायियों की संख्या बहुत अधिक बढ़ गई और वे कई संप्रदायों में बंट गए। धार्मिक मतभेद के कारण बौद्धधर्म की दो प्रधान शाखाएं स्थापित हुईं, जो हीनयान तथा महायान के नाम से प्रसिद्ध हैं। हीनयान का प्रचार भारत के दक्षिण में हुआ। आजकल इसका अधिक प्रचार श्रीलंका, ब्रह्मा (बर्मा) तथा थाईलैंड में है। पालित्रिपटक ही हीनयान के प्रमुख ग्रंथ हैं। महायान का प्रचार अधिकतर उत्तर के देशों में हुआ। इसके अनुयायी तिब्बत, चीन तथा जापान में अधिक पाए जाते हैं। महायान का दार्शनिक विवेचन संस्कृत में हुआ है। इन ग्रंथों का अनुवाद तिब्बत और चीनी भाषाओं में हुआ है। बौद्धसाहित्य के अनेक ग्रंथ जो भारत में अप्राप्य हैं, तिब्बती या चीनी अनुवादों के द्वारा पुनः प्राप्त हो रहे हैं और उन्हें फिर से संस्कृत में अनूदित किया जा रहा है। आज विश्व में अनुमानतः पचास करोड़ बौद्ध धर्मानुयायी हैं, जिसमें करीब 20 लाख भारत में हैं।

बौद्धदर्शन की विशेषताएं

गौतमबुद्ध ने अपने समय की कुरीतियों का दृढ़तापूर्वक विरोध किया और एक बौद्धिक-धर्म, व्यावहारिक नीतिशास्त्र तथा सीधे-सादे जीवन सिद्धांत उपस्थित किए। उनके दर्शन की मुख्य विशेषताएं निम्न हैं–

1. विवादों के प्रति उदासीनता–यद्यपि बुद्ध ने अपने सिद्धांतों को सदैव बुद्धिपूर्वक समझने की चेष्टा की, परंतु वे वाद-विवाद से कोसों दूर रहते थे। इस अर्थ में वे बुद्धिवादी नहीं थे। अंधविश्वासों की ओर उनका आधुनिक वैज्ञानिक का-सा दृष्टिकोण था। गौतम का लक्ष्य अप्रत्यक्ष दार्शनिक तत्त्वों का विचार नहीं, बल्कि दुःखों से निर्वाण था। बुद्ध ने पूर्व प्रचलित दार्शनिक सिद्धांतों का खोखलापन दिखलाया और दुःख-निरोध की समस्या पर जोर दिया। दुःखों में फंसे व्यक्ति का आत्मा और जगत् के मूल तत्त्वों की खोज में लगे रहना भारी मूर्खता है। पोट्ठपादसुत्त के अनुसार बुद्ध ने दस प्रश्नों का समाधान व्यर्थ समझा है। ये प्रश्न हैं–(i) क्या यह लोक शाश्वत है? (ii) क्या यह अशाश्वत है? (iii) क्या यह शांत है? (iv) क्या यह अनंत है? (v) क्या आत्मा तथा शरीर एक हैं? (vi) क्या आत्मा शरीर से भिन्न है? (vii) क्या मृत्यु के बाद तथागत का पुनर्जन्म होता है? (viii) क्या मृत्यु के बाद उनका पुनर्जन्म नहीं होता? (ix) क्या पुनर्जन्म होता भी है और नहीं भी होता है? (x) क्या पुनर्जन्म होना और न होना, दोनों ही बातें असत्य हैं? व्यावहारिक दृष्टि से इन प्रश्नों का उत्तर निरर्थक है और दार्शनिक दृष्टि से इनका असंदिग्ध ज्ञान नहीं मिल सकता, इसलिए ऐसे प्रश्नों का उत्तर न देकर बुद्ध मौन हो जाते थे।

2. निराशावाद–बुद्ध ने संसार को दुखमय माना है। मानव का कर्तव्य इस दुखमय संसार से निर्वाण प्राप्त करना है। इस अर्थ में बुद्ध निराशावादी कहे जाते हैं, परंतु भारतीय दार्शनिक परंपरा के अनुसार दुःखों से निदान की खोज करने वाले बुद्ध आशावादी कहे जाएंगे।

3. यथार्थवाद–बुद्ध ने वेदादि परंपरागत ग्रंथों पर अंधविश्वास की कटु आलोचना की है। कर्म-सिद्धांत में विश्वास करने के कारण उन्होंने ईश्वर को मानने से इनकार कर दिया। उनके उपदेश जीवन के यथार्थ अनुभवों पर आधारित हैं।

4. व्यवहारवाद–बुद्ध की शिक्षाएं नितांत व्यावहारिक हैं। उनकी शिक्षा का सारांश उनके चार आर्यसत्यों में निहित है। चार आर्यसत्य ये हैं–(i) सांसारिक जीवन दुःखों से परिपूर्ण है, (ii) दुःखों का कारण है, (iii) दुःखों का अंत संभव है, (iv) दुःखों के अंत का उपाय है। इन्हें क्रमशः दुःख, दुःख समुदाय, दुखनिरोध तथा दुखनिरोध मार्ग कहते हैं। गौतम बुद्ध के अन्य सभी उपदेश इन्हीं आर्यसत्यों से संबद्ध हैं। चार्वाक को छोड़कर सभी भारतीय दर्शन इन चारों को किसी-न-किसी रूप में मानते हैं।

प्रथम आर्यसत्य (दुःख)–रोग, जरा और मरण के दुःखमय दृश्यों को देखकर सिद्धार्थ का मन विकल हो गया था। बुद्धत्व-प्राप्ति के पश्चात् वे इस निष्कर्ष पर पहुंचे कि मानव तथा मानवेतर जीवन सभी दुःख से परिपूर्ण हैं। जन्म, जरा, रोग, मृत्यु, शोक, आकांक्षा, नैराश्य सभी आसक्ति से उत्पन्न होते हैं। अतः ये सभी दुःख हैं। क्षणिक विषयों के लिए आसक्ति ही पुनर्जन्म तथा बंधन का कारण होती है। सांसारिक सुख वास्तविक सुख नहीं हैं। वे क्षणिक होते हैं। उनके नष्ट हो जाने पर दुःख ही होता है। सांसारिक सुखों के साथ बराबर यह चिंता लगी रहती है कि कहीं वे नष्ट न हो जाएं।

द्वितीय आर्यसत्य (दुःख-समुदाय)–दुःख के अस्तित्व को सभी भारतीय दर्शन मानते हैं, किंतु दुःख के कारण के संबंध में सभी एकमत नहीं हैं। महात्मा बुद्ध के 'प्रतीत्य-समुत्पाद' के अनुसार संसार का कोई भी विषय बिना कारण नहीं है। अतः दुःखों का कारण भी होना ही चाहिए।

द्वादश निदान या प्रतीत्य-समुत्पाद

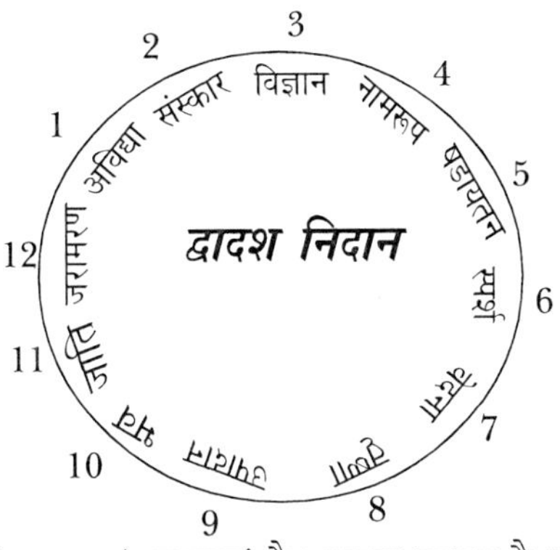

दुःखों का सांकेतित नाम 'जरामरण' है। इनका कारण है शरीर धारण करना अर्थात् जन्म लेना। शरीर धारण न हो, तो जरामरण नहीं हो सकता। प्रतीत्य समुत्पाद के अनुसार जन्म का भी कारण है। जन्म का कारण 'भव' है। जन्म-ग्रहण करने की प्रवृत्ति 'भव' है। इस प्रवृत्ति का कारण है सांसारिक विषयों के प्रति हमारा 'उपादान' अर्थात् उनसे लिपटे रहने की इच्छा है। यह 'उपादान' हमारी तृष्णाओं अर्थात् शब्द, स्पर्श आदि विषय भोग करने की वासनाओं के कारण होता है। तृष्णा का कारण है इंद्रियों के द्वारा प्राप्त वेदना (सुख की अनुभूति)। इंद्रियानुभूति बिना इंद्रिय स्पर्श के नहीं हो सकती। स्पर्श के लिए पांच इंद्रियां व मन आवश्यक हैं। पांच इंद्रियां तथा मन एकसाथ मिलकर 'षडायतन' कहलाते हैं। यदि गर्भस्थ शरीर और मन न हो, तो 'षडायतन' का अस्तित्व संभव नहीं। गर्भस्थ भ्रूण के शरीर व मन को नामरूप कहते हैं। यदि गर्भावस्था में चैतन्य या विज्ञान न हो, तो नामरूप की वृद्धि ही नहीं हो सकती। किंतु गर्भावस्था में विज्ञान की संभावना तभी हो सकती है, जब पूर्व जन्म के कुछ संस्कार रहें। अकस्मात् विज्ञान संभव नहीं होता। पूर्वजन्म की अंतिम अवस्था में मनुष्य के पूर्ववर्ती सभी कर्मों का प्रभाव रहता है। कर्मों के अनुसार जो संस्कार बनते हैं, उन्हीं के कारण विज्ञान संभव हो सकता है।

अब प्रश्न है कि संस्कार क्यों बनते हैं? संस्कारों का कारण है–***अविद्या*** या मिथ्याज्ञान। क्षणिक, दुखद, असार एवं हेय विषयों को स्थायी, सुखद, सार तथा उपादेय समझ लेना ही अविद्या है। इसे ही मिथ्याज्ञान कहते हैं। यही जन्म का मूल कारण है। महात्मा बुद्ध के सभी उपदेशों में यही बारह कड़ियां आती हैं। कहीं-कहीं क्रम बदल भी जाता है अर्थात् अविद्या से शुरू कर 'जरा-मरण' तक पहुंचते हैं। वास्तव में यह चक्र है। बौद्धधर्म में इसे

'भाव-चक्र' भी कहते हैं। बुद्ध के इस उपदेश को अनेक बौद्ध चक्र घुमा-घुमाकर इन दिनों भी याद करते हैं। माला जपने की तरह चक्र घुमाना भी बौद्धों के दैनिक पूजा-वंदन का एक हिस्सा है। संपूर्ण द्वादश निदान को भूत, वर्तमान तथा भविष्य जीवन के संदर्भ में इन तीन विभागों में भी बांटा जा सकता है–

(1) अविद्या (2) संस्कार	भूत जीवन
(3) विज्ञान (4) नाम रूप (5) षडायतन (6) स्पर्ष (7) वेदना (8) तृष्णा (9) उपादान (10) भव	वर्तमान जीवन
(11) जाति (12) जरामरण	भविष्य जीवन

तृतीय आर्यसत्य–दुःखों का अंत संभव है (दुःख-निरोध)–द्वितीय आर्यसत्य से यह स्पष्ट है कि दुःख का कारण है। अतः दुःख के कारण का यदि अंत हो जाए, तो दुःख का अंत भी हो जाएगा। दुःख निरोध की अवस्था का ज्ञान प्राप्त करना आवश्यक है। यह दुखनिरोध ही निर्वाण (मोक्ष) है। रागद्वेषों पर विजय पाकर शुद्ध आचरण या शील के साथ आर्यसत्यों का निरंतर ध्यान करते हुए यदि कोई मनुष्य समाधि के द्वारा प्रज्ञा प्राप्त कर लेता है, तो उसका चित्त लोभ, मोह, रागद्वेष से मुक्त हो जाता है। उसे काम, रूप या अरूप, किसी विषय की तृष्णा नहीं रहती है। मानो वह 'मार' (या आध्यात्मिक शत्रु) पर पूर्णरूप से विजय प्राप्त कर लेता है। इस तरह वह सर्वथा मुक्त हो जाता है। निर्वाण प्राप्त व्यक्ति को 'अर्हत' कहते हैं। निर्वाण की अवधारणा का विस्तार से अध्ययन बाद में किया जाएगा।

चतुर्थ आर्यसत्य दुःखों के अंत का उपाय है (दुःखनिरोध मार्ग)–चतुर्थ आर्यसत्य है कि निर्वाण प्राप्ति के लिए एक मार्ग है। इसका अनुसरण करके बुद्ध ने निर्वाण या दुखातीत अवस्था को प्राप्त किया था और जिसका अनुसरण लोग भी कर सकते हैं। बुद्ध ने निर्वाण-प्राप्ति के लिए जिस मार्ग को लोगों के सामने रखा, उसे अष्टांगमार्ग कहते हैं। अब इनका संक्षेप में वर्णन किया जा रहा है–

(i) ***सम्यग्-दृष्टि (पालिभाषा में सम्मा दिट्ठि)***–अविद्या के कारण आत्मा तथा संसार के संबंध में मिथ्या-दृष्टि की उत्पत्ति होती है। हम अवास्तविक को वास्तविक समझने लगते हैं और दुःख पाते हैं। इस दृष्टि को छोड़कर वस्तुओं के यथार्थ स्वरूप पर सतत ध्यान रखना चाहिए। यही सम्यग्-दृष्टि है।

(ii) ***सम्यक्-संकल्प (सम्मा संकल्प)***–आर्यसत्यों के ज्ञानमात्र से कोई लाभ नहीं हो सकता, जब तक उनके अनुसार जीवन बिताने का संकल्प या दृढ़इच्छा नहीं की जाए। जो लोग निर्वाण-प्राप्ति के इच्छुक हैं, उन्हें सांसारिक विषयों की आसक्ति दूसरों के प्रति विद्वेष और हिंसा–इन तीनों का परित्याग करने का संकल्प करना होगा। इसी का नाम सम्यक्-संकल्प है।

(iii) ***सम्यक्-वाक् (सम्मा वाचा)***–सम्यक् संकल्प केवल मानसिक न हो, उसे कार्यरूप में परिणत करना जरूरी है। सम्यक् संकल्प के द्वारा सबसे पहले हमारे वचन का नियंत्रण होना चाहिए। अर्थात् हमें मिथ्यावादिता, निंदा, अप्रिय वचन तथा वाचालता से बचना चाहिए।

(iv) ***सम्यक् कर्मांत (सम्मा कम्मांत)***–सम्यक्-संकल्प को केवल वचन में ही नहीं, बल्कि कर्म में भी परिणत करना चाहिए। बौद्धदर्शन अपेक्षा रखता है कि मनुष्य को संकल्पों व विचारों को ही शुद्ध नहीं रखना, अपितु उसका आचरण भी शुद्ध होना चाहिए। अहिंसा, अस्तेय तथा इंद्रिय संयम ही सम्यक् कर्मांत हैं।

(v) ***सम्यक् आजीविका (सम्मा आजीव)***–बुरे वचन तथा कर्म के परित्याग के साथ-साथ मनुष्य को शुद्ध उपाय से जीविकोपार्जन करना चाहिए। जीविका-निर्वाह के लिए उचित मार्ग का अनुसरण और निषिद्ध उपाय का वर्जन करके अपने सम्यक् संकल्प को दृढ़ बनाना चाहिए।

(vi) ***सम्यक् व्यायाम (सम्मा वायाम)***–सम्यक् दृष्टि, सम्यक् संकल्प, सम्यक् वचन, सम्यक् कर्म, सम्यक् आजीविका के अनुसार चलने पर भी यह संभव है कि हम पुराने दृढ़मूल कुसंस्कारों के कारण उचित मार्ग से स्खलित हो जाएं और मन में नए-नए बुरे भावों की उत्पत्ति हो जाए। अतः इस बात का निरंतर प्रयत्न करना भी आवश्यक है कि पुराने बुरे भावों का पूर्णतः नाश हो जाए और नए बुरे भाव भी मन में न आएं। मन कभी भी पूरी तरह विचारों से खाली नहीं हो सकता, इसलिए मन को बराबर अच्छे-अच्छे विचारों से पूर्ण रखना आवश्यक है और शुभ विचारों को मन में धारण करने के लिए सतत् चेष्टा करते रहना आवश्यक है। इन चार प्रकार के प्रयत्नों को सम्यक् व्यायाम कहते हैं।

(vii) ***सम्यक् स्मृति (सम्मा सत्ति)***–इस मार्ग में चलने के लिए बराबर सतर्क रहने की आवश्यकता है। जिन विषयों का ज्ञान प्राप्त हो चुका हो, उनका स्मरण बराबर करते रहना चाहिए। इसमें शरीर की अशुद्धियां, संवेदना, सुख-दुःख, तटस्थवृत्ति का स्वभाव, लोभ-घृणा, भ्रममुक्त मन का स्वभाव, धर्मों, इंद्रियों, इंद्रियविषयों, बोधि के साधनों तथा चारों आर्यसत्यों का स्मरण सम्मिलित है। सम्यक् स्मृति का अर्थ शरीर, चित्त, वेदना या मानसिक अवस्था को उनके यथार्थ रूप में स्मरण रखना है। उनके यथार्थ रूप का विस्मरण ही मिथ्या विचारों को जन्म देता है तथा आसक्ति बढ़ने लगती है। सम्यक् स्मृति से आसक्ति नष्ट होकर दुःखों से छुटकारा मिलता है।

बुद्ध ने दीर्घ निकाय में सम्यक् स्मृति के विषय में विस्तारपूर्वक कहा है। उनका कथन है कि शरीर को मिट्टी, जल, अग्नि तथा वायु का बना समझना चाहिए। यह याद रखना चाहिए कि शरीर मांस, हड्डी, खाल, विष्ठा, पित्त, कफ, लहू आदि घृणित वस्तुओं से भरा रहता है। हमें श्मशान में जाकर उसका सड़ना, नष्ट होना, कुत्तों तथा गिद्धों का खाद्य बनना और अंत में धूल में मिल जाना देखना चाहिए। इन सब बातों से शरीर के प्रति अनुराग नहीं रहता और मनुष्य सांसारिक बंधनों से बचा रहता है।

(viii) ***सम्यक् समाधि (सम्मा समाधि)***–उपरोक्त सात प्रकार के नियमों के अनुसार चलकर मनुष्य की अशुभ चित्तवृत्तियों का निरोध हो जाता है और वह सम्यक् समाधि में प्रवेश करने योग्य हो जाता है। निर्वाण तक पहुंचने से पूर्व सम्यक् समाधि की निम्नलिखित चार अवस्थाएं हैं–

पहली अवस्था में शांतचित्त से चार आर्यसत्यों पर विचार किया जाता है। विरक्ति तथा शुद्ध विचार अपूर्व आनंद उत्पन्न करते हैं। इस दशा में मनन चलता रहता है।

दूसरी अवस्था में मनन आदि प्रयत्न दब जाते हैं तथा तर्क-वितर्क अनावश्यक हो जाता है। संदेह दूर हो जाते हैं और आर्यसत्यों के प्रति श्रद्धा बढ़ती है, तब समाधि की दूसरी अवस्था प्रारंभ होती है। इसमें विचार का स्थान सहज-ज्ञान ले लेता है। प्रगाढ़ चिंतन के कारण चित्त में शांति तथा स्थिरता उत्पन्न होती है और साथ-साथ आनंद व शांति का ज्ञान भी रहता है।

तीसरी अवस्था तटस्थता की अवस्था है। इसमें मन को आनंद और शांति से हटाकर उपेक्षाभाव लाने का प्रयत्न किया जाता है। इससे चित्त की साम्यावस्था रहती है, परंतु समाधि के आनंद के प्रति उदासीनता आ जाती है।

चौथी अवस्था पूर्ण शांति की अवस्था है, जिसमें सुख-दुःख नष्ट हो जाते हैं। इसमें चित्त की साम्यावस्था, दैहिक सुख और ध्यान का आनंद आदि किसी का भी ध्यान नहीं रहता। इस स्थिति में चित्त की संपूर्ण वृत्तियां निरुद्ध हो जाती हैं। यह पूर्णशांति, पूर्णविराग और पूर्णनिरोध की अवस्था है। इसे प्रज्ञा-पारमिता भी कहा जाता है।

शील, समाधि, प्रज्ञा

बुद्ध के धर्मोपदेशों का सार अष्टांगमार्ग ही है। शील, समाधि, प्रज्ञा ये इस मार्ग के तीन प्रधान अंग हैं। भारतीय दर्शन के अनुसार सदाचार और प्रज्ञा में अच्छेद्य संबंध है। यह तो सभी दार्शनिक मानते हैं कि बिना यथार्थ ज्ञान के सदाचार नहीं हो सकता है। ज्ञान की पूर्णता के लिए सदाचार जरूरी है। शील से, सदाचार से प्रज्ञा-प्राप्ति होती है। प्रज्ञा से कामासव, भवासव तथा अविद्यासव का नाश होता है। प्रज्ञा का उदय अखंड समाधि से होता है। अष्टांगमार्ग के प्रथम सात नियम इस समाधि की पूर्णता की ओर ले जाते हैं। इनके पालन से ही शील और प्रज्ञा का क्रमशः विकास होता है। फिर पूर्ण समाधि की साधना संपन्न होने पर शील व प्रज्ञा भी पूर्णत्व को प्राप्त करते हैं। निर्वाण-प्राप्ति से पूर्णप्रज्ञा, पूर्णशील और पूर्णशांति का उदय होता है।

निर्वाण शून्यत्व नहीं है। बुद्ध ने अशुभ भावना अर्थात् शरीर के दोषों का मनन करने के साथ-साथ सब जीवों के प्रति 'मैत्री', दुःखी जनों के प्रति 'करुणा', गुणीजनों के प्रति 'मुदिता' तथा दुष्टजनों के प्रति 'उपेक्षा' की भावना रखने पर बल दिया है। ये चारों 'ब्रह्म-विहार' कहलाते हैं। बुद्ध ने अपने धर्म व दर्शन में 'अहिंसा' पर जोर दिया है। यह अहिंसा

'करुणा' तथा 'मैत्री' का ही परिणाम है। ये सभी गुण अन्य दर्शनों में भी प्रशंसित हुए हैं तथा आत्मविकास के लिए अपेक्षित भी माने गए हैं। इस प्रकार से बौद्धधर्म व दर्शन व्यक्तिवादी नहीं समष्टिवादी हैं।

बौद्धदर्शन में निर्वाण-विचार

जीवन का उद्देश्य निर्वाण (निब्बान) पाना है। बौद्धधर्म और नीतिशास्त्र का यही परम श्रेय है। निर्वाण का सही रूप जानने के लिए निर्वाण शब्द के अर्थ और उसकी विभिन्न व्याख्याओं पर विचार करना होगा। निर्वाण का शाब्दिक अर्थ है 'बुझा हुआ'। दीपक के बुझने को 'दीप-निर्वाण' कहा जाता है। कुछ लोग इसलिए निर्वाण का अर्थ जीवन का अंत समझते हैं, परंतु यह विचार भ्रमात्मक है। यदि ऐसा होता तो बुद्ध मृत्यु के पहले ही निर्वाण प्राप्त न करते। 'बोधित्व' या 'बुद्धत्व' प्राप्त करने का अर्थ निर्वाण ही है। जीवन में रहते हुए ही यह अवस्था पाई जा सकती है। निर्वाण का अर्थ वास्तव में वासना की अग्नि का बुझ जाना है। निर्वाण की स्थिति में लोभ, घृणा, क्रोध और भ्रम की अग्नि बुझ जाती है तथा कामासव, भवासव, अविद्यासव इत्यादि नशे ठंडे हो जाते हैं। वह भवविरोध अथवा पुनर्जन्म को रोकने वाला है। बौद्ध ग्रंथों में आग के जलने-बुझने के प्रतीक बहुधा प्रयुक्त हुए हैं। निर्वाण को 'संयुक्त निकाय' में 'सितिभाव' अथवा शीतलता की अवस्था कहा गया है। उसमें वासना और तज्जनित दुःखों की पूर्ण शांति हो जाती है। वह अस्तित्व का विनाश नहीं है। उसे इसी जीवन में प्राप्त किया जा सकता है। वह अकर्मण्यता भी नहीं है। तभी महात्मा बुद्ध निर्वाणप्राप्ति के पश्चात् भी परिभ्रमण, धर्मप्रचार, संघ स्थापना जैसे कार्य करते रहे। इस प्रकार निर्वाण के बाद भी बौद्धिक और सामाजिक जीवन संभव है। निर्वाण में कर्मों का नहीं, बल्कि उनमें रागद्वेष और ईर्ष्यादि का त्याग निहित है। निर्वाण उपनिषदों में वर्णित जीवनमुक्ति की तरह है। निर्वाण की स्थिति में तृष्णा नष्ट हो जाती है। इसके बाद पुनर्जन्म नहीं होता, वह दीपक के समान बुझ जाता है। रायज डेविड्स ने 'बुद्धिजम' (पृ. 12) नामक पुस्तक में निर्वाण का वर्णन करते हुए कहा है—'निर्वाण मन की पापहीन शांत अवस्था के समान है और उसे सबसे अच्छी तरह पवित्रता, पूर्ण-शांति और प्रज्ञा कहा जा सकता है।'

स्थायी रूप से प्रज्ञा प्राप्त करने के पश्चात् फिर निरंतर समाधि में मग्न रहने की आवश्यकता नहीं होती, न ही फिर कर्मों का भय होता है। बौद्धदर्शन के अनुसार रागद्वेष, मोहादि की उपस्थिति में ही कर्म बंधन का कारण बनता है, परंतु इनकी अनुपस्थिति में उससे न तो संस्कार पैदा होते हैं और न पुनर्जन्म इत्यादि बंधन। इस बात को यों समझा जा सकता है। एक साधारण रीति से बीज बोने से पौधे की उत्पत्ति होती है, परंतु बीज बोने से पहले भून दिया जाए, तो उससे पौधा उत्पन्न नहीं हो सकता। अतः अनासक्त भाव से कर्म करने से कोई बंधन नहीं होता।

निर्वाण सब प्रकार के अज्ञान से मुक्त बोधि की अवस्था है। इससे मनुष्य का अहंकार समाप्त हो जाता है, क्योंकि नवीन व्यक्ति को उत्पन्न करने वाले उसके उत्पादन, क्लेश और तृष्णा पूरी तरह नष्ट हो चुकते हैं। इसमें 'अहं' का अस्तित्व ही समाप्त हो जाता है। मुक्त पुरुष में पूर्ण अंतर्दृष्टि, पूर्ण वासनाहीनता, विशुद्ध शांति, पूर्ण संयम, शांत मन, शांत शब्द और शांत क्रियाएं होती हैं (धम्मपद 90, 94-96)।

पालिग्रंथों में निर्वाण का चित्रण शांति की अवस्था के रूप में किया गया है। पिटकों में निर्वाण को 'अमाता अर्थात् अमर, अच्छत अर्थात् नीरोग, अच्छंत अर्थात् परमश्रेय, अकुतोभय अर्थात् जहां भय न हो, अनुत्तरयोगखेम अर्थात् पूर्ण सुरक्षित कहा गया है। निर्वाण परद्वीप, अत्यंत, अमृत, अमृत-पद और निःश्रेयस् है। धम्मपद (202-3) में निर्वाण को एक आनंद की अवस्था, परमानंद, पूर्ण शांति, लोभ, घृणा तथा भ्रम से मुक्ति कहा गया है।

निर्वाण वर्णनातीत है। डॉ. कीथ ने 'बुद्धिस्ट फिलॉसफी (पृ. 129) में लिखा है–'सब व्यावहारिक शब्द अनिवर्चनीय का वर्णन करने में अनुपयुक्त हैं।' डॉ. दासगुप्त के अनुसार भी निर्वाण का लौकिक शब्दों में वर्णन नहीं किया जा सकता। उसे न तो निषेधात्मक कहा जा सकता है, न स्वीकारात्मक। वह एक अलौकिक और अवर्णनीय अवस्था है। वह तर्क और विचार के परे की अवस्था है। संयुत निकाय (IV. 374) में कहा गया है कि निर्वाण सागर के समान गहरा और अगम्य है।

निर्वाण के रूप–उसके दो रूप बतलाए गए हैं–(1) स-उपाधिशेष निर्वाण, (2) अनुपाधिशेष निर्वाण।

स-उपाधिशेष निर्वाण में पुनर्जन्म के कारण उपादान कुछ बचे हुए रहते हैं। अनुपाधिशेष निर्वाण का अर्थ 'पूरी तरह बुझा हुआ' है। प्रारंभ के पालिग्रंथ निर्वाण को इसी जीवन में प्राप्त होने वाली एक नैतिक अवस्था मानते हैं। बाद के संस्कृतग्रंथ परिनिर्वाण अथवा अनुपाधिशेष-निर्वाण को जीव की मृत्यु मानते हैं, जिसके बाद फिर जीवन नहीं होता।

निर्वाण का परिणाम यह होता है कि जन्मग्रहण के कारण नष्ट हो जाने से पुनर्जन्म और उसके दुःखों की संभावना समाप्त हो जाती है। यह तो मृत्यु के बाद का परिणाम है, मृत्यु से पूर्व निर्वाण प्राप्त व्यक्ति का जीवन-मृत्यु तक पूर्ण-ज्ञान और शांति के साथ बीतता है। सांसारिक सुखों अथवा साधारण अनुभवों से इसका वर्णन नहीं किया जा सकता। केवल यही कह सकते हैं कि इसमें मनुष्य के सभी दुःख दूर हो जाते हैं। पूर्ण निर्वाण प्राप्त करने के पूर्व भी जैसे-जैसे वासनाओं का नाश होता जाता है, वैसे-वैसे निर्वाण के लाभ मिलने लगते हैं।

बुद्ध के उपदेशों में दार्शनिक-विचार

दार्शनिक स्तर पर बुद्ध के विचारों को पर्याप्त सम्मान प्राप्त है। खासकर तिब्बत में प्रचलित महायान शाखा बुद्धत्व को प्राप्त योगियों की ऐसी शाखा है, जो योग और तंत्र के वैज्ञानिक अनुसंधान तथा व्यवहार में उसकी प्राप्ति के लिए बहुत सम्मान की दृष्टि देखी जाती है।

प्रकृति के गुह्य रहस्यों को समझने के लिए बौद्ध लामाओं के अपने विचारों और साधना प्रणाली का विशेष स्थान है। यहां बुद्ध के बहुप्रसिद्ध सिद्धांतों का उल्लेख किया जा रहा है।

प्रतीत्यसमुत्पाद (पतिच्च-समुत्पाद)

बुद्ध के द्वितीय आर्यसत्य में द्वादश निदान का उल्लेख हुआ है। यह द्वादश-निदान का सिद्धांत ही 'प्रतीत्यसमुत्पाद' कहलाता है। यही सिद्धांत बुद्ध के उपदेशों का मुख्य सिद्धांत है और शेष सभी इसी पर आधारित हैं। कर्म का सिद्धांत, क्षणिकवाद, नैरात्म्यवाद, संघातवाद और अंत में 'अर्थक्रियाकारित्व' का सिद्धांत भी इसी पर आधारित है।

प्रतीत्यसमुत्पाद के अनुसार बाह्य और आंतरिक जितनी भी घटनाएं होती हैं, सब के लिए कुछ-न-कुछ कारण अवश्य रहता है। किसी कारण के बिना किसी भी घटना का आविर्भाव नहीं हो सकता है। यह नियम किसी चेतनाशक्ति के द्वारा परिचालित नहीं होता, वरन् यह स्वयं चालित होता है। सामग्रियों के प्रत्यय में अर्थात् एकसाथ होने से ही कार्य उत्पन्न होता है, जैसे मन, चक्षु, विषय का रूप और आलोक आदि के संयोग से रूपज्ञान हो जाता है। अविद्या से मरण तक की इस शृंखला का संक्षिप्त विवरण दिया जा चुका है।

इस मत को मानने से जिन दो मतों से बचा जा सकता है, वे हैं 'शाश्वतवाद' और 'उच्छेदवाद'।

शाश्वतवाद के अनुसार कुछ वस्तुएं नित्य हैं, जिनका न आदि है न अंत। इनका कोई कारण नहीं है। ये अन्य किसी वस्तु पर अवलंबित नहीं हैं।

उच्छेदवाद के अनुयायी मानते हैं कि वस्तुओं के नष्ट हो जाने पर कुछ अवशिष्ट नहीं रहता। बुद्ध इन दोनों एकांतिक मतों को छोड़कर मध्यम मार्ग (मध्यमा प्रतिपदा) का अनुसरण करते हैं। उनका कहना है कि वस्तुओं के अस्तित्व में कोई संदेह नहीं। किंतु वे नित्य नहीं हैं। उनकी उत्पत्ति अन्य वस्तुओं से होती है। साथ-साथ बुद्ध यह कहते हैं कि वस्तुओं का पूर्ण विनाश नहीं होता है, बल्कि उनका कुछ कार्य या परिणाम अवश्य रह जाता है। अतः न तो पूर्ण नित्यवाद है, न पूर्ण विनाशवाद। अतः यह दोनों ही मत एकांतिक हैं। प्रतीत्यसमुत्पाद को बुद्ध इतना महत्त्वपूर्ण मानते थे कि उन्होंने इसी का नाम दिया 'धम्म' (धर्म)।

उन्होंने कहा—'आदि और अंत का विचार निरर्थक है। मैं धम्म का उपदेश देना चाहता हूं। ऐसा होने पर ऐसा होता है।' इसके आगमन से इसकी उत्पत्ति होती है। इसके न रहने से यह नहीं होता। बुद्ध का कथन है—'जो पतिच्चसमुत्पाद को समझता है, वह धम्म को समझता है और जो धम्म को समझता है, वह 'पतिच्चसमुत्पाद' को भी समझता है।' इस 'धम्म' की तुलना बौद्धदर्शन में एक सोपान से की गई है, जिस पर चढ़कर कोई भी मनुष्य बुद्ध की दृष्टि से संसार को देख सकता है। प्रतीत्यसमुत्पाद के कारण ही बौद्धदर्शन में कुछ विशेष प्रभाव उत्पन्न हुए, जिनका वर्णन आगे के पृष्ठों पर किया जा रहा है—

प्रतीत्यसमुत्पाद व कर्म

प्रतीत्यसमुत्पाद से कर्मवाद की स्थापना होती है। क्योंकि इसके अनुसार मनुष्य का वर्तमान जीवन पूर्ववर्ती अवस्था का परिणाम समझा जा सकता है। कर्मवाद का भी यही सिद्धांत है। वर्तमान जीवन पूर्ववर्ती जीवन के कर्मों का ही फल है। साथ ही वर्तमान जीवन का भविष्य-जीवन के साथ भी वही संबंध है, जो पूर्ववर्ती जीवन का वर्तमान जीवन से है। वर्तमान जीवन के कारण ही भविष्य जीवन की उत्पत्ति होती है। कर्मवाद के अनुसार ही वर्तमान जीवन के कर्मों का फल भविष्य में मिलता है। बौद्धधर्म के अनुसार अपने कर्मों में अंतर के कारण मनुष्य एक समान नहीं होते, परंतु कुछ दीर्घायु, कुछ अल्पायु, कुछ स्वस्थ और कुछ अस्वस्थ इत्यादि होते हैं।

एक बार एक पीड़ित शिष्य बुद्ध के पास आया। उसका सिर फटा था और उससे रक्त बह रहा था, तब बुद्ध ने कहा, 'हे अर्हत, उसे ऐसा ही सहन करो...तुम अपने उन कर्मों का फल सहन कर रहे हो, जिनके लिए तुम्हें सदियों तक नरक का कष्ट सहन करना पड़ता।'

कर्म के सिद्धांत के अनुसार कर्मों का फल कर्मी के चरित्र के अनुसार होता है। यदि किसी दुश्चरित्र व्यक्ति ने कोई पाप किया हो, तो उसके लिए उसको नरक की यातनाएं सहनी पड़ेंगी, पर यदि किसी सुचरित्र व्यक्ति से बुरा कर्म बन पड़ता है, तो उसे इसी जीवन में थोड़ा-सा कष्ट झेलकर छुटकारा मिल जाएगा। अंगुत्तर-निकाय (I. 249) में बहुत सुंदर उदाहरण देकर इसे समझाया गया है 'यदि एक मनुष्य एक छोटे प्यालेभर पानी में एक नमक का ढेला रख दे, तो पानी नमकीन हो जाएगा और पीने योग्य न रहेगा, परंतु यदि वही नमक का ढेला गंगा के पानी में रख दिया जाए, तो उसमें कोई भी स्पष्ट दोष नहीं दिखलाई पड़ेगा।'

जब कर्म का सिद्धांत सर्वशक्तिमान हो जाता है, तो मानव की स्वतंत्रता समाप्त हो जाती है। जब प्रत्येक अवस्था कर्मों के अनुसार पहले से ही निश्चित है, तब व्यक्ति उसमें क्या कर सकता है।

गौतम बुद्ध ने मानव की स्वतंत्रता के विषय में कोई स्पष्ट उत्तर न देते हुए भी कर्म से मुक्ति और संपूर्ण कर्म के सिद्धांत पर विजय की संभावना मानी है। बुद्ध के अनुसार कर्म का सिद्धांत कोई यांत्रिक सिद्धांत नहीं है, क्योंकि तब धर्म व नीतिशास्त्र के लिए कोई स्थान नहीं रह जाएगा। कर्म का सिद्धांत आध्यात्मिक विकास और प्राकृतिक प्रक्रियाओं के क्षेत्र में एक व्यवस्था दिखलाता है। वह प्रयत्न अथवा उत्तरदायित्व के महत्त्व को कम नहीं करता।

संसार का क्रम भवचक्र है, जिसमें कारण कार्य की शृंखला सदैव चलती रहती है। द्वादश निदान का सिद्धांत इसी मत को पुष्ट करता है। मृत्यु और जन्म एक ही शृंखला की दो कड़ियां हैं। पुराने के नष्ट होने पर नवीन का जन्म होता है। केवल मनुष्य ही नहीं,

बल्कि सभी जीव-प्राणी इस चक्र में बंधे हैं।

पर 'भवचक्र' से निकलने का मार्ग है। बौद्धमत की मान्यता है कि सर्वोच्च आध्यात्मिक अवस्था में कर्म का कोई प्रभाव नहीं रहता। इसमें सभी पिछले कर्म व उनके परिणाम सदा के लिए नष्ट हो जाते हैं। यह सर्वोच्च अवस्था निर्वाण ही है।

क्षणिकवाद

बुद्ध के अनुसार 'प्रतीत्यसमुत्पाद' से सांसारिक वस्तुओं की अनित्यता भी प्रमाणित होती है। जीवन की तथा सांसारिक वस्तुओं की अस्थिरता के संबंध में कवियों तथा दार्शनिकों ने अनेक वर्णन किए हैं। बुद्ध ने इस विचार को अनित्यवाद के रूप में प्रतिपादित किया। उनके अनुयायियों ने अनित्यवाद को क्षणिकवाद का रूप दिया। क्षणिकवाद का अर्थ है कोई भी वस्तु क्षणभर से अधिक नहीं रहती, जैसे कवियों ने जीवन को क्षणभंगुर कहा है। अर्थात् कोई भी वस्तु नित्य या शाश्वत नहीं है।

बौद्ध दार्शनिक 'क्षणवाद' की व्याख्या करते हुए कहते हैं कि जो वस्तु असत्य है, उससे कोई कार्य उत्पन्न नहीं हो सकता। जैसे खरगोश के सींग होते ही नहीं, तो उससे कुछ उत्पन्न भी नहीं हो सकता। इसे 'अर्थक्रियाकारित्व' कहते हैं।

दूसरी बात यह कि एक वस्तु से एक क्षण में एक ही कार्य हो सकता है। जैसे एक बीज किन्हीं भी दो क्षणों में एक ही क्रिया नहीं उत्पन्न कर सकता। अभी उसमें पौधा नहीं उगा, क्योंकि वह बोरे में है। मिट्टी में बो देने पर उससे पौधा उत्पन्न होता है। इस पौधे का क्षण-क्षण विकास होता है। परंतु विकास की क्रिया में कोई दो क्षण एक से नहीं हो सकते। अतः कहीं भी दो क्षणों के कार्य का कारण भी एक नहीं हो सकता। इसे यों भी कहा जा सकता है कि पौधा क्षण-क्षण परिवर्तनशील है व उसका कारण बीज भी 'अर्थकारित्व' के सिद्धांत के कारण क्षण-क्षण परिवर्तनशील है। इसी प्रकार संसार की सभी वस्तुएं क्षणिक हैं। आत्मा भी क्षणिक है, क्योंकि कोई भी मनुष्य किन्हीं भी दो क्षणों में एक-सा नहीं रह सकता। यही क्षणिकवाद है। इस क्षणिकवाद की शंकराचार्य और जैनाचार्य हेमचंद्र ने आलोचना की है तथा इसके विरुद्ध बहुत से तर्क प्रस्तुत किए हैं।

अनात्मवाद

बौद्ध दार्शनिकों के अनुसार सब कुछ अनित्य, गतिशील, क्षणिक तथा परिवर्तनशील है– ***'सर्वं क्षणिकं क्षणिकं।'*** कहीं भी स्थायित्व अथवा नित्यता नहीं है। इसलिए आत्मा नाम की कोई नित्य वस्तु नहीं हो सकती। आमतौर से लोग समझते हैं कि कल्पना, इच्छा, भावना, चेतना तथा विचार क्रिया आदि किसी नित्य तत्त्व के गुण हैं, जिसको वे आत्मा कहते हैं। किंतु बौद्धों के अनुसार प्रत्यक्ष विचार, भावनाएं आदि स्वस्थित हैं, उनका कोई स्थायी आधार नहीं है। दर्शन का यह सिद्धांत बौद्ध-अनात्मवाद या नैरात्म्यवाद कहलाता है।

बौद्धदर्शन 'विज्ञान-प्रवाह' को मानता है। वर्तमान मानसिक अवस्था का कारण पूर्ववर्ती मानसिक अवस्था है। इसलिए पूर्ववर्ती अवस्था का प्रभाव वर्तमान अवस्था पर अवश्य पड़ता है। इस तरह बिना आत्मा में विश्वास किए ही हम स्मृति का उत्पादन कर सकते हैं। यह अनात्मवाद (अनत्तवाद) बुद्ध के उपदेशों को समझने के लिए बहुत उपयोगी है। बुद्ध बराबर अपने शिष्यों से यह आग्रह करते थे कि वे आत्मा के संबंध में मिथ्या विचारों का परित्याग करें।

जो आत्मा का यथार्थ रूप नहीं समझते हैं, उन्हीं का इसके संबंध में भ्रांत विचार रहता है। ऐसे व्यक्ति आत्मा को साथ मानकर उससे आसक्त होते हैं। उनकी आकांक्षा रहती है कि मोक्ष प्राप्त कर आत्मा को सुखी बनाएं। बुद्ध कहते हैं कि किसी अदृष्ट, अश्रुत तथा कल्पित सुंदरी रमणी से प्रेम रखना जैसा हास्यास्पद है, वैसा ही अदृष्ट और अप्रमाणित आत्मा से प्रेम रखना भी हास्यास्पद है। आत्मा के प्रति अनुराग रखना मानो एक ऐसे प्रासाद पर चढ़ने के लिए सीढ़ी तैयार करना है, जिस प्रासाद को किसी ने कभी देखा तक नहीं है।

बौद्धदर्शन के अनुसार मनुष्य केवल एक समष्टि का नाम है। जिस तरह चक्र, धुरी, नेमि आदि के समूह को रथ कहते हैं, उसी तरह बाह्य रूपयुक्त शरीर, मानसिक अवस्थाएं और रूपहीन संज्ञा (या विज्ञान) के समूह को मनुष्य कहते हैं। काय, चित्त और विज्ञान का संघात ही यहां मनुष्य कहा जाता है। अन्य दृष्टि से मनुष्य को पांच स्कंधों का संयोग भी कहा जाता है। इन पांच स्कंधों के नाम हैं—रूप, वेदना, संज्ञा, संस्कार तथा विज्ञान।

रूप स्कंध में मनुष्य का शरीर तथा इंद्रियां आदि शामिल हैं। वेदना स्कंध में संवेग, भावनाएं आती हैं। संज्ञा स्कंध में नानाविध ज्ञान आता है। संस्कार स्कंध में पहले की स्मृतियां तथा धारणाएं आदि सम्मिलित हैं। विज्ञान स्कंध में चेतना (या विज्ञान) शक्ति आती हैं।

इस प्रकार से बौद्धदर्शन के अनुसार आत्मा चेतना का प्रवाह है। वह नित्य नहीं है। जैसे नदी में जल के कण भिन्न-भिन्न हैं, परंतु उनकी तीव्रता, निरंतरता तथा सहअस्तित्व के कारण हम उन्हें अज्ञानवश एक नदी के रूप में समझ बैठते हैं। वास्तव में आत्मा क्षणिक विचारों, भावनाओं एवं प्रत्यक्षों का समूह ही है। इनमें हमें एकता का भ्रम ही होता है, वास्तव में आत्मा में कोई वास्तविक एकता नहीं है।

बौद्धदर्शन में मनोविज्ञान

बौद्धदर्शन में नीतिशास्त्र का आधार मनोविज्ञान है। आत्म-संयम ही यहां जीवन के आदर्श को प्राप्त करने का सबसे प्रमुख साधन है। आत्मसंयम के लिए इच्छाशक्ति (Will Power) में एक परिवर्तन लाना पड़ता है। अतः इसका स्वरूप बिल्कुल मनोवैज्ञानिक हो जाता है। बुद्ध के अनुसार मनुष्य को यह भी जानना आवश्यक है कि संवेदनाएं किस प्रकार उत्पन्न

होती हैं और उनके प्रति मानव-ध्यान कैसे खिंचा चला आता है।

बौद्धदर्शन में मनुष्य के नैतिक व्यक्तित्व का एक विश्लेषण किया जाता है। उस विश्लेषण के द्वारा नैतिक कारण-कार्य-भाव के सिद्धांतों की खोज की जाती है। इस प्रकार से 'आत्मवाद' के निषेध में भी बौद्धदर्शन का अपना एक अलग नैतिक उद्देश्य छिपा रहता है, जिसका स्वरूप मनोवैज्ञानिक है।

'इच्छाशक्ति' मनुष्य की एक ऐसी मनोवैज्ञानिक शक्ति है, जिसके कारण मनुष्य को नैतिक प्राणी कहा जा सकता है। इच्छाशक्ति के पूर्णरूप से शांत होने पर ही कर्म समाप्त होते हैं। कर्म समाप्ति के बाद ही निर्वाण संभव होता है। शुभकर्म पुण्य के प्रतीक होते हैं। इस तरह के कर्म हमें भ्रमपूर्ण इच्छाओं व भावनाओं पर नियंत्रण करने में सहायक सिद्ध होते हैं। दूसरी ओर अशुभ कर्म 'पाप' के प्रतीक होते हैं। इस तरह के कर्म हमें दंड भोगने को बाध्य करते हैं। क्योंकि इसी जीवन में सुख प्राप्ति की प्रबल इच्छा ही इस तरह के कर्म की प्रेरणा है। इस तरह के कर्म का नैतिक मूल्य नहीं होता, क्योंकि उसमें जनकल्याण की भावना का पूर्ण अभाव रहता है।

'आत्मनियंत्रण' जरूरी है, परंतु तपस्या से शरीर को बिल्कुल जर्जर कर देना अतिवाद है, दूसरी ओर भोगलिप्त रहना भी उचित नहीं। अतः दोनों के बीच का मार्ग अर्थात् मध्यम मार्ग ही अभीष्ट है। इस संदर्भ में बौद्धदर्शन में एक उदाहरण प्रायः दिया जाता है कि वीणा के तारों को इतना भी न कसो कि वे टूट जाएं, इतना ढीला भी न छोड़ो कि संगीत के सुर न निकल सकें। सुंदर, मधुर संगीत के लिए न अति कसे, न अति ढीले तार ही जरूरी होते हैं।

बौद्धदर्शन के विभिन्न संप्रदाय

धार्मिक विषयों को लेकर बौद्धमत के दो संप्रदाय बन गए। इन्हें हीनयान (या घेरावाद) तथा महायान कहते हैं।

हीनयान में बौद्धधर्म का प्राचीन रूप पाया जाता है। यह जैनधर्म की तरह अनीश्वरवादी है। इसमें ईश्वर के बदले कम्म तथा धम्म को माना जाता है। संसार का परिचालन इसी 'धम्म' के द्वारा होता है। धम्म के कारण कर्मफल का नाश नहीं होता, प्रत्युत अपने कर्मानुसार ही प्रत्येक व्यक्ति मन, शरीर तथा निवास-स्थान को प्राप्त करता है। बुद्ध के जीवन तथा उपदेश से मनुष्य अपने आदर्श को जानता है तथा यह भी समझता है कि कोई भी बंधनग्रस्त व्यक्ति निर्वाण प्राप्त कर सकता है। अपने धर्म के अनुयायियों के साथ संघबद्ध होने पर भी आध्यात्मिक जीवन में सहायता मिलती है। अतः कहा जाता है—

बुद्धं शरणं गच्छामि
धम्मं शरणं गच्छामि
संघं शरणं गच्छामि

हीनयान में विश्वास रखने वाला अर्हत् होना या निर्वाण पाना ही अपना लक्ष्य रखता है, जिसमें बुद्ध, धर्म व संघ उसे सहायता देते है, परंतु व्यक्ति को अपनी शक्ति पर विश्वास भी रहता है। अपने प्रयत्न से ही निर्वाण की प्राप्ति की जा सकती है। महात्मा बुद्ध ने इसलिए कहा था ***'अप्प दीपो भव'*** (आत्म दीपो भव)। पर ऐसे व्यक्ति कम होते हैं, जो धर्मवीर हों तथा स्वावलंबन के मार्ग पर चलें।

महायान की स्थापना–समय की प्रगति के अनुसार बौद्धधर्म के अनुयायी बहुत बढ़ गए। अधिकांश लोग दूसरे-दूसरे धर्मों को छोड़कर आए थे। वे न तो बुद्ध के बतलाए मार्ग को समझते थे और न उनके अनुसार चलने की शक्ति ही उनमें थी। सम्राट अशोक जैसे संरक्षकों की सहायता से बौद्धधर्म के अनुयायियों की संख्या बढ़ तो गई, पर अधिकांश उनके प्राचीन आदर्श के अनुसार चल नहीं सके। बौद्धधर्म में इन लोगों के पूर्वमत मिश्रित होने लगे। इसी अवस्था में 'हीनयान' (प्राचीन बौद्धधर्म) से अलग नया संप्रदाय 'महायान' अस्तित्व में आया। 'हीनयान' का अर्थ छोटी गाड़ी या 'छोटा-पंथ' है। महायान 'बड़ी गाड़ी' या 'बड़ा पंथ' है। हीनयान द्वारा कम व्यक्ति ही जीवन के लक्ष्य तक पहुंच सकते हैं, पर 'महायान' द्वारा अनेक व्यक्ति जीवन के लक्ष्य तक पहुंच सकते हैं।

महायान की उदारता–महायान में उदारता तथा धर्म-प्रचार की भावनाएं विद्यमान थीं। फलस्वरूप 'महायान' का प्रचार हिमालय के उत्तर चीन, कोरिया तथा जापान तक हो गया। इसमें अन्यान्य मतों के अनुयायी भी प्रविष्ट हो गए। वर्तमान महायानी अपने धार्मिक संप्रदाय पर गर्व करते हैं। ये अपने धर्म को जीवित तथा प्रगतिशील धर्म मानते हैं। महायान की उदारता का मूल बौद्धमत में शुरू से विद्यमान था। स्वयं बुद्ध को जनसाधारण के मोक्ष की चिंता रहती थी। संबोधि प्राप्त करने पर महात्मा बुद्ध दुखित मानव के कल्याण के लिए जीवनभर परिभ्रमण करते रहे तथा उपदेश देते रहे। बुद्ध की इस लोकसेवा के आदर्श को ध्यान में रखकर महायानी कहते हैं कि हमें अपनी मुक्ति का लक्ष्य ही नहीं, वरन् सबकी मुक्ति के लिए प्रयत्न करना चाहिए।

महायान का आधार–महायान में यों तो बहुत-सी विचारधाराएं समाहित होती गईं, पर तीन नए विचार अधिक महत्त्वपूर्ण हैं, अतः उनका वर्णन प्रस्तुत है–

1. बोधिसत्त्व–महायान में व्यक्तिगत मोक्ष की अपेक्षा सब जीवों की मुक्ति को जीवन का लक्ष्य माना गया है। महायान के अनुयायी प्रण करते हैं कि हम संसार से विमुख नहीं होंगे, पर दुःखी प्राणियों के दुःख-विनाश तथा निर्वाणलाभ के लिए सतत प्रयत्न करेंगे। महायान का यह आदर्श 'बोधिसत्त्व' कहालाता है।

जो व्यक्ति बोधिसत्त्व को प्राप्त करता है, उसका 'स्व' इतना विस्तृत होता है कि उसकी परिधि में जगत् के समस्त जीव समा जाते हैं। उसके प्रधान गुण होते हैं–महामैत्री और महाकरुणा। विश्व के पिपीलिका (चींटी) से लेकर हस्ती (हाथी) पर्यंत जीवों में जब तक एक भी प्राणी दुःख का अनुभव करता है, तब तक वह अपनी मुक्ति नहीं चाहता।

नागार्जुन ने 'बोधिचित्त' में कहा है—'सभी बोधिसत्त्व महाकरुणाचित्त वाले होते हैं और प्राणिमात्र उनकी करुणा के पात्र होते हैं। जिस तरह पंकज पंक में जन्म लेकर भी स्वच्छ तथा सुंदर रहता है, उसी तरह ये बोधिसत्त्व जन्म-मरण के जाल में फंसे रहकर भी बिल्कुल स्वच्छ तथा निर्मल रहते हैं। बोधिसत्त्व अपने पुण्यमय कर्मों के द्वारा दूसरों को दुखविमुक्त करता है और उनके पापमय कर्मों का स्वयं भोग करता है। कर्मों के इस आदान-प्रदान को परिवर्तन कहते हैं।

2. बुद्ध का उपास्यरूप—महायान के अनुयायी दो प्रकार के थे। कुछ उन्नत जो बोधिसत्त्व को जीवन का अभीष्ट मानते थे। किंतु अनेक ऐसे थे जिनके लिए बोधिसत्त्व का आदर्श अत्यंत दुरूह था। ऐसे लोगों के लिए भी महायान में आशा का संदेश था। जब मनुष्य जीवन के संघर्षभार से दब जाता है और अपने उद्धार का कोई उपाय नहीं सोच सकता है, तो उसकी आत्मा ऐसी शक्ति की अपेक्षा करने लगती है, जो उसकी सहायता कर सके। ऐसे में 'महायान' आशा का दीप जलाता है। महायान के अनुसार बुद्ध सभी दुखार्त मनुष्यों के प्रति दया की भावना रखते हैं। उनकी दया से सबका उद्धार हो सकता है। इसीलिए आगे चलकर महायान की पारमार्थिक सत्ता तथा बुद्ध में तादात्म्य स्थापित हो गया है। सिद्धार्थ गौतम को 'पारमार्थिक सत्य' या 'बुद्ध' का अवतार माना जाने लगा। जातकों में बुद्ध के पूर्वावतारों का विशद वर्णन पाया जाता है। जिस तरह अद्वैत वेदांत में परमब्रह्म को निर्गुण माना गया है, उसी तरह यहां भी परमतत्त्व को अवर्णनीय माना गया है। किंतु यहां परमतत्त्व की अभिव्यक्ति 'धर्मकाय' के रूप में अर्थात् जगन्नियंता के रूप में होती है। प्राणिमात्र के कल्याण के लिए धर्मकाय की अवस्था में बुद्ध तत्पर रहते हैं। वह महात्माओं के रूप में अवतीर्ण होकर प्राणियों को दुःख से छुड़ाने में सहायक होते हैं। इस रूप में बुद्ध को 'अमिताभ बुद्ध' कहते हैं।

3. आत्मा में पुनर्विश्वास—प्राचीन बौद्धदर्शन में आत्मा का अस्तित्व नहीं माना गया है। यह भी साधारण मनुष्य की अशांति तथा आशंका का कारण है। यदि आत्मा का अस्तित्व ही नहीं है, तो मुक्ति किसकी होगी? महायान के अनुसार केवल हीनात्मा को मिथ्या माना गया है। पारमार्थिक आत्मा अर्थात् महात्मा मिथ्या नहीं है।

वर्तमान समय में हीनयान तथा महायान में परस्पर विरोध पाया जाता है। किंतु जो तटस्थ होकर इस विरोध को समझने की कोशिश करते हैं, वे देखते हैं कि इसके पीछे आदर्शों का विरोध निहित है। 'हीनयान' का संबंध आदर्श की शुद्धता या स्वच्छता से है, किंतु 'महायान' का संबंध उसकी उपयोगिता से है। बौद्ध धर्म की तुलना एक नदी से की जा सकती है। नदी की धारा स्रोतस्थान के निकट अत्यंत संकीर्ण रहती है। किंतु उसका जल परम निर्मल रहता है। स्रोत के निकट वह ऊंचे-ऊंचे पर्वतों के बीच होकर प्रवाहित होती है। किंतु वही जब पर्वतमालाओं से नीचे उतरती है, तो नीचे के विस्तीर्ण भूमि-खंडों को आप्लावित करने लगती है। ज्यों-ज्यों वह आगे बढ़ती है, तो उसके साथ अन्य अनेक

धाराएं आकर मिलती जाती हैं। इस जलधारा का पहला भाग मानो हीनयान है तथा दूसरा भाग महायान है। समग्र धारा है बौद्धधर्म।

बौद्धदर्शन की प्रमुख शाखाएं

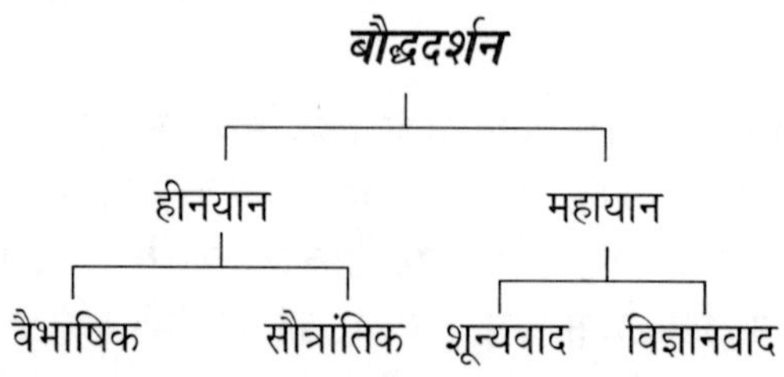

बौद्धमत में शुष्क-दार्शनिक विवादों के प्रति कोई आग्रह नहीं था, किंतु उन्होंने अपने अनुयायियों से यह भी नहीं कहा कि हम बिना विचारे या बिना समझे किसी कर्तव्य का अनुसरण करें। वे पूर्ण युक्तिवादी थे। अंधविश्वास को यहां प्रश्रय नहीं दिया गया है। शांति के मूल स्रोतों का अन्वेषण करने का प्रयास ही यहां हुआ है। बुद्ध दार्शनिक प्रश्नों का समाधान नहीं करना चाहते थे। ऐसे प्रश्न पूछे जाने पर वे मौन हो जाते थे। अनुयायियों ने उनके इस मौन की विभिन्न प्रकार से व्याख्या की। उनके दार्शनिक मत को कभी 'ऐहिकवाद' कहा गया, क्योंकि उनका उपदेश था हमें इस लोक में तथा इस जीवन में उन्नति की चिंता करनी चाहिए। अन्य दृष्टि से इसे प्रतीतिवाद कहते हैं, क्योंकि बुद्ध के अनुसार हमें केवल उन्हीं विषयों का निश्चित ज्ञान मिलता है, जो अनुभवगोचर तथा दृष्टिफल हैं। इसे अनुभववाद भी कहा जा सकता है। क्योंकि इसके अनुसार अनुभव ही प्रमाण है। कुछ उन्हें रहस्यवादी एवं अतींद्रियवादी मानते थे। बुद्ध के अनुसार निर्वाण की अवस्था में प्रज्ञा का उदय होता है, जो इंद्रियजनित नहीं। इसे प्रज्ञा पारमिता भी कहा जाता है। इसके कारण अलौकिक विषयों की अनुभूति होती है, जो प्रज्ञाशील ही समझ सकते हैं तथा जिनका ज्ञान तार्किक युक्ति के द्वारा नहीं हो सकता।

बुद्ध के परिनिर्वाण के बाद बौद्धधर्म की तीस से अधिक शाखाएं स्थापित हुईं, जिनमें गंभीर व जटिल दार्शनिक प्रश्नों पर विचार हुआ। ऊपर दी गई तालिका के अनुसार इनमें चार प्रमुख हैं–

हीनयादन से संबद्ध

वैभाषिक–इसे वैभाषिक या बाह्यप्रत्यक्षवाद भी कहते हैं। वैभाषिक चित्त तथा बाह्य वस्तु के अस्तित्व को मानते हैं। किंतु आधुनिक नव्यवस्तुवादियों की तरह ये कहते हैं कि वस्तुओं का ज्ञान प्रत्यक्ष को छोड़कर अन्य किसी उपाय से नहीं हो सकता। यह ठीक है कि धुआं

देखकर हम आग का अनुमान करते हैं। पर यह संभव इसलिए है कि अतीत में हमने आग और धुआं एक साथ देखा है। जिसने कभी कोई बाह्य वस्तु नहीं देखी, वह यह नहीं समझ सकता कि कोई मानसिक अवस्था किसी बाह्य वस्तु का प्रतिरूप है। वह तो यही समझेगा कि मानसिक अवस्था ही मौलिक और स्वतंत्र सत्ता है, उसका अस्तित्व किसी बाह्य वस्तु पर निर्भर नहीं है। अतः या तो हमें विज्ञानवाद को स्वीकार करना होगा या मानना होगा कि बाह्य वस्तुओं का प्रत्यक्षज्ञान ही संभव है। अतः वैभाषिक मत को बाह्य-प्रत्यक्षवाद कहते हैं। इस मत की उत्पत्ति मुख्यतः कश्मीर में हुई थी। अभिधर्मग्रंथों पर यह अधिक निर्भर था। अभिधर्म पर महाविभाषा या विभाषा नाम की एक प्रकांड टीका इस मत का मूल अवलंबन थी, इसलिए इसका नाम वैभाषिक पड़ा है।

सौत्रांतिक–बाह्यनुमेय–सौत्रांतिक भी चित्त तथा बाह्य जगत् दोनों को ही मानते हैं। उनका कथन है कि यदि बाह्य वस्तुओं के अस्तित्व को नहीं माना जाए, तो बाह्य वस्तुओं की प्रतीति कैसे होती है–इसका प्रतिपादन हम नहीं कर सकते हैं। सौत्रांतिक मत का कहना है कि यह सही है कि वस्तु के वर्तमान रहने पर ही उसका प्रत्यक्ष होता है। किंतु वस्तु और उसका ज्ञान समकालीन है इसलिए अभिन्न है, यह युक्ति ठीक नहीं है। हमें जब घट का प्रत्यक्ष होता है, तो घट हमारे बाहर है और ज्ञान अंदर है, इसका स्पष्ट अनुभव होता है। अतः वस्तु को ज्ञान से भिन्न मानना चाहिए। यदि घट में तथा मुझमें कोई भेद नहीं होता, तो मैं कहता कि 'मैं ही घट हूं।' दूसरी बात यह है कि यदि बाह्य वस्तुओं का कोई अस्तित्व नहीं होता, तो 'घट-ज्ञान' तथा 'पट-ज्ञान' में भी कोई भेद नहीं होता। घट और पट दोनों यदि केवल ज्ञान हैं, तो दोनों एक हैं। लेकिन 'घट-ज्ञान' तथा 'पट-ज्ञान' को हम एक नहीं मानते हैं। दोनों में वस्तुसंबंधी भेद है। बाह्य वस्तुओं के अनेक आकार होने के कारण ही ज्ञान के भिन्न-भिन्न आकार होते हैं। विभिन्न आकार के ज्ञानों से हम उनके कारण-स्वरूप विभिन्न बाह्य वस्तुओं का अनुमान कर सकते हैं। सौत्रांतिकों के अनुसार ज्ञान के चार प्रकार के कारण या प्रयत्न होते हैं–आलंबन, समनंतर, अधिपति तथा सहकारी। घटादि बाह्य विषय ज्ञान का आलंबन कारण है, क्योंकि ज्ञान का आकार उसी से उत्पन्न होता है।

ज्ञान के अव्यवहृत पूर्ववर्ती मानसिक अवस्था से ज्ञान में चेतना आती है, इसलिए इसका नाम समनंतर प्रत्यय है। विषय और पूर्ववर्ती ज्ञान के रहने पर भी बिना इंद्रिय के बाह्य ज्ञान नहीं हो सकता है। किसी विषय का ज्ञान स्पर्शज्ञान होगा या रूपज्ञान होगा या अन्य किसी प्रकार का ज्ञान होगा, यह इंद्रिय पर निर्भर है। इसलिए इंद्रिय को ज्ञान का अधिपति, प्रत्यय का नियामक कारण कहा जाता है। इसके अतिरिक्त आलोक, आवश्यक दूरत्व, आकार आदि सहायक कारणों का होना भी ज्ञान होने के लिए आवश्यक है। अतः इन्हें सहकारी प्रत्यय कहते हैं। इन चार प्रकार के कारणों के संयोग से ही किसी वस्तु का ज्ञान संभव होता है। बाह्य का ज्ञान वस्तुजनित मानसिक आकारों से अनुमान के द्वारा प्राप्त होता है। इसलिए यह मत बाह्यानुमेयवाद कहलाता है। इस मत को सौत्रांतिक इसलिए

कहते हैं कि सूत्रपिटक ही इसका मुख्य आधार है। कहा जाता है कि कुमारलाट इस मत के प्रतिष्ठाता हैं। इनका कोई ग्रंथ उपलब्ध नहीं है।

महायान से संबद्ध

बौद्धदर्शन की पृष्ठभूमि में दो प्रश्न हैं–एक अस्तित्व संबंधी और दूसरा ज्ञान संबंधी। अस्तित्व संबंधी प्रश्न यह है कि मानसिक या बाह्य कोई वस्तु है या नहीं? इस प्रश्न के तीन उत्तर हैं–(i) माध्यमिकों के अनुसार मानसिक या बाह्य किसी वस्तु का अस्तित्व नहीं है। सभी शून्य है, अतः ये शून्यवादी कहलाते हैं। (ii) योगाचारों के अनुसार मानसिक अवस्थाएं या विज्ञान ही एकमात्र सत्य हैं। बाह्य पदार्थों का कोई अस्तित्व नहीं है, अतः योगाचार विज्ञानवादी के नाम से प्रसिद्ध हैं। (iii) कुछ बौद्ध यह मानते हैं कि मानसिक तथा बाह्य सभी वस्तुएं सत्य हैं, अतः ये वस्तुवादी हैं। ये सर्वास्तित्ववादी या सर्वास्तिवादी के नाम से प्रसिद्ध हैं।

ज्ञानसंबंधी प्रश्न इस प्रकार हैं। बाह्य वस्तुओं के ज्ञान के लिए क्या प्रमाण हैं? जो वस्तुओं की सत्ता को मानने वाले सर्वास्तित्ववादी हैं, वे इसका उत्तर दो प्रकार से देते हैं। अनुमान तथा प्रत्यक्ष के द्वारा बाह्य वस्तुओं का ज्ञान होता है यह सौत्रांतिक तथा वैभाषिक मानते हैं, जिनका उल्लेख किया जा चुका है।

शून्यवाद–शून्यवाद के प्रवर्तक नागार्जुन थे। दूसरी शताब्दी में दक्षिण भारत के एक ब्राह्मण-परिवार में इनका जन्म हुआ था। नागार्जुन की मूल माध्यमिक कारिका ही इस मत की आधारशिला है। आर्यदेव की चतुःशतिका भी एक अन्य प्रधान ग्रंथ है।

बौद्धेतर दार्शनिक शून्यवाद से यह समझते हैं कि संसार शून्यमय है अर्थात् किसी भी वस्तु का अस्तित्व नहीं है। माधवाचार्य ने सर्वदर्शनसंग्रह में युक्ति देते हुए कहा है ज्ञाता, ज्ञेय तथा ज्ञान परस्पर आश्रित हैं। एक का अस्तित्व शेष दोनों पर निर्भर होता है। अतः एक यदि असत्य हो, तो शेष दोनों असत्य सिद्ध होंगे। जब हम किसी रस्सी को सांप समझ लेते हैं, तो वहां सांप का अस्तित्व बिल्कुल असत्य है। ज्ञात वस्तु (अर्थात् सांप) यदि असत्य है, तो ज्ञाता व ज्ञान भी असत्य हैं। अतः इस दृष्टांत के द्वारा यह प्रतीत होता है कि स्वजगत् की तरह ज्ञाता, ज्ञान तथा ज्ञेय सभी असत्य हैं। अतः आभ्यंतर और बाह्य दोनों प्रकार की सत्ता नहीं है। संसार बिल्कुल शून्य है।

पारमार्थिक सत्ता या परम तत्त्व बिल्कुल अवर्णनीय है। इस अवर्णनीय तत्त्व को शून्यता कहते हैं। साधारणतः हमें वस्तुओं के अस्तित्व की प्रतीति तो होती है, किंतु जब हम उनके तात्विक स्वरूप को जानने के लिए उद्यत होते हैं, तो हमारी बुद्धि काम नहीं देती। हम यह निश्चय नहीं कर सकते कि वस्तुओं का यथार्थ स्वरूप सत्य है या असत्य। सत्य तथा असत्य दोनों हैं, या न तो सत्य है और न असत्य है। वस्तुओं का स्वरूप इन चार कोटियों से रहित होने के कारण शून्य कहा जाता है।

शून्यवाद को मध्यम मार्ग भी कहा जाता है, क्योंकि यह ऐकांतिक मतों से भिन्न है। यह न तो वस्तुओं को सर्वथा तथा निरपेक्ष आत्मनिर्भर मानता है और न पूरा असत्य ही समझता है। वरन् यह वस्तुओं के पर-निर्भर अस्तित्व को मानता है। इसे हम सापेक्षवाद भी कह सकते हैं। वस्तुओं का प्रत्येक धर्म अन्य वस्तुओं पर निर्भर रहता है। अतः उनका अस्तित्व ही मानो उन वस्तुओं से अपेक्षित रहता है। अतः शून्यवाद को सापेक्षवाद भी कह सकते हैं। नागार्जुन कहते हैं कि 'दो प्रकार के सत्य है', जिन पर बुद्ध के धर्मसंबंधी उपदेश निर्भर हैं, एक संवृति सत्य है, जो साधारण मनुष्यों के लिए है। दूसरा पारमार्थिक सत्य है। संवृति सत्य अविद्या, मोह आदि भी कहलाता है। वह दूसरे पर निर्भर रहता है। पारमार्थिक सत्य की प्राप्ति के लिए संवृति सत्य साधनमात्र है। निर्वाण के तथाभूत स्वरूप को जो जानते हैं, उनका नाम तथागत है। जो बातें निर्वाण के लिए लागू होती हैं, वे तथागत (निर्वाण प्राप्त) व्यक्ति के लिए भी लागू होती हैं।

यहां यह उल्लेखनीय है कि माध्यमिक दर्शन तथा शांकरवेदांत में अनेक समानताएं हैं। माध्यमिक दो प्रकार के सत्य को मानते हैं। वे वस्तु जगत् को असत्य मानते हैं। वे पारमार्थिक सत्य का नकारात्मक वर्णन करते हैं (जो अज्ञात है, अविनाशी है, अनित्य है आदि-आदि) तथा निर्वाण को पारमार्थिक सत्य की अनुभूति समझते हैं। ये विचार शांकरवेदांत से बहुत मिलते-जुलते हैं।

विज्ञानवाद–विज्ञानवादी माध्यमिक मानते हैं कि बाह्य वस्तुओं का अस्तित्व नहीं है। किंतु वे यह नहीं मानते कि चित्त का भी अस्तित्व नहीं है। चित्त या मन यदि न रहे, तो किसी विचार का प्रतिपादन भी संभव नहीं हो सकता। जो मत मन के अस्तित्व को नहीं मानता, वह तो स्वयं असिद्ध हो जाता है।

विज्ञानवाद के अनुसार चित्त ही एकमात्र सत्ता है। विज्ञान के (चेतना के) प्रवाह को ही चित्त कहते हैं।

विज्ञानवाद का एक नाम 'योगाचार' भी है। इसकी स्थापना आर्यासंग और उनके छोटे भाई वसुबंध ने की थी। योगाचार के दो अर्थ हैं। पहले अर्थ के अनुसार बाह्य जगत् की काल्पनिकता को समझने के लिए योग का अभ्यास किया जाता है। दूसरे अर्थ में योगाचार की दो विशेषताएं ली जाती हैं—योग और आचार। इस तरह के अर्थ में 'योग' का मतलब जिज्ञासा से लगाया जाता है, 'आचार' का अर्थ सदाचार से। लंकावतार सूत्र योगाचार का प्रमुख ग्रंथ है, जिसमें योग और आचार दोनों की विशेष व्याख्याएं मिलती हैं।

योगाचार मतानुयायियों का कथन है कि बाह्य वस्तुओं के अस्तित्व को मानने से अनेक दोषों की उत्पत्ति होती है। यदि कोई बाह्य वस्तु है, तो वह या तो एक अणुमात्र है या अनेक अणुओं की बनी हुई है। किंतु अणु तो इतना सूक्ष्म होता है कि उसका प्रत्यक्ष संभव ही नहीं हो सकता। एकाधिक अणुओं से बनी किसी वस्तु का प्रत्यक्ष भी नहीं हो सकता। यदि हम एक घट को देखना चाहते हैं, तो संपूर्ण घट को एक साथ देखना संभव

नहीं है। हम घट को जिस तरफ से देख रहे हैं, घट का वही अंश दिखाई देता है, दूसरा भाग नहीं। यहां यह कहा जा सकता है कि यदि हम घट को एक साथ पूरा नहीं भी देख सकते हैं, तो कम-से-कम उसके एक-एक भाग को देखकर हम उसे पूर्णतया जान सकते हैं। किंतु एक-एक भाग को देखना भी संभव नहीं है। क्योंकि यदि कोई भाग अणुमात्र है, तब तो अत्यंत सूक्ष्म होने के कारण वह दृष्टिगोचर नहीं हो सकता और यदि वह अनेक अणुओं के संयोग से बना हुआ है, तो फिर वही कठिनाई उपस्थित हो जाती है, जो पूरे घट को देखने में होती है। अतः मन के बाहर यदि किसी वस्तु का अस्तित्व माना भी जाए, तो उसका ज्ञान असंभव है।

दूसरी कठिनाई यह है कि किसी वस्तु का ज्ञान तब तक नहीं हो सकता, जब तक उस वस्तु की उत्पत्ति नहीं हो जाती। किंतु यह भी कैसे संभव हो सकता है। वस्तु तो क्षणिक है। उत्पत्ति के साथ ही उसका नाश हो जाता है। कोई वस्तु और उसका ज्ञान एक ही क्षण में हो, यह भी नहीं कहा जा सकता, क्योंकि बाह्य वस्तु को ज्ञान का कारण मानते हैं। किंतु कारण तो कार्य के पूर्व होना चाहिए। वे समसामयिक नहीं हो सकते। हम यह भी नहीं कह सकते हैं कि वस्तु के नष्ट होने पर उसका प्रत्यक्ष होता है। क्योंकि वस्तु जब नष्ट हो जाती है, तो फिर उसका प्रत्यक्ष कैसे हो सकता है? प्रत्यक्षज्ञान वर्तमान वस्तुओं का ही हो सकता है। अतः बाह्य वस्तुओं का ज्ञान संभव नहीं मालूम पड़ता।

उपर्युक्त विचारों से यह सिद्ध होता है कि ज्ञान के अतिरिक्त वस्तुओं का अस्तित्व नहीं है। यही विज्ञानवाद है, जिसके अनुसार जो वस्तु बाह्य प्रतीत होती है, वह यथार्थ में मन का एक प्रत्यक्ष है। विज्ञानवादी मन को आलय-विज्ञान कहते हैं, क्योंकि वह विभिन्न विज्ञानों का आलय या भंडार है। इसमें सभी ज्ञान बीज-रूप से निहित हैं। अतः यह अन्य दर्शनों के आत्मा सदृश है। किंतु इसमें तथा आत्मा में एक बहुत बड़ा भेद है। आत्मा की तरह हम आलय-विज्ञान को अपरिवर्तनशील या नित्य नहीं मान सकते। यह तो परिवर्तनशील चित्तवृत्तियों का एक प्रवाह है। अभ्यास तथा आत्मसंयम के द्वारा आलय-विज्ञान के वश में आने पर उससे विषयज्ञान की उत्पत्ति रोकी जा सकती है तथा निर्वाण प्राप्त हो सकता है।

वस्तुतः बुद्धदर्शन की मूलभित्ति उपनिषद् हैं। गीता से भी महायान संप्रदाय ने प्रेरणा ली है। संसार के प्रपंच के मूल में अविद्या का कारण होना, तृष्णा के नाश से रागद्वेषादि बंधनों से मुक्त होना, कर्म सिद्धांत की व्यापकता तथा कर्मकांड की असारता आदि सामान्य सिद्धांत उपनिषद् (गीता) तथा बौद्धदर्शन दोनों में मिलते हैं। परंतु क्षणिकवाद, अनात्मता, विज्ञान तथा शून्य की वास्तविकता के सिद्धांत इतने घोर विद्रोही थे कि ब्राह्मण तथा जैन दार्शनिकों ने नितांत प्रौढ़ तर्कों व युक्तियों के सहारे इनका खंडन किया है।

जहां तक आधुनिक युग का प्रश्न है, यद्यपि भारत में अन्य देशों की अपेक्षा बौद्ध धर्मावलंबी कम हैं, तब भी हिंसा आतंक के साए में पलती संपूर्ण मानवता के लिए बौद्धधर्म

के विश्वमैत्री और विश्वकरुणा के सिद्धांतों की नितांत आवश्यकता है। परम कारुणिक बुद्ध की शरण में जाने से मानव की बहुत-सी समस्याओं का हल हो सकता है। यों भी बौद्ध धर्मावलंबियों की एक ध्यानविधि, जिसे ***'विपस्सना'*** (विपश्यना) कहते हैं, आज बहुत प्रचलित हो रही है। अनेक शारीरिक-मानसिक व्याधियों से मुक्त होने की यह विधि तिब्बत से फिर अपने मूल स्थान में लौटी है। अनेक जन इससे लाभान्वित हो रहे हैं।

●●●